변신 이야기 1

Metamorphoses

세계문학전집 1

변신 이야기 1

Metamorphoses

오비디우스

이윤기 옮김

민음사

차례

일러두기

1 이 책은 로마 시대의 시인이자 작가인 오비디우스의 『변신 이야기(Metamorphoses)』를 번역한 것이다. 그러나 원저의 라틴어를 직접 한국어로 옮긴 것은 아니다. 역자가 번역 대본으로 쓴 것은 메리 이니스가 현대인을 위해 현대어로 번역한 영어 판 『오비디우스의 메타모르포시스(The Metamorphoses of Ovid)』(펭귄 북스, 1955, 영국 런던)와, 라틴어 판을 번역한 일어 판 『轉身物語』(田中秀央, 前田敬作 공역, 人文書院, 1984. 일본 교토)였다. 라틴어 대본을 쓰지 않은 데에는 두 가지 까닭이 있다. 첫째는 역자에게 고전 라틴어를 능숙하게 우리말로 번역할 힘이 부족했기 때문이고, 둘째는 굳이 그럴 필요를 느끼지 않았기 때문이다. 라틴어 원문은 원래 운문인 데다 상당 부분이 2인칭으로 서술되어 있다. 가령 "대지여, 그대가 뱀을 지어 낸 것은 바로 이때였다." 하는 식이다. 이 말은, 이때 대지가 뱀을 지어 냈다는 뜻이다. 이런 문장은 짧을 경우에는 이해하는 데 무리가 없지만 길어질 경우에는 독자들을 상당히 괴롭힐 가능성이 있다. 역자가 현대 영어로 번역된 영어 판을 대본으로 삼은 것은 우리에게는 생소한 2인칭 문장이 독자를 괴롭힐 가능성이 크다고 여겼기 때문이다. 그러나 영어 판에는 역자가 취할 수 없는 부분이 있었다. 고유명사를 현대 영어로 고쳐 놓은 것이 그것이다. 이런 식의 영어 판을 그대로 옮기면 독자는 기원전 1세기에 쓰인 작품을 읽는 재미를 누릴 수 없다. 역자가, 라틴어를 일본어로 옮긴 일어 판을 중요한 참고서로 삼은 까닭이 여기에 있다. 라틴어를 직역한 일어 판을 중요한 보조 자료로 삼았기 때문에 오비디우스 시대의 사고방식이나 세계관, 당대에 쓰이던 지명(地名)을 고스란히 살려 옮길 수 있었다. 그러니까 문체에서는 영어 판의 장점을 취하고, 고유명사 표기에서는 라틴어를 직역한 일어 판의 장점을 취한 셈이다.

2 로마 신화는 대부분 신들의 이름만 다를 뿐 사실은 그리스 신화의 복제판으로 보아도 무방하다. 그러나 저자가 로마인이다. 그래서 고유명사의 표기를 로마식으로 해야 할지, 그리스식으로 해야 할지 망설였다. 로마식으로 표기하면 그리스식에 익숙해진 독자들을 혼란에 빠뜨릴 수 있고, 그리스식으로 표기하면 저자의 의도와 달라지기 때문이다. 그래서 다음과 같은 원칙을 정했다. 1) 신들의 이름은 모두 로마식으로 표기하되 그리스식 이름을 난외주(欄外註)에 밝혔다. 예: 유피테르(그/제우스), 아폴로(그/아폴론), 유노(그/헤라). 2) 그리스 인명과 지명은 다음과 같이 그리스식으로 표기했다. 예: 다에달루스→다이달로스, 이카루스→이카로스. 3) 이 책이 쓰일 당시의 분위기를 엿볼 수 있게 하기 위해 그 시대의 지명은 가능한 한 고전 그리스식으로 표기했다. 예: 이집트→아이큅토스, 갠지스강⇒강게스강, 스페인→히베리아. 4) 본서의 난외주 작성에는 그리스 신화의 해석을 시도한 졸저 『뮈토스』의 부록을 만든 자료와 일어 판의 난외주가 큰 도움이 되었다. 일역자(日譯者) 두 분의 치밀한 난외주 작업에 경의를 표한다. 5) 난외주의 다음 기호가 뜻하는 바는 다음과 같다. 예: 그/고전 그리스어. 영/영어식 표기. 단/단수. 복/복수. 6) 본서에서는 독자의 이해를 돕기 위해 고전 그리스어 고유명사의 의미를 밝혀 보고자 했다. 예: 베누스→베누스('매력'), 포이부스→포이부스('빛나는 자').

변신 이야기 1

1부 모든 것은 카오스에서 시작되었다

1 서사(序詞)

마음의 원(願)에 쫓기어 여기 만물의 변신(變身) 이야기를 펼치려 하오니, 바라건대 신들이시여, 만물을 이렇듯이 변신하게 한 이들이 곧 신들이시니 내 뜻을 어여쁘게 보시어 우주가 개벽할 적부터 내가 사는 이날 이때까지의 이야기를 온전하게 풀어 갈 수 있도록 힘을 빌려주소서.

2 천지창조

바다도 없고 땅도 없고 만물을 덮는 하늘도 없었을 즈음 자연은, 온 우주를 둘러보아도 그저 막막하게 퍼진 듯한 평퍼짐한 모양을 하고 있었다. 이 막막하게 퍼진 것을 카오스[1]라고 하는데, 이 카오스는 형상도 질서도 없는 하나의 덩어리에 지나지 못했다. 말하자면 생명이 없는 퇴적물, 사물로 굳어지지 못한 모든 요소가 구획도 없이 밀치락달치락하고 있는 상태일 뿐이었다. 여기에는 아직 이 세상에다 넉넉하게 빛을 던져 줄 티탄[2]도 없었고, 날이 감에 따라 초승달의 활시위를 부풀려 가는 포이베[3]도 없었다. 대지는 아직, 그 대지를 감싸 주는 대기 안에서 제 무게를 감당할 형편이 못 되었고 암피트리테[4]도 땅의 가장자리를 따라 팔을 뻗을 형편이 못 되었다. 대지와 바다와 공기를 이루는 요소가 있기는 했다. 그러나 땅 위로는 걸을 수 없었고 바다에서는 헤엄칠 수 없었으며 대기에는 빛도 없었다. 말하자면 제 모습을 제대로 갖추고 있는 것이 하나도 없었다. 만물은 서로 반목하고 서로 방해만 했을 뿐이다. 한 가지 질료 안에 있으면서도 추위는 더위와, 습기는 건기(乾氣)와, 부드러움은 딱딱함과, 무거움은 가벼움과 싸우고 있었다.

이 같은 반목에 종지부를 찍은 이는, 이런 요소들보다 훨씬 빼어난 자연[5]이라는 신이었다. 신에 다름 아닌 이 자연은 하늘로부터는 땅을, 땅으로부터는 물을, 무주룩한 대기로부터는

---

1) '혼돈'.
2) 영/타이탄. '거신족(巨神族)'. 하늘인 우라노스, 땅인 가이아 및 그 사이에서 난 여섯 남매를 가리킨다.
3) 여기에서는 달의 여신. '빛나는 자'.
4) 원래는 바다의 신 넵투누스의 아내이나 여기에서는 '바다'.
5) 천지 창조의 주재자인 신(神)으로서의 자연.

맑은 하늘을 떼어 놓았다. 자연은 서로 떨어질 수 없는 지경에서 이들을 떼어 내고는 서로 다른 자리를 주어 평화와 우애를 누리게 했다. 무게라는 것이 없는 창궁(蒼穹)의 불과, 사물을 태우는 힘은 가장 높은 하늘로 날아 올라가 거기에 자리를 잡았다. 가볍기로 말하면 불 다음인 공기는 바로 그 밑에 자리했다. 이 두 가지보다 밀도가 높은 대지는 단단한 물질을 끌어당겨 붙이면서 스스로의 무게 때문에 하강했다. 사방으로 퍼져 있던 물은 맨 나중 자리를 잡고 이미 굳어진 대지를 싸안았다.

이 조물주가 어떤 신이었든, 좌우지간 이 신은 혼돈을 이루고 있던 물질의 덩어리를 정리하고 구분하고 각각 그 있을 곳에다 배치한 뒤 우선 대지를, 어느 쪽에서 보아도 그 모양이 똑같도록 거대한 공꼴로 만들었다. 그러고는 바다를 사방으로 펼치고 거친 바람으로 풍랑을 일으킨 뒤 땅 주변에 펼쳐진 해안선을 빠짐없이 둘러싸게 했다. 이어서는 샘, 큰 호수 그리고 연못을 파고, 흐르는 강 양쪽으로는 꾸불꾸불한 둑을 만들었다. 강은 제각기 다른 방향으로 흘러갔다. 강 가운데에는, 흘러가다가 대지 속으로 빨려 들어가 버리는 강도 있었고 멀리 흘러가 이윽고 망망한 대해원(大海源)의 품에 안겨 초록빛 강변 대신에 단애(斷崖)의 바위를 씻는 것도 있었다. 신은 또 땅을 골라 평지를 만들고, 골짜기를 파고, 숲에는 나무가 빽빽하게 들어차게 하고, 험한 산을 세우기도 했다.

신은 이번에는 하늘을 나누어 오른쪽에 두 권역(圈域), 왼쪽에 두 권역을 만들고, 가운데에는 이 네 권역보다 훨씬 뜨거운 다섯 번째의 권역을 두었다. 이어서는 이 다섯 권역의 하늘로 덮인 땅덩어리 역시 같은 권역으로 나누었다. 이로써 땅에도 다섯 지대가 생긴 셈이었다. 가운데에 위치한 지대는 너무 더워 산 것이 살 수 없었고 양쪽 끝의 두 지대는 아주 눈으로 덮여 있었다. 그러나 신은 그 사이에다 남은 두 지대를 두고 더위와 추위가 번차례로 들게 하여 산 것이 살기에 적당한 기후를 베풀었다.

이 다섯 지대 위로는 공기가 퍼져 있다. 공기는 무게가 흙이나 물보다는 가볍지만 하늘의 불보다는 무거웠다. 공기가 있는 이곳은 안개나 구름, 인간에게 겁을 주기 위해 만들어진 천둥 그리고 구름에서 나오는 벼락과 추위를 나를 바람, 이 모든 것을 위해 신이 예비한 거처이기도 하다. 그러나 바람에 대해서만은 천지의 조물주도 대기 속을 제멋대로 불게 내버려 두지 않았다. 이렇게 해서 바람은 각기 다른 지대에 거처하면서 제 나름의 방법으로 불게 되어 있다. 그러나 이 바람이 온 땅을 부수어 버리기로 작정하면 어느 누구도 이를 저지할 수 없다. 바람의 형제들은 그만큼 사이가 나쁜 것이다. 바람의 형제들이 사는 땅은 각각 이러하다. 에우로스[6]는 새벽의 땅, 다시 말해서 나바타이아인[7]들의 나라나 페르시아, 아침 햇살을 처음 받는 산들[8]에 머물고, 제퓌로스[9]는 베스페르[10] 근방이나 석양 무렵

---

6) '동풍' 혹은 동풍의 신.
7) 아라비아의 한 종족.
8) 인도 서북부의 산들.
9) '서풍' 혹은 서풍의 신.

에 따뜻하게 달아오르는 해변에 살고 있다. 무서운 보레아스[11]는 스퀴티아 땅[12]과 북방을 점거하고 그 반대쪽에 있는 땅에는 큰 비를 몰고 오는 아우스테르[13]가 비구름에 젖은 채 웅크리고 있다.

이 밖에도 신은 맑고 투명한 아이테르[14]를 만들었다. 이 아이테르는 무게가 없는 것으로서, 어떤 지상적인 것으로도 더럽힐 수 없는 아주 특별한 존재다.

이렇듯이 모든 것들이 제 몫의 거처에 자리를 잡자, 오랫동안 혼돈의 덩어리 안에 갇혀 있던 별들이 하늘 하나 가득 찬연히 빛나기 시작했다. 빈 곳이 있으면 거기에 사는 것이 있어야 마땅한 법이다. 그래서 신들과 별들이 천상에 자리를 잡았다. 물은 아름다운 비늘을 번쩍거리는 물고기들의 거처가 되었고 대지는 짐승들 몫으로 돌아갔다. 흐르는 대기는 새들을 맞아들였다.

그러나 이 짐승들보다는 신들에 가깝고 지성이라는 것이 있어서 다른 생물을 지배할 만한 존재는 없었다. 인류가, 인간이 창조된 것은 이즈음이었다. 이 인간은, 세계의 시원(始源)이자 만물의 조물주인 신이 신의 씨앗으로 만든 것인지도 모르겠고, 이아페토스[15]의 아들 프로메테우스가 천공에서 갓 떨

---

10) ‘금성’, 그/헤스페로스.
11) ‘북풍’ 혹은 북풍의 신.
12) 흑해 동쪽 및 북쪽. 지금의 우크라이나.
13) 그/노토스. ‘남풍’ 혹은 남풍의 신.
14) ‘푸른 하늘’.

어져 나온, 따라서 그때까지는 여전히 천상적(天上的)인 것이 조금은 남아 있는 흙덩어리를 강물에다 이겨, 만물을 다스리는 조물주와 그 모양이 비슷하게 만든 것인지도 모르겠다. 어쨌든 이렇게 만들어진 인간은, 다른 동물들이 머리를 늘어뜨린 채 늘 시선을 땅에다 박고 다니는 데 반해 머리가 하늘로 솟아 있어서 별을 향해 고개를 들 수도 있었다. 이로써 모양도 제대로 갖추지 못한 흙덩어리였던 대지는 본 적도 들은 적도 없는 인간이라는 것을 품 안에 거느리게 된 것이다.

3 네 시대와 거인족(巨人族)

한처음은 황금의 시대였다. 이 시대에는 관리도 없었고 법률도 없었다. 사람들은 저희끼리 알아서 서로를 믿었고 서로에게 정의로웠다. 이 시대 사람들은 형벌도 알지 못했고 무서운 눈총에 시달리지 않아도 좋았다. 나라가 청동 판에다 포고문을 게시해[16] 백성을 을러메는 법도 없었고 청(請) 넣으러 간 무리가 판관(判官) 앞에서 자비를 비는 일도 없었다. 아니, 아예 판관이라는 것이 없었다. 사람들은 판관 없이도 마음 놓고 살 수 있었다. 소나무만 하더라도 고향 산천에서 무참하게 잘리고 배로 지어져, 본 적 들은 적도 없는 타관 땅으로 끌려

---

15) 티탄의 시조(始祖)인 우라노스와 가이아의 아들.
16) 고대 로마의 관례.

가지 않아도 좋았다. 인간도 저희가 살고 있는 땅의 해변밖에 알지 못했다. 마을에 전쟁용 참호 같은 것은 있을 필요도 없었다. 놋쇠 나팔, 뿔피리, 갑옷, 칼 같은 것도 없었다. 군대가 없었으니, 인간은 저희 동아리끼리 아무 걱정 없이 평화를 누릴 수 있었다. 대지도, 괭이로 파고 보습으로 갈지 않아도 스스로 알아서 인간에게 필요한 것들을 모자라지 않게 대 주었다. 인간은 대지가 대 주는 양식을 흡족하게 여기고 양매(楊梅), 산딸기, 산수유 열매, 관목에 열리는 나무 딸기, 가지를 벌린 유피테르 나무[17]에서 떨어지는 도토리로 만족했다. 기후는 늘 봄이었다. 서풍은 그 부드러운 숨결로, 씨 뿌린 일이 없는데도 산천에 만발한 꽃들을 어루만졌다. 때맞추어 대지는 보습에 닿은 적이 없는데도 곡물을 생산했고 논밭은 한 해 묵는 일 없이 늘 익은 곡식의 이삭으로 황금 물결을 이루었다. 도처에 우유의 강, 넥타르[18]의 강이 흘렀고 털가시나무 가지는 시도 때도 없이 누런 꿀을 떨구었다.

그러나 사투르누스[19]가 저 암흑의 타르타로스[20]에 갇히고 세상의 지배권이 유피테르[21]의 손으로 넘어오자 이윽고 시대는 변해 은(銀)의 시대가 되었다. 이 시대는 황금의 시대만은 못했지만 그래도 이어서 올 퍼렇게 녹슨 청동의 시대보다는

---

17) 유피테르의 신목(神木)인 떡갈나무.
18) '신주(神酒)'.
19) 그/크로노스, 영/새턴. '시간'.
20) '무한 지옥(無限地獄)'.
21) 그/제우스. 영/주피터. 신들의 아버지이자 신들의 왕.

사투르누스(그/크로노스)는 '시간'을 상징한다. 그리스어 '크로노스'는 '시간'이라는 뜻이다. 크로노스는 자식을 낳은 족족 잡아먹었다고 전해지는데, 크로노스의 이러한 속성은 태어난 모든 것을 소멸시키는 시간 자체의 속성을 상징한다. 사투르누스는 자기 자식인 유피테르 6남매도 모조리 삼켰다가 다시 토해 낸 것으로 전해지는데 이는 유피테르 6남매가 이로써 시간을 극복했음을 상징한다. 아버지의 배 속에서 놓여난 유피테르는 아버지 사투르누스를 무한 지옥에 가두어 버린다. 화가 고야는 크로노스를 이렇게 형상화했다.

나왔다. 유피테르는 늘 봄이던 계절을 뚝 분질러 겨울과 여름, 날씨가 변덕스러운 가을, 짧은 봄, 이렇게 네 계절로 나누었다. 이 시대에 이르자 대기가 메말라 불볕 더위가 계속되는가 하면, 북풍이 물을 얼리고 나뭇가지에 고드름을 매다는 혹한이 오기도 했다. 인간은 처음으로 집이라는 것을 만들어 그 안에서 살았다. 그러나 집이라고 해 봐야 동굴이나 밀집한 덤불 속 아니면 나뭇가지를 나무껍질로 엮어 덮은 것에 지나지 못했다. 케레스[22]의 선물[23]이 긴 이랑에 뿌려지고 소가 코뚜레에 꿰여 신음하기 시작한 것도 이때부터였다.

이어서 온 시대가 세 번째 시대에 해당하는 청동의 시대다. 청동시대 인간은 은의 시대 인간보다 성정(性情)이 거칠어 더러 무기를 잡기는 했으나 그렇다고 흉악하다는 말과는 잘 어울리지 않았다.

마지막으로 온 시대는 철의 시대다. 이 천박한 금속의 시대가 오자 인간들 사이에서는 악행이 꼬리를 물고 자행되기 시작했다. 인간은 순결, 정직, 성실성 같은 덕목을 기피하고 오로지 기만과 부실(不實)과 배반과 폭력과 탐욕만을 좇았다. 뱃사람들은 바람이 무엇인지 잘 알지 못하면서도 제 배의 돛을 바람에 맡겼다. 높은 산에서 옷 노릇을 하던 나무는 배 지을 재목으로 찍혀 내려와 타관인 바다의 파도 사이로 쫓겨났다. 이때까지만 해도 햇빛과 공기와 함께 모든 인간의 공유물이었

22) 그/데메테르, 곡물의 여신.
23) 곡식.

던 땅거죽도, 서로 제 땅이라고 우기는 이른바 땅 임자들이 그은 경계선으로 얼룩졌다. 사람들은 넉넉한 대지로부터 곡물이나 먹이를 거두는 것에 만족하지 않고 대지의 내장에까지 침입해 대지가 스튁스[24] 근처에 감추어 둔 재보와 인간에게 악업을 부추기는 보화를 파내었다. 이로써 유해한 철과, 철보다 더 위험한 황금이 속속 인간의 손안으로 들어갔다. 금속이 나돌자 사사로운 싸움은 곧 전쟁으로 번졌다. 전쟁이 터지자 사람들은 피 묻은 손으로 무기를 휘둘렀다. 약탈을 생업으로 삼는 사람도 생겨났다. 이렇게 되자 이 친구는 저 친구로부터 안전하지 못하고, 장인은 사위의 손을 안심할 수 없는 사태가 생겨났다. 형제간의 우애 같은 것은 찾아보기 어려웠다. 지아비는 지어미가 죽기를 목마르게 기다렸고, 지어미는 지아비가 죽기를 손꼽아 기다렸다. 사악한 계모는 독초를 찧어 독약을 만들었고 자식은 아비의 점괘를 곁눈질하며 아비 죽을 날을 목 늘이고 기다렸다. 아끼고 사랑하는 마음이 인간을 떠나자 마지막까지 이 땅에 남아 있던 불사(不死)의 처녀신 아스트라이아[25]도 머리를 풀고 이 피 묻은 땅을 떠났다.

저 높은 곳에 있는 천궁(天宮)도 안전한 곳은 못 되었다. 괴악한 거인 기간테스[26]가 천상에 군림할 욕심이 있어서 별보다 더 높게 산을 쌓아 올리고는 그 산을 딛고 천궁으로 쳐 올

---

24) '증오'라는 뜻으로, 원래는 저승을 돌며 흐르는 강 이름이나 여기에서는 '어두운 지하 세계'.
25) '별 처녀', 지상을 떠나 하늘로 올라가 처녀자리가 된 정의의 여신.
26) '거인', 단/기가스, 영/자이언트.

라왔기 때문이다. 전능한 신들의 아버지 유피테르는 벼락을 던져 올림포스산을 때려 부수고, 펠리온산을 오사산에서 떨어뜨렸다. 거인들이 천궁을 도모하려고 오사산 위에 펠리온산을 겹쳐 쌓았던 것이다. 거대한 거인들의 몸은, 저희의 손으로 오사산에 겹쳐 올렸던 펠리온산 밑에 깔릴 수밖에 없었다. 대지는 바로 제 자식들이 흘린 피로 붉게 물들었다.[27] 대지가 이로써 제 혈통이 끊어질 것을 염려하는 마음에서 이 뜨거운 피에 생명을 불어넣어 인간의 모습으로 환생하게 했다는 이야기도 있다. 그러나 이렇게 해서 만들어진 인간은 거인들보다 나을 것이 없었다. 이들이 올림포스 신들을 업수이 여기는 흉포하고 잔인한 족속이었던 것을 보면, 피에서 태어난 피의 자식은 어쩔 수 없었던 모양이다.

4 이리로 둔갑한 뤼카온

신들의 아버지이자 사투르누스의 아들인 유피테르는 천상의 옥좌에서 이 꼴을 내려다보고는 탄식해 마지않았다. 그는, 그리 널리 알려지지 않은 일이라서 신들은 잘 모르고 있는 저 뤼카온의 무서운 잔치[28]를 떠올리고는 유피테르답게 분노를 이기지 못하고 치를 떨었다. 그는 곧 신들의 회의를 소집했다.

---

27) 이 거인들은 대지의 여신 가이아의 자식들이다.
28) 인육(人肉)을 먹는 잔치.

유피테르가 회의를 소집하자 신들은 행여나 늦을세라 지체 없이 그의 대전(大殿)으로 모여들었다.

하늘에는 맑은 날이면 인간의 눈에도 보이는 길이 있다. '우유의 길'29)이라는 이름의, 환하기로 소문난 길이 그것이다. 신들은 이 길을 통해 이 위대한 벼락 신30)의 신궁으로 온다. 이 '우유의 길' 양쪽으로는 주신(主神)들31)의 신궁이 줄지어 있는데, 이 주신들 신궁의 열린 문으로는 늘 손[賓]들이 들락거린다. 지위가 낮은 신들은 다른 곳에 산다. 따라서 이 '우유의 길' 양옆에는 세도가 당당하고 문벌이 좋은 신들의 신궁만 있을 뿐이다. 불경(不敬)한 말이 용서된다면, 천궁의 팔라티움32)이라고 부르고 싶은 곳이 바로 이곳이다.

유피테르의 신궁으로 달려온 신들은 바닥이 대리석인 대전의 걸상에 앉았다. 유피테르는, 이들의 걸상보다 훨씬 높은 곳에 놓인 옥좌에 앉아, 상아 홀(笏)에 몸을 기댄 채 머리카락이 무시무시하게 자란 머리를 세 번, 네 번 흔들었다. 그러자 땅, 바다, 별 들이 크게 요동했다.

유피테르가 입을 열고 위엄 있게 말했다.

"아랫도리가 뱀인 백수 거인(百手巨人)들33)이 이 천계를 노릴 때도, 내 맹세코 말하거니와, 이 세상의 주권에 대해서는

---

29) 비아 락테아, 즉 은하수.
30) 유피테르의 별명.
31) 열두 신을 가리킨다.
32) 로마의 초대 황제 아우구스투스의 궁전이 있는 곳.
33) 헤카톤케이레스, '백 개의 팔'이라는 뜻이다.

24

은하수의 기원(루벤스의 그림).

오늘만큼 염려하지 않았소. 적이 만만치 않았다고는 하나 그
래도 그 싸움은 하나의 무리, 하나의 종족이 일으킨 것에 지
나지 않았기 때문이오. 하나 지금은 달라요. 이번에는 포효하
는 네레우스[34]에 둘러싸인 온 땅의 인간을 뿌리 뽑아야 하오.
저 땅 밑, 스튁스의 숲을 흐르는 저승의 강에 맹세를 하고,[35]
저것들을 바로잡을 수 있는 수단이라는 수단은 다 강구해 보
았소. 그러나 이제는 이 환부(患部)에 더는 손을 써 볼 수가 없
어요. 이 환부 때문에 온전한 곳까지 상할 위험이 있다면 칼로
이 환부를 도려 내야 하지 않겠어요. 우리에게는 우리가 돌보
아야 할 반신(半神)들이 있어요. 우리에게는 우리가 돌보아야

---

34) 원래는 해신(海神)의 이름이나 여기에서는 '바다'.
35) 스튁스에 걸고 하는 맹세는 유피테르도 거스를 수 없다.

할 늼페[36]가 있고, 파우누스와 실바누스[37] 그리고 사튀로스[38]가 있소. 이들에게 이 천상에 살 자격이 없다면 지상에서나마 마음 놓고 살 수 있게 해 주어야 하지 않겠어요. 신들이여, 이들이 안전하다고 생각하오? 저 악명 높은 뤼카온이, 여기에 있는 이 유피테르, 전능한 벼락 신인 나, 그대들의 왕이자 주인인 나까지 업수이 여기는 판국이 아니오?"

열석(列席)한 신들은 잠시 저희끼리 수의(收議)한 뒤 그런 짓을 한 인간에게는 마땅히 벌을 내려야 한다고 뜻을 모아 말했다. 신들은 뜻을 모아 말하고도 이 뤼카온이라는 자가 저지른 짓을 생각하고는 치를 떨었다. 저 불순한 무리가 카이사르[39]를 죽이고 이로써 이 땅에서 로마라는 이름을 지우고자 했을 때, 온 세상이, 온 인류가 치를 떨었듯이…… 신들도 이 뤼카온이라는 자가 저지른 만행을 생각하고는 치를 떨었다. 신들이 유피테르에게 보내는 사랑은, 카이사르 사후(死後) 로마의 신민(臣民)들이 아우구스투스 황제께 보낸 사랑에 못지않았다. 유피테르의 한마디 말, 한 번의 손짓에 수군거리던 신들은 침묵했다. 천상의 왕, 천궁의 지배자가 보이는 위엄에 좌중의 소요가 가라앉자 유피테르는 침묵을 깨뜨리고 이렇게 말했다.

"너무 분해할 것은 없소. 그 죄에 관한 한, 그자는 이미 그 죗값을 물었으니 신들은 너무 마음을 쓰지 않기를 바라오. 자, 그

---

36) '요정', 영/님프.
37) 전원의 신들인 목양신(牧羊神). 그/판.
38) 반인반양(半人半羊)의 모습을 한, 음탕하나 순진한 목신.
39) 영/줄리우스 시저.

26

자가 무슨 죄를 지었는지, 그자가 어떤 죗값을 받았는지 내 그대들에게 일러 주겠소. 어느 날 세상에 나돌고 있는 소문이 내 귀에도 들어옵디다. 나는 소문이 사실이 아니기를 바라면서도, 올림포스산[40]을 내려가 짐짓 인간의 모습으로 둔갑하고 세상을 두루 다녀 보았어요. 도처에서 본 인간의 악행을 다 주워섬기기에는 시간이 아까우니 내 말하지 않겠소. 요컨대 소문이 고약하다고는 하나, 내가 내려가 확인한 것에 비하면 오히려 소문이 점잖았으니, 이 아니 기가 막힐 일이오? 나는 산짐승이 우글거리는 마이날로스산,[41] 퀼레네산을 넘고, 저 찬바람 도는 뤼카이온 솔밭을 지났소. 솔밭을 지나고 나니 황혼이 밤을 불러들입디다. 이 악명 높은 아르카디아 폭군의 땅으로 들어간 나는 이 폭군이 길손 대접을 제대로 않으리라는 것을 알면서도 에멜무지로 이 폭군의 집을 찾아 들어갔소. 나는 이 집에 들어가면서 슬쩍 신기(神氣)를 내비쳤소. 그랬더니 백성들이 나를 대접하고 내게 빌 것이 있는 자들은 기도도 합디다. 그러나 이 뤼카온이라는 자는 이 신심(信心) 있는 백성들의 기도를 비웃으며 이렇게 말하는 게 아니겠어요? '저자가 신인지 인간인지 내 시험해 보리라. 내 시험에 오류가 없을 터이니 이로써 드러나는 저자의 정체에 대해서도 의혹을 가져서는 안 될 것이다.' 이자는 내가 잠든 틈을 타서 나를 죽이려 했어요. 이게 바로 내 정체를 밝히기 위한 시험이라는 것이오.

---

40) 신들의 신궁이 있는 것으로 믿어지던 산. 실제로는 그리스 북부 테살리아에 있다.
41) 이하 아르카디아에 있는 산 이름.

나를 죽여 보고 죽으면 인간, 죽지 않으면 신이라는 판정을 내릴 심산이었던 것이지요. 이자는 내 목숨으로 나를 시험하려 한 데 만족하지 않고, 몰롯시아 백성들이 볼모 잡힌 자 하나를 끌어내더니 잘 드는 칼로 그 목을 자르고는 몸이 채 식기도 전에 수족의 일부는 삶게 하고 일부는 굽게 해 이것으로 잔칫상을 마련합디다. 나는 도저히 더는 참을 수 없어서 복수의 불길을 일으켜, 필경은 주인에 못지않게 사악할 터인 수호신째 그 집을 홀랑 태워 버렸지요. 물론 그 집은 조금 뒤에 수호신상 위로 내려앉았지요. 뤼카온은 기겁을 하고 도망쳤어요. 한참을 도망치던 이자는, 어지간히 되었다고 생각했던지 고요한 들판에서 숨을 돌리고는 뭐라고 고함을 지릅디다. 하릴없는 짓이었지요. 왜냐? 이자가 입은 옷은 부얼부얼한 털로 바뀌었고, 팔은 그만 짐승의 앞다리가 되었으니……. 뤼카온이라는 이자, 이리로 변신한 것이오. 이자가 지니고 있던 광포한 성정이 모여 입은 괴물의 주둥이가 되고 말았소. 지금쯤 타고난 살육의 근성을 못 잊어 그 주둥으로 다른 짐승을 겨누고 있을 것이오. 이리에게는 피를 보아야 직성이 풀리는 이상한 광기가 있소. 이자가 이리로 둔갑하고 말았다고는 하나 이자에게서 원래의 모습이 다 사라진 것은 아니오. 털빛이 이자의 머리카락 색깔같이 잿빛인 것이 그러하고, 얼굴에 흉포한 기색이 남아 있는 것이 그러하고, 눈빛이 사납고 이 짐승 자체가 잔혹한 성정의 화신인 것이 그러하오.

내가 부숴 버린 집은 한 채뿐이오만 앞으로 부서져야 할 것이 어찌 한 채뿐이겠소? 아실 테지만 저 땅은 한 치도 예외 없이 무서운 푸리아이[42]의 심판을 받게 될 것이오. 나는 인간이 모두 한통속으로 결탁하여 죄업을 쌓는 데 혈안이 되어 있다고 생각하오만 그대들도 내 의견에 동의할 테지요? 나는 지금 당장 죗값을 받아 마땅한 이들을 칠 것이오. 이것이 내 뜻이오."

신들 중에는 유피테르의 뜻을 지지하고 그의 체면을 세워 주느라고 소리를 지르는 신들도 있었고 조용히 침묵으로 찬성하는 뜻을 나타내는 신들도 있었다. 그러나 인류가 절멸하게 된 것을 슬퍼하고, 필멸(必滅)의 존재가 사라진 미래의 땅이 어떤 모습일지 궁금해하기는 어느 신이든 마찬가지였다. 신들은 앞으로는 누가 신들의 제단에 향을 사르게 되느냐는 질문을 주고받았다. 세상이 정말 야수들에게 맡겨지게 되는 것이냐고 묻는 신도 있었다. 그러나 신들의 왕 유피테르는 자기가 알아서 할 것인즉 신들이 염려할 일은 아니라고 말하고는, 새로운 종족, 이전의 종족과는 전혀 다른, 전혀 불가사의한 기원에 그 뿌리를 두는 새 인류에게 땅을 맡길 것을 약속했다.

5 인류를 멸망시키는 대홍수

유피테르는 벼락을 한 손에 모아 들고 하계의 방방곡곡으로 던지려다가 잠시 망설였다. 그렇게 하면 수많은 불기둥이 천상으로 올라와 천궁의 열주(列柱)에 불길이 옮겨붙을 위험이

---

42) 그/에리뉘에스. 복수의 여신들. 여기에서는 '광포한 손'이라는 뜻.

없지 않을 것이라고 판단했기 때문이다. 그는 이 순간, 언젠가는 바다와 땅과 창궁(蒼穹)이 불덩어리가 되고 엄청나게 큰 우주가 내려앉아 땅은 물론 천궁까지 폐허가 될 날이 올 것이라던, 「운명의 서(書)」에 기록된 예언을 떠올렸다. 그래서 그는 퀴클롭스[43]가 만들어 바친 무기[44]를 거두고는 다른 방법으로 인류를 벌하기로 마음먹었다. 즉, 하늘 하나 가득 비를 쏟아 물로써 인류를 멸하기로 마음을 고쳐먹은 것이었다.

그는 곧 구름을 흩어 날리는 갖가지 바람과 아퀼로[45]를 불러다 아이올로스[46]의 동굴에 가두어 버리고는 비를 몰아오는 노토스[47]를 풀었다. 명을 받은 노토스는 젖은 날개를 펄럭이며 어둠 속으로 모습을 감추었다. 노토스의 수염은 비에 젖어 있어서 늘 무거웠다. 그의 백발에서는 늘 물이 뚝뚝 들었고, 눈썹은 늘 안개로 덮여 있었으며, 옷과 깃에서는 늘 물이 줄줄 흘렀다. 그가 그 큰 손으로 하늘에 걸린 구름을 건드리자, 하늘에서는 무시무시한 소리와 함께 폭우가 쏟아지기 시작했다. 유노[48] 여신의 심부름꾼인, 일곱 색 색동옷을 입은 이리스[49]는 은하수에서 물을 길어 올려 이 구름에다 물을 대 주었다. 폭우가 쏟아지자 곡식은 삽시간에 바닥에 쓰러졌다. 농

---

43) '둥근 눈', 천궁의 대장장이들인 외눈박이 거인 세 형제.

44) 벼락.

45) 그/보레아스, 즉 '북풍'.

46) 바람의 신.

47) '남풍'.

48) 그/헤라. 유피테르의 아내.

49) '무지개'.

사꾼들의 간절한 기도도 하릴없이 한 해 내내 기울인 정성은 물거품으로 돌아갔다.

그러나 유피테르의 분은, 천상의 물을 다 쏟아붓는 것만으로는 풀리지 않았다. 유피테르는 다른 신들의 힘을 빌렸다. 유피테르와는 형제간인 바다의 신 넵투누스[50]가 파도를 몰아와 유피테르를 도왔다. 그는 전령을 보내어 강신(江神)들을 모두 불러모았다. 강신들이 모이자 그가 호령했다.

"길게 말할 것 없다. 있는 힘을 다 짜내라. 우리에게 필요한 것은 바로 그 힘이다. 수문(水門)이라는 수문은 모두 활짝 열고 담이라는 담은 다 무너뜨리고 물이 제 마음대로 흘러가게 하라!"

명령이었다. 강신들은 저마다 제 집으로 돌아가 수문을 활짝 열고는 분류(奔流)를 몰아 바다로 돌진했다.

넵투누스 자신은 삼지창(三枝槍)[51]으로 대지를 때렸다. 대지가 한 번 요동하자 그 진동에 물길이라는 물길은 다 열렸다. 물은 평원을 지나면서 둑을 무너뜨리고 단숨에 곡물과 과수원과 인축과 집과 신전과 성물(聖物)을 쓸어 버렸다. 이 엄청난 물결에도 흔들리지 않고 온전히 서 있던 건물도, 제 키보다 더 큰 파도에는 첨탑 꼭대기 하나 남기지 못하고 물속에 잠겼다. 이제 바다와 땅이 따로 없었다. 도처가 바다였다. 바다에는 해변이라고 할 만한 것도 없었다.

---

50) 그/포세이돈. 영/넵튠.
51) 바람을 부르고 비를 부르고 파도를 일으키는 이 해신(海神)의 무기.

돌고래를 밟고 서 있는 바다의 신 넵투누스. 이 해신(海神)이 들고 서 있는 트리덴스, 즉 삼지창의 '삼지'는 각각 바람과 구름과 비를 부르는 권능을 지닌다.

　이 위기를 모면해 보려고 산꼭대기로 기어오르는 자들도 있었고, 홍수 전까지만 해도 갈고 김매던 땅 위에서 쪽배를 타고 죽자고 노를 저어 대는 자들도 있었다. 논밭 위로, 물에 잠긴 제 집 지붕 위로 배를 저어 가는 자들이 있는가 하면 느릅나무 꼭대기에서 물고기를 보고 깜짝 놀라는 자들도 있었다. 이들은 푸른 초원에 닻을 내리기도 했고 쪽배의 용골로 물 밑에 잠긴 포도원을 쓸며 지나가기도 했다. 양 떼가 풀을 뜯던 곳에서는 꼴사나운 물개들이 놀고 있었다. 네레이스[52]에게 물 밑에 잠긴 숲과 마을과 집은 참 좋은 구경거리였다. 돌고래 무리는 숲을 차지하고 나무 꼭대기를 건드리기도 하고 나뭇가지를 흔들어 보기도 했다. 이리 떼는 가축 무리와 함께 물 위를 헤엄치고 있었다. 황갈색 사자와 호랑이들도 파도 사이를 떠다니고 있었다. 그 튼튼하던 엄니도 멧돼지에게 아무 쓸모가 없었고, 그 빠르던 발도 사슴에게 아무 소용이 없었다. 그저 떠내려가고 있을 뿐이었다. 새들이 쉴 만한 땅을 찾아 어지러이 날아다니다 지쳐 물 위로 떨어졌다. 고삐에서 풀려난 바다는 고삐에 묶인 산을 유린했고 파도는 그런 산의 봉우리를 어루만졌다. 일찍이 어느 누구도 본 적이 없는 진경(珍景)이었다. 인류의 대부분은 물에 빠져 죽었다. 요행히 홍수에서 살아난 인간도 오래 계속된 기근을 견디지 못하고 아사했다.

6 새 인류의 조상 데우칼리온과 퓌라

보이오티아 평원과 오이테 평원 사이에는 포키스라는 땅이 있다. 이 포키스 땅은 땅이었을 시절에는 기름지기로 소문난 땅이었으나 홍수 이후로는 다른 곳이나 마찬가지로 사방을 둘러보아도 오로지 물뿐인, 말하자면 바다의 일부가 되어

---

52) 복/네레이데스. 해신 네레우스의 딸들. 쉰 명 혹은 백 명에 이른다.

있었다. 이곳에는 두 개의 봉우리는 별에 닿고 마루는 구름을 가르는 아주 높은 산이 있다. 이 산이 바로 파르나소스산이다. 물이 온 세상을 뒤덮고 있을 즈음 데우칼리온이라는 사람과 그의 아내 되는 퓌라는 조그만 배를 타고 이 산꼭대기에 이르렀다. 데우칼리온은 그 많은 세상 사람들 가운데서도 가장 바르고 의롭게 살아온 사람이었고 퓌라는 그 많은 세상 여자들 가운데서도 가장 믿음이 깊은 여자였다. 데우칼리온 부부는 배에서 내리자마자 코뤼코스[53]의 요정들과 산신(山神)들과 테미스 여신[54]에게 기도했다. 테미스 여신은 일찍이 신탁전(神託殿)에서 인류의 미래가 그렇게 될 것임을 예언한 적이 있는, 더할 나위 없이 현명한 여신이었다.

유피테르는 물바다가 된 세상을 내려다보고 있었다. 유피테르는 그 많던 사내들 중에서 오직 하나, 그 많던 여자들 가운데서 오직 하나만 살아 있는 것을 보았다. 그는 이 둘에게는 지은 죄가 없다는 사실을, 이 둘이야말로 직심(直心)스럽게 신들을 섬겨 온 사람들이라는 것을 알고 있었다. 그래서 유피테르는 북풍에게 명해 비구름을 쫓고 안개의 너울을 걷게 한 다음 하늘에서는 땅이, 땅에서는 바다가 보이게 했다. 이제 바다는 더 이상 성난 바다가 아니었다. 바다의 지배자가 파도를 구슬리고 삼지창을 놓았기 때문이다. 바다의 지배자 넵투누스는 역시 해신인 트리톤[55]을 불렀다. 트리톤이 깊은 바다에서

---

53) 파르나소스산에 있는 유명한 동굴.
54) 만물의 이치를 주관하는 여신.
55) 넵투누스의 아들, 뱃길의 안내자.

삼지창을 든 해신 넵투누스와 그의 아내 암피트리테(첼리니).

솟아올랐다. 그의 어깨에는 조개가 다닥다닥 붙어 있었다. 넵
투누스는 트리톤에게 뿔고둥 나팔을 불어 파도의 신들과 강
신들에게 군호(軍號)를 보내게 했다. 트리톤은 속이 빈 나팔을
들었다. 입을 대는 부분에서 앞으로 나갈수록 넓어지면서 나
선형으로 배배 꼬인 나팔이었다. 트리톤이 바다 한가운데서
이 나팔을 불자 소리가 동서로 멀리 떨어진 곳까지 두루 미쳤
다. 트리톤은 다시 한번 수염에서 떨어진 물로 흠뻑 젖은 입술
에 나팔을 대고 불어, 모든 강신에게 원래 있던 곳으로 돌아
가라는 군호를 보냈다. 이 소리는 땅과 바다를 점령하고 있던
뭇 강신들 귀에 고루 들렸다. 이 소리를 들은 파도라는 파도는
모두 돌아갈 길을 생각했다. 바다에는 다시 해변이 나타났다.

엄청나게 불어났던 강물은 다시 물길로 돌아갔다. 홍수가 잡히면서 산이 다시 모습을 드러내기 시작했다. 물이 물러나자 대지가 일어섰다. 그리고 나서 한참 뒤에는 숲이 나무 꼭대기부터 드러나기 시작했다. 나뭇잎에는 뻘이 묻어 있었다.

세상은 원래 모습을 되찾았다. 데우칼리온은 적막에 잠긴 이 황폐한 땅, 공허한 땅을 보고는 눈물을 흘리면서 사랑하는 아내 퓌라에게 말했다.

"내 아내이자 내 사촌[56]이며, 이 세상에 하나밖에 남지 않은 퓌라여, 처음에는 혈육으로 인연을 맺더니 이윽고 혼인으로 인연을 맺은 퓌라여, 이제 이 위난(危難)이 또 한 번 우리를 하나로 묶는구나. 이 넓은 땅, 해 뜨는 데서부터 해 지는 데까지 살아 있는 인간은 우리 둘뿐이다. 나머지는 바다가 앗아 갔다. 우린들 무슨 수로 살아남을 수 있을까, 막막하구나. 구름만 보아도 가슴이 내려앉는 것 같구나. 가련한 아내여, 운명이 나를 앗아 가고 그대만 남겨 놓았더라면 그대 마음이 어떠하였으랴! 홀로 남아 있었더라면 두려움은 어찌 이겨 낼 수 있었을 것이며 슬픔에 잠기면 누가 그대를 달랠 수 있었으랴. 그러나 나를 믿으라, 바다가 그대마저 앗아 갔더라면 나는 그대 뒤를 따라 바다가 나까지 앗아 가게 했으리라. 나에게 아비 되는 재주가 남아 있어서 자손을 퍼뜨리고 새 나라를 일으킬 수 있다면 좀 좋으랴. 내게 흙을 이겨 사람의 형상을 만들고 여기

---

56) 데우칼리온의 아버지 프로메테우스와 퓌라의 아버지 에피메테우스는 형제간이다. 따라서 이 둘은 부부간이자 사촌 간이다.

에다 숨결을 불어넣는[57] 재주가 있다면 좀 좋으랴. 그러나 이제 인류의 운명은 우리 둘에게 달려 있다. 이것이 신들의 뜻…… 우리는 인류의 본으로 남은 것이다."

이 말 끝에 두 사람은 서로 부여안고 울었다. 데우칼리온 부부는 하늘의 신들께 기도해 신들로부터 신탁(神託)을 얻어 보기로 뜻을 맞추었다. 두 사람은 지체 없이 손에 손을 잡고 케피소스 강가로 갔다. 홍수 뒤끝이라 맑지는 않았으나 그래도 강물은 얌전히 물길 사이를 흘러가고 있었다. 두 사람은 강에서 물을 길어 머리와 옷에 뿌리고는 테미스 여신의 신전으로 발길을 돌렸다.

신전 지붕은 더러운 이끼와 뻘로 덮여 있었다. 제단에 향불이 켜져 있을 리 없었다. 두 사람은 신전 계단에 엎드려 차가운 돌에 입 맞추고는 이렇게 빌었다.

"신들의 마음이 신심(信心) 있는 자들의 기도로 움직이고 부드러워진다면, 신들의 분노가 이로써 가라앉는다면, 일러 주소서, 테미스 여신이시여, 어찌하면 인류가 절멸한 이 땅의 이 재난을 수습할 수 있을는지요? 자비로우신 여신이시여, 환란을 당한 저희를 도와주소서……."

여신은 이들을 가엾게 보고 속삭이는 소리에 뜻을 맡겼다. 여신이 맡긴 뜻은 이러했다.

"내 신전에서 나가 너희 머리를 가리고 의복의 띠를 푼 연

---

57) 데우칼리온의 아버지 프로메테우스가 이렇게 해서 인간을 창조한 것으로 전해진다.

후에 너희 크신 어머니의 뼈를 어깨 너머로 던지거라."

　여신께서 속삭이는 소리에 맡긴 뜻을 듣고도 두 사람은 어찌할 줄을 몰라 망연자실 한동안 그대로 가만히 서 있었다. 먼저 침묵을 깨뜨린 것은 퓌라였다. 퓌라는 여신의 뜻을 따를 수 없노라고 말하고는 떨리는 목소리로 여신에게 용서를 빌었다. 퓌라는 뼈를 홀대해 어머니의 신성(神聖)에 누를 끼칠 수는 없다고 말했다. 두 사람은 한동안 참으로 엉뚱하고도 애매한 이 여신의 뜻을 새기려고 묵상했다. 얼마 후 프로메테우스의 아들이 다음과 같은 말로, 겁에 질려 있는 에피메테우스의 딸을 달랬다.

　"신의 뜻은 무류(無謬)하신 법, 죄업 쌓을 말씀은 아니 하실 것이다. 내 짐작이 그르지 않다면, 여신의 뜻이 이르시는 어머니는 곧 대지일 것이요, 어머니의 뼈는 곧 돌이 아닐는지……. 우리에게, 여신께서는 어깨 너머로 돌을 던지라고 하신 것일 게야."

　티탄의 딸[58]에게는 지아비의 짐작이 그럴듯해 보였다. 그러나 티탄의 딸은 실낱 같은 희망에 기댈 수 없었다. 두 사람에게 하늘의 뜻이 그만큼 미덥지 않았기 때문이다. 그러나 두 사람은 그 뜻을 따르지 않는 것은, 아무래도 에멜무지로 좇아 보는 것만 같지 못하다는 결론을 내렸다.

　두 사람은 여신이 맡긴 뜻이 이른 대로, 산을 내려가면서 옷으로 머리를 가리고 띠를 느슨하게 풀어헤친 다음 돌을 주

---

58) 에피메테우스가 티탄에 속하니까 그 딸인 퓌라를 말한다.

워 어깨 너머로 던져 보았다. 옛 전승(傳承)이 이를 증언하지 않았더라면 이로써 일어난 일을 믿을 사람은 이 세상에 없을 것이다. 어깨 너머로 던져진 돌은 금방 그 딱딱한 본성을 누그러뜨리기 시작했다. 그리고 잠시 후에는 말랑말랑해지기 시작했다. 일단 말랑말랑해지자 돌은 일정한 형태로 변하기 시작했다. 변하면서 돌은 시시각각으로 커졌다. 돌은 커지면 커질수록 점점 더 인간의 모습을 닮아 갔다. 그러나 아직은 또라지게 인간의 모습이라고 꼬집어 말할 수 있는 단계는 아니었다. 말하자면 정질이 갓 끝났을 뿐, 마무리는 아직 되지 않은 대리석상 혹은 미완성 석상 같았다. 잠시 뒤 습기가 있는 부분, 돌 중에서도 눅눅한 흙이 묻은 부분은 살이 되기 시작했고 딱딱한 부분은 뼈가 되기 시작했다. 돌의 결[59]은 이름이 같은 핏줄[60]로 변했다. 시간이 좀 더 흐르자, 은혜로워라, 신들의 뜻이여, 지아비가 던진 돌은 남자의 형상을 얻었고 지어미가 던진 돌은 여자의 형상을 얻었다. 우리가 힘드는 일도 수나롭게 해내는 강인한 족속인 까닭은 이로써 설명이 가능할지도 모르겠다.

이 이야기가 우리의 근원을 증거하고 있는 것이므로.

---

59) 베나.
60) 베나.

7 왕뱀 퓌톤

인간 이외의 동물들은 대홍수 뒤 땅에 남아 있던 습기가 햇볕에 뜨거워질 즈음에 저절로 생겨났다. 이즈음 늪지의 진흙이 열기에 부풀어 오르고, 만물의 종자는 어머니 자궁 안에 든 것처럼 부풀어 올라 시간이 흐르자 일정한 모양을 갖추게 된 것이다. 이런 일이 일어난 것은, 하구(河口)가 일곱 개인 네일로스61)강이 범람해 있던 벌판에서 원래 있던 하상(河床)으로 되돌아갈 때였다. 네일로스강이 원래의 물길로 되돌아가자 범람해 있던 곳에 쌓여 있던 진흙은 햇볕을 받아 뜨거워졌다. 이때 이 흙을 일구던 농부들은 흙 속에서 태어나고 자라난 수많은 짐승들을 보았다. 이 수많은 피조물 중에는 종자에서 갓 빚어진 것도 있었고, 살아나 마악 기어 나오려 하는 것들도 있었다. 물론 아직은 다 만들어지지 못해 사지가 온전하지 못한 것도 있었고 몸의 일부는 생명체인데 나머지는 흙덩어리 그대로인 것도 있었다. 이러한 피조물들은 온기와 습기가 알맞게 어울리는 환경에서만 생명을 얻을 수 있었다. 이는 만물이 이 두 가지 요소에서 비롯되기 때문이었다. 물과 불은 비록 상극이기는 하나 습윤한 온기는 만물의 근원이었다. 말하자면 물인 습기와 불인 온기가 조화를 이루어야 생명 창조가 이루어지는 것이었다.

홍수가 지나간 뒤 대지에 덮였던 진흙이 하늘에서 비치는

_____

61) 나일.

벨베데레의 아폴로(그/아폴론). 아폴로는 궁술(弓術), 음악, 의술의 신이다. 아폴로
니우스의 작품으로 알려진 기원전 1세기경의 대리석상.

태양의 그윽한 열기로 다시 더워지자 대지는 이루 셀 수도 없
을 만큼 많은 종류의 생명을 지어 내었다. 이렇게 지어진 생명
중에는 홍수 이전에 있던 것도 있었고 전혀 새롭게 지어진 것
도 있었다.

  그럴 의향이 없었는데도 불구하고 대지[62]가 산 것 중에서
크기로 치면 으뜸이 될 만한 왕뱀 퓌톤을 지어 낸 것도 이때

였다. 이 왕뱀은 누우면 산자락 하나를 덮을 만큼 컸다. 이렇게 큰 짐승을 본 적이 없는 새 인류에게 이 왕뱀은 두려움의 대상이 아닐 수 없었다. 달아나는 사슴 아니면 겁 많은 산양에게나 활을 쏘아 본 적이 있는 활의 신 아폴로[63]는 이 왕뱀을 상대로 화살통을 비웠다. 왕뱀이 상처로 독액(毒液)을 모두 쏟을 때까지 수천 개의 화살을 쏜 것이다. 아폴로는, 세월이 지나도 사람들이 이 영웅적인 행적을 잊지 않도록 이를 기념하기 위해 재간 겨루기 대회를 창시했다. 이 겨루기 대회가 바로 퓌티아 대회다. 이 대회에서는 여러 가지 겨루기가 벌어진다. 씨름, 달음박질, 병거 경주(兵車競走) 같은 겨루기에서 승리한 젊은 선수는 떡갈나무 잎으로 만든 관(冠)을 상으로 받았다. 이 시절에는 월계수로 만든 월계관이 없었다. 포이부스[64]도 머리카락이 흘러내릴 때면 이 관을 썼다.

8 월계수가 된 다프네

페네이오스[65]의 딸 다프네는 포이부스의 첫사랑이었다. 포이부스는 우연히 다프네를 사랑하게 된 것이 아니다. 쿠피도[66]가

---

62) 여기에서는 대지의 여신 가이아를 말한다.
63) 그/아폴론. 유피테르와 라토나(그/레토) 사이에서 난 아들. 음악, 의술, 궁술, 예언의 신.
64) 그/포이보스. '빛나는 자'라는 뜻으로, 태양신인 아폴로의 별명.
65) 페네이오스강의 신이자 강 자체.

자신을 업신여기는 아폴로에게 앙갚음을 하느라고 그렇게 만든 것이다.

얼마 전 왕뱀을 죽이고 나서 으쓱거리며 다니던 이 델로스[67]의 신은 활에 시위를 매고 있는 쿠피도에게 이런 말을 했다.

"이 건방진 꼬마야. 무사들이나 쓰는 무기가 너와 무슨 인연이 있느냐? 그런 무기는 나 같은 무사의 어깨에나 걸어야 어울린다. 나는 절대로 빗나가지 않게 겨냥할 수 있어서, 짐승이든 인간이든, 말하자면 뭐든 쏘아 맞힐 수 있으니까 하는 말이다. 얼마 전에도 나는, 온 벌판 가득하게 똬리를 틀고 있는, 독이 잔뜩 오른 왕뱀 퓌톤을 여러 개의 화살로 쏘아 죽였다. 너는 사랑의 불을 잘 지른다니까, 횃불 같은 것으로 사랑의 불이나 지르고 다니는 게 좋겠다. 나 같은 어른이나 얻는 칭송은 너에게 당치 않으니, 분수를 알아서 처신하도록 하여라."

그러나 이 말을 들은 베누스[68]의 아들은 이렇게 응수했다.

"포이부스, 그대의 활이 아무거나 쏘아 맞히는 활이라면, 내 활은 그대를 맞힐 수 있는 활이오. 짐승이 신들만 못하듯이 그대의 영광 또한 내 영광만 못할 것이오."

쿠피도는 이 말을 마치고는 하늘로 날아올라 파르나소스 산 꼭대기의 울창한 숲에 내렸다. 그는 화살이 가득 든 화살통에서 각기 쓰임새가 다른 화살 두 개를 뽑았다. 하나는 사랑을 목마르게 구하게 만드는 화살, 또 하나는 사랑을 지긋지

---

66) 그/에로스, 영/큐피드. 사랑의 신.
67) 아폴로가 태어난 섬 이름.
68) 그/아프로디테. 영/비너스.

애욕의 여신 베누스 앞에서 쿠피도에게 활 쏘는 법을 가르치는 메르쿠리우스(코레조의 그림).

굿하게 여기게 하는 화살이었다. 사랑을 목마르게 구하게 하는 화살은 금 화살이었다. 이 금 화살 끝에는 반짝거리는, 예리한 촉이 물려 있었다. 그러나 사랑을 지긋지긋하게 여기게 만드는 화살에는 납으로 된, 뭉툭한 촉이 물려 있었다. 쿠피도 신은, 아폴로는 이 금 화살로 쏘고, 페네이오스의 딸인 요정 다프네는 납 화살로 쏘았다. 화살에 맞자마자 아폴로는 사랑에 빠졌고 다프네는 사랑이라는 말만 들어도 천리만리 도망치는 지경에 이르렀다. 다프네는 원래 댕기 하나로 머리카락을 아무렇게나 척 묶고 숲속을 돌아다니면서, 저 처녀신 디아나[69]와 겨루기라도 하는 듯이 짐승을 잡는 일 아니면 거들떠보려고도 하지 않던 처녀였다.

다프네에게는 구혼자가 많았다. 그러나 다프네는 이들의 구혼을 마다하고 길도 없는 숲을 돌아다니면서 사냥하는 일에만 정신을 쏟을 뿐이었다. 말하자면 다프네에게 결혼이니, 사랑이니, 부부 생활이니 하는 것은 쥐뿔도 아니었다. 페네이오스는 틈날 때마다 이 선머슴 같은 딸을 타일렀다.

"애야, 결혼해서 아비에게 사위 구경이라도 시켜 주어야 하지 않겠느냐?"

때로는 이런 말도 했다.

"아비에게 외손주를 낳아 바치는 것은 네 의무니라."

그러나 다프네는 얼굴만 붉힐 뿐이었다. 다프네는 결혼이라는 것을 무슨 못 할 짓으로 여기는 것 같았다. 그래서 결혼 이야기가 나올 때마다 그 아름다운 얼굴을 붉히면서 아버지의 목을 두 팔로 감아 안고 애원하듯이 이렇게 말하곤 했다.

"아버지, 영원히 처녀로 있게 해 주세요. 디아나 여신의 아버지[70]는 벌써 옛날에 딸에게 이런 은전을 베풀었답니다."

---

69) 그/아르테미스, 영/다이애나. 아폴로의 쌍둥이 누이인 사냥의 여신.

딸이 어쩌나 집요하게 굴었는지 아버지도 딸의 청에 못 이기는 척 마음을 그렇게 먹었다. 그러나 다프네의 아름다움은 다프네의 간절한 소망을 이루어 주지 않았다. 소원을 이루기에는 다프네가 너무 아름다웠던 것이다.

포이부스 아폴로는 쿠피도의 화살을 맞은 뒤, 다프네를 보는 순간에 그만 마음을 빼앗기고 말았다. 앞일을 헤아리는 포이부스의 예언력도 하릴없었다. 포이부스는 오로지 자기의 욕망이 이루어지기만을, 즉 다프네의 마음을 사로잡을 수 있기만을 바랐다. 아폴로의 가슴은, 타작 마당에서 검불을 태우는 불길 혹은 밤길 가던 나그네가 새벽이 되자 내버린 횃불이 잘 마른 울타리를 태우듯이 타올랐다. 그는 이 허망한 사랑에 대한 희망을 끝내 버릴 수 없었다. 이성에 눈먼 아폴로는 목 위로 아무렇게나 흘러내린 다프네의 머리카락을 보면서 이렇게 탄식했다.

"아, 빗질이라도 한다면 얼마나 더 아름다워 보일까?"

그는 별처럼 반짝이는 다프네의 눈에서 눈길을 뗄 수 없었다. 그의 눈은 다프네의 입술에도 머물렀다. 그는 그 입술을 보는 것만으로는 만족할 수 없었다. 그는 다프네의 손가락, 손, 어깨까지 드러난 팔을 찬양했다. 그러면서 보이는 것이 저렇게 아름다운데 보이지 않는 것은 얼마나 더 아름다울까 생각했다.

그러나 아폴로가 다가가면 다프네는 달아났다. 바람보다 빠르게 달아났다. 아폴로가 뒤에서 이렇게 소리를 지르는데도

---

70) 유피테르.

다프네는 걸음을 멈추지도, 그의 하소연을 들어 주려고 하지도 않았다.

"요정이여, 페네이오스의 딸이여. 부탁이니 달아나지 말아요. 비록 그대를 이렇게 쫓고 있기는 하나 나는 그대의 원수가 아니오. 아름다운 요정이여, 거기에 서요. 이리를 피해 어린 양이 도망치듯이, 사자를 피해 사슴이 달아나듯이, 비둘기가 독수리를 피해 날갯짓하듯이, 만물이 그 천적 되는 것을 피해 몸을 숨기듯이, 그대는 지금 그렇게 내게서 달아나고 있소. 달아나지 말아요, 내게 그대를 뒤쫓게 하는 것은 바로 사랑이오. 그러다 돌부리에 걸려 넘어지면 어쩌려오, 장미 덩굴에 그 아름다운 발목이라도 긁히면 어쩌려는 것이오. 그대가 달아나고 있는 이곳은 험한 곳이오. 부탁이오, 천천히 달려요. 걸음을 늦추어요. 나도 천천히 뒤따를 것이니.

그대에게 반해 이렇듯이 번민하는 내가 누군지 그것은 물어보고 달아나야 할 것이 아니오? 나는 산속에서 오막살이나 하는 농투산이가 아니오, 이 근동에서 가축이나 먹이는 양치기나 소치기도 아니오. 어리석어라! 어째서 그대는 뒤따르는 내가 누군지 모르서오? 아시면 그렇게 달아나지 않을 것이오. 나는 델포이[71] 땅의 주인이며, 테네도스섬의 주인, 파타라 항구의 주인이오. 나는 저 신들의 아버지 유피테르의 아들이오. 내게는 과거, 현재, 미래를 아는 재주도 있소. 수금(竪琴)을 나

71) 아폴로가 왕뱀 퓌톤을 죽인 곳. 저 유명한 델포이 신탁소가 있다. 이하의 지명 모두 아폴로의 신전이 있는 곳이다.

보다 잘 뜨는 인간이나 신은 하나도 없을 것이오. 내 화살은 백시백중(百矢百中)이오만, 나보다 솜씨가 나은 자가 있어서 내 가슴에 치유할 길 없는 상처를 입히고 말았소. 의술은 내게 서 비롯되었소. 그래서 세상 사람들은 나를 일러 파이안[72]이 라고 하오. 아, 나는 약초를 잘 아는 의신(醫神)이오만, 이 사랑 병 고칠 약초는 없으니 이 일을 어쩌리오. 남을 돕는 재주가 그 임자에게는 하릴없으니 장차 이 일을 어쩌리오……."

처녀가 달아나지 않았더라면 그가 한 말은 이보다 훨씬 더 길었으리라. 그러나 처녀는 그의 말을 들으면서도 계속해서 달 아났다. 정신없이 달아나고 있었는데도 불구하고 다프네의 모 습은 그렇게 아름다울 수 없었다. 바람이 달아나는 다프네의 옷자락을 날려 사지를 드러나게 하고 있었다. 사지가 드러난 데다 바람이 머리카락까지 흩날리게 했으니 어떤 의미에서는 달아나는 모습이 더 아름다워 보이는 것도 당연했다. 젊은 신 아폴로는 그런데도 입에 발린 아첨으로 낭비하는 시간을 아 까워하지 않았다. 사랑하는 마음은 이 젊은 신의 추격 속도를 시간이 갈수록 빠르게 했다. 갈리아[73] 사냥개가 풀밭에서 토 끼 한 마리와 쫓고 쫓기는 형국과 흡사했다. 사냥개는 속도로 이 사냥감을 확보하려 하고 사냥감은 속도로 절체절명의 위기 를 모면하려고 하는 법이다. 아폴로와 다프네가 쫓고 쫓기는 형국은 사냥개가 한시바삐 이 추격전을 마무리하고 싶어 주둥

---

72) '고치는 자'. 아폴로의 별명.
73) 프랑스의 옛 이름.

아폴로가 손을 대는 순간 나무로 전신(轉身)하는 다프네(베르니니의 조각).

이로 토끼의 꼬리를 덥석 물고, 토끼는 사냥개 입에 물렸는지 안 물렸는지 모르면서도 죽자고 몸을 날려 아슬아슬하게 사냥개의 이빨을 피하는 형국과 아주 흡사했다.

　이 젊은 신과 아름다운 요정은, 전자는 따라잡겠다는 욕심에 사로잡혀, 후자는 잡히면 끝장이라는 공포에 쫓기며 빠르기를 겨루었다. 그러나 쫓는 쪽이 빨랐다. 아폴로에게는 쿠피도의 날개[74]가 함께하고 있었기 때문이다. 아폴로는 달아나

---

74) 사랑하는 마음.

는 요정 처녀에게 잠시도 여유를 주지 않고 발 뒤축에 바싹 따라붙었다. 숨결이 다프네의 목에 닿을 수 있는 거리까지 따라붙었다. 다프네는 힘이 다했는지 더 이상 달아나지 못했다. 다프네의 안색이 창백해지기 시작했다. 지친 다프네는 아버지 페네이오스강의 강물을 내려다보며 외쳤다.

"아버지, 저를 도우소서. 강물에 정말 신력(神力)이 있으면 기적을 베푸시어 전신(轉身)의 은혜를 내리소서. 저를 괴롭히는 이 아름다움을 거두어 주소서."

다프네는 이 기도를 채 끝마치기도 전에 사지가 풀리는 듯한, 정체 모를 피로를 느꼈다. 다프네의 그 부드럽던 젖가슴 위로 얇은 나무껍질이 덮이기 시작했다. 머리카락은 나뭇잎이 되고 팔은 가지가 되기 시작했다. 조금 전까지만 해도 그렇게 힘 있게 달리던 다리는 뿌리가 되고, 얼굴은 이미 나무 꼭대기가 되고 있었다. 이제 다프네의 모습은 거기 남아 있지 않았다. 그 눈부신 아름다움만 거기에 남아 있을 뿐……

나무가 되었는데도 불구하고 포이부스 아폴로는 다프네[75]를 사랑했다. 나무 둥치에 손을 댄 포이부스는 갓 덮인 수피 아래서 콩닥거리는 그녀의 심장 박동을 느낄 수 있었다. 그는 월계수 가지를 다프네의 사지인 듯이 끌어안고 나무에 입술을 갖다 대었다. 나무가 되었는데도 다프네는 이 입맞춤에 몸을 웅크렸다. 포이부스 아폴로가 속삭였다.

"내 아내가 될 수 없게 된 그대여, 대신 내 나무가 되었구

---

75) '월계수'.

나. 내 머리, 내 수금, 내 화살통에 그대의 가지가 꽂히리라. 카피톨리움[76]으로 기나긴 개선 행렬이 지나갈 때, 백성들이 소리 높여 개선의 노래를 부를 때 그대는 로마의 장수들과 함께할 것이다. 그뿐인가? 아우구스투스 궁전 앞에서는 그 문을 지킬 것이며, 거기 걸릴 떡갈나무 관[77]을 바라볼 수도 있을 것이다. 이날까지 한 번도 잘라 본 적 없는, 지금도 싱싱하고 앞으로도 싱싱할 터인 내 머리카락같이 그대 잎으로 만든 월계관 또한 시들지 않으리라."

아폴로가 이런 약속을 하자 월계수는 가지를 앞으로 구부리고 잎을 흔들었다. 고개를 끄덕이듯이…….

9 암소가 된 이오. 백안(百眼)의 거인 아르고스. 갈대가 된 요정 쉬링크스

하이모니아 땅에는 사면(斜面)에 둘러싸인 숲이 있다. 말하자면 숲을 이룬 계곡인 셈이다. 사람들은 이 숲을 템페라고 불렀다.[78] 이 숲 한가운데로 핀도스 산록에서 발원한 페네이오스강이 포말을 날리며 흐른다. 하류로 내려갈수록 이 흐름은 분류(奔流)가 되는데, 아시다시피 강은 분류가 될수록 더

---

76) 로마에 있는 일곱 언덕 중 가장 높은 언덕. 유피테르의 신전이 있다.
77) 아우구스투스 황제는 궁전 문에 떡갈나무 관을 걸어 로마를 지키는 수호신의 상징물로 삼았다.
78) 템페 계곡이라고도 불린다.

많은 포말을 뿌린다. 이 강이 흘러가면서 내는 소리는 이 산록에서 들리는 뭇 소리를 압도한다. 이곳이 바로 이 큰 강의 고향이자 집이자 은신처다. 강의 신 페네이오스는 깎아지른 절벽 한가운데 있는 석굴에 앉아 물결과 그 흐름 안에 기거하는 요정들을 다스린다.

바로 이곳에서 페네이오스 나라의 큰 강 다섯 줄기, 즉 버드나무 숲 사이로 흐르는 스페르케오스강, 쉬지 않는 에니페우스강, 연로한 아피다노스강, 고요히 흐르는 암프뤼소스강과 아이아스강이 발원한다. 이 강들은 다프네의 아버지 페네이오스에게 축하 인사를 해야 할지, 위로의 말을 해야 할지 알지 못한다. 알지 못하는 채로 강이라는 강, 흐름이라는 흐름은 오랜 방황으로 고단해진 몸을 이끌고 마침내 바다에 이른다.

그런데 이나코스강만은 바다로 흘러가지 않고 동굴 깊숙이 들어앉아 하염없이 흐르는 눈물로 강물을 불리고 있었다. 딸 이오를 잃었기 때문이다. 그는 딸이 살아 있는지, 아니면 저승 땅으로 내려갔는지 알지 못하고 있었다. 이나코스강은 아무리 수소문해 보아도 딸의 행방을 아는 자가 나타나지 않자, 그저 다시는 볼 수 없겠거니 여기고 있을 뿐이었다. 그는 최악의 경우까지 생각하고, 이를 감수할 마음의 준비까지 갖추고 있었다.

그런데 이 이나코스의 딸 이오가 실종된 진상은 이러하다. 어느 날 아버지 강의 흐름을 헤어 나오는 이오를 보고 유피테르가 이렇게 말했다.

"처녀여, 유피테르에게나 어울릴 아름다운 처녀여. 그대가 잠자리를 함께하면 유피테르가 얼마나 기뻐할까? 해가 황도(黃道)를 지나는구나. 그러니 깊은 숲속으로 들어가 저 따가운 볕을 피하기로 하자."

유피테르가 숲속 그늘진 곳을 가리키며 말을 이었다.

"산짐승 우글거리는 곳으로 혼자 들어간다고 두려워하지는 말아라. 혼자 깊고 깊은 숲속으로 들어가도 그대는 안전할 것이다. 신이 그대를 지켜 줄 것이기 때문이다. 그대를 지킬 신이 예사 신인 줄 아느냐? 천궁의 홀장(笏杖)을 들고 벼락을 던지는 신이니라. 그러니 달아날 생각은 아예 마라."

유피테르가 이렇게 말한 것은, 처녀가 벌써 달아나고 있었기 때문이다. 처녀는 발길을 돌려 레르나 풀밭을 지나고 나무가 빼곡히 들어찬 뤼르케아 들판으로 달아났다. 그러나 유피테르는 대지에 어둠을 깔아 처녀의 눈에 아무것도 보이지 않게 했다. 처녀가 더 달아나지 못하자 유피테르는 강의 딸 이오와의 사랑을 이루었다.

천궁에서 아르고스 땅을 내려다보고 있던 유피테르의 정처(正妻) 유노[79]는 벌건 대낮에 이상한 구름이 밤을 지어 내는 것을 괴이하게 여겼다. 더구나 그 근방에는 안개를 뿜어낼 만한 강이나 구름을 빚어내는 늪지가 없었다. 유노는 지아비 유피테르를 찾아보았다. 하지 말아야 할 짓을 곧잘 하는 지아비의 버릇을 익히 알고 있기 때문이었다. 지아비 유피테르가 지상으로 내려갔다는 사실을 안 유노는, "내 짐작이 그르지 않

---

79) 그/헤라.

다면, 이 양반이 필시 또 못된 짓을 하는 게다."라고 중얼거리면서 지상으로 내려와 구름을 날려 버렸다.

유노가 이 구름을 날려 버린 것은, 아내가 내려올 것을 미리 안 유피테르가 이나코스강의 딸 이오를 새하얀 암소로 전신하게 한 뒤였다. 암소로 전신했는데도 불구하고 암소 이오는 본래의 이오만큼이나 아름다웠다. 이 암소는 유노에게도 아름답게 보였다. 그래서 유노는 아무것도 모르는 척 지아비에게, 암소가 대체 누구의 것이고, 내력이 어떻게 된 것이며 대체 누구 소 떼에 섞여 있던 것이냐고 물었다. 유피테르는 아내에게 거짓말을 했다. 소의 내력을 아는 듯이 캐묻는 아내를 입막음하려고 대지에서 태어난 소라고 대답한 것이다. 그러나 사투르누스의 딸[80]은 그 암소를 자기에게 선물로 줄 수 없겠느냐고 말했다. 유피테르의 입장이 몹시 난처해졌다. 정부(情婦)가 된 이오를 본처 손에 넘기자니 애처롭고, 달라는 청을 거절하자니 밑도 끝도 없는 의심을 살 판이기 때문이었다. 마음은 넘겨주라고 꼬드기고 사랑은 그래서는 될 일이 아니라고 하는 판이었다. 물론 사랑 쪽이 강했다. 그러나 한 마리 암소같이 보잘것없는 선물을, 암소 한 마리보다 훨씬 소중한 누이이자 아내[81]인 유노에게 주지 않을 수도 없는 노릇이었다.

유피테르는 결국 이 애인을 넘겨주었다. 여신 유노는 유피테르가 암소를 넘겨주었는데도 불구하고 이 암소에 대한 의

---

80) 즉 유노.
81) 유노는 유피테르의 누이이자 아내다.

심을 풀지 않았다. 유피테르에게 속은 것이 한두 번이 아니었기 때문이다. 유노는 이 암소를 몰고 가 아레스토르의 아들 아르고스에게 맡기면서 단단히 지키라고 명했다. 이 아르고스는 머리에 눈이 백 개나 달린 괴물이었다. 아르고스는 잠을 잘 때도 눈은 두 개만 감는다. 즉 나머지 아흔여덟 개의 눈은 뜬 채로 자는 것이다. 이 백 개의 눈은 아르고스의 머리 사방에 붙어 있다. 그래서 아르고스가 머리를 어느 쪽으로 두든 언제나 이오를 감시할 수 있다. 아르고스는 낮 동안은 이오에게 강변으로 나가 풀 뜯는 것을 허용했다. 그러나 해가 대지 저쪽으로 가라앉으면 아르고스는 이오를 끌고 가 그 흰 목을 사슬로 묶고는 백 개의 눈으로 감시했다. 이오의 먹이는 나뭇잎과 쓴맛이 도는 풀이었다. 이오는 침상 대신에, 건초도 깔리지 않은 땅바닥에서 잠을 잤다. 가엾은 이오가 마실 것은 강의 흙탕물뿐이었다. 이오는 두 팔을 벌리고 아르고스에게 애원하고 싶었다. 그러나 이오에게는 벌릴 팔이 없었다. 불만을 말하고자 한 적도 있었다. 그러나 이오의 입에서 나온 것은 말이 아니라 나지막한 소 울음소리였다. 이오는 제 목소리에 몹시 놀라 다시는 입을 열지 않았다. 한때 아버지의 귀한 딸로 뛰놀던 이오는, 아버지 이나코스 강가로 나와 물에 비치는 제 모습을 내려다보고, 쭉 찢어진 입과 괴상한 제 뿔을 발견하고는 그만 기가 막혀 강가에서 도망치고 만 적도 있었다.

강의 요정들은 물론이고 심지어 아버지 이나코스까지도 딸을 알아보지 못했다. 이오는 강가로 나올 때마다 아버지와 언니들 뒤를 따라다니며, 손으로 등을 쓸어 줄 때마다 그들의 주의를 끌어 보려고 애썼다. 그러나 그들은 이오를 알아보지 못했다. 아버지 이나코스는 풀을 뜯어 암소로 둔갑한 이오에게 먹여 주기도 했다. 이오는 아버지의 손을 핥다가, 아버지의 뺨에 입을 갖다 대다가는 그만 더 참지 못하고 눈물을 흘리고 말았다. 말이라도 할 수 있었다면 도움을 구할 수 있었을 것을⋯⋯. 정체를 밝히고 하소연할 수 있었을 것을⋯⋯. 이오는 하는 수 없어서 발굽으로 땅바닥에다 제 이름을 써서 암소로 둔갑하게 되었다는 슬픈 소식을 전했다. 이나코스는 애통해하는 암소 이오의 뿔을 부여잡고 백설 같은 등을 쓸면서 울부짖고 또 울부짖었다.

"세상에, 세상에⋯⋯. 네가 바로, 이 아비가 온 세상을 찾아 헤매던 내 딸이라는 말이냐? 너를 잃었을 때의 슬픔보다 이렇게 너를 찾고 보니 찾은 슬픔이 더하구나. 너는 말을 못 하니 내 말에 대답할 수 없을 테지. 그러니 대답 대신에 그저 나직하게 울기만 하여라. 하기야 네가 울 수밖에 더 있겠느냐? 나는 일이 이렇게 될 줄 까맣게 모르고 네 집을 장만하고 네 혼수를 준비했구나. 사위를 보고 외손주를 보고 싶은 욕심에서 너 시집 보낼 생각이나 했구나. 그러나 이제는 황소 가운데서 네 신랑감을 찾을 수밖에 없게 생겼으니 이 아니 기가 막히는 일이냐? 네가 낳아 봐야 송아지일 수밖에 없으니 이 아니 기가 막히는 일이냐? 내가 죽어 버리면 이 기구한 팔자를 더 이상 슬퍼하지 않아도 좋을 터이나, 내가 신(神)이라는 것이 한스럽구나. 신이라서 죽음의 문이 내 앞에서 닫혔으니, 영원히 슬퍼해야 하는 이 팔자를 어쩔꼬⋯⋯."

아르고스를 잠재우는 메르쿠리우스.
옆에 암소 이오가 누워 있다(루벤스의 그림).

강의 신 이나코스와 이오와 이오의 언니들은 함께 목 놓아 울었다. 이들의 울음은, 아르고스가 이오를 아버지와 언니들에게서 떼어 내어 먼 풀밭으로 끌고 갈 때까지 계속되었다. 아르고스는 이오를 거기에서 먼 풀밭에 끌어다 놓고 산꼭대기에 앉아 지켰다. 몸은 비록 산꼭대기에 앉았어도 그는 거기에서 백 개의 눈으로 사방을 한눈에 볼 수 있었다.

신들의 지배자 유피테르는 이오가 받는 고통을 더 이상 두고 볼 수 없었다. 그래서 유피테르는 플레이아스[82]의 몸에서 얻은 아들 메르쿠리우스[83]를 불러, 가서 아르고스를 죽이고

---

82) 복/플레이아데스. '칠요성(七曜星)'이라고 불리는 별무리. 거인 아틀라스의 딸들이다.

83) 그/헤르메스, 영/머큐리. 플레이아스인 마이아의 몸에서 태어난 유피테르의 아들이자 전령신(傳令神)이다.

이오를 구하라고 명했다. 메르쿠리우스는 일각도 지체하지 않고, 발에는 날개 달린 가죽신을 신고, 손에는 최면장(催眠杖)을 들고, 머리에는 모자를 눌러쓰고는 아버지의 천궁에서 지상으로 내려갔다. 메르쿠리우스는 땅에 내리는 즉시 모자와 가죽신은 벗어서 감추어 버린 뒤 최면장만 손에 들고, 솜씨 좋게 끌어모은 양 떼를 몰고는 양치기인 양 갈대 피리를 불면서 아르고스가 있는 곳으로 갔다. 이오를 감시하던 유노의 망꾼 아르고스는 이 갈대 피리 소리가 마음에 쏙 들어 변장한 메르쿠리우스를 불렀다.

"여보, 거기 가시는 양치기! 여기 내가 앉은 이 바위에 앉아 좀 쉬었다 가지 않으려오? 당신 양 떼에게 뜯길 풀은 이 근동에 이만한 데가 다시없고, 보다시피 양치기가 쉴 그늘 또한 이만한 데가 또 없소."

아르고스 옆에 앉은 이 아틀라스의 외손(外孫)은 이야기를 하다 지치면 피리를 불고, 피리를 불다 싫증이 나면 이야기를 하면서 이 아르고스를 재워 보려고 애썼다. 그러나 아르고스는 아르고스대로 잠들지 않으려고 메르쿠리우스만큼이나 애를 썼다. 하기야 잠이 든대도 소용이 없었다. 잠이 들어도 아르고스는 두 개의 눈만 감을 뿐 나머지 아흔여덟 개의 눈은 뜨고 있었기 때문이다. 아르고스는 처음 보는 메르쿠리우스의 피리가 신기했던지 졸음과 싸우면서도 어떻게 그런 것을 손에 넣었느냐고 물었다.

메르쿠리우스는 피리를 손에 넣은 내력을 이렇게 말했다.

"아르카디아에 있는 어느 서늘한 산자락에 요정이 하나 살았소. 노나크리스[84]의 하마드뤼아데스[85] 가운데서는 가장 이름 높은 요정이었지요. 다른 요정들은 이 요정을 일러 쉬링크스라고 했더랍니다. 이 쉬링크스는 그늘진 숲이나 비옥한 들판에 사는 사튀로스[86]나 정령들의 구애를 여러 차례 뿌리친 아주 콧대 높은 요정이었지요. 이 쉬링크스가 저 오르튀기아의 여신[87]을 본보기로 삼고 그 행적을 따르며 그 덕목을 흉내내고자 한 요정이니 콧대 높은 것이야 당연하지 않았겠어요? 쉬링크스는 사냥 나갈 때면, 디아나 여신의 사냥복과 똑같은 옷을 입고 나갔어요. 그러니 보는 자들이 이 쉬링크스를 라토나의 따님으로 알았을 수밖에요. 쉬링크스의 활은 각궁(角弓), 디아나의 활은 금궁(金弓)이라는 것만 달랐지요. 그러나 각궁을 들고 다녔는데도 불구하고 이 쉬링크스를 디아나로 잘못보는 자들이 적지 않았더랍니다. 어느 날 이 쉬링크스가 뤼카이온산에서 집으로 돌아오는데, 소나무 잎 관을 만들어 쓴 목신(牧神) 하나가 쉬링크스에게 말을 걸었지요.”

메르쿠리우스는 아르고스에게, 이 목신이 쉬링크스에게 말을 걸었다는 이야기, 쉬링크스가 이 추파를 싫게 여기고 길도 없는 숲을 지나 모래가 많은 라돈 강가까지 달아난 사연을 들려주었다. 메르쿠리우스의 이야기에 따르면 쉬링크스는 강물

---

84) 아르카디아의 산 및 마을을 통칭하는 말.
85) 단/하마드뤼아스. 나무의 요정으로서 그 나무와 운명을 같이한다.
86) 목양신(牧羊神).
87) 오르튀기아는 라토나가 아폴로와 디아나 남매를 잉태한 섬. 따라서 디아나를 말한다.

에 막혀 더 이상 달아날 수 없게 되자 강에 사는 자매 요정들에게 자기 모습을 바꾸어 줄 것을 간청했다. 뒤따라온 목신은 쉬링크스가 더 이상 도망치지 못하겠거니 여기고 쉬링크스의 옷자락을 덥석 잡았다. 그러나 잡고 보니 손에 잡힌 것은 한 줌의 갈대일 뿐이었다. 목신은 한숨을 쉬며 일어서다가, 이 한숨이 갈대 속을 지나면서 빚어내는 가냘프고도 애끓는 소리를 들었다. 목신은 이 새로운 악기와 이 악기가 내는 아름다운 소리에 그만 마음을 빼앗기고 말았다.

"그대와 나는 영원히 이렇게 아름다운 소리로 이야기를 나눌 것이오."

목신은 이렇게 속삭이며, 길이가 각기 다른 이 갈대를 밀랍으로 나란히 붙였다. 그러고는 이 악기를 '쉬링크스'라고 이름했다.[88]

메르쿠리우스는 이 이야기를 하다가 아르고스의 눈꺼풀이 모두 닫히는 것을 보았다. 백 개의 눈이 모두 감긴 것이다. 메르쿠리우스는 이를 본 순간 최면장으로 아르고스를 건드려 그 잠이 더욱 깊어지게 하고는 잠시도 지체하지 않고 초승달 모양의 칼을 뽑아 목을 베어 버렸다. 메르쿠리우스는 목이 떨어진 아르고스의 시체를 절벽 아래로 차 버렸다. 아르고스의 시체는 절벽 아래로 떨어지면서 바위를 피로 물들였다. 이로써 아르고스는 죽었다. 그 많던 눈도 모두 빛을 잃었다. 백 개

---

88) 이 악기는 지금도 쉬링크스, 시링크스, 혹은 팬 플루트, 즉 '목신의 피리'라고 불린다.

의 눈이 어둠에 묻힌 것이다.

사투르누스의 딸[89]은 이 눈을 수습해 자기 신조(神鳥)인 공작의 깃과 꼬리에 달아 주었다. 그래서 이 공작의 깃과 꼬리는 지금도 별같이 빛나는 보석이 잔뜩 박힌 듯하다. 분이 하늘에 사무치는 판인데 유노가 복수를 미루었을 턱이 없다. 유노는 곧 푸리아이[90] 중 하나를 불러 자기 서방의 정부이자 자기의 연적(戀敵)인 그리스 요정[91]의 눈과 마음을 어지럽게 하고 그 가슴에 광기를 채워 세상을 방황하게 하라고 명했다.

이오의 발광과 방황이 끝난 것은 네일로스 강가에서였다. 이오는 네일로스 강가에 이르자 무릎을 꿇고 하늘을 우러러보며, 한편으로는 유피테르를 원망하고 한편으로는 유피테르에게 이제는 그만 환란을 거두어 달라고 빌었다. 이 기도를 들은 유피테르는 아내 유노의 목을 끌어안고, 이제는 그만 이오에게 내린 벌을 거두자면서 이렇게 말했다.

"앞일은 걱정 마오. 더 이상 이오가 그대를 마음고생 시키는 일은 없을 것이오."

유피테르는 스튁스강의 이름에 걸고 맹세했다.[92] 유노 여신의 분노가 가라앉자 이오는 옛 모습을 되찾았다. 옛날의 이오로 되돌아간 것이다. 먼저 몸에서 털이 빠지고, 뿔이 없어지고, 눈이 작아지고, 그 크던 입이 줄어든 것이다. 어깨와 손이

---

89) 유노 여신.

90) 그/에리뉘에스. 복수를 주관하는 세 여신.

91) 이오.

92) 저승의 강 스튁스의 이름에 한 맹세는 유피테르도 번복할 수 없다.

제 모습으로 돌아오고 발굽이 사라지면서 발굽 있던 자리가 다섯 개의 손가락 발가락으로 나뉘었다. 이윽고 희다는 점만 제외하면 이오에게 소로 둔갑했던 흔적은 하나도 남지 않았다. 이오는 일어섰다. 이오는 이로써 다시 두 발로 걷는 행복을 누릴 수 있었다. 처음에는 이오도 입을 여는 것을 두려워했다. 소 울음소리가 튀어나올 것이 염려스러웠기 때문이다. 그래서 이오는 잔뜩 겁에 질린 채, 오래 쓰지 못하던 말을 한마디씩 시험 삼아 해 보았다.

이제 이오는 어엿한 여신이 되어, 흰 옷 입은 신관(神官)들을 거느린다.[93] 후일 이오는 에파포스라는 아들을 낳는데, 사람들은 이 에파포스가 유피테르의 씨를 받아 이오가 지어 낸 아들이라고 믿는다. 이 아이귑토스[94] 땅에는 이오 신전과 에파포스 신전이 나란히 있다.

10 태양신의 아들 파에톤

태양신의 아들 파에톤은 에파포스와 나이나 기질이 비슷하다. 어느 날 파에톤은 족보를 자랑하는 에파포스에게 지기 싫어 자기도 포이부스의 아들이라는 자랑을 내어놓았다.[95] 그러자 에파포스가 말했다.

---

93) 이오와 이집트 풍요의 여신 이시스는 동일한 여신으로 믿어진다. 이시스 신전의 신관들은 흰 옷을 입는다.
94) 이집트.

"이 멍텅구리, 너는 네 어머니 말을 고스란히 믿는구나. 네 아버지도 아닌 분을 네 아버지라고 우기고 있으니 한심한 일이다."

파에톤은 얼굴을 붉혔다. 너무 부끄러워 차마 화를 내지 못한 파에톤은 집으로 돌아와 어머니 클뤼메네에게 말했다.

"어머니, 정말 견딜 수 없습니다. 저는 태양신의 아들이라고 큰소리를 쳐 놓고도 말대답을 못 하고 왔습니다. 부끄럽습니다. 그런 모욕을 당했다는 게 부끄럽고, 말대답을 할 수 없었다는 게 창피합니다. 어머니, 제가 만일 신의 아들이라면 신의 아들이라는 증거를 보여 주십시오. 그래야 태양신의 아들로서 천계(天界)에서도 제 권리를 누릴 수 있을 것이 아닙니까?"

이렇게 말한 파에톤은 어머니의 목을 끌어안고, 자신의 머리, 메로프스[96]의 머리, 혼인을 앞둔 누이의 행복에 걸고, 친부(親父)가 누구인지 밝혀 줄 것을 요구했다.

아들 파에톤의 말에 마음이 움직였기 때문인지, 아니면 아들에 대한 모욕을 자신에 대한 모욕으로 여기고 화가 나서 그랬는지, 어쨌든 클뤼메네는 벌떡 일어났다. 그러고는 하늘을 향해 두 팔을 벌리고 작열하는 태양을 우러러보며 이렇게 외쳤다.

"나를 내려다보고 계시고, 내 말을 듣고 계시는, 찬연히 빛나는 태양에 걸고 맹세하거니와, 너는 네가 우러러보고 있는

---

95) 그리스의 태양신은 헬리오스와 아폴론. 여기에서는 헬리오스를 말한다. 포이부스의 아들이라는 것은 태양신의 아들이라는 뜻이다.

96) 파에톤의 의부(義父).

태양, 온 세상을 밝히는 태양의 아들이다. 만일에 내 말이 거짓이면 그분이 내 눈을 앗아 가실 것인즉, 내가 세상을 보는 것도 오늘이 마지막이 될 것이다. 그러니 네 아버지를 찾아가거라. 네가 네 아버지 처소로 가는 일은 어렵지도 않고, 그 길이 그리 먼 것도 아니다. 우리 땅의 지경(地境), 그분이 솟아오르시는 곳, 그곳이 네 아버지인 그분이 계시는 곳이다."

어머니의 말을 들은 파에톤은 곧 길을 떠났다. 그의 가슴은 천계에 대한 생각으로 잔뜩 부풀어 있었다. 그는 고향 아이티오피아[97] 땅을 지나고, 작열하는 태양에서 가까운 힌두스[98] 사람들의 땅을 지났다. 그러고는 아버지 태양이 솟아오르는 곳으로 다가갔다.

97) 에티오피아.
98) 인도.

2부 신들의 전성시대

1 태양 수레를 모는 파에톤

태양신의 궁전은 원주(圓柱)에 떠받친 채 하늘 높이 솟아 있었다. 원주는 휘황찬란한 황금과 불꽃 빛깔의 적동(赤銅)으로 만들어져 있었다. 지붕은 윤나게 갈아 낸 상아였다. 궁전 정면의, 은으로 만든 두 짝 문은 태양신의 빛을 찬연하게 되쏘고 있었다. 재료도 좋거니와 그 만든 솜씨는 재료보다 윗길이었다. 이 문에는 물키베르[1]의 부조(浮彫)가 펼쳐져 있었다. 이 부조에는 대지를 가슴 가득히 안은 바다, 대지 자체 그리고 대지 위의 하늘이 새겨져 있었다. 바다에는 뿔고둥 나팔을 부는 트리톤, 둔갑의 도사(道士)인 프로테우스, 두 마리의 거대한 고래를 타고 그 등을 채찍으로 갈기는 아이가이온[2] 같은 해신

---

1) 그리스 신화의 헤파이스토스에 해당하는 불카누스의 별명. '불막이'.

들이 있었다. 헤엄치는 네레이데스,[3] 물고기를 타고 노는 네레이데스, 바위에 앉아 파란 머리카락을 말리는 네레이데스 등 각양각색의 네레이데스가 보였다. 이들의 얼굴이 똑같지는 않았다. 그러나 자매들이 그렇듯이 이들은 서로 비슷비슷했다. 대지에는 인간과 인간의 도성(都城)이 보였다. 숲과 짐승, 강과 전원의 요정과 정령 들도 보였다. 이 위로는 빛나는 하늘이, 오른쪽 문에 6궁(宮), 왼쪽 문에 6궁, 이렇게 12궁을 상징하는 그림의 바탕을 이루고 있었다. 클뤼메네의 아들은 가파른 계단을 올라 아버지의 궁전으로 들어갔다. 저 에파포스가 그토록 의심해 마지않던 아버지의 궁전으로 파에톤은 당당하게 들어갔다. 파에톤은 아버지의 모습을 보자마자 조금 떨어진 곳에 우뚝 섰다. 아버지 태양신이 던지는 눈부신 빛줄기를 도저히 견딜 수 없었기 때문이다. 태양신은 보라색 용포를 입고 빛나는 에메랄드 보좌에 앉아 있었다. 보좌 좌우로는 '날', '달', '해', '세대' 그리고 '시(時)'가 일정한 간격으로 늘어서 있었다. 사철도 있었다. 머리에 화관을 쓰고 있는 것은 '이른 봄', 가벼운 차림에 곡식 이삭 관을 쓴 것은 '여름', 포도를 밟다가 나왔는지 발에 보라색 포도즙이 묻은 것은 '가을', 백발을 흩날리고 있는 것은 '추운 겨울'이었다.

파에톤은 이 기이한 광경에 놀라 떨면서 그 자리에 가만히 서 있었다. 태양신은 시종들에게 둘러싸인 채 만물을 꿰뚫어

---

2) 에게해의 해신.
3) 해신 네레우스의 딸들.

보는 눈으로 아들을 보면서 말했다.

"내 아들 파에톤아. 왜 여기에 왔느냐? 내 성채에서 무엇을 얻기를 바라느냐? 내가 너를 내 아들이라고 부른다. 너는 내 아들이다. 아비가 자식을 알아보지 못할 리 있겠느냐?"

파에톤이 대답했다.

"신이여, 이 넓은 우주에 고루 빛을 나누어 주시는 신이시여. 아버지 포이부스시여, 저에게 아버지라고 부를 권리를 허락하신다면, 제 어머니 클뤼메네가 허물을 숨기려고 저에게 꾸며서 이르신 것이 아니라면 징표를 보여 주소서. 제가 아버지의 아들이 분명하다는 증거를 보이시어 제 마음에서 의혹의 안개가 걷히게 하소서."

파에톤이 이렇게 말하자 태양신은 사방팔방으로 쏘던 빛을 잠시 거두고 가까이 다가오라고 말했다. 아들이 다가가자 태양신은 아들을 안고 말했다.

"너에게는 그럴 권리가 있다. 네가 내 아들이 아닐 리가 있겠느냐? 네 어머니 클뤼메네가 네 출생의 비밀을 제대로 일러주었다. 의혹의 안개를 걷고 싶거든 내게 네 소원을 하나 말하여라. 내가 이루어지게 하겠다. 신들이 기대어 맹세하는 강, 아직 내 눈으로는 보지 못한 강[4]이 내 약속을 보증하리라."

태양신의 말이 떨어지기가 무섭게 파에톤은 아버지의 태양 수레를 단 하루만 빌려주면 다리에 날개 달린 말을 몰아 수레를 끌어 보겠노라고 말했다. 그제서야 아버지 태양신은 스뮉

---

4) 저승을 돌며 흐르는 스튁스강을 말한다.

태양 수레를 모는 헬리오스.

스에 맹세한 것을 후회했다. 세 번이나 그 빛나는 머리를 가로 젓고는 그가 말했다.

"네 말을 듣고 보니 내가 경솔하게 말했다는 것을 알겠다. 내가 어쩌다 이런 약속을 했을꼬. 무슨 까닭이냐? 잘 들어라. 이것만은 내가 이루어 줄 수 없는 소원이구나. 바라노니 네가 취소하여라. 네가 말하는 소원은 더할 나위 없이 위험하다. 네가 이루어지기를 소원하는 것은 나만이 누릴 수 있는 아주 특별한 권리다. 네 힘, 네 나이로는 되는 것이 아니다. 너는 때가 되면 죽을 팔자를 타고난 인간이다. 네가 소원하는 것은 필멸(必滅)의 팔자를 타고난 인간에게는 이루어질 수 없는 것이다. 네가 몰라서 그렇지, 네 소원은 다른 신들에게도 이루어질 수 없다. 신들이 각기 저희 권능을 뽐내지만 이 수레를 몰 수 있는 신은 오직 나뿐이다. 저 무서운 벼락을 던지는 전능하신 올림포스의 지배자5)도 이 수레만은 몰지 못한다. 너도 알다시피 유피테르보다 권능이 나은 자가 이 세상 어디에 있겠느냐?

태양 수레의 길머리는 하도 가팔라 아침에는 원기가 충천하는 듯한 내 말들도 오르는 데 애를 먹는다. 길은 여기에서 천공으로 아득히 솟는데, 여기에서 대지를 내려다보면 늘 지나다니는 나도 겁을 집어먹는다. 가슴이 쿵쾅거리고, 공포가 간담을 서늘하게 하는 것이다. 막판에 이르면 길이 아래로 급경사를 이루는데 여기에서는 힘들여 고삐를 잡아야 한다. 물 속으로 나를 받아 주시는 테튀스 여신[6]께서도 혹 내가 거꾸로 떨어질까 봐 가슴을 졸인다고 하신다. 그뿐이냐? 천공은 엄청난 속도로 잠시도 쉬지 않고 돈다. 그냥 도는 것이 아니고 거기에 박힌 별을 싸잡아 안고 도는 것이다. 여기에서, 궤도에서 떨어져 나가지 않으려면 힘이 있어야 한다. 돌고 도는 천궁 저쪽으로 수레를 몰고 나갈 수 있는 자는 오직 나뿐이다. 내가 너에게 태양 수레를 빌려주었다고 치자. 네가 장차 어쩌려느냐? 돌고 도는 천체 축에 휘말리는 걸 피할 수 있을 성싶으냐? 회전하는 천궁에 휩쓸리지 않고 무사히 빠져나올 성싶으냐?

너는 하늘에도 신들의 숲, 신들의 도성, 신들의 사당이 있으리라고 생각할 게다. 그러나 그렇지가 않다. 위험하기 짝이 없는 복병과 무서운 괴수들 사이로 길을 찾아 빠져나가야 한다. 요행히 궤도를 제대로 잡아 여기에서 이탈하지 않을 수 있다고 하더라도 무서운 황소,[7] 하이모니아 켄타우로스, 사자 이

---

5) 유피테르.
6) 바다의 여신.
7) 즉 황소자리. 이하 12궁 별자리를 지칭한다.

빨, 전갈의 으시시한 집게를 피해 갈 수 있을 성싶으냐? 한쪽에서 전갈이 집게를 휘두르며 너를 위협할 게고 다른 한쪽에서는 게가 집게발을 휘두르며 너를 공격할 게다. 그뿐 아니다. 천마(天馬)를 다루는 것도 너에게는 쉬운 일이 아니다. 천마는 저희 가슴에 불길을 간직하고 있다가 이를 코로 내뿜고 입으로 내뿜는다. 천마가 이 불길에 스스로 흥분하면 다루는 게 여간 까다로운 것이 아니다. 꾀가 나면 내가 고삐를 채는데도 이를 모르는 체하고 애를 먹이는 게 바로 이 천마들이다. 이 얼마나 위험한 일이냐? 이 아비가 어떻게 자식의 소원을 들어준답시고 자식 죽일 일을 시킬 수 있겠느냐? 그러니 지금, 그래 지금이라도 늦지 않으니 다른 소원, 이보다 나은 소원을 말해 보아라. 너를 내 아들로 용인하는 징표를 보이라고 한다면 얼마든지 보이마. 보아라, 자식의 안위가 위태로워질까 봐 이렇듯이 속을 태우는 이 아비를 보아라. 이 아비의 마음, 이것이 너를 아들로 용인하는 확실한 징표가 아니겠느냐? 자, 이리 와서 아비의 얼굴을 보아라. 네 눈으로 내 속을 들여다보고 아비의 마음이 근심으로 가득하다는 것을 알아주려무나. 아, 그러면 좀 좋으랴!

살펴보아라. 이 세상에는 이보다 귀한 것이 얼마든지 있다. 하늘, 바다, 어디에 있어도 좋다. 네가 바라는 것이면 무엇이든 내 너에게 주겠다. 그러나 이것만은 어쩔 수가 없구나. 이것은 명예가 아니고 파멸의 씨앗이다. 네가 소원하는 것이 은혜가 아니고 파멸이라는 것을 왜 모르느냐?

네가 바라는 것이 정말 어떤 것인지 모르고 아직도 이렇게 조르고 있는 것이냐? 할 수 없구나, 네 소원대로 해 보려무나. 내 이미 스튁스에 맹세했으니, 무슨 수로 이 약속을 번복하겠느냐? 네가 이보다 조금만 더 지혜로웠으면 얼마나 좋았겠느냐?"

포이부스의 경고도 이것으로 끝이었다. 아버지의 충고에도 아랑곳하지 않고 아들은 끝내 제 고집을 꺾지 않았다. 파에톤은 기어이 태양 수레를 몰아 보겠다는 것이었다. 힘 닿는 데까지 아들을 타이르다 지친 아버지는 불카누스[8]가 만든 수레 있는 곳으로 아들을 데려갔다. 이 태양 수레는 바퀴 굴대도 황금, 뼈대도 황금, 바퀴도 황금이었다. 바큇살만 은이었다. 마부석에는 포이부스가 쏘는 빛을 반사할 감람석과 보석이 나란히 박혀 있었다.

파에톤이 벅찬 가슴을 안고 태양 수레를 만져 보며 찬탄하고 있을 즈음, 붉게 동터 오는 동녘에서는 새벽 잠을 깬 아우로라[9]가 장미꽃이 가득 핀 방의, 눈부시게 빛나는 방문을 활짝 열었다. 별들이 달아나기 시작했다. 루키페르[10]가 긴 별의 대열을 거느리고 천계의 제자리를 떠나고 있었다. 태양신은 이 루키페르가 떠나는 것과, 하늘이 붉어지면서 이지러진 달빛이 여명에 무색해지는 것을 보고는 발 빠른 호라이[11]에게 분부해 천마를 끌고 나오게 했다. 호라이가 분부를 시행했다. 호라이는 천장이 높은 마구간에서, 암브로시아[12]를 배불리 먹은

---

8) 그/헤파이스토스. 올륌포스 천궁의 대장장이 신.

9) 그/에오스. '새벽' 혹은 새벽의 여신.

10) 금성. '빛을 부르는 자'.

11) '때'의 여신들.

천마를 끌어내어 마구(馬具)를 채웠다. 천마들은 숨 쉴 때마다 불길을 토했다.

아버지는 아들의 얼굴에, 불길에 그을리는 것을 예방하는 신고(神膏)를 바르고 잘 문질러 주고는, 아들의 머리에 빛의 관을 씌워 주었다. 아버지는 이러면서도 걱정스러운 마음을 어찌할 수 없었던지 자주자주 한숨을 쉬었다. 오래지 않아 자식에게 닥칠 재앙과 이로 인한 자신의 슬픔을 예견하기 때문이었다. 아버지 포이부스가 이렇게 말했다.

"아비의 말을 잘 듣고 마음에 새기도록 하여라. 되도록이면 채찍은 쓰지 말고 고삐는 힘껏 틀어잡아야 한다. 천마는 저희가 요량해서 잘 달릴 게다만 이들의 조급한 마음을 누그러뜨리기는 여간 어려운 일이 아니다. 천계의 다섯 권역(圈域)을 곧장 가로질러 가려고 해서는 안 된다. 자세히 보면 세 권역의 경계선 안으로 조금 휘어진 샛길이 있다. 이 길을 잡으면, 설한풍이 부는 극남 권역(極南圈域)과 극북 권역을 피해 갈 수 있다. 이 길로 들어서면 수레의 바큇자국이 보일 게다. 하늘과 땅에 고루 따뜻한 빛을 나누어 주려면 너무 높게 몰아서도 안 되고 너무 낮게 몰아서도 안 된다. 너무 높게 몰면 창궁(蒼穹)에 불이 붙을 것이고 너무 낮게 몰면 대지를 그을리고 만다. 그 중간이 가장 안전하니 명심하여라. 오른쪽으로 너무 치우치지 말아야 한다. 거기에는 똬리 튼 뱀[13]이 있다. 왼쪽으로

_____

12) '신식(神食)' 혹은 불로초.
13) 뱀자리.

72

행운의 여신 포르투나(그/뤼케). '행운'이라는 뜻의 영어 '포춘'은 이 여신의 이름에서 비롯되었다.

너무 치우쳐 바로 아래 있는 신들의 제단을 태워서도 안 된다. 이 사이를 조심해서 지나가라. 내 이제 너를 포르투나[14]의 손에 붙이고 포르투나가 너를 도와주기를, 네가 너를 돌보는 것 이상으로 자상하게 너를 돌보아 주기를 기원하는 수밖에 없구나. 서둘러라. 벌써 밤이 저 멀리 서쪽 해변에 이르렀다. 더 이상 지체할 시간이 없다. 이제 태양 수레가 나타날 차례다.

---

14) 그/뤼케. 행운의 여신.

아우로라가 어둠을 몰아내고 있지 않느냐? 자, 고삐를 힘 있게 쥐어라. 혹 내 말을 듣고 네 마음이 변하지는 않았느냐? 변했거든 천마의 고삐를 놓고 내 말을 따르거라. 따를 수 있을 때 따르거라. 네 발이 이 단단한 태양신궁의 바닥에 닿아 있을 때 내 말을 따르거라. 미숙한 너에게 하늘로 오르는 일은 어울리지 않는다. 네가 이 위험한 일을 해 보겠다고 우기기는 한다만, 대지에 빛을 나누어 주는 일은 나에게 맡기고 너는 그 빛을 누리기나 하는 것이 어떠하겠느냐?"

그러나 파에톤은 제 젊음과 제 힘만 믿고 태양 수레 위로 올라가 아버지가 건네주는 고삐를 받았다. 그러고는 마부석에 앉아 어려운 청을 들어준 아버지에게 예를 표했다.

태양 수레를 끄는 네 마리의 날개 달린 천마, 즉 퓌로이스, 에오우스, 아이톤 그리고 플레곤은 불을 뿜어 주위의 대기를 뜨겁게 달구면서 발굽으로 가로장을 걷어찼다. 테튀스[15]는 외손 앞에 어떤 운명이 기다리는 줄도 알지 못하는 채 그 가로장을 치웠다. 그러자 네 마리 천마 앞으로 하늘이 펼쳐졌다. 네 마리 천마는 하늘로 날아오르면서 앞길을 막는 구름의 장막을 찢었다. 이들은 단숨에 이 지역에서 이는 동풍을 저만치 앞질렀다.

그러나 네 마리의 천마는, 수레가 엄청나게 가벼워진 데 놀랐다. 멍에에 느껴지는 무게가 전에 비해 믿어지지 않을 만큼 가볍게 느껴졌던 것이다. 파에톤의 무게가 포이부스의 무게보

---

15) 바다의 여신. 파에톤의 어머니 클뤼메네는 이 여신의 딸이다.

다 훨씬 가벼웠으니 당연했다. 네 마리의 천마에게는 저희가 수레를 끌고 있다는 사실을 잊어버릴 만큼 짐이 가벼웠던 것이다. 바닥짐 없는 배가 거친 파도에 휩쓸려 바다 위를 이리저리 떠다니듯이, 마부의 무게가 전 같지 못한 이 수레도 하늘을 누비며 흡사 빈 수레처럼 흔들렸다.

일이 이렇게 되자 천마는 익히 알던 궤도를 이탈해 제멋대로 날뛰었다. 마부석에 앉은 파에톤은 기겁을 했지만 그에게는 고삐로 천마를 다스릴 재간이 없었다. 그에게는 어디가 어디인지 위치도 분간되지 않았다. 설사 분간되었다고 하더라도 천마를 다스릴 수 없었으니 결국은 분간이 되나 되지 않으나 마찬가지인 셈이었다. 그 차갑던 북두칠성이 난생 처음으로 태양 수레가 내뿜은 열기에 달아올라 금단의 바다로 뛰어들고자 했다. 북극권에 바싹 붙은 채 혹한의 하늘에 똬리 틀고 있어서 별로 위험한 존재로는 알려지지 않던 뱀자리가 그 열기에 똬리를 풀고 일찍이 볼 수 없던 포악을 부리기 시작했다. 들리는 말에 따르면 목동[16]이 놀라 그 느린 걸음으로나마 도망치다가 쟁기에 걸려 쓰러졌다고도 한다. 이윽고 이 불운한 파에톤은 아득히 높은 하늘에서 대지를, 아득히 먼 하계에 펼쳐진 대지를 보고 말았다. 그의 얼굴에서 핏기가 사라졌다. 그의 무릎은 갑자기 엄습한 공포에 걷잡을 수 없이 떨리기 시작했다. 강렬한 태양의 빛줄기 때문에 눈을 뜨고 있을 수도 없었다.

그제야 파에톤은 아버지의 천마에 손을 댄 것을 후회했다.

---

16) 목동자리.

친부(親父)를 찾아내고, 그 친부로부터 소원 성취의 약속을 받아 낸 것 자체를 후회했다. 그는 메로프스의 의자(義子)로 평범하게 살 것을 그랬다고 생각했다. 이런 생각을 하면서도 그는 수레에 실린 채 지향 없이 끌려가고 있었다. 키도 쓸모없고, 밧줄도 하릴없어서, 신들의 자비에 몸을 맡기고 기도에 희망을 건 채, 북풍에 운명을 맡긴 소나무 쪽배의 사공과 다를 바가 없었다. 그는 손을 쓸 수도 없었고 손을 쓸 여지도 없었다. 온 거리가 적지 않았으나 가야 할 길은 이보다 훨씬 더 멀었다. 그는 도저히 이를 가망이 없을 듯한 서쪽 하늘과, 두고 온 동쪽 하늘을 번갈아 바라보면서 그 거리를 마음속으로 가늠해 보았다. 갈 수도 없고 물러설 수도 없는 입장이었다. 그렇다고 고삐를 놓을 수도 없고, 고삐를 잡고 있을 힘도 없었다. 천마의 이름조차 잊어버린 판국이었다.

설상가상으로 천계의 도처에서 출몰하는 거대한 괴물에 대한 두려움까지 그를 견딜 수 없게 했다. 실제로 천계에는 전갈[17]이 두 개의 집게발로 두 궁의 자리를 싸안듯이 하고 있는 곳이 있었다.[18] 파에톤은 무시무시한 독을 품은 전갈이 꼬부랑한 독침을 겨누고 있는 것을 보자 그만 기겁을 하고 고삐를 놓치고 말았다. 고삐는 그의 손에서 천마의 잔등으로 떨어졌다. 이것을 채찍질로 안 천마는 궤도를 벗어나 질풍같이 내달았다. 이제 천마를 다스리는 것은 아무것도 없었다. 네 마리 천

---

17) 전갈자리.
18) 옛날에는 천칭자리를 전갈자리의 일부로 보았다.

마는 생전 처음 보는 공간을 누비며 그때까지 달려온 것만 가늠해서 그저 진동한동 달리기만 했다. 높디높은 창궁의 별 쪽으로 달려가는가 하면, 길도 없는 곳으로 수레를 끌고 가기도 했고, 창궁에 닿을 듯이 솟구치는가 하면 갑자기 대지의 사면에 닿을 만큼 고도를 뚝 떨어뜨리기도 했다. 달은 오라비의 수레[19]가 자기보다 낮게 날고 있는 것을 보고는 그만 깜짝 놀라 낯빛을 바꾸었다. 구름에서는 연기가 올랐다. 대지는 높은 곳부터 불길에 휩싸였다. 습기가 마르자 대지가 여기저기 터지고 갈라지기 시작했다. 푸른 풀밭은 잿빛 벌판으로 화했다. 나무, 풀 같은 것들은 순식간에 재로 변했다. 다 익은 곡식은 대지의 파멸을 재촉하는 화변(火變)의 불쏘시개 같았다. 그러나 이런 피해는 다른 것에 비하면 그래도 하찮은 피해였다. 거대한 성읍의 벽이 무너져 내렸고 인간이 모듬살이를 하던 수많은 마을과 함께 나라가 잿더미로 변했다. 산의 수목도 불길에 휩싸였다. 아토스산도 불덩어리로 화했다. 물 좋기로 소문난 길리기아의 타우로스산, 트몰로스산, 오이테산, 이다산에서도 먼지가 올랐다. 무사이[20]의 터전인 헬리콘산에도 불이 붙었다. 후일 오르페우스와 인연을 맺게 되는 하이모스산의 운명도 마찬가지였다. 아이트나산[21]에서는 두 개의 불기둥이 솟아 하늘을 찔렀고 파르나소스산의 쌍봉(雙峰)과 에토스산, 킨토스산에도 불이 붙었다. 오트뤼스산, 로도페산에서는 만년설

---

19) 달의 여신과 태양신은 쌍둥이 남매간이다.

20) 영/뮤즈. 예능의 여신들.

21) 활화산으로 유명한 산.

이 녹아내렸고, 신들의 사당이 많은 딘뒤마산, 뮈칼레산, 키타 이론산에도 불이 붙었다. 그 추운 스퀴티아 지방도 무사하지 못했고, 카우카소스[22]도 불길에 휩싸였는데 오사산, 핀도스산이 무사할 리 없었다. 이보다 훨씬 높은 올륌포스산, 하늘을 찌를 듯하던 알페스산,[23] 구름 모자를 쓰고 있던 아펜니노스산[24]도 불길에 휩싸였다.

파에톤은 불바다가 된 세상을 내려다보았다. 대지에서 솟아오르는 열기는 견딜 수 없을 만큼 뜨거웠다. 그의 숨결도 풀무에서 나온 공기처럼 뜨거웠다. 수레는 빨갛게 달아오른 것 같았다. 열기와 함께 올라온 재와 하늘을 날아다니는 불똥도 그를 괴롭혔다. 뜨거운 연기로 주위가 칠흑 어둠이라 그는 자신이 어디에 있는지, 어디로 가고 있는지 알 길이 없었다. 발 빠른 천마가 끄는 대로 끌려가고 있을 뿐이었다.

아이티오피아 사람들 피부가 새까맣게 된 것도 이때부터였다고 사람들은 말한다. 열기 때문에 피가 살갗으로 몰려서 그렇다는 것이다. 전해지는 바에 따르면 리뷔아가 사막이 된 것도 이때였고, 열기가 물을 말려 버리자 물의 요정들이 머리를 쥐어뜯으며 샘과 호수 없어진 것을 애통해한 것도 이때였다고 한다. 보이오티아 땅이 디르케 샘을, 라르고 땅이 아뮈모네 샘을, 에퓌레 땅이 피레네 샘을 잃은 것도 바로 이때였다.

샘이 말랐는데 트인 물길을 흐르던 강이 온전했을 리 없다.

---

22) 코카서스.
23) 알프스산.
24) 아펜니노산.

강의 신 타나이스[25]는 물속 깊은 곳에서 진땀을 흘렸다. 연로한 페네이오스, 뮈시아의 카이코스, 흐름이 급하기로 소문난 이스메노스도 그런 고초를 겪었다. 아르카디아의 에뤼만토스강, 후일 불길에 또 한 번 마르는 크산토스강[26]도 이런 고통을 면하지 못했다. 누런 뤼코르마스강, 꾸불꾸불 흐르는 마이안드로스강, 트라키아의 멜라스강, 스파르타의 에우로타스강, 바뷜로니아[27]의 에우프라테스강,[28] 오론테스강, 흐름이 빠른 테르모돈강, 강게스강,[29] 파시스강, 히스테르강[30]도 변을 당했다. 알페이오스강은 끓었고, 스페르케오스강은 그 둑이 불바다로 변했다. 타고스강 바닥의 금싸라기는 불길에 녹았고 노랫소리로 마이오니아강을 이름난 강으로 만들던 이 강의 새들은 카위스트로스 호수로 뛰어들었으나 끝내 살아남지는 못했다. 네일로스강[31]은 기겁을 하고 땅끝까지 도망쳐 땅속에다 머리를 처박았다. 네일로스강 원류가 어디인지 모르는 것은 바로 이 때문이다. 어쨌든 당시의 네일로스강 일곱 하구에서는 먼지가 일었고 물길에도 물은 없었다. 이스마로스산의 헤브로스강과 스트뤼몬강, 헤스페리아의 레누스강,[32] 로다누스강,[33] 파두스강,[34] 강

----

25) 돈강.
26) 뒷날의 트로이아 전쟁 때 이 강은 불카누스에 의해 또 한 번 마르는 변을 당한다.
27) 바빌로니아.
28) 유프라테스강.
29) 갠지스강.
30) 다뉴브강.
31) 나일강.

들의 지배자 자리를 약속받은 튀브리스강[35]의 운명도 크게 다르지 못했다.

대지가 곳곳에서 입을 벌리자 햇빛이 그 틈으로 타르타로스[36]까지 비쳐 드는 바람에 명왕(冥王)과 왕비는 기겁을 했다. 바다가 마르자 바다였던 곳에 넓은 사막이 나타났다. 물속 깊이 잠겨 있던 산들이 드러나자 퀴클라데스[37]가 엄청나게 불어났다. 물고기는 바다의 바닥으로 내려갔고 돌고래는 물 위로 솟구치지 못하고 수면에 등을 대고 가만히 떠다녔다. 해표의 시체가 뒤집힌 채 무시로 물결 위로 떠올랐다. 전해지기로는 네레우스와 도리스 부부[38]와 딸들은 바닷속의 동굴에 숨어서도 열기 때문에 진땀을 흘렸다고 한다.

바다의 지배자 넵투누스는 세 번이나 물 밖으로 팔을 내밀어 보려고 하다가 세 번 다 너무 뜨거워 팔을 거두어들였다고 한다. 대지의 여신은 물이 자기 발 밑으로 흘러와 고이는 것을 자주 보았다. 바다의 물, 샘의 물이 열기를 피해 대지의 품 안으로 스며 들어와 잔뜩 몸을 사리고 있었던 것이다. 대지의 여신은 목이 타 들어가는 듯한 갈증을 느끼고는 잿더미 위로 고개를 들었다. 대지의 여신이 손으로 얼굴을 가린 채 부르르

---

32) 라인강.

33) 론강.

34) 포강.

35) 테베레강.

36) '무한 지옥'. 여기에서는 '저승 땅'.

37) 원래는 델로스섬 근처의 제도(諸島). 여기에서는 '산재(散在)하는 섬'.

38) 해신 부부.

떨자 만물이 모두 부르르 떨었다. 여신은 머리를 조금 낮추고 위엄 있는 음성, 노기 띤 음성으로 부르짖었다.

"이것이 운명의 여신이 정한 길이고, 내가 이 같은 파멸을 받아들여야 할 만큼 죄를 지었다면, 전능하신 유피테르 신이여, 왜 벼락으로 나를 치지 않고 이토록 욕을 보이십니까? 불로써 나를 치시려거든, 전능하신 유피테르 신이여, 당신의 불로 치세요. 같은 파멸의 불이라도 당신이 내리는 파멸의 불이 차라리 견디기 쉽겠습니다. 아, 몸이 타는 듯하여 이 말씀 드리기도 힘이 듭니다."

지상의 열기가 여신의 목을 조르고 있었다. 여신은 힘겹게 말을 이었다.

"그을린 이 머리카락을 보세요. 이 눈, 이 그을음을 보세요. 이 땅을 풍요롭게 하고 당신을 섬겨 온 나에게 내리는 상, 나에게 베푸는 은혜가 겨우 이것입니까? 괭이에 긁히고 보습에 찢기면서까지 참아 온 보람이 이것입니까? 한 해 내내 마음 놓고 쉬어 보지도 못한 나를 이렇게 대접합니까? 육축(六畜)에게 나뭇잎과 부드러운 풀을 대어 주고 인간에게는 곡물을 베풀고, 신들을 위해서는 향나무를 기른 나를 이렇듯이 대접합니까? 내가 이런 대접을 받아 마땅하다고 칩시다. 하면 저 물을 다스리는 신, 당신의 형제는 왜 이런 대접을 받아야 합니까? 당신의 형제가 다스리는 물이 왜 바다를 등지고 땅 밑으로 움츠러든답니까? 내가 말해도 소용없고 당신의 형제가 말해도 소용없다면 당신이 사는 천궁을 걱정하세요. 둘러보세요. 남극권과 북극권에서 뜨거운 연기가 오릅니다. 이 불길을 잡지 않으면 다음으로 무너질 것은 당신의 신궁입니다. 보세요. 어깨로 떠받치고 있는 하늘 축을 금방이라도 떨어뜨릴 듯이 아틀라스[39]가 괴로워하고 있지 않습니까? 대지와 바다와 천궁이 무너져 내린다면 우리는 옛날의 카오스로 되돌아가야 합니다. 아직까지 남아 있는 것만이라도 이 겁화(劫火)에서 건지세요. 우주의 안위를 생각하세요."

이 말을 마치자 대지의 여신은 땅 위의 열기를 도저히 더는 견딜 수 없었던지 땅속으로 들어가 저승 가까운 곳에 있는 동굴로 모습을 감추었다.

신들의 전능한 아버지 유피테르는 자기가 손을 쓰지 않으면 천지만물이 비참한 지경을 당할 것으로 생각하고는 서둘러 신들의 회의를 소집했다. 이 회의에는 파에톤에게 태양 수레를 맡긴 태양신도 나왔다. 유피테르는 천궁 꼭대기로 올라갔다. 천궁 꼭대기는 그가 대지 위로 구름을 펼 때나, 천둥이나 벼락을 던질 때마다 올라가는 곳이었다. 그러나 천궁 꼭대기에는 대지 위에 펼 구름도, 대지에 쏟을 비도 남아 있지 않았다. 그는 벼락을 하나 집어, 오른쪽 귀 위까지 들어 올렸다가 태양 수레의 마부석을 향해 힘껏 던졌다. 벼락 하나에 파에톤은 수레를, 그리고 이승을 하직했다. 파에톤은 자신이 불덩어리가 됨으로써 우주의 불길을 잡은 것이다.

천마는 벼락 소리에 몹시 놀라 길길이 뛰다가 멍에에서 풀

---

39) 신들의 전쟁 시절에 유피테르에게 저항한 벌로 하늘 축을 어깨로 받치고 있는 거인.

유피테르가 던진 벼락을 맞고 떨어지는 파에톤(골트지우스의 그림).

려나고 고삐에서 풀려나 뿔뿔이 흩어졌다. 마구와 수레의 바퀴, 굴대, 뼈대, 바큇살 파편이 사방으로 날았다. 아주 먼 곳까지 날아가는 파편도 있었다. 파에톤은 금발을 태우는 불길에 휩싸인 채 연기로 된 긴 꼬리를 끌면서 거꾸로 떨어졌다. 별이 떨어지는 것은 아니었지만, 누가 보았으면 마른 하늘에서 별이 떨어지는 것으로 여겼을 터였다. 고향에서 멀리 떨어진 곳에 있는 에리다노스강40)이 벼락의 불길에 그을린 그의 시신을 받아 주었다. 헤스페리아41)의 요정들은 그을린 그의 시신

_____

40) 대양신(大洋神) 오케아노스와 테튀스의 아들 에리다노스가 다스리는, 세계의 먼 서쪽에 있는 것으로 믿어지던 큰 강. 에리다노스와 클뤼메네가 남매간이니까 에리다노스는 파에톤의 외숙(外叔)이 되는 셈이다.

을 수습해 묻고 비석을 세웠는데, 비석의 명문(銘文)은 이렇다.

아버지의 수레를 몰던 파에톤, 여기에 잠들다. 힘이야 모자
랐으나 그 뜻만은 가상하지 아니한가.

헤스페리아의 요정들이 파에톤을 후히 장사 지내 준 것은
파에톤의 아버지인 태양신이 얼굴을 가린 채 숨어 버렸기 때
문이다. 믿어야 할지 믿지 말아야 할지 모르겠지만, 이날 하루
만은 태양이 모습을 나타내지 않아 타오르던 불길이 세상을
비추었더란다. 세상을 태우던 불길이 하루만이나마 세상을 비
추었다는 이야기가 묘하다. 그러고 보면 재앙이라고 해서 반
드시 유익한 바가 없다고는 할 수 없는 모양이다.

2 헬리아데스의 변신

파에톤의 어머니 클뤼메네가 슬퍼하는 모습은 글자 그대로
목불인견(目不忍見)이었다. 클뤼메네는 비통한 심사를 이기지
못해 눈물로 젖가슴을 적시면서 아들의 사지, 아들의 뼈를 찾
으러 온 세상을 두루 돌아다녔다. 그러던 클뤼메네는 아들의
시신이 먼 나라 강둑에 묻혀 있다는 사실을 알았다. 아들의
무덤을 찾아간 클뤼메네는 무덤을 내려다보며 대리석에 새겨

---

41) '저녁의 나라', 즉 이탈리아나 스페인을 가리킨다.

진 이름에 눈물을 떨구다가 맨가슴으로 비석을 끌어안았다.

헬리아데스[42]의 슬픔도 어머니의 슬픔에 못지않았다. 이들도 그래서 죽은 아우의 무덤에 눈물과 애곡의 제물을 바쳤다. 이들은 밤이고 낮이고 파에톤의 무덤 위로 몸을 던지고, 손바닥으로 가슴을 치며 파에톤의 이름을 불렀다. 파에톤이 그 소리를 들을 수 있을 리 만무했다. 이들은 달이 네 번 차고 기울 동안 무덤 앞에서 우는 것을 일과로 삼았다. 그런데 헬리아데스 중 맏이인 파에투사가 일어서서 걸으려다 말고 발이 땅에서 떨어지지 않는다고 비명을 질렀다. 아름다운 람페티에가 언니를 도우려 했다. 그러나 람페티에는 갑자기 발에 뿌리가 생기는 바람에 그 자리에서 꼼짝도 하지 못했다. 셋째는 머리를 손질하려다 말고 비명을 질렀다. 머리에 잎이 돋아나기 시작한 것이었다. 하나가 다리가 나무둥치로 변한다고 비명을 지르면, 다른 하나는 팔이 나뭇가지로 변한다고 고함을 지르는 식이었다. 헬리아데스 다섯 자매가 이 놀라운 변신에 정신을 차리지 못하고 있을 동안 나무껍질은 이미 이들의 허벅지를 덮고 사타구니, 젖가슴, 어깨, 손을 덮으며 올라오고 있었다. 이들은 입이 껍질로 덮이기 직전에 어머니를 불렀다.

어머니인들 무슨 수로 이들을 구할 수 있을까…… 어머니 클뤼메네는 달려가 자신의 입술을 느낄 수 있을 동안이라도 입을 맞추어 주는 수밖에 없었다. 그러나 클뤼메네는 입맞춤

---

42) 단/헬리아스. 태양신, 즉 헬리오스의 딸들. 이로써 이 포이부스가 태양신 헬리오스인 것이 분명해진다. 그렇다면 이들은 헬리오스와 클뤼메네 사이에서 난 딸들이다. 따라서 죽은 파에톤의 누이들인 셈이다.

만으로는 성이 차지 않아 나무에서 껍질을 벗겨 내려고 애쓰면서 아직은 부드러운 나뭇가지를 꺾어 보았다. 그러자 꺾인 자리에서 수액 대신 상처에서 흐르는 피와 너무나 흡사한 액체가 흘렀다. 이 가지를 꺾인 딸이 외쳤다.

"어머니, 저를 다치게 하지 마세요. 제발 꺾지 마세요. 나무로 둔갑했어도 제 몸의 일부랍니다. 아, 어머니, 안녕히."

이 말이 끝나기가 무섭게 나무껍질이 딸들의 입을 막았다. 이 나무껍질에서 눈물이 흘러나와 태양빛에 굳으면서 호박 구슬이 되어 가지에서 강물로 떨어졌다. 강물은 이 호박 구슬을 물 밑에 간직했다. 뒷날 로마 부인네들의 장신구가 된 호박 구슬이 바로 이것이다.

3 백조가 된 퀴크노스

스테넬로스의 아들 퀴크노스가 이 기이한 장면을 목격했다. 그는 외가 쪽으로 파에톤과 일가붙이였다. 그러나 퀴크노스와 파에톤이 나눈 우정은 피보다 진했다. 그는 파에톤이 불행하게 최후를 마쳤다는 소문을 듣고는 왕국을 버리고,[43] 에리다노스 강가로 달려와 이 강의 물결과 강둑의 풀밭을 통곡하는 소리로 메아리치게 했다. 파에톤의 누이들이 나무로 둔갑하는 바람에 수가 불어난 숲속의 나무 사이로도 그가 울부

---

43) 그는 리구리아 땅의 지배자였다.

짖는 소리가 울려 퍼졌다. 이렇게 울부짖는데 갑자기 그의 목소리가 가늘어지면서 소리 끝이 갈라졌다. 이어 하얀 깃털이 돋아나 그의 머리카락을 가리기 시작했다. 퀴크노스의 목은 자꾸만 늘어나 어깨 위로 솟았고 손가락은 빨갛게 변하면서 사이사이에 물갈퀴가 돋아났다. 양 옆구리에서는 날개가 돋아났고 입이 있던 곳에서는 긴 부리가 생겨났다. 이로써 퀴크노스는 못 보던 새가 된 것이었다. 그래서 이 새는 하늘과 유피테르를 믿지 않는다. 유피테르가 부당하게 벼락을 던지는 바람에 파에톤이 하늘에서 떨어져 죽었다는 사실을 잊지 못하기 때문이다. 퀴크노스는 늪지와 호숫가를 좋아한다. 벼락이 일으킨 불을 어찌나 싫어했는지 퀴크노스[44]는 불과는 상극인 물이 있는 곳, 즉 강을 좋아하는 것이다.

파에톤의 아버지인 태양신은 일식(日蝕) 때 그러듯이 늘 슬픔에 잠긴 채 기가 죽어 지냈다. 그래서 그는 빛을 싫어했고, 자기 자신을 싫어했으며 화창한 날을 싫어했다. 아들 일로 몹시 상심한 그는 이 세상에 대한 자신의 의무까지 심드렁하게 여기면서 더러는 이런 불평도 했다.

"나도 운명의 여신이 내게 맡긴 일을 이만하면 어지간히 한 셈이다. 이 일 때문에 나는 천지 창조 이래로 한 번도 쉬어 본 적이 없다. 밑도 끝도 없는 이 일, 이제 신물이 난다. 내 노력이 나를 명예롭게 한 바도 없다. 몰고 싶은 신이 있으면 태양 수레를 몰아 보라지. 지원자가 없고 신들이 하나같이 발을 뽑으

---

44) 영/시그너스. 즉 '백조'.

려 하면 유피테르 자신에게 맡기면 되고……. 내 천마를 다스려 보면, 그동안만이라도 아비로부터 자식을 빼앗은 저 저주스러운 벼락을 놓아야 할 테지. 저 거칠디거친 천마의 힘이 어느 정도인지 알게 되면, 그 천마 잘못 다스린다고 벼락으로 때릴 일만은 아니라는 것도 알게 될 것이고……."

이게 태양신이 한 말이다. 그러나 신들은 이구동성으로 태양신에게 세상을 어둠 속에 버려 두지 말아 달라고 탄원했다. 유피테르까지도 벼락 던진 것을 사과하고 계속해서 태양 수레를 몰아 달라고 말했다. 지배자들이 대개 그러듯이 사정 반, 협박 반 섞어서 한 말이긴 하지만…….

포이부스는 그때까지도 공포에 떨고 있던 천마를 몰아다 태양 수레에 매었다. 슬픔에서 다 헤어나지 못한 포이부스는 이 천마를 채찍으로도 때리고 작대기로도 때렸다. 천마 때문에 아들이 죽었다고 천마를 욕하며 재앙의 책임을 천마에게 물을 만큼 그의 성미는 사나워져 있었다.

4 칼리스토를 범한 유피테르

신들의 아버지이자 전능한 신인 유피테르는 파에톤으로 인한 화변(火變)으로 혹 성벽에 상한 데가 없는지 알아보려고 천궁을 두루 돌아다녔다. 천궁은 이미 말짱하게 고쳐져 있었다. 천궁이 여전히 난공불락의 철옹성임을 확인한 유피테르는 이번에는 인간 세상을 살피러 하계로 내려갔다. 그가 가장 근심한 것은 평소에 사랑하던 땅 아르카디아였다.[45] 아르카디아로 내려간 그는 그때까지도 흐르지 못하는 강은 다시 흐르게 하고, 말라 버린 샘은 다시 물로 가득 채웠다. 또 맨살이 드러난 대지는 풀과 나무로 옷을 입히고 황무지가 된 땅은 다시 푸른 숲이 되게 했다.

이렇게 분주하게 다니며 일을 하던 그가 아르카디아의 한 처녀를 보고는 그만 그 자리에 우뚝 서 버렸다. 정념의 불길이 일어 골수에까지 옮겨붙은 것 같았기 때문이다. 이 처녀는 털실이나 감고 몸 매무새나 매만지며 시간을 보내는 여느 처녀가 아니라, 장신구로 옷을 단정하게 여미고 흰 댕기로 머리를 질끈 동여맨 채 창 아니면 활을 들고 다니는, 사냥의 여신 디아나의 시종인 요정이었다. 마이날로스산을 누비던 요정들 가운데 이 처녀만큼 이 심술궂은 여신의 사랑을 받는 요정도 없었다. 그러나 이 사랑은 오래가지 못했다.

태양이 황도를 지날 즈음 이 처녀는 도끼 한번 받아 본 적 없는 나무로 울창한 숲속으로 들어갔다. 처녀는 어깨에 멘 화살통과 활을 내려놓고는 화살통을 베개 삼아 베고 잔디에 누웠다. 유피테르는 무방비 상태인 데다 지쳐 있는 듯한 이 처녀를 보고는 중얼거렸다.

"여기에서 일을 벌이면 내 아내가 무슨 수로 알아내랴만, 알아낸들 어떠랴. 저 정도면 취하고 나서 아내의 잔소리쯤은

---

45) 유피테르가 크레타에서 태어났다는 전승도 있고 아르카디아에서 태어났다는 전승도 있다.

깔끔하되, 잔인할 정도로 깔끔한 여신 디아나(그/아르테미스, 영/다이애나). 유노가
신성한 결혼을 지켜 주는 여신인 반면에 디아나는 결혼을 사갈시하고 경우에 따라
서는 출산을 방해하기까지 한다.

들을 만하지 않은가."

유피테르는 곧 딸 디아나로 둔갑하여 처녀에게 접근하고는
물었다.

"너는 어디에서 사냥을 했더냐? 어느 능선에서 사냥을 했
더냐?"

처녀가 잔디에서 일어나 몸 매무새를 가다듬으면서 대답했다.

"어서 오소서, 귀하신 여신이시여. 저희 보기에는 유피테르보다 귀하신 여신이시여…… 여신께서 저희에게는 유피테르보다 귀하신 것이 사실인데 유피테르 신께서 들으시면 어때요?"

잠시 디아나 여신의 모습을 빌린 유피테르는 이 말을 듣고 웃었다. 그는 유피테르로서 받는 사랑보다, 디아나로 둔갑한 유피테르로서 받는 사랑이 더 큰 데 만족하면서 이 처녀에게 입을 맞추었다. 그러나 이 입맞춤은, 처녀신이 시종인 요정에게 할 법한 입맞춤이 아니었다. 처녀는 이상하게 여기면서도 숲속에서 있었던 사냥 이야기를 시작했다. 그러나 디아나로 둔갑한 유피테르는 본색을 드러내었다. 처녀는 여자가 할 수 있는 한 최선을 다해 저항했다. 유노가 아무리 질투심이 강한 여신이라고 하더라도 이 장면을 직접 보았더라면 처녀를 잔혹하게 벌하지는 않았을 터였다. 하지만 처녀의 몸으로 여느 남정네 이기기도 어려운 터에, 무슨 수로 신들의 지배자인 이 유피테르를 이길 수 있으랴. 처녀는 꺾였고, 유피테르는 뜻을 이루고는 천계로 올라가 버렸다. 요정은 자기가 당하는 꼴을 목격한 그 숲이 싫어서 견딜 수 없어 그곳을 떠났다. 얼마나 싫었으면 활과 화살통 가져가는 것도 잊고 그곳을 떠났을까…….

사냥을 끝내고 느긋한 마음으로 시종 요정들과 함께 마이날로스산 능선을 오르던 디아나 여신은 유피테르에게 당하고 온 이 아르카디아의 요정46)을 보고는 그 이름을 불러 가까이 오게 했다. 아르카디아의 요정은 디아나 여신의 목소리를 듣고는 가짜 디아나, 말하자면 디아나로 둔갑한 유피테르이거니 여기고 도망쳤다. 그러나 멀리는 도망가지 않았다. 디아나 여신 곁에 요정들이 여럿 서 있는 걸 보고는 그제서야 진짜 디아나 여신인 것을 알고 가까이 다가간 것이다. 하지만 죄를 짓고 태연한 낯색을 하고 있기가 어디 쉬운 일인가……[47] 아르카디아의 요정은 고개를 들지 못했다. 그뿐 아니었다. 이 요정은 여느 때와 달리 디아나 여신 앞으로 나서지도 못했고, 선두에서 요정들을 선도하지도 못하는 채 그저 다소곳이 서 있기만 했다. 그러나 이 요정은 속으로 몹시 괴로워하고 있었다. 붉어진 얼굴을 들지 못하고 있다는 게 그 증거였다. 디아나 여신 자신이 만일에 처녀가 아니었더라면, 이 아르카디아의 요정에게 무슨 일이 있었다는 것을 첫눈에 눈치챘으리라. 전해지는 말에 따르면, 다른 요정들은 모두 눈치를 챘었다고 한다.

달이 아홉 번 차고 기운 뒤의 일이었다. 디아나 여신은 뜨거운 여름날 사냥으로 지친 몸을 끌고 산을 내려오다가 시냇가에 이르렀다. 시냇물은 부드러운 모랫바닥 위를 조용히 흐르고 있었다. 디아나 여신은 이 시냇물이 반가워 물에 발을 담그고는 요정들에게 이렇게 말했다.

"여기에는 엿보는 자가 없으니 모두 옷을 벗고 멱을 감도록 하자."

아르카디아의 요정은 얼굴을 몹시 붉혔다. 다른 요정들은 모

---

46) 칼리스토.
47) 죄를 지었다는 것은, 디아나 여신이 순결을 잃은 요정을 절대로 용서하지 않는 것으로 유명하기 때문이다.

두 옷을 벗었지만 이 아르카디아의 요정만은 이 핑계 저 구실을 앞세우며 미적거렸다. 그러자 다른 요정들이 달려들어 이 요정의 옷을 벗겼다. 옷을 벗겼으니 알몸이 드러나는 것은 당연한 일, 알몸이 드러났으니 아홉 달 전에 죄지은 증거가 백일하에 드러나는 것은 당연한 일. 아르카디아의 요정은 하릴없이 죄지은 증거를 손으로 가리며 당혹해했다. 그러나 손으로 가린다고 가려질 것이 아니었다. 디아나 여신의 불호령이 떨어졌다.

"꺼져 버려라! 이 거룩한 시냇물을 더럽히지 말고 꺼져 버려라!"

말하자면 디아나 여신은 이 아르카디아의 요정에게 동아리 요정들에게서 떠날 것을 명한 것이다.

전능하신 벼락의 신 유피테르의 아내는 오래전에 이 일을 알고 무서운 벌을 내리기로 마음을 먹었으면서도 때가 무르익기만을 기다리고 있던 참이었다. 이윽고 요정의 몸에서 아르카스[48]라는 아들까지 태어나고 보니 더 이상 징벌을 유예할 입장이 아니었다. 요정의 순산(順産)은 유피테르의 아내를 견딜 수 없게 했다. 요정과 아들을 내려다보는 유노의 눈, 유노의 가슴에는 분노의 불길이 일었다. 유노는 이를 갈았다.

"부끄러움을 모르는 것이로구나. 자식을 배는 것부터가 나를 능욕하는 처사인데 그 자식을 낳기까지 해서 나를 또 한 번 능욕하고 내 지아비가 저지른 난봉의 증거로 삼아? 네가 무슨 수로 이 징벌을 피하겠느냐? 이 호(號) 난 계집아, 너와

---

48) '아르카디아 사람'.

내 남편을 시시덕거리게 만든 너의 그 아름다움을 빼앗아 버리릴 터이니 그리 알아라."

이 말 끝에 유노는 연적인 이 요정의 머리채를 잡아 땅바닥에 내굴렸다. 요정은 땅바닥에 쓰러지자 유노에게 빌 요량으로 두 팔을 벌렸다. 그러자 그 팔에서는 꺼칠꺼칠한 털이 돋아나기 시작했다. 손은 안으로 구부러지면서 끝에 구부러진 발톱이 돋기 시작했다. 발에도 그런 발톱이 돋아났다. 유피테르가 찬탄해 마지않던 그 얼굴은 갑자기 쭉 찢어진 입으로 흉측하게 일그러졌다. 요정은 유노에게 빌면서 용서를 애걸했지만 그 소리는 이미 유노의 연민을 살 수 없었다. 유노가 이미 말하는 능력을 빼앗아 버렸기 때문이다. 요정의 입에서는 듣기에도 무시무시한 소리, 화가 나서 금방 싸움이라도 거는 듯한 소리가 터져 나왔다. 요정은 곰으로 둔갑한 것이다. 그러나 마음은 여전히 요정의 여린 마음 그대로였다. 곰이 된 요정은 하늘의 별들을 향해 이제는 앞발이 된 손을 내밀고 자기 슬픔을 하소연하는 한편 무정한 유피테르를 원망했다. 그러나 곰이 내는 소리가 인간이 하는 말과 같을 리 없었다. 곰은 숲속에 외로이 있을 수 없어서 한때 자기가 살던 집, 뛰놀던 벌판을 찾아가 헤매었다. 사냥개에게 쫓겨 바위산을 헤맨 것도 부지기수였고 사냥꾼에게 쫓겨 달아난 것도 부지기수였다. 이따금씩은 자기가 곰이 되었다는 사실도 잊어버리고 하찮은 산짐승과 맞닥뜨리고도 후다닥 몸을 숨기기도 했다. 자기가 곰이면서도 곰을 만나자 기겁을 하고 도망친 적도 있었다. 이리의 딸이면서도 이리 때문에 기겁을 한 일도 있었다.[49]

5 별이 된 모자(母子)

곰이 된 이 요정 칼리스토의 아들 아르카스가 열다섯 살 되던 해의 일이다. 아르카스는 뤼카온의 딸인 자기 어머니에게 이런 일이 생긴 줄은 까맣게 모르는 채 자라났다. 어느 날 숲속에서 짐승을 쫓던 아르카스는 에뤼만토스산에 큰 그물을 친 다음 목을 잡고 숨어서 기다렸다. 아르카스는 여기에서 곰이 된 어머니 칼리스토를 만났다. 칼리스토는 아들 아르카스를 보고는 우뚝 걸음을 멈추었다. 칼리스토는 아들을 알아보고 걸음을 멈추었던 것이다. 그러나 곰이 이상한 눈치를 보이는 까닭을 헤아리지 못한 아르카스는 겁을 먹고 몸을 사렸다. 곰이 잠시도 눈을 떼지 않고 자기를 뚫어지게 바라보고 있었기 때문이다. 곰 모습을 하고 있는 칼리스토는 아들에게 다가서고 싶어 견딜 수 없었지만, 한 발짝만 접근하면 아들의 창이 날아와 가슴에 꽂힐 터였다. 그러나 이 모자에게 서로 죽이고 죽는 일은 일어나지 않았다. 전능하신 유피테르 신이 이 아르카스와 칼리스토의 손을 잡고는 이 모자를 다른 곳으로 옮겨 아들로 하여금 살모(殺母)의 대죄를 짓지 않을 수 있게 했다. 즉, 돌개바람을 시켜 이들을 빈 하늘로 옮기게 하고 다시 이들을 이웃해 있는 두 개의 별자리[50]로 박아 준 것이다.

칼리스토 모자가 별이 되어 하늘에서 반짝거리는 것을 보

---

49) 칼리스토는, 유피테르에 의해 이리로 둔갑한 뤼카온왕의 딸이다.

50) 큰곰자리와 작은곰자리.

았으니 질투심 강하기로 유명한 유노의 마음이 어떠했겠는 가? 유노는 바다로 뛰어들어 백발의 여신 테튀스와 연로한 해신 오케아노스[51])를 찾아갔다. 이 노신(老神) 부부는 올륌포스 신들의 존경을 받는 티탄[52])들이었다.[53])

거신 부부가 바다로 내려온 까닭을 묻자 천궁의 왕비 유노가 대답했다.

"두 분께서 신들의 왕비인 제가 어째서 천궁의 보좌를 떠나 여기에 왔느냐고 물으시니 말씀드리지요. 제 지아비의 사랑을 입은, 저 아닌 다른 계집이 별이 되어 하늘에서 빛나고 있습니다. 밤이 세상을 가리거든 보세요. 창궁 저 높은 곳에 새로 자리를 잡고, 저를 비웃으며 반짝이는 두 개의 별자리가 보일 것입니다. 극권(極圈) 가장자리와 천체 축이 맞물리는 곳, 극권에서 가장 가까운, 좁으장한 원 주위를 보시면 그 별자리를 찾으실 수 있을 것입니다. 제 손으로 벌을 내렸는데 저것들이 저기에서 저런 명예를 누리는 판에, 누가 이 유노에게 죄짓기를 망설일 것이며 누가 이 유노와 맞서기를 두려워하겠습니까? 저는 대체 무엇입니까? 제 권능은 어디로 갔습니까? 제가 저 계집으로부터 인간의 형상을 빼앗았더니 저 계집은 여신이 되어 있지 않습니까? 제가 벌을 주었는데 이렇게 되어도 좋습니까? 제 권능이 이 지경이 되어도 좋습니까? 유피테르는 전에 아르고스 계집 이오를 그렇게 하더니 이번에 또 제

---

51) 영/오션. '바다'.
52) '거신(巨神)'.
53) 유노는 이 티탄 부부 손에서 자랐다.

가 짐승으로 만든 계집에게서 짐승의 탈을 벗겼습니다. 유피테르가 왜 유노와 인연을 끊고 이 계집과 정혼(定婚)하지 않는지 모르겠습니다. 유피테르가 왜 이 계집을 제 방에 들어앉히고 뤼카온을 장인으로 섬기지 않는지 모르겠습니다. 두 분께서 두 분의 슬하에서 자란 이 양녀가 이같이 모욕당하고 있는 것을 가엾게 보신다면, 원컨대 저 두 곰자리 별이 두 분의 푸르고 푸른 바다에 드는 것을 금하소서. 부끄러운 짓을 하고도 하늘의 별자리가 되는 부당한 상(賞)을 받은 저것들이 다시는 두 분의 맑은 물에 들지 못하게 하소서."

두 바다의 신은 고개를 끄덕여 그렇게 하마고 약속했다.

6 까마귀 깃털이 검어진 내력

사투르누스의 딸 유노는 털 빛깔이 현란한 공작이 끄는 가벼운 수레를 타고 하늘로 날아올랐다. 공작의 털 빛깔이 현란해진 것은 아르고스가 죽은 뒤의 일이다.[54] 날개가 새하얗고 수다스럽기 그지없던 큰까마귀의 털 빛깔이 검어진 것과 같은 시기에 그렇게 된 것이다.

큰까마귀는 원래 그 털 빛깔이 순백색이어서 흰 비둘기와도 감히 희기를 겨룰 만하던 새다. 그뿐인가? 그 독특한 울음

---

54) 유노가 백 개나 되는 아르고스의 눈을 모조리 뽑아다 자기 신조(神鳥)인 공작의 깃에 붙여 주었기 때문이다.

소리로 군사를 깨워 카피톨리움을 구한 거위[55]만큼이나, 강에서 사는 백조만큼이나 흰 새였다. 그런 큰까마귀가 이 지경에 이른 것은 순전히 혀를 잘못 놀렸기 때문이다. 쓸데없는 말을 지껄이다 벌을 받아 이렇게 된 것인데, 그 내력은 이러하다.

테살리아의 라리사 땅에는 코로니스[56]라는 아주 아름다운 처녀가 있었다. 이 처녀는 어찌나 아름다웠던지 당시 델포이 신[57]의 사랑을 독차지했다. 아니다. 정확하게 말하면, 이 코로니스가 델포이 신의 충실한 애인이었을 동안만, 아니면 코로니스의 부정이 드러나기까지만 그랬다고 해야 옳다. 그런데 이 코로니스는 아폴로의 사랑을 받으면서도 부정한 짓을 했고, 이 포이부스의 새[58]는 이 처녀의 부정을 염탐하고는 이를 주인에게 고별해 포이부스 아폴로로 하여금 이 처녀의 부정을 응징하도록 마음먹게 했다. 그래서 큰까마귀는 아폴로가 있는 곳으로 날아갔다. 큰까마귀는 날아가다가 까마귀를 만났다. 수다스럽기로 말하자면 큰까마귀에 못지않은 까마귀는 큰까마귀에게 어디를 그렇게 급히 날아가느냐고 물었다. 큰까마귀가 그 까닭을 이르자 까마귀가 말했다.

"가서 일러 보았자 네게 득 될 것이 없을 게다. 내 말을 귀담아들어. 옛날의 내 털 빛, 너도 알지? 그런데 지금은 이 꼴

---

55) 기원전 4세기 갈리아인들이 카피톨리움을 야습했을 때 거위가 울어 군사를 깨운 사건을 말한다.

56) 이 이름 자체가 '까마귀'라는 뜻이다.

57) 아폴로.

58) 즉 큰까마귀.

전쟁의 신 마르스로부터 평화의 신 팍스를 지키는 미네르바(루벤스의 그림).

이 되었다. 내가 이 꼴이 된 연유가 궁금하지 않느냐? 내 일러주마. 주인에 대한 나의 불충이 나를 이 지경으로 만들었다. 옛날 팔라스 여신[59]께 에릭토니오스라고 하는 어미 없는 아이가 하나 있었다. 팔라스 여신께서는 이 아이를 아르카디아 버들로 짠 고리짝에 넣으시고 이 상자를 케크롭스왕[60]의 세 딸에게 맡기셨다. 케크롭스왕이라면 너도 모르지 않겠지? 반은 인간의 모습, 반은 뱀의 모습을 한 왕 말이다. 이 상자를 맡기시면서 팔라스 여신께서는 절대로 상자를 열어 보지 말라고 하셨다. 여신의 비밀을 염탐하지 말라고 하신 것이지. 나는

---

59) 지혜와, 승리하는 전쟁의 여신 미네르바(그/아테나)를 말한다.
60) 도시 국가 아테나이의 시조(始祖).

마침 잎이 무성한 느릅나무에 둥지를 틀고 있던 참이어서 이 세 공주가 하는 짓을 내려다볼 수 있었다. 내가 보고 있으려니 두 공주, 그러니까 판드로소스와 헤르세는 여신의 말씀대로 하더구나. 그런데 셋째 아글라우로스는 여신의 말씀을 따르는 두 언니를 겁쟁이라고 하면서 이 뚜껑을 열더구나. 안에는 아기와 똬리 튼 뱀이 있었어. 나는 여신께 날아가 이 사실을 그대로 일러바쳤지 뭐냐. 그랬더니 여신께서는 상을 주시기는 고사하고, 신조(神鳥) 자리를 빼앗아 버리시는 거야. 팔라스 여신, 그러니까 미네르바 여신의 신조 자리는 밤새[61]에게 돌아가 버린 것이지. 나는 하룻밤 사이에 밤새에게 내 자리를 빼앗긴 거야. 내가 왜 이런 벌을 받았는지 알아? 여신께서는 뭇 새들에게 경고하신 거야. 함부로 입을 놀리면, 혹은 공연히 입을 놀리면 이 꼴이 된다는 걸 나를 통해서 보이신 거야. 내가 이 꼴이 되었는데도 여신 곁에 머무는 게 이상하지? 여신께서는 보시는 척도 않으시는데 내가 곁에 두어 주십사고 애걸복걸 했기 때문이라고 생각할 테지? 천만에. 뭣하면 여신께 여쭈어 봐도 좋아. 여신께서 내게 화를 내고 계시는 것은 분명하지만, 사실을 다르게 말씀하시지는 않을 거야.

널리 알려진 이야기인데, 내 고향은 원래 포키스야. 저 유명한 코로네우스는 바로 우리 아버지시고……. 그러니까 나를, 그저 그렇고 그런 새로 보지 않았으면 해. 이래 봬도, 어엿한 왕가의 공주였으니까. 나를 아내 삼으려는 구혼자가 문전성시

---

61) 부엉이.

를 이루었어. 하지만 아름다웠던 게 원수지…… 어느 날 나는 평소의 습관대로 바닷가 부드러운 모래 위를 걷고 있었어. 그런데 바다의 신이 내 모습에 반하고 말았나 봐. 바다의 신은 처음에는 나에게 사랑을 고백하고 사정하고 애원했어. 하지만 내가 뭐 그렇게 호락호락한가? 바다의 신은 그래서는 안 되겠다고 생각했는지 완력으로 나를 어찌해 보려고 하는 게 아니겠어? 도망쳤어. 바다의 신은 내 뒤를 쫓아왔고. 하지만 부드러운 모래 위라서 빨리는 도망칠 수 없었어. 그래서 근처에 나를 도와주실 신이나 인간이 계시지 않느냐고 소리소리 질렀어. 한동안 기척이 없었어. 그런데 처녀신 미네르바께서 나를 도와주겠다고 하셨어. 같은 처녀라서 동정이 가셨던 모양이지? 나는 처녀신께 고맙다는 인사를 드리려고 하늘을 향해 팔을 벌렸어. 그랬더니 팔에 시커먼 깃털이 돋아나는 거야. 옷을 벗으려고 했는데, 이것도 벗겨지지 않았어. 이미 깃털로 변해 버렸던 거야. 여느 깃털이 아니라 내 살갗에 깊이 뿌리내린 깃털로…… 손으로 맨 젖가슴을 만져 보았더니, 맙소사, 손이고 젖가슴이고 모두 깃털투성이야. 놀라서 마구 달렸어. 그런데 모래 위를 달리는데도 힘이 안 들었어. 정신을 차리고 보니, 달리고 있는 게 아니라 모래밭 위를 날고 있는 것이 아니겠어? 그렇게 날아 올라가서 나는 미네르바 여신의 신조가 되었던 거야. 하지만 이런 이야기 해 봐야 무슨 소용이 있겠어? 이제는 죄를 짓고 새가 된 뉙티메네[62]가 내 자리를 차지하고

---

62) '밤새', 즉 부엉이.

말았는데⋯⋯. 뉙티메네가 죄를 지었다는 이야기, 레스보스에서는 유명한 이야기인데, 아직 못 들었어? 뉙티메네가 저희 아버지 침대로 끌려 들어갔다는 이야기? 물론 지금은 새가 되었지. 하지만 이 뉙티메네는 새가 되고도 양심의 가책을 못 이겨 사람들의 눈이 있을 때나 날빛이 비칠 때는 날지 않아. 말하자면 어둠 속에 웅크리고 있다가 밤에만 나는 거지. 이 뉙티메네는 하늘에 있다가 다른 새들에게 쫓겨 땅으로 내려왔다는 이야기도 있어."

그러나 큰까마귀는 이 까마귀에게 이렇게 대꾸했다.

"나 못 가게 하려고 그러지? 네 엉터리 예언 듣고 있을 시간 없다."

큰까마귀는 기어이 포이부스에게 날아가 코로니스가 젊은 테살리아 사내와 나란히 누워 있더라는 이야기를 했다. 큰까마귀로부터 코로니스를 헐뜯는 말을 듣는 순간 포이부스의 머리에서는 월계관이 미끄러져 내렸다. 낯빛도 변했다. 손에서는 수금 채가 떨어졌다. 그의 가슴은 분노로 끓어오르기 시작했다. 포이부스 아폴로는, 늘 쓰는 무기인 활을 집어 들고 이 세상 어느 누구도 피할 수 없는 살 하나를 메겨 시위를 당기고는, 자신의 가슴으로 감촉하던 코로니스의 가슴을 겨누고 깍짓손을 탁 놓았다. 화살에 맞자 코로니스는 비명을 지르며 쓰러졌다. 코로니스는 화살을 뽑았다. 희고 긴 손가락은 이미 진홍빛 피로 물들어 있었다. 코로니스가 부르짖었다.

"오, 포이부스시여. 저를 죽이시더라도 당신의 아기나 낳게 한 연후에 죽이실 것을⋯⋯. 이로써 한 화살에 두 생명이 죽어 갑니다."

피와 함께 영혼이 몸을 빠져나가기 전에 코로니스가 남긴 말은 이것뿐이다. 이 말이 끝나기가 무섭게 싸늘한 죽음의 손길이 코로니스의 몸을 쓴 것이다.

포이부스는 코로니스에게 내린 벌이 너무 가혹했다고 후회했지만 이미 때늦은 다음이었다. 이와 동시에 그는 큰까마귀의 말을 듣고 이를 믿은 것을 후회했다. 이를 믿고 화를 낸 것을 후회했다. 포이부스는 코로니스의 부정을 고자질한, 그래서 자신에게 그런 짓을 저지르게 한 큰까마귀가 미워서 견딜 수 없었다. 활과, 활을 쏜 자신의 손 그리고 지각없이 쏘아 보낸 화살이 미워서 견딜 수 없었다. 포이부스 아폴로는 싸늘하게 식은 코로니스의 시신을 쓸면서 그녀의 운명을 바꾸어 놓으려고 애를 써 보았다. 그러나 신유(神癒)의 권능도 하릴없었다. 너무 늦은 것이다. 손을 쓰기에는 너무 늦었다는 것을 안 아폴로는 애통해했다. 화장(火葬)할 나뭇더미가 쌓였다. 그 아름답던 코로니스의 사지는 곧 그 나뭇더미의 불길 속에서 소진될 터였다. 그러나 아폴로는 눈물을 흘릴 수 없었다. 신들에게 눈물은 금기였다. 아폴로가 괴로워하는 모습은 백정 앞에 선 송아지 같았다. 금방이라도 내리칠 듯이 망치를 오른쪽 귀 위로 번쩍 쳐든 백정 앞의 송아지 같았다. 아폴로는 코로니스의 가슴에 이제 코로니스에게는 아무 소용도 없는 향료를 듬뿍 뿌리고는 마지막으로 뜨겁게 껴안았다. 이로써 그는 죽음[63]이 요구하는 의식을 끝마쳤다.

---

63) 즉 죽음의 신.

아폴로는 뒤늦게야 자신이 끼친 자식이 코로니스의 복중(腹中)에 들어 있다는 사실을 알고, 불에 타고 있던 코로니스의 복중에서 아기를 꺼내어 저 켄타우로스[64] 케이론[65]에게 맡겼다.

아폴로는 그런 다음 고자질하고 상을 바라고 있던 큰까마귀에게 다시는 흰 새 축에 들지 못하게 하겠다고 단단히 별렀다.

7 말이 된 오퀴로에

켄타우로스는 이 신의 아들을 기꺼이 맡아 기르겠노라고 말했다. 그는 이 명예와 책임을 누리게 된 것을 큰 영광으로 여겼다. 그런데 이 켄타우로스 케이론에게는 딸이 하나 있었다. 치렁치렁한 금발을 어깨 위로 늘어뜨리고 다니는 케이론의 딸 오퀴로에는 케이론이 카리클로라는 요정에게서 얻은 딸이었다. 카리클로가 이 딸을 낳은 곳은 오퀴로에 강가였다. 그래서 그 강의 이름을 따서 딸의 이름을 오퀴로에라고 했던 것이다. 이 오퀴로에는 아버지의 갖가지 기예를 배우는 데 만족하지 않고, 운명의 비밀을 예언하는 재간까지 배운, 다시 말하면 예언자였다.

오퀴로에는 신기(神氣)가 오르자, 아폴로가 데려다 맡긴 아

---

64) 반인반마(半人半馬).
65) 많은 영웅을 길러 낸 반인반마인 현자(賢者).

아스클레피오스의 의숙(醫塾)을 맴돌았다는 무독사(無毒蛇). 뱀은 이승과 저승을 오르내리는 동물로 알려져 있다. 아스클레피오스도 죽었다가 이승으로 환생한 사람이다.

기를 내려다보면서 말했다.

"아기야, 세상 사람의 건강을 돌볼 팔자를 타고난 아기야, 씩씩하게 자라거라. 필멸의 인간 중에 너에게 목숨을 빚질 인간이 어찌 한둘이겠느냐? 기왕에 죽은 사람이 너에게 목숨을 빚지는 일 또한 없지 않을 것이다. 하지만 이로써 신들의 노여움을 살 것이고, 네 조부[66]의 벼락이 너를 쳐서 네가 얻은 은혜를 앗아 갈 터인데 이 일을 장차 어쩌랴. 너는 불사신에서 떨어져 시신이 되었다가 이 죽음에서 다시 살아나 신위(神位)에 오를 것이다. 이로써 너는 네 운명을 두 번 새롭게 하는구나. 아버지여, 영원히 사는 권능을 받고 태어나 지금은 불사신이신 아버지여. 하지만 아버지 역시 오래지 않아 돌아가실 것입니다. 상처로 들어온 무서운 뱀독이 온몸으로 퍼지면서 아버지를 괴롭힐 것입니다. 그때가 되면 신들은 아버지께 내리신 불사의 권능을 거두고 죽음을 맞게 하실 것입니다. 그때가 되면 세 여신[67]이 오실 것이고 이 중의 한 분은 아버지 운명의 실을 감으실 것입니다."[68]

이 오퀴로에는 천기(天機)를 누설하고 있었다. 그러나 예언은 끝난 것이 아니었다. 오퀴로에는 한숨을 쉬었다. 눈물이 뺨을 흘러내리기 시작했다.

"운명의 여신들은 저에게, 이제 천기 누설은 그만두라고 하십니다. 아, 운명의 여신들이 제 말을 엿듣고 있었군요. 제가 얻은 이 예언하는 능력은 은혜로 얻은 권능이 아니라 저에게 내린 하늘의 분노라고 말하고 있습니다. 미래를 알지 못한다면 얼마나 좋겠습니까만, 저에게는 보입니다, 인간의 모습이 제게서 떠나는 것이 보입니다. 앞으로는 풀이 제 양식일 것이요, 평원이 제가 뛰노는 마당이 될 것입니다. 저는 지금 말로

---

66) 유피테르.
67) 운명을 주관하는 세 여신.
68) 운명의 세 여신 중 하나인 아트로포스는 운명의 실을 감거나 자르는 일을 한다.

둔갑해 가고 있습니다. 그렇지 않아도 반은 말의 몸인 제 몸이……. 아버지, 제가 왜 말이 되어야 합니까? 반인반마의 딸인 제가 왜 말이 되어야 합니까?"

오퀴로에가 한 이 말의 끝부분은 이미 알아들을 수 없었다. 말이 이미 말 울음소리로 변해 가고 있었기 때문이다. 정확하게 말하자면, 말 울음소리도 사람의 말소리도 아니었다. 사람이 말 울음소리를 흉내 내고 있는 것 같았다. 그러나 이로부터 오래지 않아 오퀴로에는 정말 말 울음소리를 내면서 두 손으로 풀밭을 짚었다. 손가락은 자꾸만 커지다가 이윽고 딱딱한 말발굽으로 변했다. 머리도 커지고 목도 늘어났다. 옷자락은 꼬리가 되었고, 어깨를 덮던 금발은 갈기가 되어 오른쪽 어깨로 흘러내렸다. 오퀴로에가 내는 소리의 변화와 오퀴로에의 모습의 변화는 함께 일어났다. 이 기적은 오퀴로에를 다른 이름으로 불리게 했다.[69]

8 수다쟁이 돌이 된 바투스 노인

필뤼라의 아들인 반신(半神)이자 반인반마인 케이론은 울면

---

[69] 이 오퀴로에의 예언은 실현되었다. 아폴로의 아들은 자라나 유명한 의성(醫聖) 아에스쿨라피우스(그/아스클레피오스)가 되나, 죽은 사람을 살려 내었다가 유피테르의 노여움을 사 벼락에 맞아 죽는다. 오퀴로에의 아버지 케이론은 헤르쿨레스(그/헤라클레스)의 화살에 맞아 죽는데 이 화살 끝에는 물뱀 휘드라의 독이 묻어 있었다.

서 딸을 본모습으로 되돌려 달라고 아폴로 신에게 빌었다. 그러나 아폴로도 유피테르의 지엄한 뜻을 어길 수는 없었다. 어길 수 있었다고 하더라도 도와줄 수는 없을 터였다. 아폴로가 당시에는 엘리스와 메세니아 벌판에 나가 있었기 때문이다.[70] 당시 아폴로는 양치기 모습을 하고, 한 손에는 지팡이, 다른 한 손에는 일곱 개의 갈대를 나란히 붙여 만든 쉬링크스, 즉 목신(牧神)의 피리를 들고 다녔다.

전해지는 바로는, 당시 아폴로는 코로니스를 잃은 슬픔을 목신의 피리로 달래며 소일하고 있었다고 한다. 이러니 가축을 제대로 돌볼 수 있었을 리 없다. 가축 무리는 아폴로가 목신의 피리나 불고 있는 틈을 타서 퓔로스 벌판으로 넘어갔다. 유피테르와 마이아 사이에서 난 아들 메르쿠리우스[71]는 이 가축 무리를 보고는 손을 써서 이들을 모두 숲속에 감추어 버렸다. 이를 본 사람은 아무도 없었다. 그 근동에서 꽤 이름이 알려져 있던 바투스 노인을 제외하면……. 바투스는 저 재산가 넬레우스의 초장(草場)을 지키면서 혈통 좋은 종마를 건사하던 자였다. 이 바투스의 입이 무서웠던 메르쿠리우스는 그를 한쪽으로 불러 이렇게 꼬드겼다.

"여보 노인장, 노인장이 누구인지 모르겠으나, 혹시 누가 노인장에게 가축 무리를 못 보았느냐고 하거든, 못 보았다고 대답하시오. 그리고 여기 잘생긴 소 한 마리가 있으니, 내가 베

---

70) 이즈음의 아폴로는 인간 세상에 귀양 와 있었다.
71) 그/헤르메스. 도둑질의 수호신. 일설에 따르면 이 메르쿠리우스는 태어난 날 강보를 열고 나가 소 도둑질을 했다고 한다.

전령신 메르쿠리우스(그/헤르메스). 메르쿠리우스는 야성적이고 사술(詐術)에 능하고 장난기가 많은 신인가 하면, 유피테르의 명을 받아 수시로 이승과 저승을 오르내리기도 한다.

푸는 성의로 여기고 거두어 주시오."

노인은 그 소를 받고는, 가까이 있던 돌 하나를 가리키면서 말했다.

"걱정 마시오. 그대 뜻대로 될 것이니. 저 돌이 고자질하는 일이 있으면 있었지, 내가 고자질하는 일은 없을 것이오."

요비스[72]의 아들은 짐짓 그 자리를 떠났다가 다른 사람으로 둔갑하고는 원래 자리로 되돌아와서 전혀 다른 목소리로 노인에게 물었다.

---

72) 유피테르의 별명.

"여보세요, 할아버지, 이곳을 지나가는 내 가축을 못 보셨습니까? 보셨다면 공연히 입을 다물었다가 도둑의 패거리로 몰리지 말고 내게 일러 주세요. 일러 주시면 황소 한 마리에 암소 한 마리를 짝으로 붙여서 할아버지께 드리겠습니다."

상급(賞給)이 곱절이 되었으니 노인의 생각이 달라졌을 수밖에. 그래서 노인은 이 변장한 메르쿠리우스에게 말했다.

"저기 저 언덕 밑으로 가면 찾을 수 있을 게요."

메르쿠리우스가 아폴로의 가축을 훔쳐 숨겨 둔 곳이 바로 언덕 밑이었다. 메르쿠리우스는 기가 막혔던지 웃으면서 노인을 꾸짖었다.

"이런 사기꾼, 면전에서는 그러마고 해 놓고 돌아서서는 딴소리를 해? 영감은 내 앞에서 나를 배신했어."

메르쿠리우스는 이 노인을 단단한 돌로 만들어 버렸다. 오늘날 시금석이라고 불리는 돌이 바로 이 돌이다. 그래서 이 돌에는 옛날에 거짓말하던 흔적이 지금까지 남아 있다고 한다.

9 메르쿠리우스와 헤르세

신장(神杖)을 든 신[73]은 날개를 펴고 하늘 높이 날아올랐다. 미네르바[74] 여신에게 봉헌된 무뉘키아 벌판과 손질이 잘된 뤼케

---

73) 최면장(催眠杖)을 든 메르쿠리우스.
74) 그/아테나.

움 숲이 내려다보였다.

마침 땅 위에서는 팔라스[75] 축제가 벌어지고 있었다. 이날은 종교 의례에 따라 숫처녀들이 꽃바구니에 거룩한 제물을 담아 이고 신전으로 줄지어 들어가는 날이었다. 신전에서 나오는 처녀들을 하늘에서 내려다보던 이 날개 달린 메르쿠리우스 신은 목적지로 가야 한다는 것도 잊고 처녀들 머리 위를 선회했다. 이렇게 처녀들 머리 위를 선회하는 메르쿠리우스는 처녀들이 신전에 바친 제물을 노리고 신전 위의 하늘을 선회하는, 새 중에서 가장 빠른 새인 매와 흡사했다. 제물 옆에는 제관(祭官)들이 모여 있는지라 매들은 날아 내려가 제물을 뜯지 못하고 그 위를 맴돌기만 했다. 재치 있기로 소문난 메르쿠리우스도 어쩔 줄을 모르고 신전 위에서, 매가 받는 것과 같은 바람을 받으며 선회했다.

신전의 처녀들 가운데서는 헤르세가 단연 돋보였다. 뭇 별 중에서도 유난히 빛나는 루키페르,[76] 이 루키페르보다 더욱 빛나는 포이베[77] 같았다. 이 헤르세는 대열을 지어 신전을 나오는 다른 처녀들을 무색하게 했다. 유피테르의 아들의 마음은 헤르세의 아름다움 앞에서 걷잡을 수 없이 설레었다. 서늘한 하늘을 날고 있었는데도 불구하고 메르쿠리우스의 가슴속에서는 뜨거운 불길이 일었다. 이 불길은, 발레리아스 투석기(投石器)[78]가 쏜 납탄만큼이나 뜨거웠다. 발레리아스 전사(戰

---

75) 미네르바 여신의 별명.
76) 샛별.
77) 티탄 시대의 달의 여신.

土)들이 쏘는 이 납탄은 날아가면서 열을 받아 구름 속에서 발화한다. 그러니 얼마나 뜨거웠겠는가! 메르쿠리우스는 목적지를 바꾸기로 마음먹고 하늘에서 땅으로 내려섰다. 외모라면 어느 정도 자신이 있는 메르쿠리우스였다. 그런데도 헤르세에 비하고 보니 어쩐지 초라한 것 같아 메르쿠리우스는 머리카락을 손질하고, 옷매무새를 매만져 술이 달린 옷 가장자리와 금장식이 겉으로 잘 드러나게 했다. 그는 오른손에 들고 있던, 산 것을 재울 수도 있고 깨울 수도 있는 최면장과 날개 달린 가죽신도 잘 닦아 윤이 나게 했다.

헤르세가 사는 궁전 안채에는 상아와 거북 등껍질을 걸어 꾸민 방이 셋 있었다. 오른쪽 방이 판드로소스의 방, 왼쪽 방이 아글라우로스의 방, 가운데 방이 헤르세의 방이었다.[79] 메르쿠리우스는 이 궁전 안채로 숨어들었다. 맨 먼저 메르쿠리우스를 본 것은 아글라우로스였다. 아글라우로스는 메르쿠리우스에게 정체가 무엇이며, 무엇 때문에 숨어들었느냐고 물었다. 이것이 메르쿠리우스의 대답이었다.

"나는 하늘을 날아다니며 아버지의 심부름꾼 노릇을 하는 자다. 그러면 내 아버지가 누구냐? 유피테르 신이 바로 내 아버지이시다. 얼렁뚱땅 둘러대지는 않겠다. 내가 여기에 온 것은 헤르세 때문이다. 그러니 너는 네 언니의 동생 노릇을 제대

---

78) 발레리아스는 스페인 동쪽 해상에 있는 섬. 무서운 투석기가 발명된 섬으로 유명하다.
79) 이 세 자매는, 절대로 들여다보지 말라는 당부를 어기고 미네르바가 맡긴 아기 에릭토니오스를 들여다본 바로 그 세 자매다.

로 하고, 장차 내 아들의 이모가 되도록 하여라. 호의로써, 사랑에 빠진 나를 도와주기를 바란다."

아글라우로스는 금발의 여신 미네르바가 맡긴 궤짝 안을 들여다보던 눈으로 메르쿠리우스를 바라보았다. 그러고는 그 제안을 받아들이는 대신에 엄청나게 많은 황금을 요구했다. 메르쿠리우스가 이 요구를 받아들이지 않자 아글라우로스는 이 유피테르의 아들을 궁전에서 내쫓았다.

10 질투의 화신이 된 아글라우로스

전쟁의 여신[80]이 이 아글라우로스를 내려다보면서 화를 참느라고 한숨을 쉬었는데 어찌나 한숨 소리가 컸던지 여신의 젖가슴과 배를 가리고 있던 흉갑(胸甲)이 다 부르르 떨렸다. 여신이, 그토록 당부했는데도 불구하고 궤짝을 열고, 어미 없이 태어난 렘노스 신[81]의 아들[82]을 엿본 이 아글라우로스를, 그 궤짝 뚜껑을 열던 아글라우로스의 손을 잊었을 리 없다. 그런데 그 더러운 손이 여신의 눈앞에서 이번에는 메르쿠리우스와 제 언니의 만남을 주선하는 대가로 엄청난 양의 황금을 요구하고 있는 것이었다.

---

80) 미네르바.
81) 렘노스는 대장장이 신 불카누스가 태어난 섬 이름. 따라서 불카누스.
82) 에릭토니오스.

여신은 벌떡 일어나 인비디아[83]를 찾아갔다. 인비디아는 어둡고 지저분하기 짝이 없는 집에 살고 있었다. 그 집은, 햇살이 비치기는커녕 바람도 한 점 불지 않는 깊은 계곡에 있었다. 이 집 안은 손가락이 곱을 만큼 추웠지만 불기가 없는 데다 햇빛이 비치지 않는 곳에 있어서 늘 어둠에 잠겨 있었다. 전쟁의 여신은 이 집 앞에서 걸음을 멈추었다. 전쟁의 여신은 이 '질투'의 집 안으로 들어갈 수 없게 되어 있었다. 여신은 창 끝으로 문을 두드렸다. 문이 열렸다. 인비디아는 마침 마성(魔性)을 돋구어 주는 배암 살을 먹고 있었다. 미네르바 여신은 눈길을 돌렸다. 인비디아는 반쯤 남은 배암을 놓고 바닥에서 일어나 발을 질질 끌면서 문간까지 나왔다. 인비디아는 여신의 아름다운 모습과 번쩍이는 무구(武具)를 보고는 비명을 질렀고, 여신의 한숨 소리를 듣고는 눈살을 찌푸렸다.

인비디아의 안색은 창백했고 몸은 형편없이 말라 있었다. 게다가 인비디아는 지독한 사팔뜨기였다. 이는 변색된 데다 군데군데 썩어 있었고, 가슴은 시퍼렇게 멍들어 있었다. 이 인비디아의 입술에 미소가 감돌게 할 수 있는 것은 남이 고통받는 광경뿐이었다. 인비디아는 잠이라는 것을 알지 못했다. 밤이고 낮이고 근심 걱정에 쫓기고, 남의 좋은 꼴을 보면 속이 상해 보는 것만으로도 나날이 여위어 가는 것이 인비디아였다. 남을 고통스럽게 하면 하는 대로, 자신이 고통스러우면 고통스러운 대로 저 자신만 녹아나는 게 바로 이 인비디아였다.

---

83) 그/젤로스. '질투' 혹은 질투의 여신.

트리톤의 처녀[84]는 역겨움을 꾹 참고 '질투'에게 말했다.

"케크롭스의 딸 아글라우로스에게 네 독을 좀 나누어 주어라. 이는 내가 너에게 바라는 바다."

여신은 이렇게 말한 뒤 창으로 땅바닥을 툭 치고 하늘로 날아올랐다.

인비디아는 멀어져 가는 여신을 눈꼬리로 좇으면서, "여신의 뜻이니 이루어질 테지요." 하고 중얼거렸다. 안으로 들어온 인비디아는 가시장미 덩굴이 감긴 지팡이를 들고, 검은 구름으로 몸을 감싸고는 그곳을 떠났다. 인비디아는 가는 곳마다 꽃이 만발한 벌판을 짓밟고, 풀을 말리고, 나뭇가지를 꺾고, 숨결로 사람들과 도시와 집을 더럽혔다. 이윽고 인비디아는 트리톤 여신의 도시[85]에 이르렀다. 아테나이는 지혜와 재물이 넘치는 도시, 평화와 번영의 도시였다. 인비디아는 울 일이 없는데도 눈물을 흘리며 이 도시로 들어갔다.

케크롭스의 딸 아글라우로스의 방으로 들어가자마자 인비디아는 여신이 명한 대로 손을 썼다. 먼저 심술이 뚝뚝 듣는 손을 처녀의 가슴에 대어 그 안을 가시덩굴로 채우고 시커먼 독기를 뿜어 뼛속까지 독기가 스며들게 한 뒤, 심장에도 따로 독기를 흘려 넣었다. 인비디아는 여기에서 그치지 않고 아

---

84) 트리톤은 미네르바 여신이 태어난 곳. 이곳에서 태어났기 때문에 미네르바는 곧잘 트리토니아, 즉 '트리톤의 처녀'로 불린다.

85) 아테나이. '아테나이'라는 말은 '아테나 여신의 도시'라는 뜻이다. 미네르바 여신의 그리스식 이름이 곧 아테나 여신이다. 따라서 아테나이는 미네르바 여신의 도시다.

글라우로스가 오로지 메르쿠리우스와 헤르세만을 질투하도록 말쑥하게 차려입은 메르쿠리우스와 시집 잘 가는 헤르세의 형상을 빚어 따로 보여 주었다. 빚어서 보여 주되, 실제보다 훨씬 화려하게 빚어서 보여 주었다.

케크롭스의 딸은 그 환영을 보고는 그만 질투의 화신이 되고 말았다. 가슴에서 이는 질투의 불길이 처녀의 가슴을 먹어 들어갔다. 처녀는 밤이고 낮이고 한숨만 쉬면서 하루가 다르게 말라 갔다. 마음의 근심에 쫓기며 나날이 여위어 가는 아글라우로스는, 흡사 뜨거운 햇볕 아래 놓인 얼음 덩어리 같았다. 아니다. 헤르세의 화려한 결혼과 늘어진 팔자에 대한 질투심에서 비롯된 아글라우로스 가슴의 불길은 건초 더미에 인 불길과 비슷했다. 불꽃을 보이지 않으면서도 속으로 속으로 타 들어가 결국은 건초 더미를 깡그리 태우고 마는 불길과 비슷했다. 아글라우로스는 팔자 늘어진 헤르세 꼴을 보느니 차라리 죽어 버리고 말겠다는 생각도 여러 번 했다. 엄한 아버지에게 헤르세와 메르쿠리우스의 밀회를 고자질해야겠다는 생각도 여러 번 했다.

결국 아글라우로스는 언니의 방문 앞에 드러누워 메르쿠리우스가 방으로 들어가지 못하게 하기로 했다. 이윽고 메르쿠리우스가 왔다. 메르쿠리우스는 아글라우로스에게 길을 비키라고 타일렀다. 그러나 아글라우로스는 소리를 질렀다.

"이제 내 언니에게 그만 오세요. 당신을 쫓아내기 전에는 여기에서 꼼짝도 하지 않겠어요."

"그래? 그 말을 잊지 마라."

발 빠른 퀼레네[86]의 신은 이렇게 응수하고는 신장으로 툭 건드려 문을 열었다.

아글라우로스는 메르쿠리우스의 말이 심상치 않게 여겨져 일어나려고 했다. 그러나 사지가 노곤하고 무거워 앉은 자리에서 꼼짝도 할 수 없었다. 아글라우로스는 다시 한번 일어나 보려고 했다. 그러나 역시 무릎이 말을 듣지 않았다. 아글라우로스가 온몸을 지나 손가락 끝까지 퍼져 나가는 한기를 느끼고 있을 동안 혈관에서는 온몸의 피가 빠져나갔다. '질투'가 옮긴 괴질은 빠른 속도로 이미 병든 곳과 성한 곳을 파괴했다. 이어서 생명의 숨결이 지나다니는 길을 거슬러 치명적인 냉기가 올라왔다. 아글라우로스는 말을 하려고 애쓰지는 않았다. 애썼다고 하더라도 소리는 제 길을 찾아 올라오지 못했으리라. 곧 목이 석화(石化)했고 이어서 입술이 굳어졌다. 아글라우로스는 석상처럼 가만히 앉아 있었다. 사실은 석상처럼 가만히 앉아 있었던 것이 아니고 석상이 되어 가만히 앉아 있었다. 석상이 되었는데도 돌의 색깔은 거무튀튀했다. 검은 마음의 물이 들어 그런 색깔로 변하게 된 것이다.

11 소로 둔갑한 유피테르와 에우로페

아틀라스의 외손[87]은 말버릇이 고약하고 뱃속이 검은 이

---

86) 메르쿠리우스가 태어난 곳.

처녀를 벌하고는 팔라스 여신과 이름이 같은 도시[88]를 떠나 하늘로 날아올랐다. 아버지 유피테르가 이 아들을 불러 다짜고짜 이렇게 명했다.

"내 명을 집행하는 아들아, 서둘러 네게 익은 길로 날아 내려가 왼편으로 네 어머니 별[89]을 올려다보면서 한참을 더 가거라. 그러면 시돈이라는 땅에 이를 게다. 가서 보면 그 땅 임금의 가축이 산자락에서 풀을 뜯고 있을 터이니, 이 가축 무리를 해변으로 내몰아라."

대신(大神)의 지엄한 분부의 시행에 일각의 지체가 있을 수 없었다. 유피테르의 이 말이 떨어지기가 무섭게 이미 그 땅 임금의 소 떼는 해변 쪽으로 내닫고 있었다. 소 떼가 가는 해변은 그 나라의 공주가, 친구들인 튀로스의 처녀들과 자주 어울려 놀던 풀밭이었다.

사랑을 성취하려는 마음과 품위를 지키려는 마음은 원래 조화도 양립도 불가능한 법이다. 신들의 아버지이자 신들의 지배자인 이 유피테르가 어떤 유피테르던가. 끝이 세 갈래로 찢어진 벼락을 던지면 태우지 못할 것이 없는 유피테르, 고갯짓으로 능히 만물을 죽일 수도 있고 살릴 수도 있는 유피테르가 아니던가. 그런 유피테르가 대신의 위엄을 팽개치고 소의 모습을 빌려 둔갑하고는, 다른 소에 섞여 풀밭에 그 모습을 나

---

87) 메르쿠리우스. 메르쿠리우스의 어머니 마이아는 아틀라스의 딸이다.
88) 아테나이.
89) 메르쿠리우스의 어머니 마이아는 플레이아데스, 즉 칠요성(七曜星)의 하나다.

황소로 둔갑한 유피테르와 이 황소를 타고 바다를 건너는 에우로페.

타내었다. 그 털은 아무도 밟지 않은 눈, 남풍에 녹지 않은 눈 같이 새하얬다. 목의 흰 살은 더할 나위 없이 튼튼했고, 늘어진 살덩어리는 탄탄하고도 실했다. 뿔은 비록 작았어도, 장인 (匠人)이 공들여 닦은 듯 반짝거렸다. 신들의 왕이 잠시 모습을 빌린 소답게 눈빛은 부드러웠고, 얼굴은 평화로워 보였다.

이렇게 잘생긴 황소를 보았으니, 아게노르의 딸[90]이 반했을 수밖에⋯⋯. 아게노르의 딸은 이 소가 이렇게 점잖아 보였는데도 처음에는 무서워서 그랬는지 손을 대지 못했다. 그러나 조금 시간이 흐르자 아게노르의 딸은 황소 가까이 다가와 입 앞에다 꽃 한 송이를 갖다 대었다. 황소는 곧 제 차지가 될 이 공주의 손에 입을 맞추었다. 황소 모습을 빌린 유피테르에게 이렇게 기다리는 시간이 얼마나 지루했겠는가. 유피테르는 욕망을 참는 데 능하지 못했다.

황소는 공주를 어르기도 하고, 푸른 풀밭을 뛰어다니기도 하고, 노란 모래 위에 그 눈같이 흰 몸을 눕히기도 했다. 공주는 점점 대담해져, 황소가 다가와 머리를 들이밀면 그 흰 손으로 쓸어 주기도 하고, 꽃다발을 만들어 뿔에다 걸어 주기도 했다. 그러다가는 정말로 대담해져 이 황소의 잔등에 올라탔다. 물론 공주는 자기가 누구의 잔등에 올라앉았는지 알지 못했다. 황소로 둔갑한 유피테르는 처음에는 가벼운 걸음으로 해변을 걷다가 조금 뒤에는 파도가 밀려오는 곳까지 걸어나갔다. 공주가 의심하는 기색을 보이지 않자 황소는 아예 바다로 들어가 바다 한가운데를 바라고 나아가기 시작했다. 공주는 그제야 기겁을 하고, 조금 전에 떠나온 모래톱, 조금 전에 장난하느라고 황소의 잔등의 오르던 그 해변을 돌아보았다. 처녀는 오른손으로는 황소의 뿔을 잡고 왼손은 잔등에 올려놓은 채 지향 없이 실려 갔다. 옷자락이 물에 뜬 채로 바람에 펄럭거렸다.

---

90) 에우로페.

3부 박쿠스의 탄생 외

1 카드모스의 망명과 테바이 건설

유피테르와 아게노르의 딸은 크레타 평원에서 쉬고 있었다. 유피테르는 본모습으로 돌아와 있었다. 물론 이 처녀를 취하고, 자기의 정체까지 밝힌 뒤였다.

이 공주의 아버지 아게노르왕은 딸의 행방을 몰라 노심초사하다가 아들 카드모스를 불러 행방불명된 누이를 찾아오되, 찾지 못하면 돌아오지 말라는 무서운 명을 내렸다. 아게노르는, 딸에게는 자애로운 아버지였지만 아들에게는 냉혹한 아버지였다.

카드모스는 온 세상을 두루 돌아다녔다. 유피테르의 책략을 꿰뚫어 볼 자가 당시 세상에 없었으니 카드모스가 온 세상을 두루 돌아다닌 것도 당연했다. 유피테르가 크레타에 머물고 있다는 사실을 아는 자는 없었다. 결국 누이를 찾는 데 실패한 카드모스는 고국과 아버지의 진노를 피해 세상을 주유(周遊)하던 길에 아폴로의 신탁전(神託殿)을 찾아가 대체 어느 땅에 몸 붙이고 살았으면 좋을지 아폴로 신의 뜻을 물어보았다.

포이부스 아폴로의 대답은 이러했다.

"인적이 드문 데서, 고삐에 매인 적도 없고 쟁기를 끌어 본 적도 없는 암소 한 마리를 만날 것인즉, 그 소를 따라가거라. 그 소가 가다가 풀밭에 눕거든 거기에 성을 쌓고, 이름을 보이오티아[1]라고 하여라."

카드모스는 아폴로 신탁전이 있는 카스탈리아 동굴을 나오자마자 주인 없이 홀로 천천히 걷는 암소 한 마리를 보았다. 암소의 목에는 고삐 자국이 없었다. 카드모스는 암소 가까이 다가가 그 뒤를 따르면서 안내자를 보내 준 포이부스 아폴로를 조용히 찬송했다.

암소와 카드모스 일행은 케피소스강을 건너 파노페 땅으로 들어갔다. 파노페 땅을 지나 한동안 걸은 뒤, 암소가 걸음을 멈추고 참한 뿔이 달린 머리를 쳐들고는 하늘을 향해 나지막하게 울었다. 그러고는 카드모스 일행을 돌아다본 뒤 무릎을 꿇고, 부드러운 풀 위에 옆구리를 대고 누웠다. 카드모스는 마음을 겸손하게 차리고 그 낯선 땅에 입 맞추고는, 이방인으로 찾아온 들판과 산에 인사를 보냈다. 인사를 마친 카드모스는 유피테르 신에게 제물을 바칠 요량으로 부하들에게 숲으로 들어가 헌수(獻水)할 정화수를 길어 오게 했다. 가까운 곳에

---

1) '소의 땅'.

마침 도끼가 닿은 적 없는, 아주 오래 묵은 숲이 있었다. 숲 한 가운데는 동굴이 하나 있었고 우거진 관목과 고리버들 사이에는 석벽으로 천연의 아치를 삼은 샘이 하나 있었다. 그러나이 동굴에는 머리에 황금 볏이 달린 마르스[2]의 왕뱀이 한 마리 살고 있었다. 왕뱀의 두 눈은 화등잔 같았고 그 몸은 독액으로 잔뜩 부풀어 있었다. 왕뱀이 입을 벌리자 세 줄로 난 이빨 사이로 세 갈래로 찢어진 혀가 들락거렸다. 포이니키아에서 온 이 망명객들은 동굴에 왕뱀이 사는 것도 모르고 샘 가까이 다가가 물에 항아리를 넣었다. 왕뱀이 이들의 발소리를 듣고 무서운 소리를 내며 다가왔다. 카드모스의 부하들은 사지에서 피가 모두 빠져나가는 듯한 공포를 느끼고, 물항아리를 놓고는 부들부들 떨기만 했다. 왕뱀은 비늘 달린 몸으로 똬리를 틀었다가 활 모양을 그리며 윗몸을 쳐들었다. 몸이 어찌나 큰지 이로써 숲 전체를 덮어 버릴 것만 같았다. 아닌 게 아니라 왕뱀은 윗몸을 들고 숲 전체를 내려다보고 있는 것 같았다. 똬리를 푼 이 왕뱀은 큰곰자리와 작은곰자리 사이에 있는 뱀자리만큼이나 컸다. 왕뱀은 바로 포이니키아인들을 공격하기 시작했다. 망명 온 군사들 가운데에는 무기를 들고 싸울 준비를 하는 자도 있었고 도망칠 준비를 하는 자도 있었다. 그자리에 얼어붙은 듯 꼼짝도 하지 못하는 자도 물론 있었다. 왕뱀은 엄니로 물어 죽이고, 똬리 안으로 감아 들여서 죽이고, 유독한 숨결을 내뿜어서 죽이고…… 하여튼 이들을 모두

---

2) 그/아레스. 난폭한 전쟁의 신.

죽였다.

　그림자가 가장 짧아지는 정오 무렵이었다. 부하들이 오지 않자 카드모스는 이를 궁금하게 여기고 이들을 찾아 나섰다. 그에게는 사자 가죽으로 만든 방패가 있었고, 창날이 유난히 빛나는 장창(長槍)이 있었으며, 몇 자루의 투창(投槍)도 있었고, 이런 무기 이상으로 미더운 용기도 있었다. 숲으로 들어간 지 오래지 않아 카드모스는 부하들의 시체와 왕뱀을 발견했다. 왕뱀은 부하들의 시체 위로 까마득히 솟은 채 아래를 내려다보고 있었다. 왕뱀은 이따금씩 시체에서 흐르는 피를 빨았다. 시체를 빨다가 머리를 쳐들 때마다 왕뱀의 혀 끝에서는 핏방울이 뚝뚝 떨어졌다.

　카드모스가 부르짖었다.

　"전우들이여! 내 맹세하거니와 그대들 원수를 갚지 못하면 나 역시 그대들의 뒤를 따르리라."

　이 말 끝에 카드모스는 오른손으로 커다란 바위를 하나 들어 있는 힘을 다해 괴물에게 던졌다. 맞았다면 높은 탑루가 딸린 튼튼한 성벽도 무너지고 말았을 만큼 큰 바위였다.

　그러나 괴물은 끄떡도 하지 않았다. 흉갑 같은 비늘과 검고 튼튼한 가죽이 바위를 퉁겨 낸 것이다. 그러나 그런 비늘과 가죽도 카드모스가 던진 투창에는 견디지 못했다. 투창은 괴물의 등 한가운데에 꽂혔다. 꽂혀도 창 끝이 뱃가죽에 이르기까지 아주 깊이깊이 꽂혔다. 괴물은 고통스러운지 몸부림치면서 제 등을 제 눈으로 보려고 몸을 뒤틀었다. 고개를 돌려 제 상처를 본 괴물은 혼신의 힘을 다해 창자루를 물고는 좌우로 혼들다가 기어이 이 창자루를 뽑아 내었다. 그러나 날은 뼈를 뚫을 정도로 깊이 꽂혀 있었다. 괴물은 날뛰기 시작했다. 목의 핏줄은 독액으로 팽팽하게 부풀어 올랐다. 독니 가로는 흰 거품이 일었다. 대지는 이 괴물의 비늘에 찢기었다. 스튁스의 동굴만 한 입에서 뿜어져 나오는 독기가 주위의 공기 속으로 퍼져 나갔다. 괴물은 거대한 나선꼴로 똬리를 트는가 하면, 나무 둥치처럼 몸을 세우고 공격해 오고는 했다. 괴물의 앞을 가로막던 나뭇가지가 괴물의 가슴에 밀려 부러졌다. 카드모스는 조금 물러서서 사자 가죽 방패로 괴물의 공격을 막다가 괴물의 입 안으로 창을 던져 넣었다. 괴물은 미친 듯이 날뛰며 쇠붙이로 된 창날을 깨물었다. 그 통에 이빨이 부서져 나왔다. 독액으로 잔뜩 부풀었던 목에서 피가 떨어져 바닥의 푸른 풀을 적시기 시작했다. 괴물은, 입은 상처가 깊지 않았던지 카드모스의 공격을 피하면서 다친 목을 건사했다. 그러던 괴물이 갑자기 땅바닥에 몸을 내굴렸다. 괴물이 요동칠 동안은 카드모스도 괴물을 공격할 수 없었다. 기왕에 박힌 창날은 괴물의 몸속으로 점점 더 깊이 파고들었다. 아게노르의 아들은 괴물에게 접근해 목에 꽂은 창자루를 주먹으로 내려쳤다. 창날은 왕뱀의 몸을 관통해 뒤에 있던 나무둥치에 꽂혔다. 왕뱀의 몸을 창날로 나무둥치에 꿰어 놓은 형국이었다. 나무는 왕뱀의 힘을 이기지 못해 휘청거렸다. 괴물이 휘두르는 꼬리에 맞아 가지가 부러져 나갔다.

　승리한 카드모스가 이 무서운 적의 거대한 시체를 내려다보고 서 있는데 어디에선가 목소리가 들려왔다. 카드모스는 목소리의 임자를 찾느라고 사방을 둘러보았다. 아무도 없었다. 그러나 목소리는 분명히 들려오고 있었다.

"아게노르의 아들아, 왜 네가 죽인 왕뱀을 내려다보고 서 있느냐? 너 역시 인간의 눈앞에서 그렇게 뱀이 될 것이다."[3]

카드모스의 뺨에서 핏기가 사라졌다. 카드모스는 공포에 사로잡힌 채 한동안 꼼짝도 않고 서 있었다. 그는 정신이 나간 사람 같았다.

이때 이 영웅의 수호신인 팔라스 여신이 공중에 나타나 소리 없이 땅 위로 내려섰다. 여신은 그에게 땅을 갈아엎고 인간의 씨앗인 왕뱀의 이빨을 뽑아 뿌리면 새 백성이 돋아날 것이라고 말했다. 카드모스는 여신이 시키는 대로 보습으로 이랑을 만들고 거기에 여신이 인간의 씨앗이라고 한 왕뱀의 이빨을 뿌렸다. 그러자 도저히 믿어지지 않는 일이 일어났다. 처음에는 흙덩어리가 움직이기 시작했다. 이어서 이랑 사이에서 창날이 쑥 돋아났고, 다음에는 깃털 술이 달린 투구가 솟아올랐다. 오래지 않아 어깨와 가슴 그리고 무기를 든 손이 올라왔다. 무장한 병사들이 올라온 것이다. 극장의 무대에서 막에 가려져 있던 등장인물이 나타나는, 말하자면 처음에는 얼굴, 이어서 몸의 각 부분 그리고 막이 천천히 걷히면 무대 위에 선 등장인물의 전신이 나타나 보이는 것과 비슷했다. 카드모스는 이 새 적에 놀라 무기를 잡으려 했다. 그러나 흙에서 솟아난 무사 중 하나가 소리쳤다.

---

3) 후일 카드모스와 아내 하르모니아는 뱀이 된다.

"무기를 잡지 마시오! 집안싸움에 끼어들지 마시오!"

이 말 끝에 그는 바로 옆에 서 있던, 역시 흙에서 솟아난 무사 하나를 향해 칼을 휘둘렀다. 그러나 이 무사는 다른 데서 날아온 투창을 맞고는 쓰러졌다. 투창을 던진 무사도 살아남지 못했다. 그 역시 조금 전부터 쉬기 시작한 숨을 거둔 것이었다. 무사들 전부가, 이놈이 저놈을 치고, 저놈이 이놈을 치며 미친 듯이 싸웠다. 저희끼리 시작한 이 싸움에서 대부분의 병사들이 조금 전에 얻은 목숨을 잃었다. 남은 무사는 다섯뿐이었다. 살아남은 자들은 동아리 무사들의 피로 따뜻하게 데워진 어머니 대지의 가슴에 누워 뒹굴었다. 살아남은 자 중의 하나인 에키온이 팔라스 여신이 시키는 대로 무기를 놓고 나머지 무사들에게 더 이상 싸우지 말자고 하고는, 그들로부터 더 이상 싸우지 않겠다는 약속을 받아 내었다. 포이니키아에서 온 이방인은 이들과 더불어 포이부스 신탁이 일러 준 대로 새로운 도시를 건설했다.

이렇게 선 도시가 바로 테바이다. 카드모스는 결과적으로 보면, 아버지에게 추방당함으로써 축복을 받은 셈이다. 그는 마르스[4]와 베누스[5] 사이에서 난 딸[6]과 혼인했다. 카드모스의 아내는 아들딸을 여럿 낳아 집안을 융성케 했다. 이 부부의 아들딸도 손주를 여럿 낳아 주었다. 이 사랑스러운 카드모스의 후손들은 집안을 화기애애하게 하는 데 큰 몫을 했다. 그러나

---

4) 그/아레스. 전쟁의 신.
5) 그/아프로디테. 사랑과 애욕의 여신.
6) 하르모니아.

사람은 죽어서 땅에 묻힐 날이 되어 봐야 한살이가 행복한 한살이였는지 박복한 한살이였는지 드러나는 법이다.

2 디아나와 악타이온

그 많은 자손 중 처음으로 카드모스를 몹시 상심하게 한 자손은 악타이온이다. 악타이온은 여신의 벌을 받아 사슴으로 전신했다가, 제 손으로 기른 사냥개들 이빨에 찢겨 죽었다. 그러나 가만히 생각해 보면 악타이온이 이런 변을 당한 것은 그의 팔자가 그래서 그랬지 무슨 잘못을 저질러서 그렇게 된 것은 아니었다. 그에게 죄가 있었다면 길 잃은 죄밖에 없었다.

이 사건의 무대는, 갖가지 짐승의 핏자국으로 얼룩진 산이다. 해가 동쪽의 출발점과 서쪽의 목적지 사이에 들어 그림자를 짤막하게 줄여 놓을 즈음, 젊은 악타이온은 함께 산속을 누비며 사냥하던 동무들에게 말했다.

"여보게들, 창칼과 사냥 그물은 우리가 잡은 짐승의 피에 젖고 말았네. 이만하면 오늘 몫으로는 넉넉하지 않은가? 내일 아우로라[7]가 노란 마차를 타고 새날을 베풀거든 또 와서 시작하세. 보게, 해가 하늘 중간에서 걸음을 멈추고 열기로 대지를 구워 대고 있지 않은가! 오늘 사냥은 이 정도 하고 그물을 걷세."

---

7) 그/에오스. '새벽'.

디아나의 알몸을 훔쳐보는 악타이온(티치아노의 그림).

사냥 친구들은 악타이온의 제안을 옳게 여기고 사냥을 끝
내었다.

이 산에는 소나무와 잎이 뾰족한 삼나무가 덮인 골짜기가
있었다. '가르가피에'라고 불리는 이 골짜기는 사냥의 여신 디
아나[8]에게 봉헌된 성소(聖所)였다. 이 골짜기에는 또 사람의
손길이 닿지 않은, 즉 자연의 조화가 예술품을 흉내 내어 빚
어 놓은, 숲속의 동굴이 하나 있었다. 이 동굴의 천장은 경석
(輕石)과 부드러운 석회화(石灰華)로 되어 있었다. 이 동굴 안
오른쪽에는 먼 호수로 물을 흘려보내는 아주 맑은 샘이 하
나 있었다. 이 샘의 둑은 아주 보드라운 풀로 덮여 있었다. 디
아나 여신은 사냥 다니다 지치면 곧잘 이곳으로 와서 이 맑

_____

8) 그/아르테미스.

은 물에다 몸을 닦고는 했다. 이날 여신은 동굴로 들어가자 무기 담당 노릇 하는 요정에게 투창과 화살통과, 시위 벗긴 활을 맡겼다. 다른 요정 하나는 여신의 옷을 받아 제 팔에 걸었고 다른 요정 둘은 여신의 가죽신을 벗겼다. 또 하나의 요정, 즉 다른 요정들보다 손재간이 좋은, 이스메노스의 딸 크로칼레는 아무렇게나 흘러내리는 제 머리카락은 그대로 두고 여신의 어깨 위로 흘러내린 머리카락은 잘 손질해서 댕기로 묶어주었다. 네펠레, 휘알레, 라니스, 프세카스, 피알레[9] 같은 요정들은 커다란 항아리로 물을 길어 여신에게 끼얹어 주었다.

디아나 여신이 이렇게 몸을 닦고 있을 동안, 사냥을 끝마친 카드모스의 손자 악타이온은 처음 들어온 숲이라 길을 잃고 이곳저곳을 기웃거리며 다니고 있었다. 그러던 그는 (운명의 손에 이끌려) 물방울이 튀어 바닥이 축축한 이 동굴 안으로 들어섰다. 발가벗고 서 있던 요정들은 난데없이 들어온 사내의 모습에 놀라 젖가슴을 가리며 숲이 울릴 만큼 큰 소리로 비명을 질렀다. 그들은 디아나 여신을 둘러싸고 저희 알몸으로 여신의 알몸을 가려 주려고 했다. 그러나 여신의 키는 이들보다 머리 하나가 컸다. 그러니 이들의 머리 위로 여신의 머리와 어깨가 드러나는 것은 당연했다. 실오라기 하나 걸치지 않고 있다가 알몸을 들킨 이 여신의 뺨은, 태양빛을 받은 구름 색깔, 아니면 장밋빛 새벽의 색깔로 물들었다. 자신을 둘러싸고 있

---

9) 각각, '구름', '풀', '칼집', '질주', '물방울'이라는 뜻이다. 이 요정들의 이름은 여주인인 디아나 여신의 신격(神格)을 짐작하게 한다.

는 요정들 속에서 여신은 몸을 돌려 어깨 너머를 바라보았다. 활과 화살이 있었으면 좋았을 테지만 옆에 있을 리 없었다. 디아나 여신은 물을 쥐어 청년의 얼굴에 뿌렸다. 여신은 청년의 얼굴에 이 복수의 물방울을 뿌리면서 재난을 예고하는 주문과 다를 바 없는, 다음과 같은 말을 했다.

"자, 이제 할 수 있겠거든 어디 디아나의 알몸을 보았다고 해 보아라!"

여신의 말투가 특별하게 표독스러웠던 것도 아니었다. 그러나 물방울이 튄 곳에서는 장수하는 동물로 소문난 사슴의 뿔이 돋았다. 이어서 그의 목이 늘어났고, 귀의 가장자리가 뾰족해졌으며, 손은 앞발로 변했고 팔은 앞다리로 변했다. 곧 몸에서는 털이 돋아났다. 이어서 여신은 이 청년의 가슴에 공포의 씨앗을 뿌렸다. 악타이온은 달아났다. 달아나면서도 그는 자기가 그처럼 빠른 속도로 달릴 수 있는 데 놀랐다. 물 위에 비치는 자기 얼굴과 뿔을 보고 그는 비명을 지르려고 했다. 그러나 말이 나오지 않았다. 그는 괴성을 질렀다. 지를 수 있는 소리는 그것이 고작이었다. 이미 사슴의 뺨으로 변해 버린 뺨을 타고 눈물이 흘러내렸다. 여전한 것은 마음뿐이었다.

어떻게 해야 할까? 궁전으로 돌아가? 숲속에 숨어? 돌아가려니 부끄럽고 숲속에 숨으려니 무서웠다.

사냥개들이 머뭇거리는 그를 보았다. 먼저 짖은 것은 멜람푸스와 꾀많은 이크노바테스였다. 멜람푸스는 스파르타산(産), 이크노바테스는 크레타산 사냥개였다. 이어서 다른 사냥개들이 바람보다 빠른 속도로 돌진해 왔다. 아르카디아산인

자기 개들에게 뜯기는 악타이온. 악타이온의 머리가 사슴 머리로 그려져 있다(티치아노의 그림). 디아나 여신이 활을 쏘는 모습으로 그려진 것은 가해자(加害者)가 바로 디아나 여신임을 보여 주고 있는 듯하다.

팜파고스와 도르케우스와 오리바소스, 힘 좋은 네브로포노스, 사나운 테론, 질풍같이 달리는 라에라프스도 달려왔다. 발 빠른 프테렐라스, 냄새 잘 맡는 아그레, 멧돼지 엄니에 받힌 적이 있는 휠라이오스, 이리의 핏줄을 타고난 나페, 양몰이 개 출신인 포이메니스, 새끼를 두 마리 거느리고 다니는 하르퓌이아, 시키온산인 날씬한 라돈, 드로마스와 카나케, 스틱테와 티그리스, 알케, 털이 하얀 레우콘, 털이 까만 아스볼로스도 달려왔다. 뒤이어 힘 좋기로 소문난 라콘, 경주견인 아엘로, 토오스, 동작 빠른 뤼키스케, 뤼키스케와는 형제간인 퀴프리오스, 검은 이마에 흰 반점이 있는 하르팔로스, 멜라네우스, 털 복숭이 라크네, 크레타산 어미와 스파르타산 아비 사이에서 태어난 잡종인 라브로스와 아르기오도스, 짖는 소리가 크기로 유명한 휠락토르…… 달려온 사냥개 이름을 다 대자면 한이 없겠다. 사냥개들은 이 사슴 쓰러뜨리는 순서라도 다투듯이 바위와 쓰러진 나뭇등걸을 넘어, 때로는 벼랑을 뛰어내리고 또 때로는 위험한 장애물을 뛰어넘으며 길도 없는 숲을 헤치고 질풍같이 몰려왔다. 악타이온은 도망쳤다. 활을 들고 사슴을 쫓던 바로 그곳에서, 악타이온은 제 손으로 기른 충직한 사냥개들에게 쫓기어 달아났다.

"나는 악타이온이다. 주인도 못 알아보느냐, 이놈들아!"

악타이온은 이렇게 소리를 지르고 싶었다. 그러나 그가 하고 싶어 하는 말은 나오지 않았다. 개 짖는 소리로 사위가 시끄러웠다. 맨 먼저 멜란카에테스가 주인의 등에다 이빨을 박았다. 이어서 테리다마스와 오레시트로포스가 주인의 어깨를 물어뜯었다. 이 개들은 나머지에 비해 출발은 다소 늦었지만 지름길을 찾아 산을 넘어와 사냥감을 덮쳤다. 주인이 쓰러지자 나머지 개들까지 합세해 그 몸에다 이빨을 박았다. 이빨 댈 자리가 모자랄 만큼 몰려와 물고 뜯었다. 악타이온은 비명을 질렀다. 이 비명은 인간의 음성이 아니었으나 그렇다고 해서 사슴이 지를 법한 소리도 아니었다. 그가 다니던 산등성이는 그의 비명으로 낭자했다. 기도하려는 듯이, 두 팔을 벌리고 용서를 빌려는 듯이, 그는 무릎을 꿇고 좌우를 둘러보았다. 사냥 친구들은 저희 앞에서 찢기고 있는 사슴이 악타이온인 줄을 모르고, 늘 그래 왔듯이 고함을 질러 개들을 부추기는 한편 주위를 둘러보며 악타이온의 이름을 불렀다. 목소리

크기를 겨루려는 것처럼 있는 힘을 다해 악타이온의 이름을
불렀다. 불러도 대답이 없자 이들은 대장이 옆에 없는 것을 몹
시 아쉬워했다. 악타이온이 볼만한 구경거리를 놓쳤다고 생각
하고는 아쉬워했다. 악타이온은 제 이름을 부르는 친구들 쪽
으로 고개를 돌렸다. 거기에 없었더라면 얼마나 좋았으랴! 사
냥개들 이빨에 찢기는 대신 진짜 사슴이 찢기는 것을 구경이
나 하고 있었으면 얼마나 좋았겠는가! 그러나 그는 너무나 분
명하게 거기에 있었다. 사냥개들은 둘러서서 겉으로만 사슴
인, 사실은 저희 주인인 악타이온의 살을 쉴 새 없이 뜯었다.
전해지는 말로는, 악타이온이 그 많은 사냥개에게 뜯기어 숨
이 끊어질 즈음에야…… 저 사냥의 여신 디아나의 분이 풀렸
다고 한다.

3 유피테르와 세멜레

이 이야기가 천궁에 전해지자 의견이 엇갈렸다. 디아나가
너무 잔인한 짓을 했다고 하는 신들도 있었고 디아나를 편들
어 이 여신의 행위가 자신의 순결을 지키기 위한 것이었던 만
큼 불가피했다고 하는 신들도 있었다. 양쪽은 나름대로 저희
편의 견해를 합리적으로 설명할 수 있었다.

오직 유피테르의 아내 유노만은 디아나를 찬양도 비난도 하
지 않았다. 그러나 유노는 아게노르 집안에 내린 이런 재앙을
내심 고소해했다. 연적이었던 포이니키아의 에우로페에게 품었

던 앙심을 에우로페의 자손에게 돌린 것이다.[10] 그런데 이 일로 인한 감정의 불똥은 엉뚱한 데로 튀었다. 이 이야기를 들은 유노는 문득 남편 유피테르의 자식을 밴 세멜레[11]를 생각했다. 유노는 입에서 나오는 대로 악담하다가 이렇게 중얼거렸다.

"입으로 아무리 악담해 봐야 그게 무슨 소용이야? 이번에는 내 손으로 이 계집을 결딴내야겠다. 내가 누구더냐? 전능한 유노 여신이라고 불릴 권리가 있는 여신, 보석 박힌 왕홀에 값하는 여신이 아니더냐? 내 손으로 이년을 결딴내야겠다. 내가 이 천궁의 왕비이며, 유피테르의 누이이자 아내인 것만큼이나 확실하게……. 저 계집이 은밀하게 유피테르와 사랑을 나누는 데 만족하고 있고, 우리 부부 사이를 잠깐 갈라놓은 데 지나지 않았다는 이유를 앞세워 계집을 용서하자고 주장할 자가 있을지도 모르겠구나. 하지만 안 된다. 저 계집은 자식을 배고 있다. 내가 칠 명분은 이로써 충분하다. 저 계집의 배 속에 있는 자식이 계집의 유죄를 증명하고 있지 않으냐? 그뿐이냐? 저 계집은 유피테르의 자식, 유피테르만이 끼칠 수 있는 자식의 어미가 되려 한다. 내가 언제 그런 적이 있던가?[12] 더구나 저 계집은 제 미모를 대단한 것으로 여긴다. 그러니 계집의 생각이 얼마나 잘못되어 있는지 보여 줄 수밖에……. 내 이년이 좋아하는 유피테르의 손을 빌려 스튁스의

---

10) 악타이온의 조부인 카드모스와 에우로페는 남매간이다.

11) 카드모스의 딸.

12) 유노에게도 자식이 있으나, 유피테르와 함께 낳은 자식이 아니라는 전설이 있다.

강물[13]에 처박지 못하면, 사투르누스의 딸이 아니다."

이 말 끝에 옥좌에서 일어난 유노는 황금빛 구름으로 몸을 가리고 세멜레의 집을 찾아갔다. 유노는 세멜레의 집 앞에서 노파로 둔갑한 다음에야 황금빛 구름을 걷었다. 귀밑머리가 새하얗고, 얼굴이 주름투성이인 노파로 둔갑한 유노는 등을 잔뜩 구부리고 지팡이로 발밑을 더듬으며 안으로 들어갔다. 유노는 에피다우로스 출신인, 세멜레의 유모 베로에로 둔갑한 것이다.

세멜레를 만난 유노(베로에로 둔갑한)는 저잣거리에 나도는 소문에 대해 이런저런 이야기를 했다. 유노의 목소리는, 겉모습에 딱 어울리게 떨렸다. 저잣거리 소문에 관한 이야기가 나왔으니 유피테르 이야기가 따라 나오는 것은 당연했다. 유노는 한숨을 쉬면서 말했다.

"······아씨 댁을 드나드시는 그분이 유피테르 신이시라면 얼마나 좋겠어요? 하지만 세상 돌아가는 것을 보면 마음이 놓이지 않아요. 하고 많은 사내들이 순진한 처녀 방을 기웃거릴 때는 신들 행세를 한답디다. 그분이 자기 입으로 유피테르 신이라고 하더라도 아씨께서는 마음을 놓지 마세요. 아씨를 정말 사랑한다면 증거를 보이셔야지요. 여쭈어보시고 정말 유피테르 신이시라고 하시거든, 유노 여신 앞에 나타나실 때처럼 위대하고 영광스러우신 신의 모습을 보여 달라고 하세요. 위풍당당하게 벼락까지 차고 오셔서 안아 달라고 해 보세요."

---

13) 저승.

유노는 카드모스의 순진한 딸을 이렇게 꼬드겨 놓았다. 세멜레는 듣고 보니 그럴듯했던지, 며칠 뒤 유피테르 신이 오자, 소원이 있는데 꼭 들어주겠다는 약속만 하면 말하겠노라고 했다.

유피테르 신이 대답했다.

"무엇이든지 말해 보게. 내 거절하지 않을 터이니. 나를 못 믿을까 봐서 하는 말인데, 자네가 원한다면 내 스틱스 여신에게 맹세하지. 이 스틱스강에 대고 하는 맹세는 신들도 뒤집을 수 없네. 자, 맹세했으니 말하게."

귀 얇은 세멜레…… 애인의 손에 죽을 팔자를 타고난 이 세멜레는 제 파멸의 씨앗인 줄도 모르고 유피테르의 약속만 믿고는 어린애처럼 좋아했다.

"그럼 말씀드리지요. 유노 여신 앞에 나타나실 때, 유노 여신과 사랑을 나누실 때의 모습을 저에게도 보여 주세요."

아뿔사! 이렇게 생각한 유피테르는 그 말이 입 밖으로 다 나오기 전에 세멜레의 입을 막으려고 했다. 그러나 유피테르가 정신을 차린 것은 세멜레의 말이 다 입 밖으로 나온 뒤였다. 유피테르는 한숨을 쉬었다. 이제 세멜레의 소원은 들어주지 않을 수 없게 되고 말았기 때문이다. 자신의 맹세를 취소할 수 없게 된 것이다.

유피테르는 슬픔에 잠긴 채 천궁으로 올라갔다. 그는 고갯짓으로 구름을 모으고 이것을 소나기 구름과 번개와 바람과 천둥과 일발필중(一發必中)의 벼락에 묶었다. 그에게는 여러 가지의 벼락이 있었다. 백수거인(白手巨人) 튀포에우스[14]를 쓰러뜨릴 때 쓰던 것과 같은, 불길이 엄청나게 강한 벼락도 있었고, 퀴클롭스[15]가 벼린, 불길도 그리 세지 않고 강도도 좀 떨어지는 벼락도 있었다. 유피테르는 위의(威儀)를 차리되 비교적 가볍게 차리고, 벼락도 가벼운 것으로 들고는 아게노르의 손녀[16]가 사는 집으로 들어갔다.

그러나 세멜레는 인간이었다. 세멜레의 육체는 인간의 육체였다. 인간의 육체는, 이 천궁의 신이 내뿜은 광휘를 견딜 수 없었다. 세멜레는 이 유피테르의 광휘 앞에서 새카맣게 타 죽었다.

전해지는 바에 따르면, 유피테르는 이 세멜레의 배 속에 들어 있던, 아직 달이 덜 찬 아기를 꺼내어 자기 허벅다리에 넣고 실로 기운 뒤, 남은 달을 마저 채워 꺼냈다고 한다. 유피테르는 이 아기를 아기의 이모인 이노에게 맡겨 은밀하게 기르게 했다. 뉘사[17]의 요정들은 행여 유노가 알까 봐, 이 유피테르[18]의 아들을 동굴에 숨기고 우유로 길렀다고 한다.[19]

---

14) 그/튀폰.
15) '외눈박이' 거인 세 형제.
16) 세멜레.
17) 인도 땅에 있었던 것으로 보이는 산 이름.
18) 그/제우스.
19) 이렇게 해서 자라난 아이가 후일 박쿠스 신이 된다. 박쿠스 신의 그리스 이름은 디오뉘소스, 즉 '뉘사의 제우스'라는 뜻이다.

4 양성(兩性)의 쾌락을 경험한 테이레시아스

지상에서 운명의 섭리에 따라 이런 일이 일어나고, 거듭 태어난[20] 박쿠스[21]가 요정들 손에서 잘 자라고 있을 즈음의 일이다.

어느 날 대신(大神) 유피테르는 넥타르[22]를 깝신거리도록 마시고 유노와 노닥거리며 농담을 했더란다.

"사랑으로 득을 보는 것은 남자가 아니라 여자일 게요. 여자 쪽에서 보는 재미가 나을 테니까."

유피테르의 희롱에 유노는 그렇지 않다고 말했다. 이 대신 부부는, 남자라거니 여자라거니 토닥거리다가 결국 남자와 여자, 즉 양성으로 사랑을 경험했다는 현자(賢者) 테이레시아스[23]에게 물어보기로 의견을 모았다.

이 테이레시아스라는 사람이 양성을 경험한 내력은 이렇다. 어느 날 산길을 가던 테이레시아스는 굵은 뱀 두 마리가 사랑을 나누고 있는 것을 보고는 별생각 없이 지팡이로 때려 주었다. 남자였던 테이레시아스는 이때부터 여자가 되어 7년간을 여자로 살았다. 8년째 되는 해의 어느 날 똑같은 뱀이 또 뒤엉켜 있는 것을 본 그는 내심 이렇게 생각했다.

---

20) 한 번은 어머니의 배 속에서, 또 한 번은 아버지의 허벅다리에서.
21) 이 주신(酒神)에게는 폴뤼고노스라는 별명이 있다. '거듭 태어난 자'라는 뜻이다.
22) '신주(神酒)' 혹은 불로불사주(不老不死酒).
23) '전조(前兆)를 읽는 자'.

"너희에게, 때린 사람의 성(性)을 바꾸어 버리는 기특한 권능이 있는 모양이니 내 다시 한번 때려 줄 수밖에……."

테이레시아스는 뱀을 때리고는 원래의 성, 그러니까 남자로 되돌아왔다.

테이레시아스는 두 신의 다분히 장난기 있는 논쟁을 평론할 입장에 몰리자 남신(男神)을 편들어 유피테르 쪽이 옳다고 말했다. 그러자 유노는 별것도 아닌 이 일에 불같이 화를 내며 이 테이레시아스를 장님으로 만들어 버렸다. 참으로 염치가 없어진 것은 유피테르였다. 그러나 신들의 세계에서, 한 신이 매긴 죗값을 다른 신이 벗길 수는 없었다. 그래서 유피테르는 보는 능력을 빼앗긴 테이레시아스에게 대신 미래를 예견할 수 있는 눈을 주었다.[24]

5 미소년 나르키소스와 에코

테이레시아스가 점을 잘 친다는 소문은 아오니아 땅의 모든 도시로 퍼져 나갔다. 사람들이 점 치러 올 때마다 그는 하나 틀림 없이 앞일을 일러 주었다.

테이레시아스의 점괘가 얼마나 정확한가를 맨 먼저 통감한 이는 깊은 강의 요정 리리오페다. 리리오페는 강의 신 케피소

---

24) 미네르바 여신이 자신의 욕장(浴場)을 엿본 테이레시아스를 괘씸하게 여겨 시력을 빼앗고 대신 마음의 눈을 주었다는 전설도 있다.

스의 사랑을 입고 그 자식을 지어 낸 바 있는 요정이다. 이 리리오페는 케피소스강이 굽이치는 흐름으로 감아 안는 바람에 처녀를 잃었는데, 그로부터 달이 차자 사내아이를 낳은 것이다. 리리오페는 강보에 싸여 있는데도 보는 사람의 얼을 빼놓을 만큼 잘생긴 이 아기, 그래서 망연자실 그저 시간 가는 줄도 모르고 바라보게 하는 이 아기를 나르키소스[25]라고 이름했다. 리리오페는 점쟁이 테이레시아스를 모셔 와서 아이가 장차 어른이 되면 천수(天壽)를 누리게 되겠느냐고 물어보았다. 그러자 테이레시아스는 이렇게 대답했다.

"천수를 누릴 게요. 이 아기가 저 자신을 알지 못한다면 말이오."

많은 요정, 많은 사람들은 이 점괘를 노인이 지껄인 종작없는 헛소리로 들었다. 그러나 뜻밖의 사건이 이 점괘를 헛소리로 들은 자들을 무색게 했다. 이 소년이 기이한 광기에 사로잡혀 목숨을 잃은 것이다. 이로써 테이레시아스의 예언은 이루어졌다. 이 사건이라는 것의 내력은 대체로 이러하다.

케피소스의 아들은 열여섯 살이 되자 벌써 소년 몫과 사내 몫의 구실을 같이 했다. 그즈음에 이미 이 소년을 보기만 하면 수많은 동남동녀(童男童女)들이 사랑을 느꼈을 정도였다. 그러나 이 소년은 자존심이 어찌나 강한지 이런 동남동녀들에게 털오라기 하나 다치지 못하게 했다.

어느 날 이 나르키소스가 어벙한 사슴 한 마리를 사냥 그

---

25) '망연자실'.

물 안으로 몰아넣고 있는데 어느 요정이 그 모습을 보았다. 이 요정은 상대가 말을 할 동안에는 절대로 제 입을 가만히 둘 수 없는 수다쟁이 요정이었다. 그런데도 이 요정은 저 혼자서는 말을 할 수 없었다. 요정의 이름은 에코, 늘 남의 말대답이나 하는 에코[26]였다.

원래 에코에게는 목소리만 있는 것이 아니고 육체도 있었다. 나르키소스가 소년이던 시절의 에코는 말이 수다쟁이였지, 사실은 자기가 들은 말의 마지막 구절을 반복하는 수다밖에 떨 수 없었다. 이렇게 만든 것은 바로 유노 여신이었다.

유노 여신은 남편인 유피테르 신이 어느 요정과 산자락에서 뒹굴고 있다가 사라지는 것을 보고는 하계로 내려와 이 에코에게 남편의 행방을 물었다. 묻는 말에 대답이나 했으면 좋았을 것을, 에코는 되는 소리, 안 되는 소리로 수다를 늘어놓았고 이 틈에 유피테르와 요정은 감쪽같이 그곳에서 사라졌다. 결과적으로 에코가 유노 여신을 잡아 둔 셈이었다. 여신은 에코의 수다에 정신을 놓고 있다가 한참 뒤에야 속은 것을 알고 이 에코를 별렀다.

"나를 속인 그 혓바닥, 그냥 둘 줄 아느냐? 앞으로 너는, 한마디씩밖에는 말을 할 수가 없다. 그것도 남의 말을 되받아……. 내가 그렇게 만든다."

유노 여신의 이 말은 그저 해 본 소리가 아니었다. 이때부터 에코는 누가 한 말의 마지막 한마디밖에 입 밖으로 낼 수 없

---

26) '메아리'.

었다.

에코는, 동무들과 헤어져 인적 없는 숲속으로 혼자 들어온 이 나르키소스를 보고는 그만 마음을 빼앗기고 말았다. 에코는 가만히 이 나르키소스의 뒤를 밟았다. 가까이 가면 갈수록 에코의 가슴은 그만큼 더 뜨거워졌다. 에코의 가슴은 이 사랑의 열기에 금방이라도 타 버릴 것 같았다. 불길에 갖다 대기만 하면, 횃대 끝에 재어 놓은 유황이 타듯이…….

에코는 몇 번이나 이 나르키소스에게 말을 걸고, 그에게 접근해 사랑을 고백하고 싶었는지 모른다. 그러나 에코는 그럴 수 없었다. 에코는 먼저 말을 걸 수 없었다. 그래서 그가 하는 말을 듣고 제 목소리로 마지막 한마디를 되울릴 준비나 하고 기다렸다. 이 소년은 함께 온 동무들과 떨어지자 큰 소리로 동무들을 불렀다.

"누가 없나, 가까이?"

"가까이…….."

에코가 대답했다.

나르키소스는 놀랐던지 걸음을 멈추고 사방을 둘러보다가 조금 전보다 큰 소리로 불렀다.

"이리 와!"

"이리 와…….."

에코도 똑같은 말을 되울렸다.

나르키소스는 뒤를 돌아보고 아무도 없자 다시 소리쳤다.

"왜 나를 피하느냐?"

그러나 나르키소스의 귀에 들린 말은 "피하느냐……." 한마디뿐이었다.

나르키소스는 잘못 들은 줄 알고 다시 고함을 질렀다.

"이리 와, 만나자!"

"만나자⋯⋯."

에코는 또 이 한마디를 되울렸다. 에코는 아무리 하고 싶어
도 이 한마디밖에 할 수 없었다. 더 이상 도저히 견딜 수 없었
던 에코는 숲속에서 뛰어나와 나르키소스의 목을 껴안았다.
그러나 나르키소스는 늘 그래 왔듯이 이 요정에게서 도망치
며 소리를 질렀다.

"이 손 치워! 차라리 죽지, 너 같은 것의 품에 안겨?"

"안겨⋯⋯."

에코는 자기도 모르는 사이에 이렇게 말하고는 나르키소스
로부터 당한 이 모욕을 참지 못하고 숲속으로 들어가 나뭇잎
으로 얼굴을 가렸다. 이때부터 에코는 날빛이 비칠 동안은 동
굴에서 밖으로 나오지 않았다. 에코의 가슴에 내린, 나르키소
스에 대한 사랑의 뿌리는 깊었다. 실연의 고통으로 몸부림칠
때마다 이 사랑의 뿌리는 나날이 깊어져 갔다. 격정이 잠을
이루지 못하게 하는 바람에 에코는 하루가 다르게 여위어 갔
다. 나날이 수척해지면서 온몸에 주름살이 생겨나기까지 했
다. 이렇게 여위어 가다가 여위어 가다가 에코의 아름답던 몸
은 그만 한 줌의 재로 변해 바람에 날려 가고 말았다. 남은 것
은 뼈뿐이었으나 곧 이 뼈도 가루가 되어 날아가 버리자 마지
막으로는 소리만 남았다. 에코의 뼈는 날아간 게 아니고 돌이
되었다는 전설도 있다.

이때부터 에코의 모습은 숲속에 나타나지 않는다. 그러나, 에코의 모습을 보았다는 사람은 하나도 없으나 목소리를 들었다는 사람은 얼마든지 있다. 에코의 목소리만은 살아 있으니 당연하다.

나르키소스는 이로써 에코의 사랑을 농락한 셈이었다. 물의 요정, 숲의 요정 그리고 수많은 동남동녀들을 그렇게 했듯이 나르키소스는 이 에코까지 박대한 것이다.

나르키소스에게 박대받은 이들 중 하나가 하늘을 향해 두 손을 벌리고 이렇게 기도했다.

"저희가 그를 사랑했듯이, 그 역시 누군가를 사랑하게 하소서. 하시되 이 사랑을 이룰 수 없게 하소서. 이로써 사랑의 아픔을 알게 하소서."

람누스27)의 여신이 이 기도를 듣고 이루어지게 해 주려고 마음먹었다.

숲속에는 맑은 물이 고인 샘이 하나 있었다. 양치기가 다녀간 적도 없고, 그 산에서 풀을 뜯던 어떤 염소나 소도 다녀간 적이 없는 샘이었다. 새들도 산짐승도, 심지어 떨어지는 나뭇잎조차 이 샘에만은 파문을 일으킨 적이 없었다. 위로 무성한 숲이 뜨거운 태양으로부터 이 샘을 가리고 있어서 샘물은 늘 시원했다.

한낮에 사냥하다 지친 나르키소스가 이 샘으로 내려왔다. 샘 주위의 풍경과 샘 자체가 나르키소스의 마음에 그렇게 좋

----

27) 복수의 여신 네메시스의 신전이 있는 곳.

을 수가 없었다. 마른 목을 축이려고 샘물을 마시던 나르키소스는 또 하나의 참으로 이상한 갈증을 느꼈다. 물에 비친 아름다운 영상이 기이한 그리움을 지어 낸 것이다. 그는 물에 비친 그림자를 실체로 그릇 알고 그 그림자에 반해 버린 것이었다. 물에 비친 제 모습에 넋을 잃은 그는 꼼짝도 하지 않고 샘가에 앉아 있었다. 영상에 꽂힌 그의 시선은 파로스섬 대리석으로 빚은 석상의 시선 같았다. 샘가에서 허리를 구부린 채 그는 두 개의 쌍둥이 별 같은 제 눈, 박쿠스나 아폴로의 머리채에 비길 만한 제 머리채, 보드라운 뺨, 상아같이 흰 목, 백설 같은 피부에 장밋빛 홍조가 어린 아름다운 얼굴을 정신없이 바라보았다. 그는 자기 자신을 아름다운 소년이게 하는 이 모든 것들에 경탄했다. 그는 자기도 모르는 사이에 자신을 갈망하고 있었던 것이다. 그가 사랑하는 대상은 물론 자기 자신이었다. 그는 좇는 동시에 좇기고 있었다. 그는 격정으로 타오르는 동시에 격정을 태우고 있었다. 이 무정한 샘물에 입술을 대었으나 하릴없었다. 영상의 목을 감촉하려고 물에다 손을 넣었으나 이 역시 부질없는 짓이었다. 자기 자신의 목에다 손을 대면 될 일이나 그는 이것을 알지 못했다. 그저 영상이 지펴 낸 불꽃, 그의 눈을 속이는 환상, 그 환상이 지어 낸 기이한 흥분에 쫓겼다.

어리석어라! 달아나는 영상을 좇아서 무엇하랴! 그대가 구하는 것은 존재하지 않는다. 돌아서 보라. 그러면 그대가 사랑하던 영상 또한 사라진다. 그대가 보고 있는 것은 그대의 모습이 비춰 낸 그림자에 지나지 않는다. 거기에는 아무것도 없다.

그대가 거기에 있으면 그림자도 거기에 있을 것이요, 그대가 떠나면, 그대가 떠날 수 있어서 그 자리를 떠나면 그림자도 떠나는 법인 것을⋯⋯.

배고픔도 졸음도 나르키소스를 거기에서 떼어 놓지 못했다. 그는 그저 샘가 풀밭에 배를 깔고 엎드려 실상이 아닌 그 그림자의, 보아도 보아도 질리지 않는 눈만 내려다보고 있었다. 이윽고 몸을 일으킨 그가 손을 내밀어 주위의 숲을 가리키며 외쳤다.

"숲이여! 사랑을 나보다 더 아프게 사랑하는 자를 본 적이 있는가? 그대들은 보아서 알 것이다. 수많은 연인들이 밀회하기 가장 좋은 곳으로 여기고 이 숲을 드나들었다. 숲이여, 그대는 이것을 보았으니 알 것이다. 아득하게 긴 세월을 산 숲이여, 그 긴 세월을 살아오면서 나만큼 괴로워하는 자를 본 적이 있는가? 나는 사랑한다. 내가 사랑하는 자는 여기에 있다. 그러나 내가 사랑하고 내가 보는 내 사랑에, 나는 아무리 손을 내밀어도 마침내 닿지 못하는구나. 이를 어쩌면 좋은가? 내 사랑이 나를 피하는구나. 우리를 갈라놓는 것은 저 넓디넓은 대양도 아니요, 먼 길도 산도 아니요, 성문의 빗장이 걸린 성벽도 아니다. 견딜 수가 없구나. 많지도 않은 물이 우리를 갈라놓고 있으니, 참으로 견딜 수가 없구나. 내 사랑이 내 포옹을 바라고 있는데 어찌 이를 내가 모르겠는가? 내가 허리를 구부리고 그 맑은 수면에 입술을 갖다 대려고 하면 내 사랑도 얼굴을 가까이 대면서 내 입술을 마중하는데 어찌 내가 모르랴! 그대는 우리의 입맞춤이 이루어지지 않을 리 없다고 할 것이다. 우리 사랑을 갈라놓는 장애물을 참으로 하찮다고 할 것이다. 아, 사랑이여, 그대가 누구든 좋으니 내게로 오라. 비할 데 없이 아름다운 자여, 왜 나를 피하는가? 내가 그대에게 다가가려 할 때마다 그대는 어디로 가는가? 내 모습이 추해서, 내 나이가 많아서 피한 것은 아닐 것이다. 수많은 요정들이 나를 사랑했는데, 그럴 리는 없을 것이다.

그대의 다정한 얼굴을 보고 있으면 내 가슴속에서 희망이 샘솟는다. 내가 손을 내밀면 그대도 손을 내밀고, 내가 웃으면 그대도 웃는다. 내가 고개를 끄덕이면 그대도 고갯짓으로 화답한다. 그대 입술이 움직이는 것으로 보아 그대는 분명히 내 말에 응답하는데도, 그 응답은 내 귀에 닿지 못한다.

아, 그랬구나. 내가 지금껏 보아 오던 모습은 바로 나 자신이었구나. 이제야 알았구나, 내 그림자여서 나와 똑같이 움직였던 것이구나. 이 일을 어쩔꼬, 나는 나 자신을 사랑하고 있었구나. 나 자신에 대한 사랑의 불길에 타고 있었구나. 나를 태우던 불길, 내가 견뎌야 했던 그 불…… 그 불을 지른 자는 바로 나였구나. 아, 이 일을 어쩔꼬. 사랑을 구해야 하나? 사랑받기를 기다려야 하나. 사랑을 구하여 내가 얻는 것이 무엇이냐? 구하는 것이 내게 있는데……. 내게 넉넉한 것이 나를 가난하게 하는구나. 나를 내 몸에서 떨어지게 할 수 있다면 얼마나 좋으랴. 사랑하는 자가 하는 기도로는 참으로 기이한 기도다만, 신들이시여, 내가 사랑하는 것을 내게서 떨어져 나가게 하소서. 아, 슬픔이 내 힘을 말리는구나. 내게 이제 생명의 기운이 얼마 남지 않았구나. 나는, 내 젊음의 꽃봉오리 안에서 죽어 가고 있구

에코와 나르키소스(영/나아시서스). 옆에 이 비극적인 드라마를 빚어낸 사랑의 꼬마신 쿠피도가 서 있다(푸생의 그림).

나. 죽음과는 싸우지 말자. 죽음이 마침내 내 고통을 앗아 갈 것이니……. 그러나 나는 죽어도 좋으니 내가 사랑하던 것만은 오래오래 살 수 있게 되었으면 얼마나 좋으랴. 하지만 우리 둘은 하나가 죽으면 나머지 하나도 따라 죽어야 할 운명……."

이렇게 한탄하면서 그는 샘물에 비치는 그 얼굴을 다시 한 번 눈여겨 바라보았다. 눈물이 샘물에 떨어지자 물 위에 파문이 일면서 그 영상이 사라지기 시작했다. 사라져 가는 영상을 바라보며 그가 외쳤다.

"어디로 도망쳐, 이 무정한 것아! 너를 사랑하는 나를 버리지 마! 네 몸에 손을 대는 게 싫다면 손대지 않으마. 그러니 이렇게 바라볼 수 있게만 해 줘. 바라보면서 내 슬픈 사랑을 이별하게 해 줘."

슬픔을 이기지 못한 그는 윗옷을 찢고 대리석같이 하얀 가슴을 쳤다. 그의 주먹에 맞은 부분은 장밋빛으로 물들었다. 그의 가슴은 흡사 햇빛을 받아 반은 빨갛게, 반은 하얗게 빛나는 사과, 아니면 군데군데 보라색 반점이 내비치는, 아직은 덜 익은 포도송이 같았다. 수면에 이 가슴이 비치자(수면은 다시 고요해져 있었다.) 나르키소스는 다시 사무치는 그리움을 이기지 못하고 괴로워했다. 따뜻한 햇살에 녹는 금빛 밀랍처럼, 아침 햇살에 풀잎을 떠나는 서리처럼 그의 육신도 사랑의 고통 속에서 사위어 가다 가슴속의 불길에 천천히 타 들어가기 시작했다. 붉은 반점이 내비치던 그 희디흰 살갗도 그 빛을 잃어 갔고, 젊음의 혈기도 그에게서 빠져나갔다. 제 눈으로 그렇게 정신없이 바라보던 저 자신의 아름다움도 그의 몸을 떠났다. 에코가 사랑하던 것은 하나도 남김없이 그를 떠나갔다.

요정 에코는 샘가를 내려다보고 있었다. 나르키소스로부터 받은 박대를 생각하면 고소하게 여겨야 할 판인데도 에코는 슬퍼했다. 나르키소스가 한숨을 쉬면서, "아!" 하고 부르짖자 에코도 하늘을 우러러 보며 "아……." 하고 부르짖었다. 나르키소스가 제 어깨를 치면서 울부짖자 에코 역시 똑같은 소리로 울부짖었다. 나르키소스가 샘물을 내려다보면서 마지막으로 "무정한 이여!"라고 중얼거리자 에코도 "무정한 이여……." 하고 중얼거렸고, 나르키소스가 "안녕." 하고 마지막 인사를 보냈을 때도 에코는 "안녕……." 소리를 되울렸다.

나르키소스는 푸른 풀을 베고 누웠다. 곧 죽음이 찾아와 아름답던 그의 눈을 감겼다. 사자(死者)들의 나라로 간 뒤에도 그는 계속해서 스튁스강에 비치는 제 모습을 바라보았다. 케피소스강 요정들은 동생인 나르키소스의 죽음을 애도하느라 머리를 모두 깎아 그의 죽음에 바쳤다. 숲의 요정들도 울었다. 에코는 이들의 울음소리를 숲 하나 가득하게 되울렸다.

관이 준비되고, 화장단(火葬壇)이 마련되고, 불을 붙일 횃불까지 만들어졌지만, 나르키소스의 시신은 어디로 사라졌는지 흔적이 보이지 않았다. 요정들은 그의 시신 대신 흰 꽃잎이 노란 암술을 싸고 있는 꽃[28] 한 송이를 찾아냈다.

6 신들을 믿지 않은 펜테우스

이 이야기가 널리 퍼지자, 나르키소스의 운명을 예견했던 테이레시아스의 명성도 그만큼 널리 알려졌다. 그에 대한 소문은 아카이아[29] 방방곡곡은 물론 온 세상으로 두루 퍼져 나갔다.

에키온의 아들 펜테우스는 신들을 믿지 않는 사람이었다. 다른 사람들은 모두 테이레시아스의 예언을 찬양했지만 펜테우스만은 이 예언을 가볍게 여기고 이 노인의 말과 노인이 장님이라는 것을 조롱하기까지 했다. 테이레시아스는 이런 펜테

---

28) 나르키소스(영/나아시서스), 즉 '수선화(水仙花)'.
29) 원래는 북부 펠로폰네소스 지방을 말하나, 여기에서는 '온 그리스 땅'이라는 뜻이다.

우스에게 이 말을 했다.

"그대 역시 장님이나 되었더라면 좋았을 것을……. 그러면 저 박쿠스의 거룩한 축제 현장을 보지 않아도 좋게 될 터인데 말이오. 그러나 그날은, 그대가 그대 눈으로 이 현장을 보게 되는 날은 오고야 말 것이오. 내 장담하거니와, 세멜레의 아드님이신 리베르[30] 신께서 이곳에 오실 날이 임박했소. 만일 이분의 거룩한 사당에서 이분을 섬기는 명예를 거절한다면 그대는 사지를 갈가리 찢기어 숲과 그대 어머니, 그대 이모들에게 피를 묻힐 것이오. 이런 일은 반드시 일어납니다. 그대는 이 신의 영광을 부정할 것이고, 눈먼 내가 똑똑하게 보고 있는 저 비극의 날을 통분해할 것이오."

테이레시아스가 이렇게까지 소상하게 그 미래를 예언했는데도 불구하고 이 에키온의 아들은 욕지거리를 하면서 그를 쫓아냈다. 그러나 테이레시아스의 말은 한 눈먼 노인의 헛소리가 아니었다. 그의 예언은 이루어졌다.

리베르 신이 오실 날이 가까이 왔다. 산야는 리베르 신을 섬기는 자들의 외마디 소리로 낭자했다. 테바이 시민들은 모두 거리로 몰려나왔다. 남녀노소, 빈부귀천을 막론하고 모두 몰려나와 이 새로 온 신을 위한 축제를 준비했다. 그러나 펜테우스왕만은 이를 완강하게 거부하면서 백성들을 향해 이렇게 외쳤다.

---

30) 고대 이탈리아의 풍요의 신. 로마의 박쿠스, 그리스의 디오뉘소스에 해당한다.

박쿠스제(祭)는 곧 질탕한 술잔치를 뜻한다(티치아노의 그림).

"배암의 족속들이여, 마르스의 후예들이여,[31] 어쩌다가 이렇게 미치광이들이 되었느냐? 대체 놋쇠 바라와 꼬부라진 피리와 속임수와 마술이 어쨌다는 것이냐? 어째서 전장의 창칼 숲도, 진군의 나팔 소리도 두렵게 여기지 않고, 칼을 뽑아 들고 열을 지어 진군하던 자들이 발광하는 계집, 울리는 방울북, 술 취한 미치광이, 구역질 나는 광신자들 앞에서 맥을 쓰지 못한다는 말이냐? 놀랍구나, 놀라워……. 배를 몰고 바다를 건너와 이 땅에 쫓겨난 신들의 은신처 튀로스를 건설하고도 이번에는 변변히 싸워 보지도 않고 사로잡힌 바가 된 이

31) 테바이 시민들은 카드모스가 전쟁신 마르스의 왕뱀 이빨을 땅에 뿌리자 그 땅에서 솟아난 무사의 후예들이다.

늙은 것들아! 화관(花冠)이 아니라 투구 쓰고, 박쿠스의 주신장(酒神杖)이 아니라 창칼을 들어야 마땅할 혈기방장한 젊은 것들아! 너희가 어쩌면 다투어 나를 이렇게도 놀라게 할 수 있느냐? 바라노니, 너희의 혈통을 생각해라. 홀로 여럿을 대적해서 싸워 이긴 저 배암의 기백을 보여라. 그는 저 샘과 연못을 위해 죽었다. 너희도 적을 물리쳐 너희 명예로운 이름을 지켜야 하지 않겠느냐? 리베르 신이라는 자는 용맹스러운 사내들의 씨를 말렸다. 그러니 너희는 이 암상스러운 적을 물리쳐 조상의 영광을 지켜야 한다. 테바이가 어차피 무너져야 할 성이라면 적의 파성 무기(破城武器)에 무너져야 마땅하지 않겠는가. 테바이가 어차피 무너져야 할 성이라면 우리 눈에 불길이 보여야 하고 우리 귀에 적의 함성이 들려야 하지 않겠는가. 그러면 설사 우리가 성을 잃더라도 후대의 비난을 받지는 않을 것이다. 우리가 싸움에 패배해서 성을 잃는다면 패배가 애통한 일이기는 하겠지만 치욕의 눈물은 흘리지 않아도 된다. 그러나 보라! 지금 테바이를 위협하고 있는 적이 누구냐? 무장도 하지 않은 애송이다. 전쟁이나 군마와는 아무 인연도 없는 애송이다. 머리에 화관 쓰고, 몸에는 색실 술을 단 옷과 꽃다발을 걸고 다니는 유약하기 짝이 없는 애송이다. 너희는 물러나 있거라. 내 몸소 나가 저것을 붙잡아 신들에 관한 이야기는 제가 지어낸 이야기며, 신성한 제사는 새빨간 사기극임을 자백하게 만들겠다. 아크리시오스[32]는 신성한 권능을 뽐내는

_____

32) 영웅 페르세우스의 외조부. 주신(酒神) 박쿠스를 싫어했다.

이 사기꾼을 몰아내고 그 면전에서 아르고스 성문을 닫았다. 이자가 또 온다고 하면, 나 펜테우스와 테바이 시민이 겁을 먹을 줄 아느냐? 어림도 없는 소리. 가거라, 어서 가거라. 어서 가서 우두머리를 사슬로 엮어 오너라. 내 명을 시행하는 데 지체가 있어서는 안 될 것이다."

펜테우스왕이 부하들에게 명했다.

7 돌고래가 된 뱃사람들. 광란의 박쿠스 축제

조부인 카드모스와 아타마스[33]를 비롯해 온 테바이 왕족이 왕의 이런 처사를 비난했다. 그들은 펜테우스왕에게 그래서는 안 된다고 엄중하게 경고했다. 그러나 이들이 펜테우스왕을 말릴 수는 없었다. 이들의 경고는 오히려 펜테우스왕의 광기에 불을 질렀을 뿐이다. 말하자면 이들의 노력이 사태를 악화시킨 것이다. 장애물이 없을 때는 조용히 부드럽게 산 아래로 잘 흘러가던 시냇물이, 나무나 바위 같은 장애물을 만나면 포말을 날리고 소용돌이치면서 흐르는 것과 같은 이치였다.

이윽고 왕이 보낸 무사들이 피투성이가 되어 돌아왔다. 펜테우스왕이 박쿠스는 어디에 있느냐고 묻자, 무사들은 박쿠스는 구경도 하지 못했다면서 이렇게 대답했다.

---

33) 박쿠스를 길러 준 박쿠스의 이모인 이노의 지아비. 펜테우스왕에게도 이모부가 된다. 따라서 박쿠스와 펜테우스는 이종사촌 간인 셈이다.

"박쿠스는 구경하지 못했습니다만, 박쿠스의 동아리는 하나 잡아 왔습니다. 사람들 말로는 이자가 이 제사를 집전한 신관(神官)이라고 하더이다."

무사들이 손을 뒤로 묶인 포로 하나를 왕 앞으로 끌어냈다. 뤼디아 사람인 포로는 박쿠스교(敎) 신도였다. 이 포로를 내려다보는 펜테우스왕의 눈은 분노로 이글거렸다. 그는 당장이라도 포로의 목을 자르고 싶었지만 그런 마음을 애써 누르고 우선 문초부터 했다.

펜테우스가 말했다.

"너는 곧 죽을 목숨이다. 내 너를 죽여 너희 동아리를 경계하는 본보기로 삼기로 했다. 그러니 말하여라, 네 이름이 무엇이고, 네 부모의 이름이 무엇이며, 어디에서 태어났고, 왜 이렇게 엉뚱한 제사를 차리게 되었는지 소상히 말하여라."

그러자 포로는 별로 겁먹는 기색도 보이지 않고 태연하게 말했다.

"내 이름은 아코이테스[34]라고 합니다. 태어난 곳은 뤼디아. 부모님은 신분이 천한 분들이었습니다. 그래서 아버님은 저에게 힘 좋은 황소로 갈아야 할 만한 전답도, 양 떼도 소도 물려주시지 못했습니다. 그럴 여유가 없으셨던 것이죠. 아버지는 지금의 저처럼 가난하게 사셨습니다. 강가에서 낚시질로 물고기나 잡으셨으니까요. 아버지의 전 재산은 바로 고기잡는 기술이었던 것이지요. 아버지께서는 이 기술을 가르쳐 주시면서

---

34) '편하게 죽는 자'.

'내가 물려줄 것은 이것뿐이니, 이 재주를 익혀 내 뒤를 이어라.'라고 하십디다.

아버지는 이로부터 오래지 않아 돌아가셨습니다. 저에게는 강물만 유산으로 남기시고요. 하지만 저는 아버지처럼 이 세상을 살기는 싫었습니다. 그래서 뱃길 헤아려 키를 잡는 기술을 배웠습니다. 비를 부르는 올레노스 산양자리,[35] 타위게테자리,[36] 휘아데스자리,[37] 곰자리를 곧잘 헤아리고 바람의 속내, 피항(避巷)에 알맞은 항구 같은 것에 대해서도 제법 알지요. 우리가 델로스섬으로 가는 길에 키오스섬에 들렀을 때의 일입니다. 노잡이들이 배를 해변에 대자 저는 배에서 젖은 모래 위로 뛰어 내려섰습니다. 우리는 여기에서 밤을 보냈습니다.

새벽녘에 잠을 깬 저는 동료들에게 샘 있는 곳을 가르쳐 주고는 식수를 길어 오게 했습니다. 저는 높은 언덕으로 올라가 바람을 보고는 동료들을 데리고 배로 돌아갔습니다. 그런데 물 뜨러 갔던 동료 중에서 오펠테스라는 친구가 맨 먼저 오더군요.

이 친구가 '여, 다녀왔네.'라면서 해변을 따라오는데 자세히 보니까 그 옆에 처녀처럼 예쁘장한 청년이 하나 따라오더군요. 이 친구는 벌판에서 길을 잃고 헤매길래 데려왔다고 했습니다. 청년은 술에 취하고 잠에 취해 비틀거렸습니다. 그러니까 이 오펠테스라는 자의 뒤를 제대로 따라오지도 못했죠. 저

---

35) 유피테르를 길러 준 공으로 별자리로 박힌 산양 아말테이아를 말한다.
36) 아틀라스의 딸 중 하나.
37) 박쿠스를 길러 준 공으로 별자리로 박힌 일곱 자매 별.

는 이 청년의 모습, 입은 옷, 지닌 물건을 자세히 보았습니다. 아무래도 여느 인간이 아닌 것 같다는 생각이 들었습니다. 그래서 저는 동료들에게 말했습니다.

'어느 신이신지는 모르겠지만, 저분 안에는 분명히 신께서 깃들여 계시다. 오, 신이시여, 저희를 가엾게 보시고 저희가 경영하는 일이 형통케 하소서. 귀하신 분을 이렇듯이 대접한 저희 동아리를 용서하소서.'

그랬더니 딕튀스가 '우리 몫의 기도까지 할 것은 없어.' 하고 소리를 빽 질렀습니다.

돛대 위로 돛줄을 타고 오르내리는 일이라면 우리 중 가장 빠른 친구가 바로 딕튀스입니다. 리뷔스와 금발의 망꾼 멜란토스와 알키메돈도 같은 말을 했습니다. 소리를 질러 노잡이들에게 박자를 맞추어 주는 에포페우스도 비슷한 말을 했습니다. 모두 노략질에 눈이 어두웠던 모양이지요. 제가 외쳤습니다.

'이 문제에 관해서라면 모두 내 말을 들어야 한다. 나는 거룩하신 분을 억지로 실어 이 배를 저주받게 할 수는 없다.'

저는 뱃전에 놓인 건널다리를 치워 버렸습니다. 그랬더니 우리 동아리 가운데서는 가장 담이 큰 뤼카바스가 화를 벌컥 냈습니다. 뤼카바스는 고향 뤼디아에서 살인을 저지르고 추방당한 자입니다. 제가 저항하자 이자는 주먹으로 제 목을 내리쳤습니다. 떨어지면서 용케 밧줄을 잡았기에 망정이지 그러지 않았더라면 저는 바다에 빠지고 말았을 것입니다. 저는 이 밧줄을 잡고 다시 뱃전으로 올라갔습니다. 질이 덜 좋은 선원들이 뤼카바스에게 박수를 보냈습니다.

배 위의 박쿠스.

바로 이때 박쿠스 신께서…… 네, 그 청년이 바로 박쿠스 신이셨던 것입니다…… 신께서 다가오십니다. 고함 소리에 잠을 깨시고 정신을 차리셨던 것입니다. 술도 말짱하게 깨셨을 테지요. 그분께서 물으셨습니다.

'왜들 이러는 거요? 왜들 이렇게 고함을 지르는 거요? 여보시오, 뱃사람들, 내가 어떻게 여기로 오게 되었소? 나를 어디로 데리고 갈 셈이오?'

프로레우스라는 자가 대답했습니다.

'걱정 말아라. 가고 싶은 항구가 어디냐? 원하는 곳으로 데려다주마.'

'그러면 낙소스섬으로 갑시다. 낙소스는 내 고향이오. 나를 그리로 데려다주면 여러분을 잘 대접해 드리기로 약속하지요.'

박쿠스 신께서 하신 말씀입니다.

질이 좋지 못한 우리 뱃사람들은, 배가 낙소스로 순항하게 되기를 바다에 빌자면서 나에게 돛을 올리라고 했습니다. 저는 알락달락한 돛을 올렸습니다. 낙소스로 가려면 오른쪽으로 가야 했습니다. 그래서 제가 돛을 올리고 배를 오른쪽으로 몰았더니 오펠테스가 소리를 질렀습니다.

'이 쑥맥아, 무슨 짓을 하는 것이냐? 너 미쳤느냐?'

오펠테스뿐만 아니고 모두가 이구동성으로 '배를 왼쪽으로 몰아라!' 하고 소리쳤습니다. 저는 그제서야 그들의 음모를 알았습니다. 그들은 음모를 꾸미고 있었던 것입니다. 누군가가 저에게 그 음모의 내용을 귀띔해 주었습니다. 참으로 무서운 음모였습니다. 저는 그래서 소리를 질렀습니다.

'나는 키를 잡을 수 없다. 배를 몰고 싶으면 너희가 몰아라.'

저는 놈들과 한 패가 되어 못된 짓을, 정말이지 하고 싶지 않았습니다. 그래서 키잡이 노릇을 더는 못 하겠다고 한 것입니다. 놈들이 저에게 못된 욕을 했습니다. 그중의 하나 아이탈리온이라는 자가 '너 없으면 우리가 바다에 빠져 죽기라도 한다더냐?'라면서 제 자리를 차지하고는 키를 잡았습니다. 배는 낙소스를 뒤로하고 엉뚱한 방향으로 가고 있었습니다.

그제서야 박쿠스 신께서 몸소 나서시어 놈들을 조롱하셨습니다. 제가 신께서 놈들을 조롱하셨다고 하는 것은, 놈들의 속셈을 알아차리시고는 갑판에 서신 채 바다를 내려다보시면서 거짓 울음을 터뜨리셨기 때문입니다. 신께서는 거짓 울음을 터뜨리시고는 이렇게 말씀하시더군요.

'여보시오, 뱃사람들, 약속과 다르지 않습니까? 내가 말한 곳으로 가지 않고 있으니 무슨 경우가 이렇습니까? 내가 대체 무슨 못된 짓을 했다고 이렇듯이 대접하시는 것입니까? 어른들이 혼자 길 떠난 나이 어린 사람을 이렇게 골리다니 이런 경우가 대체 어디에 있답니까?'

저도 울음을 터뜨렸습니다. 저는 거짓 울음을 운 것이 아니고 정말 울었습니다. 그러나 사악한 제 동아리 뱃사람들은 우는 저를 비웃으며 여전히 엉뚱한 방향으로 배를 몰았습니다.

그때 제가 뵌 신…… 이분보다 위대하신 신을 저는 알지 못합니다……. 이 신께 맹세코 제가 지금부터 하는 이야기는, 옛사람들이 하고, 듣고, 믿던 신들의 이야기가 그렇듯이 한마디도 틀림이 없는 진실입니다.

배가 바다 한가운데서 갑자기, 물 빠진 항구로 들어간 것처럼 우뚝 서 버렸습니다. 뱃사람들은 대경실색하고, 노를 젓는다, 돛을 팽팽하게 편다, 노잡이들을 돕고 돛 펴는 뱃사람들을 돕는다…… 이렇게 부산을 떨었지만, 세상에…… 노에는 덩굴이 감기기 시작하면서 손잡이 쪽으로 뻗어 올라오고 있었고, 돛에는 열매가 주렁주렁 열리는 것이 아니겠습니까?

신께서는 어느 틈에 포도송이 관을 머리에 쓰시고, 포도 덩굴이 감긴 신장(神杖)을 들고 서 계셨습니다. 옆에는 어느새 호랑이, 살쾡이, 얼룩무늬 표범 같은 무서운 짐승들이 와 있었고요. 뱃사람들은 실성해서 그랬는지, 무서워서 그랬는지는 모르지만 차례로 바다로 뛰어들고 있었습니다. 맨 먼저 바다에 뛰어들자 몸 색깔이 짙어지면서 등뼈가 활처럼 휘기 시작한 것은 메돈이었습니다.

'메돈, 네가 대체 무슨 짐승으로 변하고 있는 것이냐?'

뤼카바스가 이런 말을 하는데, 자세히 보니 이자의 입이 쭉 찢어지면서 코가 꼬부라지고 살갗에 비늘이 돋더군요.[38] 리뷔스는 멈추어 버린 노를 저으려다가 노가 움직이지 않으니까 제 손을 봅니다. 리뷔스의 손은 자꾸만 줄어들었는데, 그때 이미 손이라기보다는 지느러미에 가까웠습니다. 어떤 뱃사람은 꼬인 밧줄을 풀어내려고 손을 번쩍 쳐들었는데, 제가 보니까 이자가 이렇게 들고 있을 동안에 팔이 없어졌습니다. 팔이 없어진 몸은 곧 활처럼 휘더니 뒤로 벌러덩 나자빠지면서 바다로 곤두박질쳤습니다. 모두가 반달처럼 휘어진, 낫 모양의 꼬리를 하나씩 달고는 바다로 뛰어들었습니다. 배 주위 사방에서 이런 짐승들이 솟구치며 물보라를 일으키고 있었습니다. 물 위로 솟았다가는 다시 곤두박질하고, 곡마단 춤꾼들처럼 제멋대로 몸을 던지는가 하면, 콧구멍으로 물을 빨아들였다가 다시 뿜어내고는 했습니다. 스무 마리 정도 되었을 것입니다. 우리 배의 뱃사람들 숫자와 비슷했으니까요. 저 혼자만 온전하게 남아 있고 보니, 무섭기도 하고 정신도 없고 해서 저는 부들부들 떨었습니다. 그랬더니 신께서 저를 달래셨습니다.

'두려워 말고 배를 디아섬[39]으로 몰아라.'

저는 신께서 이르신 대로 했습니다.

---

38) 뱃사람들은 이로써 돌고래가 된다. 그러나 돌고래에는 비늘이 없다. 따라서 이러한 묘사는 저자의 착각으로 인한 것인 듯하다.

39) 낙소스섬의 옛 이름.

"배가 디아섬에 이르자마자 저는 이 신을 섬기는 비교(秘敎)에 입문하고 그날부터 박쿠스교 신도가 되었습니다."

아코이테스의 긴 이야기가 끝나자 펜테우스왕이 여전히 골을 내려 고함을 질렀다.

"너의 종작없는 이야기를 지겹게 들은 것은 이야기를 듣다 보면 혹 화가 좀 가라앉을까 해서였다. 그러나 내가 공연히 시간을 허비했구나. 여봐라, 이자를 끌고 가서 고문 맛을 보인 연후에 스튁스의 어둠 속에 처박아 버리거라."

뤼디아 사람 아코이테스는 노예 무사들 손에 끌려 나가 튼튼한 감옥에 갇혔다. 그러나 전해지는 바에 따르면, 왕의 명에 따라 옥사장들이 그를 고문하고 죽이는 데 필요한 연모인 불 칼 같은 것을 준비하고 있는데, 감옥 문이 저절로 열리고, 옥사장들 아니면 아무도 풀 수 없는 수갑과 족쇄가 저절로 풀려 나갔다. 아코이테스는 어떤 옥사장의 저항도 받지 않고 그곳에서 사라졌다.

이러한 기적이 일어났는데도 불구하고 이 에키온의 아들 펜테우스는 박쿠스에 대한 박해의 손길을 늦추려 하지 않았다. 그는 부하들을 보내는 대신 몸소 키타이론산으로 갔다. 신성한 축제 마당으로 선택된 이 산에서는 신도들의 노랫소리와 외마디 고함 소리가 하늘땅을 울리고 있었다.

나팔수가 청동 나팔로 부는 공격 신호 나팔이 전장에 나가 있는 혈기방장한 군마(軍馬)의 힘살을 부풀리듯이, 하늘과 땅을 울리는 박쿠스 신도들의 노랫소리, 고함 소리는 펜테우스의 분노에 불을 질렀다. 이 산 중턱에는 수목이 울창한 주위와는 달리 나무가 없는, 그래서 멀리서 보아도 눈에 잘 띄는 공터가 있었다. 펜테우스는 산 밑에서 비신도(非信徒) 특유의 불경스러운 눈으로 축제가 벌어지는 이 공터를 올려다보았다. 맨 먼저 이 펜테우스[40]를 알아보고 미친 듯이 달려 내려와 지팡이를 휘두른 사람은 바로 펜테우스의 어머니였다. 펜테우스의 어머니가 지팡이로 아들을 두들기면서 외쳤다.

"얘들아, 너희 둘 다 이리 와서 나를 도와 다오. 이 멧돼지, 우리 밭을 들쑤셔 놓은 이 커다란 멧돼지를 창으로 찔러 죽여야겠다."

노파의 말이 떨어지자 열광해 있던 무리가 쏜살같이 기겁을 하고 서 있는 펜테우스왕 쪽으로 돌진해 왔다. 글자 그대로 기겁을 한 왕은 말투를 바꾸어, 그러니까 아주 부드러운 어조로 자기 팔자를 한탄하고, 어머니 앞에서 자기에게 잘못한 것이 있었음을 시인했다. 어머니의 지팡이에 맞아 이미 머리가 터진 그는 두 이모를 향해 애원했다.

"아우토노에[41] 이모님, 저를 도와주세요. 악타이온의 혼령을 생각해서라도 부디 이성을 되찾으시고 저를 불쌍히 여겨 주세요."

그러나 악타이온이라는 이름도 아무 소용 없었다. 펜테우스가 이렇게 비는데도 아우토노에는 펜테우스의 오른팔을 잘라 버렸고, 또 한 이모인 이노는 그의 왼팔을 잘라 버렸다. 이

---

40) '많은 고통을 받는 자'.
41) '오성(悟性)과 영감을 주는 여자'. 악타이온의 어머니.

제는 팔을 벌리고 애원할 수도 없게 된 펜테우스는 팔을 벌리는 대신 어머니에게 팔이 잘린 자리를 보여 주며 호소했다.

"어머니, 보세요. 아들이 이 꼴이 되었습니다."

이 꼴을 본 그의 어머니 아가베는 외마디 소리를 지르며 머리채가 휘날리도록 머리를 뒤로 젖혔다가는 자기 머리로 아들의 머리를 받아 버렸다. 펜테우스의 머리는 산산이 부서져 땅바닥으로 떨어져 내렸다. 피 묻은 손으로 그 머리의 조각을 주워 들고 아가베가 외쳤다.

"보아라, 우리가 이겼다. 내가 승리했다!"

무리가 몰려와 눈 깜짝할 사이에 펜테우스왕의 사지를 갈가리 찢어 버렸다. 가을바람이 늦서리를 견디며 간신히 가지에 매달려 있던 잎을 떨어뜨리는 듯한 형국이었다.

이 무서운 사건이 있고 나서 테바이 여자들은 무리 지어 이 새로운 의식을 받아들였고, 앞다투어 제단에 향을 피워 이 신을 섬겼다.

4부 페르세우스와 메두사 외

1 미뉘아스의 딸들

테바이 여자들과는 달라서, 미뉘아스의 딸 알키토에는 이 박쿠스 신도 무리에 휩쓸리지 않았다. 알키토에는 박쿠스 신을 찬미하는 야단스러운 축제가 자기네 나라에서도 베풀어져야 한다고는 생각지 않았다. 알키토에는 심지어 박쿠스가 유피테르의 아들이 아니라는 주장도 천연덕스럽게 했다. 이 알키토에의 여동생들도 박쿠스를 믿지 않는 언니를 편들었다.

박쿠스 신관(神官)들은 박쿠스 축제가 반드시 거행되어야 하고, 이날만은 하녀들도 하녀들 몫의 일에서 풀려나 이 신을 섬길 수 있어야 한다고 주장했다. 즉 하녀나 주인이나 이날만은 젖가슴을 짐승 가죽으로 가리고, 머리댕기를 풀고, 머리에는 화관을 쓰고, 손에는 잎 달린 나뭇가지로 만든 주신장(酒神杖)을 들어야 한다는 것이었다. 이어서 신관들은, 박쿠스 신을 홀대하면 무서운 징벌을 면치 못할 것이라고 경고했다. 여자들은 노소를 불문하고 신관의 경고를 귀담아들었다. 그들은 박쿠스 축제일이 오자 베틀이고, 양털 바구니고, 하던 설겆이고 다 팽개치고 축제가 열리는 곳으로 나아가 박쿠스 신께 향을 사르고 갖가지 이름으로 그를 부르며 그를 찬송했다. 박쿠스 신은 브로미오스,[1] 뤼아이오스,[2] '벼락의 아들', 폴뤼고노스,[3] '두 어머니의 아들'로 불리기도 했고, 뉘세이오스,[4] 장발(長髮)의 튀오네오스,[5] 레나이오스,[6] 뉙텔리오스,[7] 엘렐레우스,[8] 이아코스,[9] 에우한[10] 등으로 불리기도 한다. 그리스인들이 부르는 이 주신(酒神)의 별명은 이 밖에도 얼마든지 더 있다.[11]

이 박쿠스 신은 늙지 않기 때문에 천궁에서도 늘 가장 아름다운 청년신 대접을 받는다. 이 신에게는 뿔이 있으나, 우리

---

1) '거칠고 소란스러운 자'.
2) '시름을 덜어 주는 자'.
3) '거듭 태어난 자'.
4) '뉘사에서 자라난 자'. 박쿠스의 그리스식 이름인 디오뉘소스는 '뉘사의 제우스'라는 뜻이다.
5) '튀오네의 아들', 즉 '세멜레의 아들'.
6) '포도나무를 심은 자'.
7) '밤에 얼굴을 붉히는 자'.
8) '환호하시는 아버지'.
9) '부르짖는 자'.
10) '부르짖는 자'.
11) 가령 트리고노스('세 번 태어난 자'), 자그레우스('영혼의 사냥꾼'), 마이노미노스('광기를 불어넣는 자'), 오르토스('일으켜 세우는 자') 같은 별명이 있다.

포도주 잔을 든 박쿠스. 박쿠스 뒤의 사튀로스는 음란하기로 유명한 반수인(半獸人). 사람이 술에 취한 상태를 암시하는 듯하다.

앞에 이 뿔을 달지 않고 나타날 때는 머리가 흡사 처녀의 머리 같다. 이분은 일찍이 동방을 정복했기 때문에, 강게스강[12]이 흐르는 저 힌두스[13] 땅의 살갗이 가무잡잡한 사람들까지 이 신을 섬겼다.[14]

　박쿠스는 참으로 무서운 신이다. 그는 신들을 업신여긴 죄

---

12) 갠지스강.
13) 인도.
14) 박쿠스 혹은 디오뉘소스가 소년기를 보낸 것으로 전해지는 뉘사산은 인도에 있다.

를 물어 저 펜테우스와 쌍날 도끼를 쓰는 무사 뤼쿠르고스를 죽였고 뤼디아 뱃사람들을 돌고래로 변하게 해 바다에 처넣었다. 그는 두 마리의 살쾡이 목에 고삐를 걸어 자신이 탄 수레를 끌게 한다. 그의 뒤로는 많은 박쿠스 신도들과 사튀로스[15]들이 따른다. 지팡이를 짚고 비틀거리며 걷거나, 허리가 휜 노새 잔등에 어정쩡하게 몸을 싣고 다니는 주정뱅이 노인[16]도 늘 그의 뒤를 따른다. 그가 가는 곳이면 어디서든 젊은 청년들의 환호성과 여자들의 함성, 방울북, 바라, 회향 대롱 피리 소리가 울려 퍼진다. 테바이 여자들은 박쿠스에게 "신의 우아하고 다정한 현재(顯在)하심이 영원토록 저희와 함께하시게 하소서."라고 기도하며 순서에 따라 법도 있게 제사를 드렸다. 그러나 미뉘아스의 딸들만은 집 안에 틀어박혀 실 감는 손길을 멈추지 않았다. 그들은 이로써 이 제사를, 이 제사를 흠향하는 박쿠스를 욕되게 했다. 그들은 양털을 빗기도 하고, 엄지손가락으로 실을 꼬기도 하고, 베를 짜기도 하는 등 저희끼리 바쁘게 일하는 것은 물론 하녀들에게까지 바쁜 일감을 맡겨 문밖 출입을 못 하게 했다.

미뉘아스의 딸들 중 하나가 엄지손가락으로 실을 부드럽게 꼬면서 자매들에게 말했다.

"처녀라는 처녀는 모두 뿌리도 줄기도 없는 축제에 나가 휴일을 즐기니까 우리도 이 하루를 재미있게 보내야 하지 않겠

---

15) 반인반양(半人半羊)의 목신(牧神).
16) 박쿠스의 스승인 주정뱅이 실레노스를 말한다.

어? 손은 저 박쿠스보다 더 거룩하신 팔라스 여신의 직무[17]에 맡기고 입으로는 차례로 옛이야기나 하면서 시간을 보내는 게 좋겠다. 하나가 이야기하고 나머지는 들으면서 일하고⋯⋯."

나머지가 좋은 생각이라고 하자 먼저 말을 꺼낸 처녀가 이야기를 준비했다.

이 처녀에게는 아는 이야기가 많았다. 그래서 처녀는 무슨 이야기를 먼저 할까⋯⋯ 하고 궁리했다. 팔라이스티나[18] 사람들 사이에 전해지는, 물고기로 둔갑해 비늘에 덮인 몸으로 연못에서 헤엄을 쳤다는 바빌로니아의 데르케티스 이야기? 날개가 돋아나 만년(晩年)을 하얀 비둘기장 안에서 살았다는 데르케티스의 딸 이야기는? 마법과 약초의 힘을 빌려 젊은 청년들을 입 못 벌리는 물고기로 변신하게 했다가 저 자신도 그런 신세가 되었다는 나이아스[19] 이야기는? 흰 열매가 열리던 나무에서 갑자기 핏자국 색깔 같은 보라색 열매가 열리게 된 사연은 어떨까? 옳지, 이게 좋겠구나.

처녀는, 비교적 아는 사람이 적은 이 마지막 이야기를 하기로 마음먹었다. 처녀는 털실을 감으면서 이야기를 시작했다.

---

17) 팔라스, 즉 미네르바 여신의 직무 중 하나는 길쌈이다.
18) 팔레스티나.
19) 물의 요정.

2 퓌라모스와 티스베

"퓌라모스와 티스베라고 하는, 앞뒷집에 사는 총각 처녀가 있었대. 세미라미스[20]가 세운, 아주 높은 성벽으로 둘러싸인 성읍에……. 퓌라모스는 동방에서 가장 잘생긴 총각, 티스베는 동방에서 가장 아름다운 처녀였다지.[21] 가까이 사니까 자주 만나고, 자주 만나니까 정들고 그랬을 테지. 처음에 이들 사이에 싹텄던 것은 우정이었는데, 세월이 흐르면서 이 우정은 사랑으로 깊어졌어. 이 두 사람이 결혼할 수 있었다면 좀 좋았겠어? 양가 부모들이 못 하게 했대. 하지만 결혼을 반대한 부모들도 두 사람의 가슴에서 타는 사랑의 불길만은 어쩔 수 없었어. 두 사람의 가슴을 태운 사랑의 불꽃은 뜨겁기가 같았을까, 달랐을까? 아마 같았겠지. 하지만 양가의 부모들밖에는 아무도 이 비밀을 몰랐어. 고갯짓, 눈짓으로만 사랑을 나누었으니까. 감추면 감출수록 깊어지는 게 사랑이잖아? 속으로 속으로 타 들어가는 섶 속의 불씨 같은 게 사랑이잖아?

앞집 뒷집을 나누는 벽에는 이 두 집이 지어질 때부터 갈라진 틈이 있었어. 오랫동안 벽이 갈라져 있다는 걸 안 사람은 아무도 없었어. 총각 처녀가 맨 먼저 발견한 거야. 사랑에 빠진 처녀 총각 눈에 무엇이 안 보였겠어? 두 사람은 이 틈 이쪽 저쪽에서 목소리만으로 사랑을 나누었어. 무슨 뜻이냐 하면,

20) 시리아의 여신 데르케티스의 아들.
21) 이하의 이야기는 시리아의 전설이다.

더할 나위 없이 부드러운 속삭임으로 사랑을 나누었다 이거야. 퓌라모스는 벽 이쪽에, 티스베는 벽 저쪽에 마주 서서 서로의 숨결을 느끼면서 이 무정한 벽을 원망했을 테지.

'이 심술궂은 벽아. 왜 우리 사이를 가로막느냐? 와르르 무너져 우리가 서로를 껴안을 수 있게 해 주면 좀 좋으냐? 우리 욕심이 지나치다면 틈을 조금만 더 열어 입이라도 맞출 수 있게 해 주려무나. 너를 고맙게 생각하지 않는 것은 아니다. 이나마 틈을 만들어 주어서 사랑하는 사람의 귀에다 속삭일 수 있게 해 준 것만으로도 고맙기는 하지만, 늘 고맙다는 말만 하고 있을 수도 없는 건 우리 사랑이 그만큼 진하기 때문일 것이야.'

이렇듯이 둘은 벽을 사이에 두고 속삭였어. 밤이 되면 입맞춤은 안 되니까 하나는 이쪽에서, 하나는 저쪽에서 벽에다 입을 맞추고 헤어지고는 했지.

다음 날, 아우로라가 밤하늘을 걷어 내고 햇빛이 이슬을 말릴 즈음 두 사람은 다시 벽 이쪽저쪽에서 만났어. 두 사람은 이날 처음으로 한숨을 쉬면서 서글픈 신세를 한탄했어. 그래서 두 사람은 밤이 되면 지키는 하인들 눈을 피해 집 바깥으로 나가 함께 성을 빠져나가기로 말을 맞추었어. 두 사람은 서로 만나지 못하고 떨어진 채 벌판을 헤매게 될 것을 염려해 성을 빠져나가기 전에 우선 니누스[22] 왕릉의 나무 밑에 숨어 있기로 약속했어. 이 나무는 하얀 오디가 주렁주렁 달린 뽕나무로, 샘가에 서 있었어. 두 사람에게야 이 약속이 얼마나 황

---

22) 바빌로니아 왕.

홀한 약속이었겠어? 하루 해가 유난히 길게 느껴졌을 테지.

이윽고 태양이 바다에 잠기고 거기에서 밤이 솟아오르자 티스베 아가씨는 아무도 모르게 어둠에 묻어 집을 나올 수 있었어. 티스베 아가씨는 너울로 얼굴을 가리고 왕릉으로 나가 퓌라모스와 약속했던 뽕나무 밑에 앉아서 기다렸지. 무섭지 않았을 리 있어? 하지만 사랑은 처녀를 아주 대담한 여자로 만드는 법이야. 그런데 이를 어째! 사자가 한 마리 나타났어. 짐승을 잡아먹고는 피가 뚝뚝 듣는 턱을 쳐들고는 물을 마시려고 뽕나무 옆의 샘가로 왔던 거야.

티스베 아가씨는 좀 떨어진 곳에서 달빛에 비치는 이 사자를 보았어. 기함을 한 티스베는 어두운 동굴로 몸을 감추었어. 그런데 너무 서두르느라고 그만 너울 떨어뜨린 것도 몰랐지 뭐야.

샘에서 물을 마시고 돌아가던 사자가 이 너울을 발견하고는 물어 갈가리 찢어 버렸어. 짐승을 잡아먹은 직후였으니 사자 입에 피가 묻어 있었던 거야 당연한 일 아니겠어. 갈가리 찢어진 너울에 피가 묻은 것도 당연한 일이겠고.

퓌라모스는 조금 늦게 성문을 빠져나왔어. 퓌라모스는 흙에 찍힌 이 사자의 발자국을 보았어. 물론 얼굴색이 변했을 테지. 갈가리 찢긴 채 피투성이가 되어 있는 티스베 아가씨의 너울을 보았을 때 퓌라모스의 심정은 어땠을까? 퓌라모스는 티스베가 사자의 이빨에 목숨을 잃은 줄 알았어. 그는 티스베가 그렇게 되었다면 자신도 죽어야겠다면서 중얼거렸어.

'이 밤에 서로 사랑하는 두 사람이 죽는구나. 티스베는 나보다 오래오래 살아야 할 사람인데……. 아, 내가 죽일 놈이다.

불쌍한 티스베여. 내가 그대를 죽게 하였구나. 한밤중에 이 위험한 곳으로 오라고 하고는 먼저 와서 기다리지 않았으니 내가 죽인 것이나 다름없다. 오너라, 사자들이여, 이 절벽 근처에 굴을 파고 사는 사자는 다 오너라. 와서 내 몸을 갈가리 찢어 다오. 그 험상궂은 입으로 이 죄 많은 자의 살을 먹어라. 그러나, 보라, 나는 입으로만 죽음을 말하는 비겁자가 아니다.'

퓌라모스는 티스베의 피 묻은 너울을 집어 들고 둘이서 만나기로 약속한 나무 밑으로 갔어. 그러고는 울면서, 눈에 익은 너울에 무수히 입을 맞추고는 또 이렇게 중얼거렸어.

'너울이여, 티스베의 피를 마셨으니 이제 내 피도 마셔라. 그럴 때가 되었다.'

이러면서 퓌라모스는 허리에 차고 있던 칼을 뽑아 자기 옆구리를 푹 찌른 뒤, 있는 힘을 다해 이 뜨거운 상처로부터 칼을 뽑아 냈어. 그러고는 쓰러졌을 테지. 땅바닥에 등을 대고…… 상처에서는 피가 솟았어. 납으로 만든 송수관(送水管)이 갈라지면, 그 사이로 물줄기가 뿜어져 나와 하늘로 치솟지? 피는 꼭 그렇게 솟아 나왔어. 뽕나무는 이때 퓌라모스가 흘린 피에 젖어 보랏빛으로 물들었어. 이 피를 마신 뿌리는 둥치를 통해, 가지를 통해 이 피를 열매에까지 보냈을 테지.

일이 이렇게 된 줄도 모르고 티스베는 떨면서 동굴에서 나왔어. 애인을 실망시키지 않으려고 그랬을 거야. 너무 오래 동굴에 있으면, 퓌라모스가 걱정할까 봐 그랬을 거야. 티스베는 두근거리는 가슴을 진정시키면서 애인을 찾았어. 어서 만나 사자 때문에 동굴로 피했다는 이야기를 하고 싶었던 것이겠지. 그러나 티스베의 눈에, 만나기로 한 장소와 나무 모양은 똑같은데 유독 열매의 색깔만 다르게 보였어. 티스베는, 기연가미연가하고 사방을 둘러보다가 피투성이가 된 채로 쓰러진 사람을 발견했어. 놀랐겠지. 하지만 쓰러진 사람이 애인이라는 것을 알았을 때의 놀라움에야 비할 수 없었을 테지. 티스베의 뺨은 회향나무보다 더 하얗게 변했어. 티스베는 떨기 시작했어. 미풍이 수면에 파문을 일으킬 때 바다가 떨듯이⋯⋯.

오래지 않아 티스베는 애인을 알아볼 수 있었어. 티스베는 울부짖으면서, 죄없는 자기 머리카락을 쥐어뜯다가 사랑하는 사람을 껴안고 그 얼굴에 눈물을 떨구었어. 애인의 차가운 뺨에 입 맞추면서, 그가 흘린 피에 눈물을 섞었어. 그러고는 울부짖었어.

'퓌라모스, 어느 심술궂은 손길이 내게서 당신을 빼앗아 갔군요. 퓌라모스, 말 좀 해 보세요. 당신을 사랑하는 티스베, 당신이 사랑하는 티스베가 이렇듯이 당신을 부르고 있어요. 내 말을 들었으면 이제 고개를 좀 들어 보세요.'

'티스베'라는 말에 퓌라모스는 눈을 떴어. 하지만 퓌라모스는 죽음의 그늘이 드리워져 무겁기 한이 없는 눈꺼풀을 힘없이 들어 잠시 티스베를 바라보고는 다시 눈을 감아 버렸어. 이번에는 영원히⋯⋯. 티스베는 갈가리 찢긴 채 피투성이가 되어 있는 제 너울과, 비어 있는 퓌라모스의 상아 칼집을 보고는 또 울부짖었어. 티스베는 그제서야 전후 사정을 짐작할 수 있었던 거야.

'당신의 손, 당신의 사랑이 당신을 죽였군요. 이만한 일을 할 손이라면 내게도 있어요. 당신의 사랑에 못지않은 내 사랑도 이만한 상처를 낼 힘쯤은 내게 베풀어 줄 거예요. 내가 죽어서 당신의 뒤를 따르면, 사람들은 내가 당신을 죽이고 당신의 길동무가 되었다고 할 테지요. 죽음이 당신을 내게서 떼어 놓았지만, 이 죽음도 우리를 갈라놓을 수는 없어요. 무정한 부모님들이시여. 내 부모님, 퓌라모스의 부모님이시여. 원하오니 저희 소원을 이루어 주소서. 뜨거운 사랑과 죽음의 손길이 우리를 하나 되게 하였습니다. 그러니 우리를 한 무덤에 묻어 주소서. 나무여, 이미 내 사랑의 주검을 보았고 곧 내 주검을 내려다볼 나무여, 우리의 죽음을 영원히 기억하시어 사람들이 우리 둘이 흘린 피를 되새기도록 그대 열매를 어둡고 슬픈 색깔로 물들여 주세요.'

이렇게 울부짖은 티스베는 그때까지도 퓌라모스의 체온이 남아 있는 칼을 가슴에 안아 그 끝을 가슴 밑에 대고는 앞으로 꼬꾸라졌어.

신들은 티스베의 기도를 들었고, 양가의 부모도 티스베의 뜻을 알고는 그 뜻이 이루어지게 했대. 이 나무의 열매, 그러니까 뽕나무의 열매인 오디가 익으면 검붉은 색깔로 변하는 것은 신들이 이 티스베의 기도를 들은 증거요, 화장단에서 나온 두 사람의 뼈를 한 골호(骨壺)에 넣은 것은, 부모님들이 이 티스베의 뜻이 이루어지게 한 증거라는 거야."

3 베누스와 마르스의 밀통(密通)

퓌라모스와 티스베 이야기가 끝났다. 얼마간 방 안에 침묵이 감돌았다. 처녀들이었으니 이 애절한 사랑 이야기를 듣고 한동안 말을 잊은 것은 당연하다. 이 침묵을 깨뜨리고 맏이 레우코노에가 또 이야기를 시작했다. 아래로 두 자매는 맏이 레우코노에의 이야기에 귀를 기울였다.

"천상의 빛으로 삼라만상을 비추는 태양신 솔[23]도 사랑에는 어쩔 수 없었던 적이 있어. 이제 내가 저 태양신 솔이 사랑에 빠졌던 이야기를 들려주마. 베누스[24]와 마르스[25]가 밀통하는 현장을 엿본 분도 바로 이 태양신이었어. 태양신의 눈에는 보이지 않는 것이 없거든. 이들의 괴망한 짓을 괘씸하게 여긴 태양신은 베누스의 남편인 불카누스[26]에게 이 사실을 귀뜸했어. 불카누스가 유노 여신의 아들이자 베누스의 지아비라는 것은 너희도 잘 알지? 불카누스로서는 아내가 다른 신과 간통한다는 소식에 하늘이 노래졌을 수밖에. 불카누스가 받은 충격은 굉장했대. 이 소식을 듣는 순간, 벼르고 있던 연장을 다 떨어뜨렸다니까.

---

23) 그/헬리오스 혹은 아폴론. 여기에서는 티탄 시대의 태양신인 헬리오스를 지칭한다.
24) 그/아프로디테, 영/비너스. 사랑과 애욕의 여신. 바다의 포말에서 태어났다. 그리스식 이름인 '아프로디테'는 '포말에서 태어난 여자', 로마식 이름인 '베누스'는 '매력'이라는 뜻이다.
25) 그/아레스. 우직하고 잔인한 전쟁신.
26) 그/헤파이스토스. 이 세상에 만들지 못하는 것이 없는 대장장이 신.

베누스의 탄생(보티첼리의 그림). 바람의 신 제퓌로스(서풍)가 베누스를 해변 쪽으로 밀어 보내고 있다.

곰곰 생각하던 불카누스 신은 즉시 청동을 두드려, 눈에 보이지도 않을 만큼 가는 실을 만들고 이 실로 사슬과 그물과 올가미를 만들었어. 불카누스가 손수 베틀에 걸어 짠 이 그물은, 천장의 들보에 매달린 거미줄보다 더 가늘고 정교했대. 게다가 건드리기만 해도 탁 걸려들게 되어 있었어. 불카누스는 이렇게 만든 사슬과 그물과 올가미를 자기 침대에 쳐 놓고는, 자기 아내가 다른 남신(男神)을 또 불러들이기만을 기다렸지.

그런 줄도 모르고 베누스는 또 마르스를 그 침대로 꼬여와 사랑을 나누었겠다? 불카누스가 손수 만들었는데 여부가 있어? 이 간부간부(姦夫姦婦)는 꼼짝없이 사슬과 그물과 올가미에 걸리고 말았어. 렘노스[27]의 신 불카누스는 옳다구나 하고, 신들을 모두 불러다 놓고 침실 문을 열었어. 발가벗은 채

베누스와 마르스의 밀통(密通). 태양신 솔(헬리오스)의 고자질로 이들은 베누스의 지아비인 불카누스로부터 곤욕을 치르게 된다.

서로를 껴안고 있는 베누스와 마르스의 모습…… 신들에게는 참으로 볼만한 구경거리였을 테지. 신들 중 한 분은 치욕을 당해도 좋으니 자기도 발가벗은 채로 베누스와 한번 그렇게 갇혀 보았으면 좋겠다고 말했다니까……. 신들은 이 둘의 꼴을 보고는 배를 잡고 웃었는데, 이게 천궁에서는 두고두고 이야깃거리로 신들의 입에 올랐더란다.”

27) 불카누스가 천상에서 지상으로 떨어질 때 맨 처음으로 닿은 땅. 혹은 태어난 곳.

4 레우코토에와 클뤼티에

레우코노에는 이야기하느라고 하지 못한 일을 마저 하고 이야기를 계속했다.

"······퀴테라의 여신[28]이 이런 수모를 당하고도 가만히 있었겠어? 베누스는 자기가 간통한 사실을 불카누스에게 밀고한 태양신 솔을 벼르고 있다가 기어이 복수했어. 어떻게 했느냐고? 아들 쿠피도[29]를 시켜서 이 솔의 욕정에 불을 붙인 거지. 이 사랑의 꼬마 신이 나섰는데, 휘페리온[30]의 아들인들 별수 있겠어? 찬란한 천상의 빛인들 사랑의 포로가 되었는데 별수 있겠어? 쿠피도의 화살을 한 대 맞자 태양의 불길로 세상을 달구던 이 태양신이 이번에는 사랑의 불길로 타오르기 시작한 거야. 어떻게? 삼라만상을, 온 우주를 내려다보아야 할 솔의 눈길이 레우코토에라는 처녀를 한 번 본 뒤로는 그만 이 처녀에게 못 박히고 만 거지. 레우코토에에게 반한 이 태양신은 때가 되지 않았는데도 불구하고 동쪽 하늘에 그 모습을 나타내는가 하면, 바다에 뛰어들어야 할 시각인데도 하늘에서 머뭇거리는 등 도무지 신들이나 인간이 보아도 이해할 수 없는 짓들을 하기 시작했어. 이 레우코토에를 보려고 태양신이 하늘에서 어물거렸으니, 그 짧던 겨울 해가 길어져 인간들

---

28) 베누스는 이 퀴테라섬 혹은 퀴프로스섬 근해에서 태어났다.

29) 그/에로스. 영/큐피드. 사랑의 신.

30) '높은 곳을 달리는 자'. 티탄 시대의 태양신 헬리오스와 달의 여신 셀레네의 아버지.

을 당황하게 했을 수밖에……. 상사병으로 상심하는 바람에 태양빛이 아주 희미해질 때도 있었어. 그러니 인간들이 얼마나 놀랐겠어? 태양이 희미해진 것은 달 때문이 아니었어. 달이 태양빛을 가리면[31] 세상이 어두컴컴해지지 왜? 그러나 이때 세상이 컴컴해진 것은 이 때문이 아니라 태양신의 상사병 때문이었대. 말하자면 태양신의 관심은 온통 이 처녀에게만 쏠려 있었던 거야.

태양신은 한때 그렇게 사랑했던 클뤼메네,[32] 로도스,[33] 아이아이아섬에 사는 키르케의 아름다운 어머니, 심지어 클뤼티에까지 본 척도 하지 않았어. 참, 클뤼티에 말인데…… 이즈음 클뤼티에는 태양신 솔에게 사랑을 고백했으나 이게 받아들여지지 않아 크게 상심하고 있었어. 레우코토에 때문이었지. 태양신 솔이 이런 애인들을 깡그리 잊고 있었던 것은…….

레우코토에는 향료가 많이 나는 것으로 유명한 나라에서 가장 아름다운 여인 에우뤼노메의 딸이었어. 에우뤼노메가 그 나라에서 가장 아름다운 여인이었는데, 그 딸인 레우코토에는 어머니보다 더 아름다웠대……. 그러니까 에우뤼노메는 그 나라에서 가장 아름다운 여자, 레우코토에는 그런 에우뤼노메보다 더 아름다운 처녀였다는 이야기가 되지. 레우코토에의 아버지는 페르시아의 시조 벨로스[34]의 7대손으로, 당시에는

---

31) 일식 현상을 말한다.
32) 파에톤의 어머니.
33) 태양신의 사랑을 받고 아들 일곱 형제를 낳은 넵투누스의 딸.
34) 셈족의 최고신 바알을 말한다.

아카이메네스[35]가 세운 여러 도시 국가를 다스리고 있던 오르카모스라는 사람이었어.

알아? 서쪽 하늘 아래에는 태양 수레를 끄는 천마의 목장이 있대. 목장이 있다고 해서 이 천마들이 풀을 먹는다고 생각하면 오산이야. 이 천마들은 풀을 먹는 게 아니고 암브로시아[36]를 먹어. 한차례 하늘을 지나면 피곤해질 게 아니겠어? 그래서 이 귀한 암브로시아를 먹고 원기를 되찾는 거지.

그런데 어느 날 천마들이 이곳에서 암브로시아를 먹고 있을 동안, 그러니까 태양을 대신해서 밤이 하늘을 지배하고 있을 동안 태양신은 살며시 이 목장을 빠져나와 사랑하는 레우코토에의 방으로 숨어 들어갔어. 본모습으로 갔던 것은 아니야. 그랬다가는 금방 들통이 나게? 그래서 레우코토에의 어머니 에우뤼노메로 둔갑해서 들어간 거야.

마침 레우코토에는 열두 하녀와 함께 물레로 실을 잣고 있었어. 들어가자마자 태양신은 레우코토에의 뺨에다 입 맞추었어. 어머니가 딸에게 하는 입맞춤. 그러고는 이렇게 말했지.

'내 너에게 은밀하게 할 말이 있다. 그러니 얘들아, 너희는 잠시 나가 있거라. 어미에게는 딸에게 은밀한 이야기를 할 권리가 있다. 그러니 너희가 이 권리를 빼앗지 말아라.'

이 말을 듣고 하녀들이 물러가자 태양신은 레우코토에에게 말했어.

---

35) 페르시아 왕조의 전설적인 조상.
36) '신식(神食)' 혹은 '신찬(神饌)'.

'사실 나는 태양신이다. 긴 세월의 흐름을 재는 태양신, 삼라만상을 내려다보는 태양신이다. 대지 위에 사는 것들은 모두 내 빛에 의지해서 사물을 보느니라. 나는 우주의 눈이니 내 말을 믿어라. 나는 너에게 반하고 말았구나.'

소녀는 무서워했어. 손에 들고 있던 물렛가락과 실감개를 떨어뜨렸을 만큼. 태양신에게는 겁을 먹은 그 처녀가 더욱 아름다워 보였을 테지. 태양신은 지체 없이 본모습을 드러냈어. 얼마나 눈부셨을까? 처녀 레우코토에는 이 뜻밖에 나타난 태양신의 모습에 몹시 놀랐지만 그 본모습이 너무 멋져 딴소리 없이 태양신의 품에 안겼지.

이즈음 태양신을 짝사랑하고 있던 클뤼티에가 이 사실을 알았어. 자기의 사랑은 본 척도 않고 다른 처녀를 사랑하는 이 태양신이 클뤼티에에게는 얼마나 원망스럽게 보였을까? 클뤼티에에게는 태양신뿐 아니라 레우코토에까지도 원망스럽게 보였어. 그래서 클뤼티에는 레우코토에가 태양신에게 순결을 잃었다는 소문을 퍼뜨렸지. 이 소문은 오래지 않아 레우코토에의 아버지 오르카모스의 귀에까지 들어갔어. 오르카모스로서는 하늘이 무너지는 것 같았을 수밖에. 그는 딸을 불러 자초지종을 물었지. 레우코토에는 아버지에게 전후사정을 설명하고 태양을 향해 팔을 벌리고 이렇게 외쳤대.

'그분이 강제로 그렇게 했습니다. 제가 원해서 그리된 게 아닙니다.'

하지만 아버지는 이 말을 믿지 않고, 구덩이를 파게 하고는 딸을 이 구덩이 안에 넣은 다음 그 위에 모래언덕을 하나 만들어 버렸어. 휘페리온의 아들[37]은 빛줄기로 이 모래를 흩어 버리고, 사랑하는 레우코토에가 머리를 들고 태양신인 자신의 모습을 볼 수 있게 하려고 했어. 하지만 인간에 불과한 레우코토에가 그 무거운 모래언덕에 깔려 있었는데 어떻게 되었겠어? 죽었던 거야. 전해지기로는, 아들 파에톤을 잃은 이래로 천마 모는 이 태양신이 가장 슬퍼한 것은 이때였대. 태양신은 식어 버린 레우코토에의 몸에다 빛줄기로 다시 온기를 불어넣어 보려고 무진 애를 썼대. 하지만 레우코토에의 팔자 마련이 그렇게 되어 있는데 태양신이라고 별수 있겠어? 태양신은 할 수 없이 레우코토에의 몸에, 그리고 그 주위에 넥타르[38]를 뿌린 뒤 목놓아 울고는 이렇게 다짐했다는군.

'어떻게든 네가 하늘을 보게 하고야 말겠다.'

그러자 신주에 젖은 레우코토에의 몸이 스르르 녹으면서 주위로 향기가 퍼져 나갔다지. 이윽고 그 흙에 나무 한 그루가 뿌리를 내리면서 모래언덕 위로 가지를 뻗는데…… 이 나무가 바로 유향목(乳香木)이야.

그러면 클뤼티에는 어찌 되었을까? 사랑하기 때문에 질투했고, 질투했기 때문에 그런 소문을 내어 레우코토에를 죽게 했다……. 그러니 용서받아 마땅하다……. 이렇게들 생각하니? 하지만 아니야. 태양의 지배자는 두 번 다시 이 클뤼티에 앞에는 나타나지 않았어. 사랑은 그것으로 끝났던 것이지. 그날부

---

37) 헬리오스, 즉 태양신.
38) '신주(神酒)'.

터 클뤼티에의 몸은 마르기 시작했어. 상사병 때문일 테지. 클뤼티에는 동무 요정들과는 어울리려고 하지 않았고, 밤이고 낮이고 혼자 맨땅에 앉아 하늘만 올려다보았대. 너울도 안 쓰고, 머리카락은 산발한 채로 말이야. 아흐레 동안 먹지도 마시지도 않았어. 아니야, 마시기는 했지. 이슬과 눈물을 마셨을 테니까.

클뤼티에는 죽으면 죽었지 땅바닥에서 일어나지 않으려고 했대. 앉은 채로 하늘을 지나는 태양신을 눈으로 좇았다는 거야. 그러다 사지는 대지에 뿌리로 박혔고 살갗에서는 파리한 잎이 돋아났대. 꽃이 되어 버린 거야. 발그레한 살빛이 조금 남아 있는 얼굴에서는 제비꽃 비슷한 꽃이 피어올랐어. 대지에 뿌리를 박고 있는데도 이 꽃송이만은 태양이 움직이는 대로 고개를 돌려. 클뤼티에의 모습은 바뀌었어도 사랑만은 변하지 않았던 거야.[39]

5 살마키스와 헤르마프로디토스

맏이 레우코노에의 이야기가 끝났다. 기적을 일으키는 신들의 권능에 관한 이야기가 이 처녀들에게는 그렇게 흥미진진하게 들릴 수 없었다. 그러나 세 자매 중 하나는 이치가 그렇다는 것이지 세상에 그런 일이 어떻게 일어날 수 있느냐고 했다.

---

39) 그리스 사람들은 이 꽃을 '헬리오트로프', 즉 '태양을 향하는 꽃'이라고 부른다. 이 꽃이 바로 해바라기다.

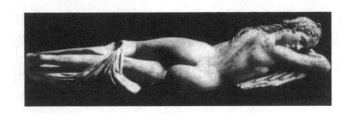

잠자는 어지자지. 즉 양성인(兩性人) 헤르마프로디토스. 헤르마프로디토스는 메르쿠리우스와 베누스 사이에서 난 아들로 알려져 있다. 헤르마프로디토스라는 이름은 이 두 신의 그리스 이름인 헤르메스와 아프로디테의 합성어이다.

나머지 둘은 이 말을 받아, 신들에게는 능하지 못한 바가 없다고 대답했다. 그러나 그런데도 불구하고, 박쿠스 신만은 여전히 이 세 자매에게 만장일치로 괄시를 당했다.

세 자매는 한동안 잠자코 일했다. 그러다 이미 이야기를 마친 자매가 막내에게도 이야기를 하라고 졸랐다. 막내는 베틀에 걸린 날실 사이로 북을 넣으면서 이야기를 시작했다.

"이다산 양치기 다프니스의 사랑 이야기같이 시시한 이야기는 안 할 테야. 요정이 다프니스의 애인을 질투해서 이 양치기를 돌로 만들어 버렸다는 걸 모르는 사람이 어디 있어? 사랑에 빠진 자의 질투가 얼마나 무서운지 모르는 사람도 있나? 자연의 섭리가 시톤을 양성인(兩性人)으로 만들어 하루는 남자 행세, 또 하루는 여자 행세를 하게 했다는 이야기? 그것도 시시해. 한때는 아기 요비스[40]의 보모(保姆) 노릇 하다가 쇳덩어리가 된 켈미스 이야기, 소나기에서 생겨난 크레테스[41] 이야

────────────

40) 유피테르의 별명.

기, 꽃과 나무가 된 크로코스[42]와 스밀락스[43] 이야기도 따분해. 오늘은 아주 재미있고 신기한 이야기로 언니들을 즐겁게 해 줄까? 물의 요정 살마키스가 어쩌다 세상 사람들 입에 고약하게 오르내리게 되었느냐, 이 샘물에 닿으면 왜 그 사람 몸에서 힘이 빠져나가면서 몸이 흐물흐물해지느냐, 그 내력을 가르쳐 주지. 이 샘물에 이런 이상한 힘이 있다는 건 다 알지만 그 내력을 아는 사람은 많지 않아."

메르쿠리우스와 베누스[44] 사이에 아들이 있다는 건 언니들도 알지? 이 아들은 이다산 동굴에서 나이아스[45]들 손에서 자라났어. 아버지와 어머니를 반반씩 닮아서 인물이 아주 좋은 소년으로 자라났대. 이름도 아버지와 어머니의 이름을 그대로 물려받았어. 이름이 헤르마프로디토스[46]였으니까.

이 헤르마프로디토스는 나이가 열다섯이 되자, 자기를 키워 준 정든 이다산을 떠나 세상 구경, 낯선 산수 구경 하러 나그넷길에 올랐어. 말이 그렇지 나그네 노릇이 좀 어려워? 하지만 헤르마프로디토스에게 그런 것은 문제가 안 되었대. 그만큼 세상 구경에 미쳐 있었으니까.

꽤 멀리까지 갔던 모양이야. 뤼키아 아니면 뤼키아에서 가

---

41) 크레타섬의 원주민들.

42) 영/크로커스.

43) '주목(朱木)'.

44) 그/헤르메스와 아프로디테.

45) 복/나이아데스 혹은 나이데스. 샘이나 강에서 사는 물의 요정.

46) 헤르메스와 아프로디테를 합성한 말.

까운 카리아까지 갔었다니까……

여기에서 헤르마프로디토스는 물이 어찌나 맑은지 바닥까지 훤히 들여다보이는 호수를 하나 발견했어. 이 호수에는 갈대도 없었고, 열매 맺는 물풀, 잎사귀 끝이 뾰족한 골풀도 없었어. 둑에만 싱싱한 잔디, 늘 푸른 풀이 자라 있었을 뿐…… 물은 수정같이 맑았어.

이 호수에는 요정이 살고 있었대. 사냥도 할 줄 모르고, 활도 쏠 줄 모르고, 달음박질에도 재주가 없는 요정이. 저 발빠른 디아나[47]가 누구인지 모르는 요정은 이 요정뿐이었다는군. 이름이 살마키스인 이 요정에게 다른 요정들이 이랬대.

'살마키스, 너도 창이나 알락달락한 화살통 들고 나와서 뜀박질 겨루기에 참가해. 운동이 되는 것은 물론이고, 시간 죽이기에도 좋은 놀이야.'

하지만 살마키스는 창도 안 잡았고, 화살통도 안 들었고, 뜀박질 겨루기에도 참가하지 않았어. 그런 짓으로 시간 보내는 게 마음에 안 들었던 모양이지. 살마키스는 틈만 나면 퀴토로스[48]로 만든 빗으로 머리를 빗고 수면을 내려다보면서 머리 모양을 이렇게도 해 보고 저렇게도 바꿔 보고, 하면서 지내는 걸 좋아했어. 그러다 재미없으면 알몸이 비치는 옷을 입은 채로 부드러운 풀밭에 드러누워서 하늘을 보기도 하고.

이따금씩은 꽃도 꺾었어. 꽃을 꺾다가 이 살마키스가 헤르

---

47) 그/아르테미스. 영/다이애나. 사냥의 여신.
48) '회양목'.

마프로디토스를 본 거야. 살마키스는 이 소년을 보는 순간 견디기 어려운 욕정을 느꼈대. 껴안고 싶다는 욕망 같은 것을. 살마키스는 금방이라도 달려가고 싶었지만 마음이 가라앉을 때까지 기다리기로 했어. 가슴 울렁거리는 것 좀 가라앉히고, 표정도 예쁘게 짓고…… 말하자면 자기 자신의 가장 예쁜 모습을 보여 주기로 한 거지. 이런 준비가 끝나자 살마키스는 헤르마프로디토스에게 다가가 말을 붙였어.

'여보세요. 혹시 신이 아니신지 모르겠네요. 신이시면 쿠피도 신[49]이실 테죠? 신이 아니고 인간이라면, 당신의 부모 형제들은 복 받은 분들입니다. 누이들이 있다면 그분들도 큰 복을 받은 분들입니다. 당신에게 젖을 빨린 유모가 있다면 그분도 그랬을 거고요. 그러나 이들과 견줄 수 없을 만큼 큰 복을 받은 분은 당신과 결혼을 약속한 처녀, 당신이 장차 아내 삼기로 마음먹은 처녀일 거예요. 물론 그런 처녀가 있다면 말이지요. 그런 처녀가 있으면, 그 처녀 몰래 가만히라도 좋으니 나를 좀 만나 사랑해 주세요. 없으면 나를 애인 삼아 주면 그보다 좋은 일이 없을 테지요. 애인이 없으면, 바라건대 나를 사랑해 주세요, 나와 혼인해 주세요.'

요정이 이렇게 말하자 소년의 얼굴은 아주 새빨개졌어. 왜? 사랑이라는 게 뭔지도 모르는 소년이었거든. 새빨개진 소년의 뺨은, 해 잘 드는 과수원 나무에 매달린 잘 익은 사과 색깔 아니면 빨간 물감을 칠한 상아 색깔, 일식(日蝕) 때의 달 색깔

---

49) 그/에로스. 영/큐피드. 늘 미소년(美少年)의 모습으로 나타나는 신.

쿠피도는 늘 동자신(童子神)의 모습으로 그려진다. 그러나 드물게는 이런 청년의 모습으로 그려질 때도 있다. 쿠피도는 실수로 자기 화살에 찔려 프쉬케와 사랑에 빠진 적도 있다.

같았어. 우리가 놋쇠 바라를 울리며 악마를 쫓는데도 불구하고 새빨개지는 달의 얼굴, 언니들도 알지? 살마키스는 뺨에 입이라도 맞추어 주려고 누나처럼 다가가 소년의 목을 껴안았어. 소년은 비명을 지르며 이렇게 외쳤고.

'놓지 않으면 뿌리치고 말겠어요!'

뜻밖의 반응에 놀란 살마키스는 이렇게 말했어.

'그럼 내가 가겠어요. 당신을 방해하려고 이러는 것은 아니니까요.'

살마키스는 돌아서서 가는 척했지. 그러면서 힐끔힐끔 뒤를 돌아다보다가 관목 숲으로 들어가서는 소년을 엿보았어. 소년은 풀밭 위를 좀 거닐다가 물에다 발끝을 넣어 보았어. 조금 뒤에는 발목이 잠길 만큼 넣었고……

물이 어찌나 시원했던지 소년은 물에 들어가기로 작정했어. 보는 눈이 없겠거니 여기고. 그래서 옷을 벗었어. 그 아름다운 몸매가 드러났을 테지? 그걸 엿보고 있는 살마키스의 기분이 어땠을까? 살마키스의 몸은 불덩어리같이 뜨거웠을 거야, 아마. 사실이 그랬대. 살마키스의 눈은, 거울이 비추는 포이부스[50]같이 이글거렸대. 살마키스는 더 견딜 수가 없었어. 바라고 바라던 사랑의 순간을 더 이상 유예시킬 수 없었던 거야. 그런데도 살마키스는 참았어. 흐트러지는 마음을 가누려고 무진 애를 썼어.

헤르마프로디토스 소년은 손바닥으로 알몸을 찰싹찰싹 때리면서 물속으로 뛰어들었어. 그랬다가는 한참 뒤 물에서 나왔어. 물에 젖은 몸은 반짝거렸어. 투명한 병 속에 넣어 둔 상아상(象牙像) 아니면 백합같이.

소년은 곧 다시 물로 들어갔어.

'이제 됐다. 저 소년은 이제 내것이다.'

요정은 이렇게 중얼거리고는 옷을 벗고 소년을 따라 호수

---

50) 태양.

한가운데로 뛰어 들어갔어. 소년은 기겁을 하고 이 요정의 접근을 막으려고 하지 않았겠어? 하지만 요정은 소년을 붙잡고, 앙탈을 부리는 소년에게 입을 맞추었지. 손으로 소년의 가슴과 등을 쓰다듬으면서 몸에 달라붙었어. 이쪽으로 피하면 저쪽에서 달라붙고 저쪽으로 피하면 이쪽에서 달라붙고……

소년은 한사코 이 요정으로부터 달아나려고 했어. 그러나 요정의 집요한 공격을 피할 수는 없어서 이 둘은 결국 한 덩어리가 되고 말았어. 새들의 왕 독수리 부리에 물려 공중으로 올라간 뱀을 생각해 봐. 독수리 부리에 물린 뱀은 온몸으로 독수리의 머리와 발톱을 감고, 꼬리로는 독수리의 날갯짓을 방해하려고 하겠지? 소년은 독수리, 요정은 뱀 같았어. 아니, 요정은 나무둥치를 감고 올라가는 담쟁이 덩굴, 깊은 바다에서 열 개의 다리로 먹이를 사방에서 죄는 문어 같았어. 아틀라스의 외손[51]은 있는 힘을 다해 저항하면서, 요정이 그렇게 집요하게 요구하는 사랑의 쾌락을 거절했어. 하지만 요정은 온몸으로 부딪쳐 오면서, 달라붙으면서 이렇게 외쳤대.

'이런 아둔패기. 몸부림칠 테면 쳐 봐. 내게서 빠져나갈 수는 없을걸. 오, 신들이시여. 이대로 있게 하소서. 이 소년이 영원히 저에게서, 제가 이 소년에게서 떨어지지 않게 하소서.'

신들은 요정의 기도를 듣고 이를 이루어지게 해 주려고 했던 모양이야. 잠시 붙어 있던 이 둘의 육체를 하나 되게 했으

---

51) 헤르마프로디토스의 아버지 메르쿠리우스는 아틀라스의 딸인 마이아의 아들이다.

니까. 그래, 신들은 이 두 육체를 하나로 만든 거야. 두 개의 가지가 맞붙어 자라다 거의 한 덩어리로 굵어진 게 정원사의 눈에 띄는 경우가 종종 있지? 한 덩어리가 된 소년과 요정의 몸이 꼭 이런 가지 같았어. 하지만 이들의 몸은 곧 붙은 자국도 보이지 않는, 진짜 하나가 되었어. 남성이라고 할 수도 없고 여성이라고 할 수도 없는 하나의 육체, 남성이 아니라고 할 수도 없고 여성이 아니라고 할 수도 없는, 그러니까 양성(兩性)을 두루 갖춘 하나의 육체가 되었던 거야.

헤르마프로디토스는 수면에 비친 제 모습을 보았어. 그러고는 물에 들어올 때는 남성이었던 자신의 육체가 반남성, 반여성의 육체로 변해 있는 걸 알았어. 몸이 얼마나 연약해졌는지 불면 날고 쥐면 꺼질 것 같았대. 헤르마프로디토스는 팔을 벌리고 기도했어. 물론 그 목소리는 더 이상 남성의 우렁찬 목소리가 아니었을 테지.

'아버지시여, 어머니시여. 두 분의 명자(名字)를 받은 이 아들의 간절한 기도가 이루어지게 하소서. 이 호수에 뛰어든 자는 반남반녀(半男半女)로 나오게 하시고, 이 호수의 물에 닿는 자는 그 힘과 살을 잃게 하소서.'

헤르마프로디토스의 부모는 이 기도를 듣고, 반남반녀, 어지자지가 된 아들의 소원을 이루어 주었어. 그래서 이 호수에 이렇게 엄청난 마력을 내렸다는 거야."

이야기는 여기에서 끝났다. 미뉘아스의 딸들은 박쿠스 신을 험담하고, 박쿠스 축제를 비아냥거리며 하던 일을 계속했다. 그런데 문득 세 자매의 귀에 북소리, 피리 소리, 바라 소리가 들려왔다. 몰약(沒藥) 냄새, 사프란 냄새도 코를 찔렀다. 이상하게도 베틀이 초록색으로 변하면서 괴상한 소리를 내기 시작했다. 세 자매가 짜던 베에서도 담쟁이덩굴의 잎 같은 이파리가 돋기 시작했다. 베의 일부는 포도 덩굴로 변했다. 실은 덩굴손으로 변했다. 날실에서도 포도나무 잎이 돋았다. 이들이 짜던 벽걸이는, 이미 같은 색깔의 탐스러운 포도나무로 변해 있었다.

해거름, 밝다고도 할 수 없고 어둡다고도 할 수 없는 시각, 사위가 훤한데도 밤이 이미 와 있는 시각이었다. 갑자기 집이 한 차례 기우뚱하면서 등잔불이 밝아졌다. 송진 냄새가 코를 찔렀다. 붉은 불빛이 집 안을 비추었다. 난데없이 사방에서 야수들이 포효하는 소리가 들려왔다. 세 자매는 연기가 자욱한 방에 숨어 이 불빛이 무서워 오돌오돌 떨었다. 그렇게 웅크리고 있는데 피막(皮膜) 비슷한 게 옆구리에서 돋아났다. 이것은 곧 얇은 날개 같은 것으로 변했다. 어둠 속이라서 세 자매는 저희 모습이 달라진 것을 알지 못했다. 이들에게 달린 날개는 이들의 몸을 공중으로 솟을 수 있게 해 주는 것이었다. 그러나 이 날개는 여느 새들의 날개처럼 깃털이 있는 날개는 아니었다. 이들은 말을 하려고 했다. 그러나 목소리 역시 몸만큼이나 괴상하게 변해 있었다. 이들은 그 목소리로, 새앙쥐가 찍찍거리는 듯한 소리로 저희 신세를 한탄했다.

이들은 숲에 살기보다는 집에 사는 것을 좋아했다. 이들은 빛이 싫은지 밤에만 날아다녔다. 이들의 이름도 '황혼'이라는 말에서 유래한다.[52]

6 발광한 아타마스와 이노. 티시포네

박쿠스의 신성(神性)에 관한 소문은 온 테바이 사람들 입을 오르내렸다. 박쿠스의 이모인 이노[53]는 가는 곳마다 이 새로운 신이 드러내 보이는 무한한 권능의 소식을 전했다. 네 자매 가운데 이 이노만은 불행을 몰랐다. 자매들의 운명을 슬퍼할 뿐이었다.[54]

유노 여신은 아타마스왕과 혼인해 여러 아들을 낳고, 신자(神子)[55]의 유모 노릇까지 했던 이 자랑스러운 여인을 내려다보았다. 신들이 사는 천궁의 왕비인 자신도 감히 흉내 내지 못할 듯한 복을 고루 누리는 이 여인을 내려다보며 유노 여신은 가만히 이렇게 중얼거렸다.

"내 지아비의 시앗[56]이 낳은 아들은 뤼디아 뱃놈들을 돌고래로 만들어 바다에 처넣었고, 어미로 하여금 제 자식을[57] 찢어 죽이게 하였으며, 미뉘아스의 세 딸을 듣도 보도 못한 새

---

52) 이들은 박쥐가 되었다. '박쥐'라는 뜻의 라틴어 '베스페르틸리오'는 '황혼'이라는 뜻인 '베스페르'에서 나온 말이다.

53) 카드모스에게는 아가베, 아우토노에, 이노, 세멜레 이렇게 네 딸이 있었다. 앞서 제 어머니 손에 찢기어 죽은 펜테우스는 아가베의 아들, 박쿠스는 세멜레의 아들이다.

54) 아우토노에는 이미 아들인 악타이온을, 아가베는 아들 펜테우스를 잃은 뒤이고, 세멜레는 유피테르의 불길에 타 죽은 뒤다.

55) 즉 박쿠스.

56) 세멜레를 말한다.

57) 아가베로 하여금 펜테우스를.

저승의 풍경을 그린 그리스 항아리 그림(이하 로마식으로 표기). 중앙에는 플루토와 프로세르피나가 있고, 왼쪽으로 뤼케 여신으로부터 재판을 받는 테세우스와 페이리토스가 보인다. 그 아래에 있는 셋은 저승의 재판관인 아이아코스. 트리프톨레모스, 라다만토스, 수금을 든 오르페우스, 저승의 개 케르베로스, 바위를 굴리는 시쉬포스, 갈증에 시달리는 탄탈로스의 모습도 보인다.

로 만들어 버렸다. 그런데도 나 유노는 이 씨앗의 자식을 치지도 못하고 제 못난 것이나 한탄하고 있으니, 이게 어디 말이나 되는 노릇인가. 내가 이래도 되는 것이냐? 내 권능이 이것밖에 안 된다는 말인가? 그러나, 그러나…… 저 박쿠스는 내게 어디에다 어떻게 손을 써야 하는지 가르쳐 주는 것 같구나. 암, 비록 적이지만 이를 못 본 척하는 것은 한 수를 배우는 것만 같지 못하다. 펜테우스의 비극을 통해 박쿠스는 분명히 내게 한 수를 가르치고 있다. 광기를 이용하면 만사가 형통할 것임을. 그래, 이노에게 광기를 불어넣어 이 계집을 발광하게 하자. 그러면 이 계집도 제 자매들처럼 자멸하고 말 게다."

유독한 주목(朱木) 숲에 묻힌 내리막길이 있다. 바로 저승으로 통하는 길이다. 사위는 적막에 잠겨 있다. 자욱한 안개 속으로 스튁스강이 느릿느릿 흐르고 강 옆으로 난 이 길로 갓 죽은 망령들, 갓 묘지에 묻힌 인간의 그림자들이 내려간다. 이 적막한 곳은 어둡기가 그지없고 음습하기가 짝이 없다. 망령들은, 갓 죽은 망령들은 이 길이 어디로 통하는지 알지 못한다. 이 길이 스튁스의 성읍으로 통한다는 것을 알지 못한다. 어디로 가야 저 어둡고 음습한 디스[58]의 저승궁에 닿는지를 알지 못한다. 저승궁으로 통하는 길은 수천 갈래에 이른다. 이 저승궁 사방팔방에 있는 문이라는 문은 모조리 열려 있다. 바다가 세상의 강이라는 강은 모조리 받아들이듯이 이 저승궁도 망령이라는 망령은 모조리 받아들인다. 아무리 많은 망령이 들어가도 저승궁이 붐비는 일은 절대로 있을 수 없다. 새 망령이 들어온다고 해서 저승궁이 달라지는 법도 없다. 저승궁에서는 살도 없고 뼈도 없는 허깨비 같은 망령들이 어슬렁거린다. 저잣거리로 나오는 망령도 있고 저승궁을 도는 망령도 있다. 저세상에서 익힌 솜씨로 장사하는 망령도 있다. 저세상에서 지은 죗값을 셈하는 망령도 있다.

사투르누스의 딸 유노는 천궁을 나와 이 저승궁을 찾아가기로 마음먹었다. 지아비 유피테르의 시앗 세멜레와 그 일족에 대한 증오와 분노가 그만큼 깊었던 것이다. 유노 여신이 저승궁에 들자 이 여신의 엄청난 무게로 저승궁 문턱이 다 삐걱

---

58) 저승 왕 플루토(그/하데스)의 별명.

거렸다. 이 궁을 지키는 번견(番犬) 케르베로스[59]가 대가리를
들고 짖었다. 이 개가 짖자 한꺼번에 세 마리의 개가 짖는 소
리가 났다. 유노 여신은 '밤'의 딸들인, 무시무시한 세 자매 여
신[60]을 찾아갔다. 이 세 자매 여신은 지옥의 강철문 앞에 앉
아 올올이 배암인 머리카락을 빗고 있었다. 이들은 그 어둠 속
에서도 이 신들의 왕비를 알아보고, 그 명예를 대접해 자리에
서 벌떡 일어났다. 이곳이 바로 '겁벌(劫罰)의 집'이다. 여기에
는 자그만치 9유게룸[61]이나 되는 땅이 꽉 차게 드러누운 채
독수리에게 간을 파먹히는 티튀오스[62]가 있다. 탄탈로스[63]도
여기에 있다. 탄탈로스는 물 가까이 있으나 이 물이 자꾸만
도망치는 바람에 영원히 물을 마실 수 없고, 과일나무 가지가
머리 위에 있으나 손을 내밀면 과일이 도망치는 바람에 영원
히 과일을 먹을 수 없다. 시쉬포스[64]도 여기에 있다. 시쉬포스
는 여기에서, 굴려 올려 놓으면 순식간에 굴러 내려오는 바위
와 영원히 씨름하는 벌을 받고 있다. 익시온[65]도 여기에서 영
원히 불바퀴를 돌리는 벌을 받고 있다. 사촌이자 지아비인 신
랑을 죽인 벨로스의 손녀들[66]도 여기에서 밑 빠진 독에 영원

---

59) 머리가 셋 달린 저승궁의 문지기 개.
60) 푸리아이, 즉 복수의 여신들. 그/에리뉘에스.
61) 약 1만 1000평.
62) 라토나 여신을 희롱했다가 쌍둥이 자매 아폴로와 디아나의 화살을 맞
고 이 저승에 내려와 있다.
63) 하늘의 비밀을 누설했다가 유피테르의 벼락에 맞아 죽었다.
64) 사신(死神)을 가두고 저승 왕비를 속이는 죄를 지었다.
65) 유노 여신을 범하려다가 유피테르의 벼락에 맞아 죽었다.

저승에서 신음하는 다나이스(다나오스의 딸들) 중 하나(로댕).

히 물을 길어다 부어야 하는 형벌을 받고 있다.

유노 여신은 이들을, 특히 익시온을 표독스러운 눈길로 바라보았다. 시선이 시쉬포스에 이르자 유노 여신이 이렇게 중얼거렸다.[67]

"형 되는 오만한 아타마스는 제 계집 끼고 나를 우습게 여기거나 말거나 호화 궁전에서 떵떵거리면서 사는데 아우 되는 이자는 왜 여기에서 이런 벌을 받고 있다지?"

유노 여신은 푸리아이 세 자매에게 자기가 화가 나 있는 까닭, 자기가 저승으로 내려온 까닭을 설명하고 도움을 구했다.

---

66) '다나이스'라고 불리는, 다나오스의 마흔아홉 딸들. 조상들의 복수를 한답시고 첫날밤에 신랑들을 죽인 죄로 여기에서 벌을 받고 있다.

67) 시쉬포스와 아래에 등장하는 아타마스는 형제간이다.

유노 여신은 푸리아이를 이용해 아타마스를 쳐서 카드모스 왕가를 아주 쑥대밭으로 만들 참이었다. 유노 여신은 보상을 약속하거나 지위를 이용해서 협박하는 등 수단과 방법을 가리지 않고 이들에게 자기를 도와줄 것을 요구했다. 유노 여신이 이렇듯이 간곡하게 조르자 티시포네[68]가 올올이 배암인 머리카락으로 뒤덮인 머리를 가로저으면서 대답했다.

"길고 복잡하게 설명하실 것 없습니다. 무슨 분부를 하시든 다 그대로 될 것입니다. 이제 그만 이 지겨운 곳을 떠나시어 지내기 좋은 천궁으로 오르소서."

유노 여신은 기뻐하며 천성(天城)으로 올라왔다. 유노가 천궁에 들기 직전에 타우마스의 딸 이리스[69]가 이 천왕비(天王妃)의 몸을 깨끗이 닦고 향을 뿌려 주었다.

인정 사정을 모르는 티시포네는, 피가 뚝뚝 듣는 횃불을 들고, 횃불에서 떨어진 피에 진홍빛으로 물든 옷을 입고는, 배암을 띠 삼아 허리에 질끈 동여매고 제 집을 나섰다. 티시포네 옆으로 하나같이 무표정한 '슬픔', '공포', '불안' 그리고 '광기'가 따라붙었다. 티시포네는 아이올로스[70]의 집 문전, 그러니까 그 아들 아타마스가 사는 집 문전에 당도했다. 티시포네가 당도하자 문설주가 부르르 떨었고, 너도밤나무 문이 갑자기 낯색을 잃었으며, 태양이 마땅히 있어야 할 곳에서 잠시 자리를 옮겼다고 전해진다.

---

68) 푸리아이 세 자매 중 둘째.
69) '무지개'. 유노 여신의 시종.
70) 바람의 신. 아타마스와 시쉬포스의 아버지.

아타마스의 아내 이노는 이 불길한 조짐에 대경실색했다. 대경실색하기는 아타마스도 마찬가지였다. 아타마스와 이노는 집을 빠져나가려 했지만 무정한 티시포네가 이미 문 앞에서 이들의 앞을 가로막고 있었다. 티시포네는 배암이 여러 마리 감긴 팔을 내밀고 고개를 가로저었다. 티시포네가 고개를 가로젓자 머리카락의 가닥가닥을 이루는 배암들이 놀라 일시에 쉭쉭거렸다.

티시포네의 어깨로 내려오는 배암도 있었고, 젖가슴으로 파고드는 배암도 있었다. 배암들은 하나같이 피가 뚝뚝 듣는 혀를 낼름거렸다. 티시포네는 머리에서 배암 두 마리를 집어 아타마스 부부를 겨냥하고 던졌다. 한 마리는 이노의 젖가슴, 또 한 마리는 아타마스의 가슴 근처로 날아가 유독한 숨결을 내뿜었다. 왕과 왕비의 몸에 배암에 물린 상처가 생긴 것은 아니었다. 배암의 독니에 물린 것은 그들의 육체가 아니라 정신이었다. 티시포네에게는 저승궁 문지기인 케르베로스의 침, 레르나 연못에 사는, 마녀 에키드나의 딸인 휘드라[71]의 독에 '환각', '망각', '눈물', '범죄', '광기', '살의' 같은 것들을 잘 섞어 만든 고약이 있었다. 티시포네는 이 같은 재료를 피에 버무려 청동 솥에다 넣어 초록빛 독미나리 대궁이로 저으면서 닳여 이 독약을 만들었던 것이다. 이 독에 중독된 아타마스 왕과 이노 왕비는 부들부들 떨었다. 광기를 불러일으키는 독약이 이들의 가슴속에 깃든 정신을 휘저어 놓은 것이다. 티시포네는 횃

---

71) '물뱀'. 후일 헤라클레스 손에 죽는다.

불을 머리 위로 빙빙 돌려 불고리를 하나 만들어 유노 여신의 분부가 시행되었다는 신호를 보내고는 위대한 디스의 왕국으로 돌아가 허리에 둘렀던 배암 띠를 풀었다.

아이올로스의 아들 아타마스는 곧 발광을 일으켰다. 왕궁에 있으면서도 그는 이렇게 소리쳤다.

"여봐라! 이 숲에 사냥 그물을 쳐라! 내 조금 전에 새끼를 두 마리나 거느린 암사자를 보았다."

광기에 사로잡힌 채 아타마스는 자기 아내 뒤를 쫓아다녔다. 아내를 암사자로 본 것이다. 한동안 뒤를 쫓던 아타마스는 아내의 품에서, 아버지를 향해 손을 흔들며 웃고 있는 아들 레아르코스를 빼앗았다. 아타마스는 방실방실 웃고 있던 이 아기의 발목을 잡고 물매 돌리듯이 몇 차례 돌리다가 발목을 놓아 버렸다. 아기는 석벽에 부딪치면서 머리가 깨져 죽었다. 이 꼴을 보고 있던 아기 어머니 이노도 발광했다. 아들 잃은 슬픔과 티시포네의 독약이 이노를 발광하게 한 것이다. 이노는 짐승처럼 울부짖으며 남편에게서 도망쳤다. 이노는 또한 아기 멜리케르타를 안은 채 박쿠스의 이름을 부르며 도망쳤다. 이노가 울부짖는 소리를 듣고 유노가 코웃음쳤다.

"오냐, 네가 기른 아이[72]가 잘도 너를 도와주겠다."

왕궁에서 그리 멀지 않은 곳에 바다로 깎아지른 듯한 절벽이 있었다. 절벽 밑에는 파도에 깎인 동굴이 하나 있었다. 비가 와도 안으로 스며들지 않을 만큼 깊은 동굴이었다. 절벽 윗부

---

72) 박쿠스를 말한다.

베누스의 탄생(르동의 그림). 사랑의 여신 베누스 뒤로 흰 거품이 보인다.

분은 깎아서 세운 듯한 바위였다. 이 바위에서 내려다보면 먼 바다가 보였다. 이노는 이 바위 위로 올라가(광기가 이노에게 이 바위에 오를 힘을 베풀어 준 것이다.) 아기를 안은 채 바다로 뛰어들었다. 이노와 아기가 떨어진 곳에는 흰 포말의 고리가 나타났다가는 곧 사라졌다. 베누스[73]는 이 죄 없는 외손[74]을 가엾게 여기시라고 숙부 넵투누스[75]에게 탄원했다.

---

73) 그/아프로디테.
74) 이노의 어머니 하르모니아는 마르스와 베누스 사이에서 난 딸이다.

"하늘 다음가는 영토를 다스리시는 위대하신 바다의 신이시여. 기도하는 은혜를 베푸시니 감사합니다. 바라건대 당신의 눈앞에서 이오니아 바다에 몸을 던진 제 외손을 불쌍히 여기소서. 이 모자(母子)를 해신(海神)의 동아리에 들게 허락하소서. 저 역시 바다와는 인연이 없지 않습니다. 저 역시 신들의 섭리에 따라 '바다의 포말'[76]에서 태어나지 않았습니까? 저의 그리스 이름이 이를 증언하고 있지 않습니까?"[77]

넵투누스는 이 기도를 들어, 이노 모자로부터 필멸(必滅)의 팔자를 벗기고 대신 신성(神性)을 부여한 뒤 새로운 모습에 어울리는 이름을 붙여 주었다. 이 모자에게 각각 레우노토에, 팔라이몬이라는 이름을 내린 것이다.[78]

이노를 모시던 시돈 여자들[79]도 이노의 발자국을 따라 그 절벽 위 바위 꼭대기까지 갔다. 발자국은 거기에서 끝나 있었다. 이들은 왕비 이노가 세상을 떠난 것으로 생각하고 카드모스 일가의 박복한 팔자를 애통해했다. 이들은 가슴을 치고 머리채를 쥐어뜯으면서, 연적(戀敵)에게 지나치게 가혹한 유노 여신의 부당한 처사를 원망했다. 유노는 이들의 비난에 짜증을 내면서 이렇게 별렀다.

---

75) 그/포세이돈. 베누스는 유피테르의 양녀(養女)니까, 유피테르와 형제간인 넵투누스와는 숙질간이 된다.
76) 그/아프로스.
77) 베누스의 그리스 이름 아프로디테는 '포말에서 태어난 여자'라는 뜻이다.
78) 전자는 출산과 발육을 돌보는 로마의 여신 마투타, 후자는 항구의 수호신 포르투누스에 해당된다.
79) 즉 테바이 여자들.

"오냐. 내가 얼마나 가혹한지 어디 한번 소문을 내고 다녀 보아라."

그러나 유노 여신의 저주는 오히려 이들에게는 득이 되었다. 이노의 충직한 하녀 하나가 "차라리 왕비를 따라 바다에 뛰어들고 말자."라고 중얼거리며 절벽에서 몸을 던지는 찰나, 바위에 뿌리가 내리는 바람에 바다에 빠지지 않게 되었기 때문이다. 이노의 팔자를 애통해하며 가슴을 치던 여자는 팔이 굳어지는 바람에 꼼짝도 하지 못했다. 두 팔을 내밀어 바다를 가리키던 이 여자는 그대로 바위가 되었는데, 지금도 이 바위는 이 절벽 위에 바다를 내려다보는 모습으로 남아 있다. 손가락을 머리카락에 박고 머리를 쥐어뜯던 여자도 그 모습 그대로 굳어졌다. 이들 모두가 당시의 모습 그대로 바위가 되어 남아 있다. 어떤 여자는 새가 되어 그 바다 위를 날면서 날개로 수면을 희롱한다.

7 카드모스와 하르모니아

아게노르의 아들 카드모스는 딸과 어린 손자가 해신(海神)이 되었다는 사실을 알지 못했다. 그저 죽은 줄로만 안 것이다. 이러한 일련의 비극으로 인한 슬픔에 기가 꺾이고 인생의 불길한 전조에 두려움을 느낀 이 왕국의 시조(始祖)는 자기 손으로 세운 도시를 떠났다. 이런 재앙이 내린 것은 자기 운명 탓이 아니라 왕국의 운명 탓이라고 여긴 것이다. 카드모스와 아내 하르모니아는 조국을 떠나 오랜 방랑 끝에 일뤼리아 땅에 이르렀다. 나이를 먹고 슬픔에 찌들어 이제는 꼬부랑 할아버지 할머니가 다 된 이들은 그 세월 좋던 옛 시절과 말년에 겪은 불행했던 시절을 회상하며 세월을 보냈다. 카드모스가 어느 날 이런 말을 했다.

"내가 처음 시돈 땅에 이르러 왕뱀을 죽이고 그 씨를 대지에 뿌려 종족을 거둘 때의 이야기이오만, 그 왕뱀이 실은 신성한 뱀이었던 모양이오. 신들이 그래서 우리에게 죗값으로 이런 재앙을 내렸다면 나는 뱀이 될 것이오. 내 몸이 늘어져 뱀이 될 것이오."

이런 말을 하는데 정말 그의 몸이 길게 늘어졌다. 살갗은 딱딱해지면서 시커멓게 변색했다. 카드모스는 살갗 위로 비늘이 덮이는 것을 느낄 수 있었다. 이어서 검은 몸 위로 청록색 반점이 나타나기 시작했다. 그가 앞으로 엎어져 바닥에 가슴을 대자 두 다리는 하나가 되었다가 뒤쪽으로 갈수록 가늘어지면서 끝이 뾰족한 꼬리가 되었다. 두 팔은 그때까지도 남아 있었다. 이 손을 맞잡고 그는 아직도 인간의 모습 그대로인 뺨 위로 눈물을 흘리며 말했다.

"이리 와요, 내 아내 하르모니아여. 내게서 인간의 모습이 사라지기 전에 이리 와서 내 손을 잡아 주오. 배암으로 둔갑하기까지는 아직 내 손인 이 손을 잡아 주오."

그는 말을 이으려 했다. 그러나 그의 혀는 두 갈래로 갈라졌다. 말을 하려고 하는데도 입에서는 말이 나오지 않았다. 팔자를 한탄할 때마다 그의 입에서는 쉭쉭 소리만 새어 나왔다.

자연의 섭리가 베푼 그의 목소리는 오직 이것뿐이었다.

아내 하르모니아는 가슴을 치며 울부짖었다.

"카드모스, 기다리세요. 가엾은 카드모스, 어서 이 무서운 형상을 벗어 버리세요. 오, 카드모스, 대체 어떻게 된 것이지요? 당신의 발, 손, 어깨, 당신의 그 곱던 살빛, 당신 모습은 어디로 갔지요? 아…… 당신의 모습은 사라져 가는군요. 신들이시여, 이 몸도 이분처럼 뱀이 되게 하소서."

남편 카드모스가 아내의 뺨을 핥으며, 그리워하던 보금자리를 찾아드는 듯이 아내의 가슴으로 파고들어 몸으로 아내의 목을 감았다. 좌중(이 부부의 친구들이 그곳에 있었다.)이 혼비백산했다. 그러나 아내만은 이 배암의 목을 쓰다듬고 있었다. 얼마 뒤, 서로의 몸을 감은 두 마리 배암이 바닥을 기어 이웃해 있는 숲속으로 들어갔다. 오늘날까지도 이 배암은 인간과는 사이가 좋은 배암으로 불린다. 이들은 인간을 해치지 않는다. 전생(前生)을 기억하고 있기 때문이다.

8 영웅 페르세우스와 아틀라스

배암이 된 카드모스와 하르모니아는 인간의 형상을 잃기는 하였으나 그래도 힌두스를 정복하고 그곳에서 신으로 섬김을 받은 외손[80]이 있어서 그나마 마음의 위안으로 삼을 수 있

---

80) 박쿠스.

미네르바 여신의 도움을 받아 메두사의 목을 잘라 전대에 넣어 가지고 달아나는 페르세우스.

었다. 이들의 외손이 힌두스에서 신으로 섬김을 받는다고 했는데, 그렇다면 아카이아[81]에서는 그렇지 않았느냐 하면, 그런 것도 아니었다. 이 박쿠스를 신으로 알기는 아카이아인들도 마찬가지였다. 그렇다. 많은 아카이아인들은 박쿠스 신전을 세우고 이 신전으로 무리 지어 들어가 이 신의 제단에 향을 피웠다.

그런데 이 신을 가엽게 보는 자가 하나 있었다. 아바스의 아들이자 박쿠스와는 핏줄이 닿는 아르고스 왕 아크리시오스가 바로 이 사람이다. 아크리시오스는 박쿠스를 유피테르의 아들로 용인하는 것 자체를 거부하고, 부하들에게 성문을 굳게 잠그게 하고 군사를 풀어 박쿠스의 입성을 저지했다.

아크리시오스는 박쿠스만 유피테르의 아들로 용인하지 않

---

81) 그리스 땅.

메두사의 머리(카라바조).

은 게 아니었다. 그는 유피테르가 황금 소나기로 둔갑해 자신의 딸 다나에를 범하고 페르세우스를 지어 낳게 했는데도 불구하고 페르세우스를 유피테르의 아들로 용인하지 않았다. 그러나 오래지 않아 아크리시오스는 박쿠스 신을 알아보지 못하고 외손을 외손으로 용인하지 않았던 것을 크게 통한하게 된다. 진실의 힘은 이래서 무서운 것이 아니던가.

아크리시오스로부터 유피테르의 아들로 용인받지 못하는 유피테르의 두 아들 중 하나인 박쿠스가 천궁으로 올라가 신 노릇을 할 즈음, 다른 하나, 즉 페르세우스는 돌개바람에 실려 하늘을 날아 고향으로 돌아오고 있었다. 그는 고르곤의 머리[82]

---

82) 정확하게 말하면 고르곤 세 자매 중의 하나인 메두사의 머리.

를 잘라 돌아오고 있었다. 이 고르곤의 머리는, 머리카락 올올이 뱀으로 되어 있는 이 괴물과의 싸움에서 그가 얻어 낸 전리품이었다. 이 영웅이 리뷔아 사막 위를 지날 때 이 머리에서 핏방울이 떨어졌다. 이 피를 받아 대지는, 다른 뱀과는 전혀 다른 뱀, 말하자면 독사를 지어 냈다. 이 사막에 독사가 많은 것은 이 때문이라고 한다. 이때부터 페르세우스는 종작없이 부는 바람 때문에 온 하늘을 다 누비고 다녔다. 비구름처럼 이 하늘 저 하늘로 날려 다닌 것이다. 그렇기는 해도 그는 하늘에서 온 세상을 두루 내려다볼 수 있었다. 얼어붙은 북쪽 하늘의 큰곰자리를 본 것만도 세 차례요, 먼 남쪽 하늘에 있는 게자리의 집게발을 본 것도 세 차례나 되었다.

세상의 동쪽 끝까지 날려 간 적도 있었다.

해 질 녘이었다. 어두운 밤하늘에서 길을 잃을까 염려스러웠던 페르세우스는 서쪽 끝에 있는 아틀라스의 왕국 베스페르[83] 땅에 내렸다. 루키페르[84]가 아우로라[85]의 여명을 부르고 아우로라가 태양 수레를 불러낼 때까지 그곳에 몸 붙여 쉬기 위해서였다. 이아페토스의 아들인 아틀라스는 여느 인간에 비해 크기가 엄청났다. 이 거인 아틀라스는 세계의 서쪽 끝에 있는 나라의 지배자였다. 하루 종일 하늘을 달린 태양 수레와 이 수레를 끈 천마들을 받아들이는 바다가 바로 이 아틀라스 나라의 바다였다. 아틀라스의 나라 근방에는 이 나

---

83) '금성', 그/헤스페로스.

84) '새벽별'.

85) '새벽'.

라와 국경을 맞대는 왕국이 없었다. 이 나라의 목장에는 수천 마리의 양과 소가 있었다. 아틀라스 왕에게 잎과 가지와 열매가 온통 황금으로 되어 있는 황금 사과나무가 있었다. 페르세우스는 이곳에서 새벽별이 새벽의 여신을 깨우고 새벽의 여신이 태양 수레를 끌어낼 때까지만 쉬어 가게 해 달라고 아틀라스왕에게 청을 넣었다.

"아틀라스왕이시여, 혹 문벌을 보아 손님을 응대하신다면 말씀드립니다만, 나는 유피테르 신의 아들입니다. 혹 영웅적인 공적으로 손을 대접하신다면 말씀드립니다만, 아마 왕께서 내가 이룬 공적을 아시면 적지 않게 놀라실 것입니다. 어떻습니까? 내게 호의를 베푸시어 하룻밤 쉬어 가게 해 주셨으면 합니다."

그러나 아틀라스는 파르나소스 산정에서 테미스[86] 여신이 내비치던 예언을 잊지 않고 있었다. 테미스 여신은 "아틀라스여, 네 황금 사과를 도둑맞을 날이 올 것이다. 유피테르의 아들이 네 사과를 손에 넣을 것이다."라고 예언했던 것이다.

아틀라스는 테미스의 예언대로 황금 사과를 도둑맞을 날이 올까 봐 과수원 둘레에 높은 담을 쌓고, 거대한 뱀으로 하여금 이 나무를 지키게 하는 한편 제 땅에 오는 길손에게 사과나무 근처에도 못 가게 해 오던 참이었다. 아틀라스는 다른 나그네에게 하던 말을 페르세우스에게도 그대로 했다.

"가 보시게. 영웅 어쩌고 하는 자네의 허장성세가 여기에서는 통하지 않아. 여기에서는 유피테르의 아들 아니라 유피테

---

86) '이치'.

르라고 해도 마찬가질세."

페르세우스는 물러서지 않고 그 자리에서 버틸 거조를 차렸다. 아틀라스는 말이 먹혀들지 않자 힘으로 페르세우스를 쫓아내려 했다. 페르세우스는 한편으로는 이 아틀라스의 폭력에 맞서 저항하면서 한편으로는 이 거인의 거친 성정을 누그러뜨리려고 애썼다. 그러나 결국 말로 해서도 안 되겠고 힘으로 해서는 더욱 어림없겠다고(하기야 누가 감히 아틀라스와 힘을 겨루겠는가.) 생각한 영웅 페르세우스는 "나를 이렇게밖에 알아주지 않으니 선물이나 하나 드리고 가겠소."라고 외치면서 고개를 돌리고, 왼손으로 저 무서운 메두사의 머리를 꺼내어 들었다. 아틀라스는 메두사의 머리를 보는 순간부터 저 자신의 체구만큼이나 큰 바위산으로 변해 갔다. 수염과 머리카락은 나무가 되었고, 어깨는 능선이 되었으며 머리는 산꼭대기가 되었고 뼈는 바위가 되었다. 이와 때를 같이해서 산이 된 그의 몸은 사방으로 뻗어 나기 시작하여(다 신들의 뜻이었다.) 수많은 별이 박힌 하늘이 그 어깨 위에 얹힐 때까지 자라났다.[87]

---

87) 아틀라스가 어깨로 하늘 축을 떠받치고 있는 것은, 유피테르로부터 그렇게 하라는 명을 받았기 때문이라는 전설도 있다. 즉 유피테르가, 자기에게 저항한 아틀라스를 밉게 보고 그런 벌을 내렸다는 것이다.

9 안드로메다와 바다의 괴물

히포테스의 아들[88]이 바람이라는 바람은 다 그 동굴 감옥에 가둘 즈음 루키페르가 하늘 높이 떠올라 산 것들에게 하루의 시작을 알릴 즈음이었다. 영웅 페르세우스는 다시 날개 달린 가죽신[89]을 꺼내어 두 발에 신고 낫 모양으로 휘어진 칼을 꺼내어 차고는 맑은 하늘로 날아올랐다. 그는 수많은 사람들과 그들이 사는 땅 위로 날다가 아이티오피아[90]인들이 사는 케페우스 왕국의 상공에 이르렀다. 이 나라에서는 비정한 암몬 신[91]의 뜻으로 공주 안드로메다가 지나치게 아름다움을 뽐낸 왕비의 죗값을 대신 물고 있었다.[92]

페르세우스는 이 나라 위를 날면서 두 팔이 바위에 묶여 있는 공주를 보았다. 미풍에 공주의 머리카락이 나부끼지 않았더라면, 공주의 눈에서 눈물이 흐르고 있지 않았더라면 페르세우스는 이 공주를 대리석상쯤으로 보았을 터였다.

---

88) 바람의 신 아이올로스를 말한다.
89) 메르쿠리우스로부터 빌린 것이다.
90) 에티오피아.
91) 유피테르와 같은 신으로 여겨지는 이집트 땅의 신.
92) 이 공주 안드로메다의 어머니는 자기 아름다움을 뽐내면서 해신 넵투누스의 딸들보다 자기가 더 아름답다는 말을 했다. 이에 화가 난 넵투누스는 케토스라는 괴물을 보내 이 나라를 쑥대밭으로 만들었다. 신관들이 암몬 신의 뜻을 풀어 보니, 그 어머니의 딸을 케토스에게 바쳐야 넵투누스의 노여움이 가라앉겠다는 괘가 나왔다. 그래서 공주는 지금 희생 제물로 바위에 묶여 괴물이 나타나기를 기다리고 있는 것이다.

안드로메다를 구하기 위해 하늘에서 케토스를 향해 내리꽂히는 페르세우스.

페르세우스는 자기도 모르는 사이에 이 공주에게 반하고 말았다. 공주의 미모에 정신이 팔려 날갯짓하는 것을 잊는 바람에 공중에 그대로 한참을 머물러 있었을 정도였다. 그는 공중에서 처녀에게 물었다.

"사랑하는 사람들의 마음을 하나로 묶는 사슬에 묶여 있어야 할 그대에게 쇠사슬은 당치 않습니다. 바라건대 그대의 이름과 이 나라의 이름과 그대가 사슬에 묶여 있게 된 연유를 내게 일러 주세요."

안드로메다는 처음에는 대답하지 못했다. 처녀라서 처음 보는 남정네의 말에 대답할 수 없었던 것이다. 두 손이 쇠사슬에 묶여 있지 않았더라면 처녀는 너무 부끄러워 그 손으로 얼굴을 가렸을 터였다. 처녀가 보일 수 있는 반응, 그래서 보였던 반응은 그 큰 눈으로 눈물을 흘리는 게 고작이었다.

페르세우스는 몇 번이고 같은 질문을 집요하게 되풀이했다. 처녀는, 대답하지 않으면 상대가 자기에게 죄가 있어 그런 꼴이 되어 있는 줄 알까 봐 두려웠던 모양이다. 그래서 처녀는 자기 이름과 나라 이름을 말하고 어머니가 아름다움을 지나치게 뽐낸 죗값을 자기가 대신 치르고 있다고 대답했다.

처녀의 말이 채 끝나기도 전에 물이 갈라지는 소리가 들리면서 바다 저쪽에서 무서운 괴물이 가슴으로 파도를 가르면서 무서운 속도로 돌진해 왔다.

슬픔에 젖은, 처녀의 아버지와 어머니도 가까운 해변에 있었다. 처녀의 부모는 울부짖고 있었다. 어머니가 아버지보다 더 크게 울부짖었다. 이들에게는 울부짖고 있는 도리밖에 없었다. 다른 방도가 없었기 때문이다. 처녀의 부모는 서로를 부둥켜안고 슬피 울었다.

페르세우스가 이들에게 말했다.

"눈물은 나중에도 얼마든지 흘릴 수 있습니다. 지금 급한 것은 따님을 구하는 일입니다. 나는 유피테르와 다나에의 아들, 유피테르께서 황금 소나기로 둔갑하시어 탑 속에 갇힌 내 어머니께 끼치신 페르세우스올습니다. 사발(蛇髮)의 요녀 고르곤을 정복한 페르세우스, 날갯짓으로 하늘을 날아온 페르세우스가 바로 여기에 있는 페르세우스입니다. 두 분께서 딸을 구하려고 하신다면, 두 분의 사위 되기를 바라는 후보자들

중에서 그럴 만한 사람을 내세워야 할 것입니다. 그러나 마땅한 사람이 없다면 두 분께서는 저를 앞세워야 할 것입니다. 신들이 제 편이 되어 준다면, 저는 여기에 한 가지 요구를 보태겠습니다. 제가 딸을 구한다면 딸을 저에게 주시겠다고 약속해 주십시오.”

처녀의 부모는 그러마고 했다. 하기야 그 대목에서 망설일 부모가 어디 있으랴! 처녀의 부모는 딸뿐만 아니라 왕국까지 결혼 선물로 주겠노라면서 도움을 빌었다.

그동안 이 괴물은 힘 좋은 뱃사람이 젓는 노에 밀리어 뾰족한 뱃머리로 파도를 가르며 돌진해 오는 배처럼 그 거대한 가슴으로 물결을 헤치면서 발레리아스 투석기를 쓰면 돌이 닿을 만한 거리로 접근해 오고 있었다. 그 순간 영웅은 땅을 차고 구름 속으로 날아올랐다. 그의 그림자가 수면에 드리워지자 괴물은 미친 듯이 그 그림자를 공격했다. 페르세우스는 아래로 내리꽂혔다. 요비스의 새[93]가 하늘에서 사막에 똬리 틀고 있는 독사를 보고 뒤에서 이를 덮쳐 그 무지막지한 발톱을 독사의 목에 박고, 독니를 쓰지 못하게 대가리는 뒤로 뒤집어 거머쥐고 하늘 높이 솟아오르는 것처럼 페르세우스도 이 괴물의 등을 공격해 포효하는 이 괴물의 오른쪽 어깨에다 낫 같이 꼬부라진 칼을 박았다. 깊은 상처를 입자 이 괴물은 공중으로 솟아올랐다가 물속으로 곤두박질하는가 하면, 사냥개 무리에 둘러싸인 멧돼지처럼 몸부림치며 포효했다. 그러나 영

---

93) 유피테르의 신조(神鳥)인 독수리.

웅은 날개의 힘을 빌려 공중으로 날아올라 이 괴물의 이빨을 피했다가 빈틈이 보일 때마다 내려와 괴물의 몸에다 칼을 박았다. 조개껍질로 덮인 등을 찌르는가 하면 옆구리, 물고기 꼬리 같은 괴물의 꼬리 할 것 없이 닥치는 대로 찔렀다. 괴물은 입으로 빨간 핏물을 내뿜었다. 페르세우스의 날개는 물에 젖어 이미 무거워져 있었다. 젖은 날개로는 하늘로 날아오를 수 없게 된 페르세우스는 물이 잠잠할 때는 물 위로 드러났다가 파도가 밀려오면 물 밑으로 잠기는 바위를 발견하고는 그 위에 자리를 잡았다. 그는 이 바위에 달라붙어 바위 꼭대기를 안고는 오른손에 잡은 칼로 끊임없이 괴물의 옆구리를 난도질했다. 바닷가에서 백성들이 지르는 함성이 천상에 있는 신들의 천궁에까지 사무쳤다.

케페우스와 카시오페이아[94]의 기쁨은 형용하기 어려울 지경이었다. 그들은 페르세우스를 사위로 환대하고 그를 자기 가문의 구주(救主)이자 은인이라고 불렀다. 처녀, 즉 이 영웅이 이룬 영웅적인 공훈의 발단이자 보상인 처녀는 바위에서 풀려났다. 영웅은 바닷물로 손을 씻기 전에 뱀으로 덮인 메두사의 머리를 잠시 땅에다 놓았다. 모서리 예리한 바닷가 돌멩이에 머리가 상하지 않도록 해변에 부드러운 나뭇잎을 깔고 그 위에 해초를 놓은 다음 이 포르퀴스의 딸[95]의 머리를 살그머니 내려놓았다. 페르세우스가 걷은, 그때까지도 살아 있던

---

94) 왕과 왕비의 이름.
95) 메두사를 말한다.

이 해초는 이 괴물의 권능을 줄기 안으로 빨아들였다. 이 해초는 메두사의 머리에 닿는 순간부터 굳어지기 시작했다. 잎도 줄기도 돌처럼 굳어진 것이다. 바다의 요정들은 이 해초를 걷어다 메두사의 머리에다 대어 보고는 같은 일이 일어나자 이를 몹시 재미있어했다. 요정들은 이 해초의 씨앗을 파도에 실어 보내 이 같은 식물의 종자를 퍼뜨렸다. 오늘날까지도 산호는 대기에 닿으면 돌이 되는 이러한 성질을 지니고 있다. 말하자면 물속에서는 식물인데 수면 위로 나오면 돌이 되어 버리는 것이다.

10 메두사

페르세우스는 뗏장을 떠서 세 분 신들을 위해 세 기(基)의 제단을 쌓았다. 왼쪽에는 메르쿠리우스, 오른쪽에는 전쟁의 여신 미네르바, 그리고 중앙에는 유피테르를 위한 제단이었다. 페르세우스는 미네르바에게는 암소, 날개 달린 가죽신의 임자[96]에게는 송아지, 신들의 왕이신 유피테르에게는 황소를 제물로 드렸다. 그러고는 자기 공훈에 대한 보상으로 안드로메다에 대한 권리를 주장하고는 지참금 없이 아내로 맞아들였다. 이 결혼식에서 아모르[97]와 휘메나이오스[98]는 신랑 신부

---

96) 메르쿠리우스.
97) '사랑', 즉 쿠피도. 그/에로스.
98) '혼인' 혹은 혼인의 신.

앞에서 횃불을 흔들었다. 향이 넉넉하게 불길 속으로 들어갔고, 지붕에서 땅바닥까지가 온통 꽃다발이었다. 도처에서 수금 소리, 피리 소리, 노랫소리가 하객의 기분을 짐작할 수 있게 했다. 성문은 활짝 열렸고 황금의 궁전 문은 남김없이 열렸다. 아이티오피아 귀족들은 모두 왕실이 준비한 호화스러운 잔치에 참석했다.

연회가 끝나고 하객이 마음껏 저 박쿠스의 은혜[99]에 취해 있을 즈음 륀케우스의 자손 페르세우스는 이 나라의 문화나 정세, 백성의 기질이나 관습에 대해 이것저것 물어보았다. 하객 중 하나가 그 물음에 답하고는 오히려 페르세우스에게 이렇게 물었다.

"용감무쌍하신 페르세우스 님, 머리카락 대신 뱀들이 똬리 틀고 있는 저 괴물의 머리를 대체 어떻게 자르셨는지, 바라건대 그 이야기를 들려주십시오. 대단한 용기와 무예를 겸비하신 분이 아니라면 어림도 없을 것 같아서 이렇게 여쭙는 것입니다."

그러자 아게노르 집안의 자손은 지나온 일을 이렇게 이야기했다.

"찬바람이 부는 아틀라스 산록[100]에는 견고한 석벽으로 둘러싸인 곳이 있지요. 이 입구에 포르퀴스의 딸 자매[101]가 눈 하나를 번갈아 쓰면서 삽니다. 눈이 한 개밖에 없어서 이

---

99) 포도주.
100) 아틀라스가 산이 된 것은 페르세우스가 메두사의 머리를 보았기 때문이다. 따라서 이 표현은 저자의 실수인 듯하다.

한 개를 돌려 가면서 쓰는 것이지요. 나는 이 중 하나가 눈을 제 자매에게 건네줄 때를 노렸다가 이 눈을 빼앗아 버렸습니다.[102] 나는 그 뒤 인적도 없고 길도 없는 바위산을 지나고 황량한 숲을 지난 연후에야 고르곤 세 자매가 사는 곳에 이르렀습니다. 주위에는 메두사의 얼굴을 보고 석화(石化)해 버린 인간이나 짐승의 석상이 즐비합디다. 그러나 나는 메두사의 얼굴을 직접 보지 않았습니다. 가지고 간 청동 방패에 비추어 보았으니까요. 나는 메두사와 메두사의 머리 위에 똬리 튼 뱀이 깊이 잠든 틈을 타서 칼로 목을 따 버렸던 것이지요."

이어서 페르세우스는, 메두사가 흘린 피에서 날개 달린 천마 페가소스와 이 페가소스의 아우[103]가 태어났다는 이야기마저 했다.

그는 또 그 이후의 긴 여로에서 실제로 맞닥뜨렸던 위험, 천공에서 내려다본 바다와 땅 이야기, 날개 달린 가죽신 덕분에 가까이 다가가 볼 수 있었던 별 이야기도 했다. 페르세우스가 이야기를 잠시 중단하자 귀족 중 하나가 다른 자매들의 머리는 여느 머리와 같은데 어째서 메두사의 머리만 뱀으로 덮여 있느냐고 물었다. 페르세우스는 이렇게 대답했다.

---

101) 그라이아이, 즉 '노녀(老女)들'. 둘이라는 전설도 있고 셋이라는 전설도 있다.
102) 페르세우스는 고르곤 세 자매가 있는 곳을 가르쳐 주지 않으면 눈을 돌려주지 않겠다고 이들을 위협해 이들로부터 고르곤 세 자매의 거처를 알아냈다.
103) '황금검을 든 용사'라는 뜻인 크뤼사오르.

"아주 재미있는 질문을 하셨습니다. 내 설명해 드리지요. 메두사는 한때 아름답기로 소문난 처녀였더랍니다. 수많은 구혼자들의 가슴을 설레게 했다니까요. 다른 부분도 아름다웠지만 그중에서도 머리카락은 특히 아름다웠던 모양이지요? 나는 이 시절에 메두사의 머리카락을 직접 보았다는 사람을 만난 적이 있습니다. 하지만 이 사람들은 바다의 지배자[104]가 이 메두사를 미네르바 여신의 신전으로 데려가 사랑했다는 이야기를 합니다. 이 유피테르의 따님[105]으로서는 방패로 얼굴을 가려야 할 만큼 무안당하셨던 거지요. 그래서 이 죗값을 물어 메두사의 머리카락을 뱀으로 만들어 버리신 것이지요. 요즈음도 여신께서는 당신께서 만드신 이 뱀을 흉갑에다 달고 다니시면서 적을 공포의 도가니로 몰아넣으신답니다.[106]

---

104) 해신 넵투누스.

105) '파르테노스('성처녀')'라는 별명이 있는 미네르바.

106) 페르세우스가 미네르바에게 메두사의 머리를 바치고 미네르바가 이 머리를 방패에 단 것은 훨씬 뒤의 일이다. 페르세우스가 이 이야기를 할 당시 메두사의 머리는 이 나라에 있었다. 이러한 사실은 다음에 이어지는 이야기로 자명해진다.

5부 무사이의 탄생 외

1 피네우스의 반란

다나에의 아들 페르세우스가 아이티오피아 귀족들에게 모험담을 들려주고 있는 참인데 문득 한 무리 폭도들이 궁전 안으로 들어오면서 고함을 질렀다. 축가를 불러야 할 잔치 마당에서 싸움을 걸고 있는 것이었다. 삽시간에 아수라장이 된 잔치 마당은 돌풍에 휘말린 바다에 견줄 만했다. 폭도 무리 중에서 가장 험한 분위기를 지어내면서 하객들을 위협하고 있는 자는 왕의 아우 피네우스였다. 그는 청동 창날이 달린 회색 창을 휘두르며 외쳤다.

"보라! 내 약혼자를 훔쳐 간 저 도둑을 처단하러 내가 왔다. 떠돌이는 들으라. 이제는 네 날개도, 황금 소나기로 둔갑했다는 유피테르도 내 창으로부터는 너를 지켜 주지 못할 것이다."

피네우스가 창을 던지려 하자 국왕 케페우스가 나서서 아우를 꾸짖었다.

"네가 도대체 무슨 짓을 하자는 것이냐? 이따위 당치 않은 짓을 하다니, 미친 것이냐? 영웅의 위대한 공훈에 대한 네 감사 표시가 겨우 이것이냐? 내 딸을 구해 준 분에게 네가 드리는 선물이 겨우 이것이냐? 안드로메다를 앗아 간 것은 네레우스[1] 딸들의 투기하는 마음, 머리에 양 뿔이 달린 암몬 신, 바다에서 솟아나와 내 살을 말리고 피를 말리던 저 바다의 괴물이지 페르세우스가 아니다. 안드로메다가 네게서 떠나간 것은 죽음을 앞두고 있을 때다. 네가 무엇을 불평하느냐? 네가 내 딸이 죽기를 바라지 않았거든 나를 보아서라도 네 섭섭해하는 마음을 자제하여라. 그 아이의 삼촌이자 약혼자인 네가 그 아이가 사슬에 묶여 있을 때 멀거니 서서 바라본 것밖에 한 것이 무엇이냐? 그런데도 너는 남이 그 아이 구한 것을 투기해 그의 몫인 공적을 가로채려 하다니, 참으로 창피한 일이다. 보상이 탐났다면, 그 아이가 명재경각이었던 그 순간에 저 바위 위에서 구하려고 했어야 마땅하지 않으냐? 그러니 그 아이를 구하고, 우리 부부로 하여금 자식 없는 늙은이 신세를 면케 해 준 저분에게 양보하도록 하여라. 나는 저분에게 공훈의 보상을 약속했다. 저분은 너를 우선해서 선택된 것이 아니고 목숨을 걸었기 때문에 선택된 것이니 그리 알아라."

피네우스는 이 말에는 대답하지 않고 왕과 페르세우스를 번갈아 바라보았다. 어느 쪽으로 창을 던질까…… 하는 생각

---

1) 바다의 신.

을 하는 것 같았다. 잠시 망설이던 피네우스는 있는 힘을 다해 창을 던졌다. 과녁은 페르세우스였다. 그러나 하릴없었다. 창은 페르세우스의 의자 등받이에 꽂혔다. 페르세우스가 창이 날아오는 순간 공중으로 뛰어올랐기 때문이다. 불같이 노한 페르세우스가 그 창을 뽑아 피네우스를 향해 던졌다. 제단 뒤로 몸을 숨기지 않았더라면 피네우스는 그 창끝에 가슴을 꿰뚫렸을 터였다. 피네우스는 그럴 자격도 없는 인간이면서도 제단 덕분에 목숨을 건진 셈이었다. 그러나 페르세우스의 창이 그냥 아무 데나 꽂힌 것은 아니었다. 그의 창은 로에토스의 이마에 꽂혔으니까……. 로에토스는 바닥에 쓰러졌다. 동아리가 그의 이마에서 창을 뽑아내자 그는 음식 한 상이 잘 차려진 식탁에 피를 토하고 쓰러졌다. 이때부터 그 자리에 있던 사람들은 일제히 날뛰기 시작했다. 창이 무수히 날았다. 피네우스를 죽여야 한다는 자들도 있었고, 케페우스와 그의 사위를 죽여야 한다는 자들도 있었다. 그러나 케페우스는 이미 그 자리를 떠나, 정의와 믿음과 호의를 관장하는 신들의 이름을 부르며 그러한 난장판이 자기의 뜻과는 아무 상관이 없음을 보증해 주십사고 빌었다. 전쟁의 여신 팔라스[2]가 이미 그곳에 당도해 방패로 아우인 페르세우스[3]를 보호하면서 용기를 북돋워 주고 있었다.

---

2) 미네르바.
3) 미네르바는 유피테르와 테미스 사이에서 난 딸이고, 페르세우스는 유피테르와 다나에 사이에서 난 아들이다. 따라서 페르세우스는 미네르바의 이복 동생이 된다.

피네우스 동아리 중에 힌두스에서 온 아티스라는 자가 있었다. 그는 강의 요정 중 하나인 림나이에의 아들로, 강게스강[4]의 강물 속에서 태어난 자였다. 이자는 그렇지 않아도 미남인데 옷을 어찌나 잘 입는지 이것 때문에 더욱 잘나 보이는 무사였다. 열여섯 살, 꽃 같은 나이인 이 청년 무사는 금으로 치장한 튀로스산(産) 보라색 겉옷 차림에 목에는 금 목걸이, 향수 뿌린 머리에는 황금 머리띠를 두르고 다녔다. 겨냥을 흘리는 법이 없는 아티스가 페르세우스를 겨누고 창을 던졌다. 그러나 거리가 너무 멀었다. 아티스는 이번에는 활을 잡았다. 절세의 명궁인 그가 부드러운 각궁(角弓)에 시위를 걸자 페르세우스가 제단 위에서 타고 있던 장작개비 하나를 집어 던졌다. 아티스는 쓰러졌다. 두개골이 부서지면서 얼굴이 두개골 안으로 함몰된 것이다.

아쉬리아[5] 사람 뤼카바스는 아티스의 가장 친한 친구였다. 그냥 친한 친구라기보다는 우정을 눈에 띄게 표현하지 않고는 못 배기는 친구였다. 아티스가 중상을 입고 마지막 숨을 몰아쉬는 것을 본 뤼카바스는 자신이 그렇게 경탄해 마지않던 친구의 얼굴이 피투성이가 된 것이 억울했던지 처음에는 울음을 내어놓다가 곧 아티스의 활을 잡고는 외쳤다.

"이제 내가 상대하겠다. 내 친구를 죽인 기쁨을 오래는 누리지 못한다. 그를 죽인 일이 너를 영광스럽게 하기보다는 치

---

4) 갠지스강.
5) 아시리아.

욕으로 떨게 할 테니까."

뤼카바스의 말이 채 끝나기도 전에 그의 활에서 화살 한 대가 날아갔다. 페르세우스는 재빨리 몸을 피했으나 이 화살은 옷자락을 뚫었다. 아크리시오스의 외손[6]은 꼬부라진 칼을 들고 달려가 메두사의 목을 벤 바 있는 이 칼을 뤼카바스의 가슴에 박았다. 뤼카바스는 죽어 가면서도 시시각각으로 그늘지는 눈으로 주위를 둘러보고는 아티스 옆으로 기어가 죽어도 떨어지지 않을 정도로 진한 우정을 황천에 이르기까지 누리려 했다.

이어서 쉬에네 사람인, 메티온의 아들 포르바스와 리뷔아 사람 암피메돈이 싸우고 싶어 안달을 부리다가 이미 피로 물든 바닥에 쓰러졌다. 이들이 다시 몸을 가누려 하자 페르세우스는 암피메돈은 옆구리를 찌르고 포르바스는 울대를 따서 그 자리에 내굴렸다. 날이 넓은 도끼를 쓰는, 악토르의 아들 에뤼토스는 좀 색다르게 죽었다. 페르세우스는 그 낫 같은 칼로 이자를 죽이는 대신 부조(浮彫)가 깊이 새겨진 크고 무거운 술잔을 두 손으로 들어 이자를 쳐 죽인 것이다. 에뤼토스는 진홍빛 피를 뿜으면서 뒤로 벌렁 나자빠져 죽었다. 이어서 세미라미스의 후손인 폴뤼다이몬, 카우카소스[7]에서 온 아바리스, 강신(江神) 스페르케우스의 아들 뤼케토스, 머리카락이 아름답기로 소문난 헬리케스, 플레귀아스, 클뤼토스가 차례로 죽

---

6) 페르세우스.

7) 코카서스.

었다. 페르세우스는 죽은 자들 위를 밟고 다니며 싸웠다.

피네우스는 페르세우스와 가까이서 일대일로 싸우려고는 감히 하지 않았다. 피네우스는 멀찍이서 페르세우스를 겨누고 창을 던졌다. 그러나 창은 겨냥을 벗어나 이다스의 몸에 꽂혔다. 이다스는 올 때는 피네우스를 따라왔으나 막상 싸움이 벌어진 것을 보고는 어느 편에 서야 좋을지 몰라 망설이다가 변을 당한 것이었다. 이다스는 죽어 가면서도, 이글거리는 눈으로 피네우스를 노려보며 소리쳤다.

"피네우스, 각오해라. 나는 네 꾐에 빠져 너의 적을 내 적으로 만들었다. 이제 내가 입은 이 치명적인 부상의 값은 네가 치러라."

그는 제 몸에서 창을 뽑아 피네우스에게 던지려 하다가 피에 젖은 채로 쓰러졌다. 이어서 아이티오피아에서는 국왕 다음으로 지위가 높은 호디테스가 클뤼메노스의 칼에 쓰러졌다. 이어서 휘프세우스가 프로토에노르를 죽였고 페르세우스는 휘프세우스를 죽였다. 정의를 사랑하고 신들을 두렵게 여길 줄 아는 에마티온 노인도 이 싸움판에 있었다. 그는 나이가 많아 칼질은 하지 않았으나 폭도들을 저주하였으니 입으로 싸운 셈이었다. 그러나 크로미스가 떨리는 손으로 계단의 난간을 짚고 서 있는 이 노인의 머리를 쳤다. 노인은 불길 속으로 떨어졌다. 노인은 불길 속에서 타 죽어 가면서도 입으로는 폭도 저주하기를 그만두지 않았다.

이어서 천하무적의 쌍둥이 권투 선수라고 불리는 브로테아스와 암몬 형제가 나와 페르세우스를 편들었다. 이들은 권투 장갑만 있었으면 칼 든 자도 능히 이겨 낼 수 있었을 테지만 이게 없어서 피네우스의 칼에 목숨을 잃었다. 케레스[8] 여신의 신관이어서 이마에 흰 띠[9]를 두른 암퀴코스도 피네우스가 지내는 혈제(血祭)의 제물이 되었다. 람페티데스도 쓰러졌다. 그는 그 자리가 싸움판이 될 줄 알았더라면 초대받지도, 초대에 응하지도 않았을, 말하자면 평화스러운 자리에나 어울릴 음악가였다. 혼인 예식과 피로연의 가수 겸 연주가로 초대받은 그가 한 손에 수금 채를 든 채 싸움판과는 전혀 어울리지 않는 모습으로 한쪽 구석에 어정쩡하게 서 있는 걸 보고 페탈로스가 "스튁스에 가서 못다 부른 노래를 부르려무나."라면서 왼쪽 관자놀이에 칼끝을 박아 버렸던 것이다. 이 음유시인은 쓰러지면서도 수금 줄을 건드려 수금이 구슬프게 울리게 했다. 사나운 뤼코르마스는 기어이 이 복수를 했다. 그는 오른쪽 문에서 실한 빗장을 뽑아 페탈로스의 목을 갈겼다. 페탈로스는 제물로 도살되는 송아지처럼 바닥에 쓰러졌다. 키뉘프스 강변 출신인 펠라테스는 왼쪽 문의 빗장을 뽑으려다가 마르마리카 사람인 코린토스가 던진 창에 손을 맞았다. 창은 손을 관통하고 빗장에 꽂혔다. 펠라테스는 이 손을 뽑아내려고 하다가 아바스가 창으로 옆구리를 찌르는 바람에 선 채로 죽었다. 페르세우스의 추종자인 멜라네우스, 나사모니아 갑부이자 이름난 지주인 도륄라스도 죽었다. 나사모니아에는

---

8) 그/데메테르.
9) 케레스 신전의 신관이라는 표지.

이 도릴라스만큼 넓은 토지를 소유하고 있는 자가 없었다. 그러니 도릴라스만큼 많은 향료를 추수하는 자가 없는 것은 당연했다. 박트리아 사람 할퀴오네오스가 던진 창이 이 도릴라스의 허벅다리를 뚫고 들어가 사타구니에 치명상을 입혔다. 도릴라스가 눈의 흰창을 굴리며 비명을 지르자 할퀴오네오스는 "그 넓은 땅은 그만두고, 네 누울 자리만큼만 차지하거라." 라고 말하면서 죽어 가는 그를 내려다보았다. 그러나 페르세우스가 이를 복수했다. 도릴라스의 사타구니에서 피에 젖은 창을 뽑아내어 할퀴오네오스에게 던진 것이다. 창날은 할퀴오네오스의 코로 들어가 뒤통수로 나왔다. 페르세우스는 이 기세를 몰아 클뤼티오스와 글라니스 형제를 죽였다. 이 둘은 한 어머니에게서 태어났으나 죽을 때는 각각 다른 데를 찔려 따로따로 죽었다. 즉 전자는 페르세우스의 창에 엉덩이를 꿰여 죽었고 후자는 목을 꿰뚫리고 창날을 문 채로 죽은 것이다. 멘데스 사람 켈라돈도 죽었고 아스트레우스도 죽었다. 아스트레우스는, 어머니는 팔라이스티나[10] 여자라는 걸 알았지만 아버지는 누군지 모르는 채 죽었다. 미래를 엿보는 재주를 익힌 아이티온은 이 싸움판만은 예견하지 못하고 나왔다가 최후를 맞았다. 케페우스왕의 근신(近臣) 토악테스도 죽었고 제 아비 죽인 것으로 악명 높은 아귀르테스도 죽었다.

그러나 페르세우스에게는 한 일보다 해야 할 일이 더 많았다. 까닭인즉 폭도들이 죽자고 페르세우스 한 사람만 노리고

---

10) 팔레스티나.

공격해 왔기 때문이다. 페르세우스의 영웅적인 공훈과 케페우스왕이 한 약속을 인정하지 않기로 한 폭도들은 사방에서 페르세우스를 에워싸고 그의 목숨을 노렸다. 이제 페르세우스의 편을 들어 줄 사람은 장인 케페우스와 장모 카시오페이아 그리고 새색시 안드로메다뿐이었다. 그러나 이들이 페르세우스를 도울 수는 없는 일이었다. 도울 힘이 없는 이들은 발을 동동 구르며 소리를 지르는 등 앉은뱅이 용쓰는 듯한 성원밖에는 보낼 수 없었다. 병장기 부딪는 소리, 죽어 가는 자가 지르는 비명 소리가 낭자한 가운데 전쟁 여신 벨로나[11]만 정신없이 뛰어다니며 이 집의 수호신들에게 피를 뿌리면서 끊임없이 새로운 싸움을 부추기고 있었다.

피네우스와 수많은 폭도들은 단신으로 싸우는 페르세우스를 포위했다. 투창과 화살이 겨울 싸락눈같이 흩날리면서 페르세우스의 귀를 스치고 눈을 스쳤다. 페르세우스는 왕궁의 굵은 기둥을 지고 서서 후방으로부터의 공격을 차단시키고 정면에서 공격해 오는 적과 맞섰다. 카오니아 사람인 몰페우스는 왼쪽에서, 나바타이아 사람 에테몬은 오른쪽에서 그를 치고 들어왔다. 잔뜩 주린 참에 이쪽저쪽 골짜기에서 동시에 들려오는 소 울음 소리에 어느 쪽 소를 먼저 먹을지 몰라 망설이는 호랑이처럼 페르세우스도 오른쪽 왼쪽 중 어느 쪽을 먼저 공격해야 할지 몰라 잠시 망설였다. 그러나 페르세우스가 망설이는 시간은 길지 않았다. 그는 몰페우스의 허벅지를 먼

---

11) 그/에뉘오. 전쟁신 마르스의 아내 혹은 누이.

저 찔렀다. 몰페우스는 절면서 도망쳤지만 페르세우스에게는 그를 추격할 여유가 없었다. 에테몬이 분기충천 목을 노리고 쳐들어왔기 때문이다. 그러나 엄청난 힘이 실린 에테몬의 칼은 기둥에 부딪쳐 두 토막으로 부러졌고 부러진 칼끝은 그 힘에 되튀어 칼 임자의 목에 박혔다. 치명상은 아니었다. 에테몬은 일어서서 치를 떨면서 영웅의 공격을 막아 보려고 빈손을 내저었다. 페르세우스는 메르쿠리우스로부터 빌린 낫 모양의 칼로 그를 베어 버렸다.

마침내 페르세우스는 자기 무예가 아무리 절등해도 피네우스 패거리와 싸우기에는 역부족이라고 느끼기 시작했다. 페르세우스가 외쳤다.

"너희가 이러니 나도 부득이 나의 옛 적(敵)을 새 적에게 붙이지 않을 수 없다. 여기에 내 편이 있거든 내 쪽으로는 고개를 돌리지 말라!"

그러고는 저 고르곤 메두사의 머리를 꺼내 들었다.

"그런 엉터리 요술 쓸 곳이라면 딴 데 가서 알아보아라."

테스켈로스가 창을 꼬나잡으며 이렇게 외치다가 그 모습 그대로 석상으로 화했다. 암퓍스는 페르세우스의 가슴에 단도를 던지려다가 그 자세 그대로 돌이 되었다. 물론 이 석상은 그 단검을 던지지도, 거두어들이지도 못했다. 이름이 비슷한 것을 빌미로 하구(河口)가 일곱 개인 네일로스강[12]의 자손을 사칭(詐稱)하던 닐레우스가 금과 은으로 일곱 가닥의 강줄기

---

12) 나일강.

를 새겨 붙인 방패를 내밀면서 소리를 질렀다.

"페르세우스, 내 조상을 좀 보아라. 잘 보고 나같이 문벌이 좋은 영웅 손에 죽는 걸 저승에 이를 때까지 고맙게 여겨라!"

그러나 그는 이 말을 끝내지 못했다. 입은 달싹거리는데 말은 튀어나오지 않은 것이다. 물론 이자 역시 돌이 되었기 때문이다.

에뤽스가 전우들을 격려한답시고 호령했다.

"사지 굳는 것은 너희가 겁을 먹고 있기 때문이지 저 고르곤 대가리에 신통력이 있어서 그러는 것이 아니다. 나를 따르라. 나와 함께 저런 가짜 무기를 깨뜨리는 데 우리 청춘을 바치자."

에뤽스는 청춘을 바치러 뛰어나가다 말고 청춘을 제대로 바치지도 못하고 그 자리에 뿌리박혀 무장한 병사의 석상으로 화했다.

벌을 받아야 마땅한 폭도가 아닌데도 불구하고 봉변을 당한 사람도 하나 있었다. 페르세우스를 편들던 아콘테우스가 영웅을 위해 싸우다가 메두사의 머리를 보고는 돌이 되어 버린 것이다. 아콘테우스가 살아 있는 줄 알고 아스튀아게스가 칼로 그의 목을 치자 쇳소리가 났다. 아스튀아게스는 아연실색 한 걸음 뒤로 물러서다가 아연실색한 그 모습 그대로 돌이 되었다.

여기에서 돌이 된 폭도들 이름을 다 거론하자면 한이 없다. 요컨대 창칼 싸움에서 목숨을 부지한 폭도 수는 이백여 명이었고, 고르곤 메두사의 머리를 보고 돌이 된 폭도 수도 따라서 이백여 명이었다.

피네우스는 그제야 자기가 무슨 일을 저질러도 크게 잘못 저지른 것을 알았다. 하지만 안들 무엇하고 후회한들 무엇하랴. 피네우스는 다양한 모양으로 석화한 부하들을 둘러보았다. 그는 그들의 얼굴을 알아보고 하나하나 이름을 부르며, 이제 그만 눈을 뜨고 나와 자기를 도와 달라고 눈물로 애원했다. 그는 부하들이 돌이 되었다는 사실이 그래도 믿기지 않던지 일일이 손으로 쓰다듬어 보기도 했다. 그들은 이미 돌 중에서도 단단하기로 이름난 대리석이 된 지 오래였다. 피네우스는 돌아서서 싸움에서 진 것을 인정하고 용서를 빌기 위해 두 손을 내밀었다. 그러나 그는 페르세우스 쪽으로 고개를 돌릴 수 없었다. 페르세우스의 손에는 저 무서운 메두사의 머리가 있었기 때문이다. 고개는 돌린 채로 피네우스가 애원했다.

"페르세우스여, 그대가 이겼소. 이제 그 무서운 무기는 거두시오. 보는 자를 돌로 만드는 무서운 메두사의 머리는 치워 주시오. 내가 무기를 든 것은 그대에 대한 증오나 권력에 대한 탐욕 때문이 아니었소. 나는 오로지 약혼자를 되찾을 욕심으로 무기를 들고 일어섰던 것이오. 그대의 공훈은 내 약혼자를 취하기에 넉넉하나 내게는 약혼자와 버릇 든 세월이 있소. 이제 이렇듯이 그대에게 항복하나, 나는 부끄럽지 않소. 그대 같은 전능한 영웅에게 지는 것은 부끄러운 일일 수 없겠소. 영웅이시여! 내 소원은 하나…… 목숨이오. 나머지는 그대가 다 거두어도 내게는 할 말이 없소."

피네우스는 이렇듯 청을 넣으면서도 청 받는 사람 쪽은 돌아다보지 못했다.

페르세우스가 대답했다.

"이 겁쟁이 피네우스야, 내가 너에게 베풀 수 있는 것은 무엇이든 베풀겠다. 너같이 하찮것없는 것에게는 얼마나 과분한 은혜겠느냐? 이제 칼로써는 아무도 너를 해코지하지 못할 것이니 두려워 말아라. 무슨 까닭이냐? 나는 너를 아주 대리석 기념상으로 만들어 버릴 것이기 때문이다. 너는 내 장인의 궁전 앞에 선 채 만인의 구경거리가 될 것이다. 어찌 영광스럽지 않으랴. 내 아내는 한때 자신의 약혼자였던 네 모습을 이제부터는 일삼아 보게 될 것이다."

이 말 끝에 페르세우스는 피네우스가 고개를 돌리고 있는 쪽에 포르퀴스의 딸 메두사의 머리를 갖다 대었다. 피네우스는 겁을 먹고 또 한 차례 고개를 돌리려다가 목이 뻣뻣하게 굳고 눈물이 굳으면서 대리석상으로 화했다. 대리석상이 되었는데도 겁먹은 그 얼굴, 용서를 애걸하는 그 표정만은 여전했다. 말하자면 이 석상은, 손으로는 싸움에 진 것을 인정하고 얼굴로는 굴종의 순간을 증언하고 있는 것이다.

2 프로이토스

페르세우스는 신부를 대동하고 고국으로 돌아갔다. 외조부 아크리시오스는 외손의 도움을 받을 만한 일을 한 것이 하나도 없는데도 불구하고[13] 페르세우스는 이 외조부의 원수를 갚아 주었다. 즉 아크리시오스의 왕국을 무력으로 빼앗고 그 성채를 차지한 아크리시오스의 쌍둥이 아우 프로이토스를 친 것이다. 프로이토스의 무력과 프로이토스가 가로챈 그 튼튼한 성채도 사발(蛇髮)의 괴물 메두사가 번득이는 눈동자 앞에서는 무사하지 못했다.

3 폴뤼덱테스

그런데도 불구하고 조그만 섬나라 세리포스[14] 왕 폴뤼덱테스는 수많은 사람들이 목격한 바 있는 이 영웅의 공훈과 이 영웅이 살았던 고난의 삶을 무시하려 했다. 폴뤼덱테스는 턱없이 페르세우스를 적대하고 끝없이 페르세우스를 증오했다. 페르세우스에 대한 폴뤼덱테스의 적대와 증오에는 까닭도 없고 가량도 없었다.[15] 심지어 이 왕은 페르세우스의 영광을 모독하고, 메두사 목을 자른 그의 공훈을 부정하는 말까지 서슴지 않았다. 페르세우스는 어느 날 왕궁으로 들어가 메두사의 머리를 들고 술잔치 자리를 내려다보며 외쳤다.

---

13) 아크리시오스는 장차 외손자의 손에 죽을 것이라는 신탁이 있자 이것이 두려워 딸 다나에와 강보에 싸인 외손자 페르세우스를 상자에 넣어 바다에 띄워 보냈다.
14) 다나에와 페르세우스가 상자에 든 채로 바다를 떠다니다 이윽고 도달한 섬.
15) 까닭이 없는 것은 아니다. 왕이 다나에를 차지할 욕심으로 페르세우스를 없애려 했다는 전설도 있다.

"내가 증명해 보이리라. 원하지 않는 사람들은 내 쪽을 보지 말라."

페르세우스가 내민 메두사의 목을 보고 왕은 대리석상으로 변했다.

4 무사이를 괴롭힌 퓌레네우스

이때까지 황금 소나기로 인해 태어난 영웅인 아우의 뒤를 돌보아 주던 트리토니아 여신[16]은 구름으로 몸을 감싸고 세리포스섬을 떠나 오른쪽으로 퀴트노스와 귀아로스를 끼고 테바이 및 무사이[17]가 사는 헬리콘산을 바라고 바다를 건넜다.

이윽고 산에 이른 여신은 시가(詩歌)에 밝은 신녀들에게 이런 말을 했다.

"메두사의 자식인 저 날개 달린 천마[18]의 발길질에 땅에서 물이 솟으면서 샘이 생기더라면서?[19] 내가 온 것은 샘을 보기 위함이다. 나는 이 천마가 제 어미의 피에서 솟아오르는 것을 보았기로 샘 또한 보고 싶은 것이다."

여신의 이 말을 받아 우라니아[20]가 아뢰었다.

---

16) '트리톤에서 태어난 여신', 즉 미네르바.
17) 단/무사. 영/뮤즈. 예술을 관장하는 여신 혹은 신녀(神女).
18) 페가소스.
19) 이 샘이 곧 히포크레네, 즉 '말의 샘'이다.
20) 무사이 아홉 신녀 중의 막내. 천문시(天文詩) 담당.

"여신이시여, 여신께서 무슨 연유로 저희에게 오시었든 저희는 여신을 환영합니다. 들으신 소문은 사실입니다. 페가소스가 발굽으로 대지를 차서 샘을 판 것은 사실입니다."

우라니아는 이 팔라스 여신을 성천(聖泉)으로 모셨다. 여신은 한동안 천마의 발길질에 생겨났다는 그 샘을 신기한 듯이 내려다보았다. 여신은 이어서 울창한 숲과 동굴과 수목이 무성한 산의 사면과 다투어 핀 꽃을 둘러보고 나서, 그렇게 아름답고 또 그렇게 쾌적한 곳에 사는 므네모쉬네[21]의 딸들을 축복했다.

우라니아는 또 이런 이야기를 했다.

"트리토니아 여신이시여, 절등하신 무용(武勇)으로 대업을 이루시지 않았더라면 저희 동아리에 계셨을 여신이시여, 하신 말씀은 다 옳습니다. 저희가 하는 일과 저희가 사는 곳을 찬양하신 여신의 말씀은 마디마디 온당합니다. 저희가 이를 지킬 수 있다면야 좋은 곳이고말고요. 그러나 사악한 인간들에게는 못 하는 짓이 없습니다. 그래서 방비할 도리가 마땅하지 못한 저희는 늘 불안에 시달려야 합니다. 지금도 제 눈에는 저 무서운 퓌레네우스가 보이는 듯합니다. 저 무서운 일이 있고 나서 세월이 꽤 지났음에도 불구하고 저는 아직도 그 일을 생각하면 가슴이 울렁거립니다.

퓌레네우스는, 트라키아 군대를 몰아 다울리스 땅과 포키

---

21) '기억'의 여신. 무사이 아홉 신녀들은 유피테르와 므네모쉬네 사이에서 태어난 딸들이다.

스 땅을 불법으로 빼앗고 감히 왕을 칭하면서 이 땅을 다스리던 사나운 장수입니다. 저희가 파르나소스 산정에 있는 저희 신전으로 갈 때의 일입니다. 이자는 저희가 지나가는 걸 보고는 저희를 섬기는 척 비라도 피해 가라면서 이렇게 수작을 걸더이다.

"므네모쉬네 여신의 따님들이시여, 바라건대 잠시 걸음을 멈추소서. 이 바람 이 비를 제 지붕 밑에서 피해 가시는 것을 망설이지 마소서. 신들께서 더러는 누추한 곳에도 드신다고 들었습니다."

저희는 날씨가 그 지경인지라 그자의 말을 옳게 여기고 청을 받아들여 그자의 궁전으로 들어갔습니다. 이윽고 비가 개고 북풍이 남풍을 쫓아 버리니 구름이 걷히면서 하늘이 맑아지더이다. 저희는 가던 길을 가려고 했습니다. 그랬더니 퓌레네우스는 왕궁 대문을 걸어 잠그고 폭력으로 못된 수작을 부리려고 하지 않겠습니까? 저희는 그자의 손길을 피해 날개를 열고 하늘로 날아올랐습니다. 그랬더니 이자 역시 성벽 위로 오르더니 '어디를 가든 그대들을 따라가리라.'라면서 성벽 꼭대기에서 몸을 던졌습니다. 인간이 성벽 위에서 몸을 던졌으니 성할 리 없지요. 이자는 머리를 앞세우고 떨어져 죽었습니다.

악업의 피로 대지를 물들이면서 죽어 간 것입니다."

5 무사이 아홉 자매와 피에리테스의 노래 겨루기

무사이 중 하나인 우라니아가 이런 이야기를 하고 있는데 공중에서 날갯짓 소리가 들리더니 높은 나뭇가지에서 누군가가 인사를 했다. 유피테르의 딸은 목소리가 들려온 쪽을 올려다보았다. 목소리가 어찌나 또렷했던지 미네르바 여신은 사람의 목소리거니 했던 것이다. 그러나 인사한 것은 사람이 아니라 새였다. 남의 목소리 흉내 잘 내는 까치 아홉 마리가 가지에 앉아 저희 팔자를 한탄하고자 인사를 했던 것이다.[22] 미네르바 여신이 놀란 듯한 얼굴을 하자 무사이 중 하나가 설명했다.

"저것들 역시 새가 된 지 얼마 안 된 것들입니다. 저희와 노래 겨루기에서 져서 새가 된 것이지요. 원래 저것들은 펠라의 대지주 피에로스와 파이오니아 여자 에우이페 사이에서 태어난 딸들입니다. 어미 에우이페는 아홉 번이나 저 위대한 여신 루키나[23]를 불러 그분의 도움을 받아 딸 아홉을 낳았다고 합니다. 그런데 이 아홉 자매는 저희 수가 많은 것을 뽐내며 하이모니아와 아카이아의 여러 도시를 두루 여행하다 이 헬리콘까지 와서는 저희에게 도전하더이다. 그중 하나가 저희에게 이렇게 말했습니다.

'별것도 아닌 노래로 무식한 자들을 속이는 짓은 이제 웬만큼 해 두세요, 테스피아이[24] 신녀님들. 정말 노래에 자신이 있

---

22) 그리스의 인사말 '카이레'는 까치 우는 소리와 흡사하다고 한다.

23) 그/에일레이튀아. 유노의 딸인 '해산(解産)'의 여신.

24) 헬리콘산 기슭에 있는 도시.

음악과 예술을 주관하는 아홉 무사이가 한자리에서 뛰놀고 있다. 아홉 무사이의 이름은 나팔과 물시계를 들고 다니는 영웅시(英雄詩)와 역사 담당인 클레이오, 지구의(地球儀)를 들고 다니는 천문시(天文詩) 담당 우라니아, 가면을 들고 다니는 비극시 담당 멜포메네, 웃는 가면이나 목양신 지팡이를 든 모습으로 자주 그려지는 희극시 담당 탈리아, 합창 담당 테르프시코레. 연애시와 서정시 담당 에라토, 유행가 담당 에우테르페, 늘 입술에 손가락을 대고 다니는 무언극 담당 폴륌니아, 오르페우스의 어머니이자 서사시와 웅변을 담당하는 칼리오페. 이들의 어머니가 '기억'의 여신 므네모쉬네라는 사실은, 고대의 문학 예술이 주로 인간의 기억을 통해 구전되어 왔음을 암시한다.

으시면 우리와 한번 겨루어 보면 어떨까요? 우리라면 목소리로 보나 기예로 보나 신녀님들께 못지않을 것이고 마침 숫자까지 같으니까요. 우리를 못 이기시면, 신녀님들은 메두사가 판 샘[25]과 아가니페[26]를 떠나세요. 우리가 지면 이 땅을 떠나저 눈에 덮인 파이오니아까지 물러나겠어요. 요정들을 판관(判官)으로 세우고 어디 한번 겨루어 보자고요.'

---

25) 정확하게 말하면 메두사의 자식 페가소스가 판 샘.
26) 헬리콘산에 있는, 시적 영감을 불러일으키는 샘.

그런 것들과 겨룬다는 것 자체가 창피한 일입니다만, 겨루어 보지도 않고 승리를 양보한다는 것은 이보다 더 치욕적인 일이 아니겠습니까? 판관 노릇 할 요정들이 뽑혔습니다. 요정들은 저희 강물에 대고 심판을 공정하게 하겠다는 맹세를 치고는 바위 위에 좌정했습니다. 제비뽑기로 차례를 정할 틈도 없었습니다. 저들 중 하나가 천상에 계시던 신들의 전쟁[27]의 거인들을 칭송하면서 전능하신 우리 신들을 조롱하는 노래를 시작했기 때문입니다. 저들이 노래하기를 '튀폰[28]이 땅 밑에서 나와 천상의 신들을 공포의 도가니로 몰아넣었다……'라더군요. 이 처녀는 이어서, 신들이 모두 아이귑토스[29]로 도망쳐서, 하구가 일곱 개인 네일로스 강변에 숨었다면서 우리 신들을 조롱했습니다. 땅속에서 태어난 튀폰이 여기까지 쫓아가자 우리 신들은 모두 다른 짐승으로 둔갑했다고도 했습니다. 이 처녀의 말에 따르면, 유피테르 신께서는 가축 무리의 두목인 숫양으로 둔갑해서 은신했는데, 리뷔아의 암몬[30] 양에게 꼬불꼬불 나선형으로 꼬인 뿔이 달리게 된 것도 이때부터였다고 하더이다. 아폴로 신은 까마귀, 세멜레의 아드님이신 박쿠스 신은 산양, 아폴로 신의 누이 되시는 디아나 여신은 고양이, 유노 여신은 백설같이 흰 암소, 베누스 여신은 물고기, 메르쿠

---

27) 기간토마키아, 즉 올륌포스 신들 대 기간테스('거인들') 사이의 전쟁을 말한다.
28) 기간테스 중 하나. '태풍'이라는 말이 여기에서 유래했다고 한다.
29) 이집트.
30) '은신한 자'.

리우스 신은 홍학으로 둔갑했다고 하더이다. 이 처녀는 육현금(六弦琴) 반주에 맞추어 이런 노래를 부르면서 저희 무사이 아홉 신녀를 놀리더이다.

하오나 여신께 저희가 부른 노래의 노랫말을 일일이 말씀드려서 무엇 하겠습니까? 다른 일로도 분망하신 여신께서는 저희가 부른 노래의 노랫말은 짐작으로 헤아리소서."

"그것은 내가 걱정할 일이니, 너희가 무슨 노래를 했는지 그 노랫말을 내게도 들려 다오."

여신은 이렇게 말한 다음 나무 그늘에 앉았다. 조금 전에 이야기하던 무사[31]가 말을 이었다.

"저희는 칼리오페[32]를 대표로 뽑았습니다. 칼리오페는 흘러내리는 머리카락을 담쟁이덩굴로 묶고는, 엄지손가락으로 수금 줄을 고른 연후에 수금 소리에 맞추어 이런 내용의 노랫말로 노래를 불렀습니다."

6 플루토의 사랑. 케레스와 프로세르피나

무사는 칼리오페가 했던 노래를 자기가 한 양 다음과 같은 사연을 엮어 내었다.

"케레스[33] 여신께서는 처음으로 꼬부라진 쟁기로 굳은 흙

---

31) 복/무사이.
32) 무사이의 맏이. 서사시 담당. 저 유명한 가인(歌人) 오르페우스의 어머니.
33) 그/데메테르. '땅의 어머니'. 대지와 곡물의 여신.

을 일구시고, 처음으로 씨앗을 뿌리시고 곡물을 거두셨으며, 처음으로 세상의 법을 지으신 분이니, 우리 가운데 그분의 은덕을 입지 않은 자가 없다. 내 이제 그분의 은덕을 노래하니, 바라건대 내 노래가 그분 은덕을 드러내는 데 모자람이 없을 지니, 그분이야말로 모자람 없이 칭송받아야 마땅하신 분이심 이라. 거대한 트리나크리스[34]가 튀폰의 사지를 짓누르니, 이자 가 누구인가. 감히 천궁을 넘보다가 이 거대한 섬에 깔린 자가 아니던가. 이자는 이따금씩 이 섬에서 벗어나려고 몸부림치거 나 몸을 일으키거나 했다. 그러나 이자가 무슨 수로 신들의 감 옥을 벗어나겠는가. 이자의 오른손은 아우소니아의 펠로로스 곶에 묶여 있었고, 왼손은 파퀴노스곶에 묶여 있었으며 양다 리는 릴뤼바이온곶에 묶여 있었는데…… 머리는 아이트나산 에 깔려 있는 채로 이자는 입으로 재와 불꽃을 사방으로 뿜 어내었구나. 이 괴망한 튀폰이 이 무겁디무거운 산을 밀어내 고 도시의 산 위를 구르려 하는구나. 그럴 적마다 대지가 몹시 요동했고 그래서 저 적막한 어둠의 나라를 다스리던 저승 왕 플루토[35]는 날마다 좌불안석이었다. 행여 그러다 대지가 갈라 지기라도 하는 날에는 날빛이 그 왕국으로 비쳐 들어 망령들 을 공포의 도가니로 몰아넣을 것이므로.

저승 왕 플루토라면 이런 참화를 미연에 방지해야 하지 않 겠는가. 그래서 암흑 세계의 무단자(無斷者) 플루토는 검은 말

---

34) '세 봉우리', 즉 시칠리아섬.
35) 그/하데스 혹은 플루톤.

이 끄는 수레를 타고 트리나크리스 땅을 둘러보러 지상으로 나왔더란다. 그러나 모두 알다시피 땅의 바탕이 어디 그렇게 쉬 내려앉는 것이라더냐. 플루토는 땅을 둘러보고 나서 오늘 내일 내려앉을 것 같지 않다는 것을 확인하고는 마음을 놓았더란다.

그러나 에뤽스의 여신[36]은 자신의 성산(聖山)에서, 이승으로 나온 이 저승의 무단자를 보고는 날개 달린 아들 쿠피도[37]를 껴안으면서 이런 말을 했다는구나.

'내 아들아. 내 손이자 내 팔이자 내 기둥인 내 아들 쿠피도야. 세 왕국[38]의 왕 자리를 놓고 제비를 뽑을 때 세 번째 제비를 뽑아 그 땅의 왕이 된 저자의 가슴을 너의 그 화살로 꿰뚫어 주려무나. 너는 이미 천궁의 신들까지 정복한 사랑의 신이 아니냐? 유피테르 신을 비롯해 천궁의 신들조차 네 손안에 들지 않았느냐? 바다 신들의 우두머리[39]인들 어디 네 화살을 당할 수 있다더냐? 그런데 어째서 타르타로스[40]만은 네가 지배하지 못한다는 말이냐? 어째서 저승까지 네 수중에 넣어 네 판도와 내 판도를 넓혀 보려 하지를 않느냐? 저승 땅은 세계의 3분의 1이다. 장차 이 저승을 정복하지 못하면 우리는 천궁의 웃음거리가 되고 말 게다. 사랑의 신이 휘두르는 권능

---

36) 베누스 여신.
37) 그/에로스, 영/큐피드.
38) 천궁, 바다, 저승.
39) 해신 넵투누스.
40) '무한 지옥', 여기에서는 '저승'.

이 이래서야 되겠느냐? 이래 가지고서야 어디 네가 나보다 낫다고 할 수 있겠느냐? 팔라스[41]와 저 사냥쟁이 디아나는 네 말을 들은 척도 않고 있지 않으냐.[42] 이래서는 안 된다. 네가 손을 쓰지 않으면 이 케레스의 딸 역시 처녀로 살아가게 될 게다. 너와 내가 이런 수모를 당해도 좋으냐? 너에게 조금이라도 너와 나의 영토와 직분을 사랑하는 마음이 있거든 이 케레스의 딸과 그 백부(伯父)[43]를 사랑으로 엮어 버려라.'

여신의 말이 끝나자 쿠피도는 화살통을 열고, 제 어머니의 소원에 따라 화살 중에서도 가장 날카롭고, 가장 실하고, 주인의 뜻을 가장 잘 따르는 살 한 대를 골랐지. 화살 고르기를 마친 쿠피도는 활을 무릎에 올리고 구부려 시위에다 화살을 메기고는 플루토의 가슴 한복판을 겨누고 쏘았다는군.

헨나 성벽에서 그리 멀지 않은 곳에 페르고스라고 하는 아주 깊은 호수가 있어. 카위스트로스[44]엔들 백조가 여기만큼 많을까? 나무가 빈 데 없이 호수를 둘러싸고 있어서 그 나뭇잎이 차양막이 되어 포이부스의 빛을 가리는 곳이 바로 이곳……. 가지가 늘 그늘을 지어 내는 곳, 늘 봄이라서 풀밭에는 늘 꽃이 만발해 있는 곳도 이곳.

---

41) 미네르바.

42) 이 두 여신은 애욕의 여신 베누스와 사랑의 신 쿠피도의 꾐은 아랑곳하지 않고 끝내 순결을 지켰다.

43) 케레스와 플루토는 남매간이다. 따라서 케레스의 딸과 플루토는 숙질간이다.

44) 백조 많기로 유명한 강.

프로세르피나[45]는 틈만 나면 이 풀밭으로 나와 오랑캐꽃이나 백합을 꺾었지. 이날도 프로세르피나는 동무들과 함께 나와 동무들을 이기려고 열심히 바구니와 앞치마에 꽃을 따 담았구나.

플루토는 이 프로세르피나를 보는 순간에 그만 사랑에 빠지고 말았지. 왜? 쿠피도의 화살을 맞았으니까. 플루토는 염치 불고하고 이 처녀를 납치하기로 마음먹었지. 무서워라, 쿠피도가 부리는 손속!

플루토가 쫓아오는 것을 본 프로세르피나는 비명을 지르며 어머니와 동무들을 불렀어. 동무들보다는 어머니를 더 많이 불렀을 테지.

프로세르피나가 몸부림치는 바람에 허리띠는 풀어지고, 치마 가장자리는 찢겨 나가고…… 치마가 찢겨 나가자 거기에 따 담았던 꽃은 우수수 떨어졌어. 어리고 순진한 프로세르피나에게는 꽃 떨어지는 것 또한 눈물거리.

프로세르피나를 사로잡은 저승 왕 플루토는 수레에 올라 말들의 이름을 차례로 부르며 검은 고삐로 말의 목과 갈기를 때렸지.

저승 왕의 수레가 어디를 지났느냐. 깊은 호수를 지나고, 찢긴 대지 틈으로 유황이 거품을 일으키며 끓어오르는 팔라키 연못 위를 지나고, 원래 코린토스 지협 출신인 바키아다이[46]

---

45) 그/페르세포네. 케레스와 유피테르 사이에서 태어난 딸.
46) 옛 코린토스 왕인 '바키스의 자손들'.

가 성벽을 세웠던 큰 항구와 작은 항구 사이를 지났지.

퀴아네 샘과 피사의 아레투사 샘 중간에는 두 개의 곶이 있는데, 이 해협에 퀴아네라고 하는 요정이 살고 있었더란다. 시켈리아[47] 요정 중에서도 이름이 가장 널리 알려진 요정 퀴아네가. 그래서 샘 이름도 퀴아네 샘⋯⋯. 퀴아네는, 플루토의 수레에 실려가는 프로세르피나를 알아보고는 몸을 일으켰지. 그러고는 감히 플루토에게 이렇게 탄원했대.

'플루토 신이시여. 더 이상은 못 가십니다. 케레스 여신께서 원치 않으시는 바에, 플루토 신께서는 결단코 여신의 사위가 되실 수 없습니다. 플루토 신께서는 그분의 따님을 납치하실 일이 아니라 그분께 따님을 주시라고 청하셨어야 했습니다. 견주기가 황송스럽기는 하나 저 역시 강의 신 아나피스의 사랑을 입었습니다. 그러나 제가 그분의 신부가 된 것은 그분이 당신의 신부 되어 주기를 저에게 청하셨고 제가 그분의 청을 받아들였기 때문입니다. 저는 플루토 신께서 납치하신 그 처녀처럼 협박을 못 이겨 혼인했던 것은 결단코 아니랍니다.'

퀴아네는 이렇게 말하면서 두 팔을 벌려 샘물로써 플루토의 앞길을 막았다지. 사투르누스[48]의 아들 플루토가 한갓 샘에 지나지 않는 이 퀴아네의 충고에 귀를 기울였을까?

플루토는 역정을 내면서 고삐로 말잔등을 치는 동시에 그힘 좋은 손에 든 저승의 왕홀(王笏)로 탁, 이 샘을 쳤다지. 그

---

47) 시칠리아.

48) 그/크로노스.

러자 샘 바닥이 갈라지면서 타르타로스로 통하는 길이 열렸지. 플루토는 이 길을 통해 저승으로 들어갔고. 퀴아네는 납치당해 끌려가는 프로세르피나가 불쌍해서, 샘의 권리가 짓밟힌 것이 분해서 한없이 울었는데…… 가엾어라, 퀴아네. 얼마나 울었으면 슬픔이 요정의 육신을 녹여 물이 곧 요정, 요정이 곧 물이게 했을까. 요정의 사지가 녹기 시작하자 뼈와 손톱 발톱도 흐물흐물해졌다지. 맨 먼저 그 늘씬하던 몸이 녹았고, 이어서 검은 머리카락, 손가락, 다리, 발이 차례로 녹아서 물이 되었지. 가느다란 사지가 녹아서 물이 되는 차례가 어쩌면 그렇게 간단했던지. 사지가 물이 되자 어깨, 등, 옆구리, 젖가슴이 사라지면서 혈관으로는 피 대신에 물이 흐르고……

하릴없어라. 미친 듯이 가슴을 쥐어뜯으며 딸을 찾아온 땅, 온 나라를 누비는 케레스여. 이슬로 머리카락을 적시는 아우로라[49]도, 초저녁 별 헤스페로스도 이 여신이 쉬는 것을 본 일이 없었다니.

케레스 여신은 아이트나산[50]에서 불을 붙여 온 횃대를 들고 낮 비, 밤 이슬을 맞으며 딸을 찾아다녔다. 낮이 별빛을 끄면, 해 뜨는 동쪽에서부터 해 지는 서쪽까지 두루 누비며, 가엾어라.

피로와 갈증에 시달리다 못해 입술 축일 만한 샘을 찾아다니던 이 대지의 여신 앞에 오막살이 한 채가 나타난 것은 해

---

49) 그/에오스. '새벽'.
50) 화산으로 유명한 산.

질 녘. 여신이 문을 두드리자 나와서 응대한 사람은 허리 꼬부라진 노파. 여신의 행색을 보고 허기와 갈증에 시달리고 있다는 걸 안 이 노파, 물에다 볶은 보릿가루를 풀어 마실 것을 만들어 주었다는군.[51)

케레스 여신이 이걸 받아 마시는데, 건방진 아이 하나가 지나가다가 여신의 얼굴을 보고는 '할마시, 참 게걸스럽게도 처먹는다.' 이랬다던가. 아이의 말에 몹시 화가 났던 케레스 여신은 물과 보리알이 섞인 이 마실 것을 아이의 얼굴에다 확 끼얹어 버리는데…… 아, 그 순간 아이의 얼굴에는 거뭇거뭇한 반점이 나타나면서 팔 있던 자리에서는 다리가 돋아났고, 엉덩이에는 꼬리가 나오기 시작했대. 이 건방진 아이, 여신을 비웃었다가 도마뱀으로 둔갑한 것이지.

노파가 기겁을 하고 이 괴상하게 생긴 것에 손을 대려 하자, 이 도마뱀은 황급히 도망쳐서 몸을 감추고 말았다는 것. 이 동물의 몸에는 지금까지도 알락달락한 반점이 있어. 이 '반점'이라는 말이 결국 이 동물의 이름이 된 것……[52)

누가 이 여신이 헤맨 땅 이름 바다 이름을 다 섬길 수 있으랴. 온 바다를 다 건너고 온 땅을 다 헤맸는데.

온 세상을 다 뒤진 여신은 다시 시카니아[53)로 되돌아갔지.

---

51) 서양 사람들의 아침상에 자주 오르는 곡물죽 '시어리얼'은 '케레스'의 영어식 발음인 '시어리즈'에서 나온 말이다.
52) 이 아이의 그리스 이름은 아스칼라보스, 즉 '도마뱀'. 라틴어 이름 스텔리오, 즉 '얼룩도마뱀'은 '별' 또는 '반점'이라는 뜻인 '스텔라'에서 나왔다.
53) 시켈리아, 즉 시칠리아의 별명.

여신은 이 섬에 이르자마자 요정 퀴아네를 찾았다는군. 하지만 이를 어쩌. 물로 화하지 않았더라면 이 퀴아네가 케레스 여신께 자기가 본 것, 겪은 것을 다 이를 수 있었으련만.

말이야 하고 싶었겠지만 물로 화한 요정에게 입이 있을 리 없고, 혀가 있을 리 없으니. 그런데도 요정은 딸 잃은 어머니에게 어떻게든 뜻을 전하고 싶어서 마침 그 물에 떨어져 있던 프로세르피나의 허리띠를 살며시 물 위로 떠올려 여신께 보여 주었다지.

케레스 여신이 외딸 프로세르피나의 허리띠를 알아보지 못할 리 있으랴. 여신은 허리띠를 보자마자 딸 잃은 설움이 복받쳐 새삼 머리를 쥐어뜯고 가슴을 치며 울부짖었다는군. 하지만 울부짖는다고 어디 될 일이던가.

여신은 딸의 행방을 귀띔해 주지 않는 온 땅을 원망했구나. 곡물을 기르게 해 준 은혜를 모르는 배은망덕한 것들이라고 했구나. 곡물을 안아 기를 자격이 없는 것들이라고 했구나.

여신은 땅을 원망하다가 이번에는 실종된 딸의 유품을 보여 준 트리나크리아[54]를 원망했구나.

그래서 여신은 손을 들어 그 땅을 가는 쟁기라는 쟁기는 모조리 날이 부러지게 하고, 그 땅을 가는 쟁기를 끄는 황소라는 황소는 모조리 다리가 부러져 그 자리에 주저앉게 만들었지.

하지만 그런다고 분이 풀릴까. 여신은 그래도 분이 풀리지

---

54) 시칠리아섬.

않자 이번에는 땅에 명하여 농부들의 믿음을 저버리게 하고, 씨앗에 명하여 싹을 틔우지 못하게 했어. 비옥하기로 소문나 있던 그 고장 땅은 여신의 명을 받들어 황무지로 둔갑해 농부들의 희망을 저버려도 철저하게 저버렸고, 씨앗은 여신의 명을 받들어 싹을 틔우지 않거나, 싹을 틔우더라도 곧 말라 버렸다지. 용케 한동안 자라던 싹이 있었어도 오래지 않아 햇볕에 말라 버리거나 폭우에 씻겨가 버리거나 새 먹이가 되고는 했다지. 그래도 자라는 싹은 독보리, 엉거시, 잡초가 거들어 쓰러뜨렸다지. 그러니 옥토가 황무지 될 수밖에.

그러던 차에 강의 신 알페이오스의 사랑을 입던 샘의 요정 아레투사가 제 샘에서 고개를 들고, 물이 뚝뚝 듣는 머리카락을 쓸어 넘기면서 케레스 여신께 이렇게 일렀더라지.

'위대하신 대지의 여신, 곡물의 여신이시여, 따님을 찾아 온 세상을 떠돌아다니셨으니 여신의 믿음을 배신한 땅을 원망하실 만도 하지만요, 땅에게는 죄가 없습니다. 만일에 땅이 입을 벌려 따님을 납치한 자를 숨겼다면 그야 어쩔 수 없어서 그랬을 테지요. 저는 제가 고여 있는 이 땅을 용서하시라고 이러는 게 아닙니다. 저는 이 고장 요정이 아니고 엘리스의 요정입니다. 제가 태어난 곳은 피사입니다. 여신이시여, 이 땅이 저에게는 타관입니다만 저는 어느 누구보다 이 땅을 사랑합니다. 지금은 이 아레투사의 고향, 이 아레투사의 고국이나 마찬가지니까요. 자비로우신 여신이시여, 원하옵건대 이 땅을 은혜롭게 하소서. 제가 고향을 떠나 저 넓은 바다를 건너 이곳 오르튀기아까지 온 내력은, 여신의 분노와 근심이 다소 가라앉은 뒤에 말씀드리겠습니다만, 이 말씀만은 먼저 여쭙겠습니다. 저는, 대지가 저를 위해 열어 준 길을 따라 이곳까지 도망쳐 왔습니다. 대지 속 깊은 굴을 지난 저는 고개를 들고 낯선 별들을 보고서야 비로소 이곳에 이른 것을 알았습니다. 그러니까 제가 이 두 눈으로 프로세르피나 님을 똑똑히 뵌 것은 대지 저 깊은 곳에 있는 스틱스의 심연을 흐를 때였습니다. 따님께서는 슬픈 얼굴을 하고 계셨습니다. 표정에 공포의 그림자가 함께 어려 있었고요. 하지만 그분은, 저승 세계의 귀하신 왕비, 지하 세계 지배자의 배우자가 되어 계시더이다.'

이 말을 들은 케레스 여신은 한동안 돌이라도 된 듯이 그 자리에 서 있었더라지. 여신은 무슨 생각을 했을까? 자기가 그런 지경에 처해 있는데도 모르는 체하고 있는 천궁의 여러 신들을 벼르고 있었으리라.

여신은 천궁으로 올라갔지. 천궁에 오른 여신은 헝크러진 머리카락에 험상궂은 눈매를 하고 유피테르 신의 면전에서 대신(大神)께 대들었다는구나.

'유피테르 대신이여, 내 딸이자 그대의 딸인 프로세르피나 문제로 청원할 일이 있어서 이렇게 왔으니, 내 말을 들으세요.[55] 딸의 어미가 그 아비의 마음을 움직이지 못한다고 해서 딸이 그 아비의 마음을 움직이지 못하는 것은 아니겠지요. 그 아이 어미가 나라고 해서 그 아이를 업신여기지 마시기 바

---

55) 케레스와 유피테르는 남매간이나 프로세르피나는 이 둘 사이에서 난 딸이다.

랍니다. 내가 그토록 오래 찾아다니던 그 아이 행방을 이제야 알았습니다. 대신께서 보시기에는, 내가 그 아이를 잃은 것이나, 이제 그 행방을 알아낸 것이나 마찬가지겠지요? 행방을 알았으니 찾아오면 되지 않느냐고 하실 테지요? 하지만 나는 대신이 아닙니다.

내 딸을 돌려주게만 하신다면, 내 딸을 도둑질해 간 자[56]의 허물은 잊겠습니다. 도둑맞았으니 이제는 내 딸이 아니라고 하시겠습니까? 그렇다면 대신의 딸도 아닙니까? 만일에 그 아이가 대신의 딸임이 분명하다면, 어떻게 하시겠습니까, 약탈자를 지아비로 섬기라고는 않으시겠지요?'

대신은 케레스가 종주먹을 들이대는데도 화도 안 내고 이렇게 대답했지.

'프로세르피나가 그대에게 귀한 딸이라면 내게도 귀한 딸이오. 따라서 나 역시 그대 못지않게 책임을 느끼고 있는 것이오. 그러나 그대는 사상(事象)에 이름을 붙이되 온당한 이름을 붙여야 하오. 우리 딸을 데려간 자의 행위는 약탈 행위가 아니라 조금 도를 넘은 사랑의 몸짓에 지나지 않는 것이오. 그대가 동의한다면 이 사위 되는 자도 우리를 그리 불명예스럽게 하지는 않을 것이오. 비록 그에게 자랑할 것이 없다고는 하나, 아무나 이 유피테르의 형제일 수 있는 것은 아니오.[57] 그러나 그에게 자랑할 만한 것이 없는 것도 아니오. 그는 이 세

56) 플루토.
57) 플루토는 유피테르보다 먼저 태어났으나 나중 자란, 말하자면 형이자 아우인 동시에 이즈음에는 이미 사위가 되어 있다.

상을 상속받을 때 제비를 잘못 뽑아 이 천궁을 나에게 양보하고 저승 왕이 된 것뿐이오. 그대가 이렇게 우기니 프로세르피나를 마땅히 천궁으로 데려와야 할 일이기는 하오만, 여기에는 한 가지 조건이 있소. 프로세르피나는 그곳에서 아무것도 먹지 않았어야 하오. 나를 야속하게 생각하지 마시오. 이것은 파르카이[58]가 정한 법이니까.'

유피테르로부터 이 말을 들은 케레스는, 프로세르피나가 저승에서 아무것도 먹지 않았기를 바라면서 이 딸을 구하려고 백방으로 손을 썼지. 하지만 파르카이의 법은 케레스의 소원이 넘어야 할 크고도 험한 걸림돌. 프로세르피나가 저승에서 금식(禁食)의 법을 어겼구나.

어쩔꼬, 프로세르피나가 이 저승에서 손질이 잘된 뜰을 지나다가 무심코 석류를 하나 따서 그 알 일곱 개를 먹었으니……[59]

프로세르피나가 석류 알 먹는 것을 누가 보았을까? 오르프네[60]라는 요정의 아들 아스칼라포스였다는군. 아베르노스[61]의 요정들 중에서 가장 유명한 요정 오르프네가 아케론[62]의 씨로 지어 그 음습한 강 언덕 숲에서 낳은 아들…… 아스칼라포스.

---

58) 그/모이라이. 즉 '운명'을 주관하는 세 여신.
59) 석류 알을 먹었다는 말은 사랑을 나누었음을 상징하는 듯하다.
60) '암흑'.
61) 저승의 입구 혹은 저승.
62) '비통'. 저승을 흐르는 강 중의 하나.

저승을 흐르는 아케론강의 뱃사공 카론(혹은 케이론). 고집이 세기로 유명하다. 살아 있는 인간으로서 그의 배를 탄 사람은 네 사람. 즉 테세우스와 페이리토스, 그리고 헤라클레스와 오르페우스이다. 아이네이아스와 오뒤세우스도 저승을 다녀온 것으로 되어 있으나, 카론의 배를 탔다는 말은 없다.

아스칼라포스는 프로세르피나가 석류 알 먹는 것을 보고는 이 소문을 퍼뜨려 결국 프로세르피나가 어머니의 품으로 돌아갈 수 없게 했지. 아레보스[63]의 왕비[64]는 이에 앙심을 품고 이 수다쟁이를 불길한 새로 전신(轉身)하게 했으니, 보라, 왕비가 이자의 머리에 플레게톤[65]의 물을 뿌리자 이 수다쟁이의 입에서 부리가 생겨나면서 몸에는 깃털이 돋았으며 눈이 커지기 시작했어. 오래지 않아 인간의 형상이 없어지면서 날개도 돋았지. 이어서 머리가 엄청나게 커지고, 발에는 꼬부라

---

63) '암흑'.
64) 프로세르피나.
65) '화염'. 저승을 흐르는 강 중의 하나.

진 발톱이 생겨나고……. 새가 되었는데도 이 새는 제 힘으로 제 날개를 들지 못한다던가. 무슨 새가 되었는가 하면, 인간에 게 불길한 소식이나 전하는 새, 불길한 전조를 보이는 기분 나쁜 새, 올빼미가 된 것이지.

아스칼라포스가 이런 벌을 받은 것은 자업자득이라고 할 수 있겠는데, 그럼 아켈로오스의 딸들은? 어째서 아켈로오스의 딸들은 새로 변하였으되 몸은 새 몸, 얼굴은 인간인 괴상한 새로 변하였을까? 이 시레네스[66]가 이런 벌을 받은 게 프로세르피나와 함께 꽃을 꺾었기 때문일까? 아니다. 이들 역시 프로세르피나를 찾아 바다 위를 날면서 바다의 신들에게 기도했기 때문이다. 프로세르피나가 사라졌다는 소식을 전하게 해 달라고 바다의 신들에게 조르다가 이 꼴이 된 것이다. 이들의 몸에 금빛 깃털이 생겨난 것은, 바다의 신들이 이들의 소원을 이루어 주기로 작정하고 나서부터였다. 그러면 바다의 신들이 이들을 새로 만들되 인간의 음성, 인간의 얼굴만은 그대로 둔 까닭은 무엇일까? 바다의 신들은 그렇게 소식을 전하고 싶으면 전하라는 생각에서 인간의 소리, 인간의 얼굴을 남겨 놓은 것이지. 인간에게 소식을 전하려면 인간의 소리가 있어야 하고, 인간의 소리가 있으려면 인간의 혀가 있어야 하고, 인간의 혀가 있으려면 인간의 얼굴이 있어야 하니까……. 그래야 아름다운 노랫소리와 뛰어난 말재주로 그 천직을 다할 수 있게 될 테니까. 유피테르는 슬픔에 잠겨 있는 케레스와 정

---

66) 영/사이렌.

든 아내를 내어놓지 않으려는 플루토를 화해시키려고 애썼어. 어떻게? 1년을 반으로 나누고는, 1년의 반은 어머니의 나라인 땅, 나머지 반은 지아비의 나라인 저승에서 지내게 한 것. 그러니까 프로세르피나는 이 두 나라에서 번갈아 가면서 살 수 있게 된 것이지.

이렇게 되자 프로세르피나의 표정과 분위기가 그렇게 달라졌을 수가 없었다는군. 디스[67]가 보기에도 견줄 데 없이 어둡고 슬퍼 보이던 아내의 얼굴이, 비구름 헤치고 나온 태양처럼 환해 보이더라나."[68]

7 아레투사가 샘이 된 내력

여신이시여, 칼리오페의 이야기는 이렇게 계속됩니다.

"케레스 여신이 반쪽이나마 딸을 되찾은 뒤로는 예전같이 자비로우신 여신으로 되돌아오셨길래 전에 도움을 받으신 아레투사를 찾아가셨겠지. 여신은 아레투사를 찾아가시어 고향 엘리스 땅에서 도망친 내력, 샘이 된 내력을 물으셨대.

그러자 요정 아레투사가 물에 젖은 초록빛 머리카락을 손가락으로 빗고는 옛날 엘리스에서 있었던 일이라면서 사랑 이야기를 이렇게 하더라지.

---

67) 플루토.
68) 프로세르피나의 운명은, 1년의 반은 땅속에 묻혀 있고, 나머지 반은 지상에 나와 있는 씨앗의 운명을 상징한다.

'저는 아카이아[69]에 살던 요정입니다. 숲속에서 사냥 그물 치는 일을 저만큼 좋아한 요정도 아마 없었을 것입니다. 저는 숲속을 뛰어다니는 것만을 좋아해서, 예쁘다느니 밉다느니 하는 말에는 별로 귀를 기울이지 않았습니다만, 동무 요정 가운데에는 저더러 예쁘다고 하는 요정이 많았습니다. 외모가 아름답다는 말을 별로 좋아하지 않았던 저는, 스스로 아름다움을 뽐내는 요정을 보면 부끄러움을 느꼈습니다. 아름다워 보았자, 사내의 눈요깃감밖에 더 될 것이 무엇이냐 하는 생각이 먼저 들었기 때문입니다. 어느 날 사냥으로 지친 몸을 끌듯이 하고 스튐팔로스 숲에서 돌아올 때의 일이었습니다. 몹시 더운 날이었습니다. 지칠 대로 지쳐 있어서 그랬겠지만, 저에게는 그날따라 태양이 곱절로 뜨거워진 것 같았습니다. 그래서 저는 조용히 흐르는 시냇물로 다가갔습니다. 물이 어찌나 맑은지 바닥의 돌멩이를 다 셀 수 있을 것 같았습니다. 여신께서 보셨더라도 물이 흐르고 있는지 고여 있는지 분간하시기 쉽지 않았을 것입니다. 이 물을 마신 버드나무와 백양나무가 둑에서 이 물에 그림자를 드리우고 있었습니다. 저는 물가로 다가가 발을 담갔습니다. 그러다가 곧 무릎이 잠길 만큼 안으로 들어갔습니다. 하지만 그렇게 하는 것만으로는 성에 차지 않았습니다. 그래서 허리띠 풀고 옷을 벗어 버드나무에 걸어 놓고는 물속으로 들어갔습니다. 물론 알몸으로 들어갔지요. 어찌나 시원한지 몸을 꼬기도 하고 틀기도 하면서 놀고 있

---

69) 그리스 땅.

는데 물속에서 무슨 소리가 들려오는 것만 같았습니다. 저는 몹시 놀라 후다닥 가까운 둑으로 뛰어 올라갔습니다.

아레투사, 어디를 그리 급히 가느냐? 아레투사, 어디를 그리 급히 가느냐?

아, 알페이오스강의 신이 굵은 목소리로 저를 부르고 있는 것이 아니겠습니까? 저는 옷을 벗어 나무에 걸어 놓은 참이어서 알몸인 채로 도망쳤습니다. 강의 신은 제 뒤를 따라왔습니다. 알몸이었으니 쉽게 붙잡을 수 있다고 생각했던 게지요. 저는 매에게 쫓기는 비둘기처럼 달아났고, 강의 신은 비둘기를 쫓는 매처럼 따라왔습니다. 오르코메노스, 프소피스를 지나고, 퀼레네산을 넘고 마이날로스 계곡을 지나고 여름에도 한기가 돈다는 에뤼만토스산을 넘어 엘리스 땅에 이르도록 저는 도망치고 그는 쫓아왔습니다.

발은 제 발이 빨랐습니다만 힘이야 어디 어림이나 있습니까? 저는 더 이상 달리지 못할 지경에 이르러 있었지만 그의 속도는 여전했습니다. 저는 들판을 지나고 나무로 덮인 산의 사면을 올라 길도 없는 바위 사이를 빠져 다니며 있는 힘을 다해 도망쳤습니다. 해가 서산으로 기울어 저는 저를 앞서 달리는 긴 그림자를 보면서 도망쳤습니다. 하기야 그 경황 중에 제가 그림자를 보았다는 것이 믿어지지 않습니다만, 곧 발소리가 저를 따라잡는 것 같더니, 그의 숨결이 제 머리카락에 닿는 것이 아니겠습니까? 저는 온몸의 힘이 다 빠져나가는 것 같아 디아나 여신께 빌었습니다.

여신이시여, 저를 도우소서. 도우시지 않으시면 저는 붙잡히고 맙니다. 화살 가득한 여신의 화살통과 활을 들고 다니던 저를 불쌍하게 여기소서.

제 음성을 들으신 여신께서는 두꺼운 구름 한 장을 만드시고는 이로써 저를 가려 주셨습니다. 강의 신은 제가 보이지 않으니까, 저를 싸고 있는 구름 주위를 돌면서 기웃거렸습니다. 두 번이나 그는 제가 있는 곳 바로 옆까지 와서 두 번이나 아레투사, 어디에 있느냐 하더이다.

이때 제 기분이 어떠하였는지는 아무도 모를 것입니다. 이리 우는 소리를 들은 어린 양, 아니면 덤불 속에 숨어 무서운 사냥개의 주둥이를 보면서 굽도 젖도 못하고 있는 메토끼의 심정이 그러했을 것입니다.

아, 그런데도 알페이오스는 그곳을 떠나지 않았습니다. 제 발자국이 그 근처에서 사라진 것을 보았기 때문이지요. 제가 구름 속에 갇혀 있는데 사지에서 식은땀이 흐르더니 온몸에서 검은 물방울이 떨어졌습니다. 잠시 뒤에는 발 딛는 곳마다 물이 고였고 머리에서도 물이 들었습니다. 제가 이렇게 말씀드리는 것보다도 훨씬 빠른 속도로 저는 물이 되고 있었던 것입니다. 그제야 강의 신은 제가 물이 된 것을 알고는, 잠깐 빌렸던 인간의 형상을 벗고는 강물로 되돌아가 저를 그 흐름에 합수(合水)시키려고 했습니다. 이때였습니다. 델로스 여신[70]께서 땅을 갈라 주셨습니다. 저는 그 틈으로 뛰어들어 음습한 지하를 흘러가 오르튀기아에 이르렀습니다. 저는 저를 지켜 주신

---

70) 디아나 여신은 오라비인 아폴로와 함께 델로스섬에서 태어났다.

여신의 고향이기도 한 이 오르튀기아에서 다시 땅 위로 샘솟 았습니다.'71)

아레투사의 이야기는 이것으로 끝났어. 풍요의 여신72)은 두 마리 용을 끌어와 멍에를 채워 수레를 맨 뒤 하늘로 날아 올라 하늘과 땅의 중간을 날았지. 여신이 어디로 갔느냐. 여신 은 트리톤의 도시73)로 날아가 이 수레를 트리프톨레모스74)에 게 주었어. 그러고는 이 수레와 함께 곡식의 씨앗을 주어 밭에 뿌리게 했지. 이랑이 만들어진 밭에도 뿌리고 이랑이 없는 땅 은 새로 일구어 이랑을 만들고 거기에 뿌리게 했지.

청년은 일이 끝나자 에우로페75)와 아시아로 가서 상공을 날면서 씨를 뿌렸어. 뿌리면서 뤼코스왕이 다스리던 스퀴티아 땅으로도 갔고······.

청년이 왕을 찾아 왕궁으로 들어가자 국왕 뤼코스는 이름 은 무엇이고, 어느 나라에서, 왜, 어떻게 왔느냐고 물었지. 청 년은 이렇게 대답했다지.

'내 이름은 트리프톨레모스이고, 내 나라는 저 유명한 아 테나이올습니다. 나는 바다를 건너온 것도 아니요, 땅을 지나 서 온 것도 아닙니다. 배를 타고 온 것도 아니요, 걸어서 온 것

---

71) 오르튀기아는 델로스의 옛 이름. 디아나는 '오르튀기아 여신'으로도 불 린다.
72) 대지의 여신, 곡물의 여신 케레스의 별칭.
73) 그/아테나이. 미네르바 여신, 즉 아테나 여신의 도시.
74) '세 번 밭을 가는 자', 혹은 '삼중전사(三重戰士)'.
75) 유럽.

도 아니라는 뜻입니다. 나는, 그렇습니다, 하늘길을 따라 여기에 이르렀습니다. 나는 케레스 여신의 선물을 가지고 왔습니다. 이를 밭에다 뿌리면 가을에는 거둘 수 있고 가을에 거두면 요긴한 겨울 양식이 될 수 있습니다. 나는 이를 전하기 위해서 왔습니다.'

이 미개국의 임금은 이 말을 듣는 순간부터 이 요긴한 것이 탐나 청년을 질투하기 시작했어. 인간에게 요긴한 것을 나누어 주는 영광을 제가 누리고 싶었던 것이지. 그래서 륀코스 왕은 겉으로는 환대하는 척하다가 틈을 보아 이 청년을 죽이려고 했다지.

하지만 케레스 여신이 계시는데 누가 누구를 해코지해? 여신께서는, 륀코스가 이 청년을 찌르려고 할 때까지 기다렸다가 이 륀코스를 '륀코스'[76]로 만드셨어.

여신께서 이렇게 지켜 주시니 트리프톨레모스 청년은 다시 용 수레를 타고 하던 여행을 마저 할 수 있었어. 은혜로우셔라, 케레스 여신이시여."

이로써 저희 맏언니 칼리오페는 노래를 마쳤습니다. 여신이시여, 판관으로 나온 요정들은 입을 모아 헬리콘산의 신녀들인 저희를 승자로 판정했습니다. 그런데 저 아홉 계집은 겨루기에서 지고도 이긴 저희를 힐뜯었습니다. 그래서 제가 이들을 나무랐습니다.

노래를 겨루자고 부득부득 우겨 우리 자존심에 상처를 입

---

76) '살괭이'.

힌 죄만 해도 적지 않은데 우리가 입은 상처에 침까지 뱉어? 우리가 어디까지 참을 줄 알았더냐? 이제 너희에게 우리를 욕보인 죗값을 물릴 수밖에 없다. 우리를 이 지경으로 만든 것은 너희이다.

그런데도 에마티아[77] 계집들은 웃으면서 제 말을 비웃습디다. 신녀를 비웃다니 이게 정신이 온전한 것들이 할 짓입니까?

그것들이 저희를 비웃는 순간, 웃음소리는 울음소리가 되었습니다. 저희를 가리키던 그것들의 손가락 끝에서는 깃털이 돋기 시작했고요. 이 깃털은 곧 온 팔을 덮었습니다. 저희도 놀랐는지 서로 얼굴을 번갈아 바라보았습니다만, 입이 있던 자리에 벌써 뾰족한 부리가 생겨나 있었으니 얼마나 놀랐겠습니까? 그게 원통했던지 가슴을 치는데, 그게 날갯짓에서 더도 덜도 아니었습니다. 이렇게 해서 수다쟁이 까치가 된 것입니다. 저 까치는 그때의 버릇이 남아 여지껏 저렇게 수다를 떨어 대는 것이지요. 쉴 새 없이 깍깍거리면서도 깍깍거리고 싶다는 욕망에 쫓기고 있는 것입니다.

---

77) 마케도니아의 옛 이름.

6부 신들의 복수

1 미네르바 여신과 아라크네의 솜씨 겨루기

무사이 신녀들의 이야기를 다 들은 미네르바 여신은, 신녀들이 분을 참지 못했던 일을 놓고 자기라도 참지 못했을 것이라는 말로 위로하고 그들의 노래를 칭송했다. 여신은 그러면서 속으로는 이런 생각을 했다.

"내가 남을 칭송하는 것이 어찌 내가 칭송을 받는 것만 하랴. 칭송을 받는 것도 좋지만 신들의 권능을 업신여기는 것들도 그냥 두어서는 안 될 일이지······."

여신은 문득 마이모니아 땅[1]에 살던 처녀 아라크네를 떠올렸다. 이 아라크네는 베 짜는 솜씨에 관한 한 미네르바 여신에 못지않게 세상 사람들의 칭송을 받는 처녀였다.[2] 미네르바 여

---

1) 뤼디아의 옛이름.

신 자신도 이러한 소문을 들은 바 있었다.

이 아라크네는 신들과 족보가 닿는 것도 아니고 그렇다고 명문(名門)의 딸도 아니었다. 아라크네를 유명하게 한 것은 오직 베 짜는 재간이었다.

아라크네의 아버지 이드몬은 포카이아 땅에서 나는 보라색 염료로 양털을 염색하는 일을 생업으로 삼는 평범한 사람이었다. 일찍이 세상을 떠난 어머니 역시 남편보다 나을 것이 하나도 없는 초라한 집안의 딸이었다. 그러나 이들의 딸은, 휘파이파 마을의 오두막에서 태어나 여전히 그 오두막에 살고 있는데도 불구하고 베 짜는 재간으로 온 뤼디아를 흔들어 놓을 만한 이름을 얻고 있었다. 이 처녀의 놀라운 손재주를 구경하러 가느라고 트몰로스산 요정들은 포도밭을 떠났고 팍톨로스강 요정들은 물을 떠났다.

아라크네가 짜 놓은 베만 구경거리인 것은 아니었다. 짜고 있을 때의 손놀림도 훌륭한 구경거리였다. 가령 일머리에 거친 실을 실꾸리에 감는 것이라든지, 손가락을 빗 삼아 실을 빗어 구름 같은 털실의 거스러미를 털어 내고 끊임없는 잔손질로 긴 실타래를 뽑아내는 것이라든지, 엄지손가락으로 날씬한 북을 다루는 것이라든지, 준비가 다 된 베틀에 앉아 무늬를 짜 넣는 모습 자체가 더할 나위 없이 좋은 구경거리였다.

구경하는 사람들이 팔라스 여신으로부터 그런 재간을 배운 것이 분명하다고 생각하는 것도 무리는 아니었다. 그러나

---

2) 베 짜는 일은 미네르바 여신의 직분이기도 하다.

아라크네 자신은 이를 부인했다. 부인하는 데 그치지 않고, 아주 훌륭한 스승 밑에서 배웠을 것이라는 말에 화를 내기까지 하면서 이렇게 말하고는 했다.

"그럼 팔라스 여신더러 와서 저와 겨루어 보시라고 하지요. 제가 진다면 어떤 벌이라도 받겠어요."

팔라스 여신은 이런 소문을 듣고는 백발 노파로 둔갑하여 아라크네의 집을 찾았다. 지팡이가 없으면 걸음을 옮겨 놓기도 힘들어 보이는 노파의 모습을 잠시 빌린 여신은 이 집을 찾아와 이렇게 말했다.

"이것 보아요, 처녀. 나이 먹은 할마시의 말이라고 다 귓가로 흘려 버리면 안 됩니다. 나이를 먹은 사람은 본 것 들은 것이 그만큼 많은 법이니 더러 쓸 말도 있는 것입니다. 그러니까 내 말을 귀담아들으세요. 인간만을 상대로 겨룬다면 그대가 가장 솜씨 좋은 분임에는 틀림이 없겠지요, 여신의 신성(神性)은 그렇게 욕보이는 게 아니랍니다. 그러니 속알머리 없는 제가 실언(失言)했습니다, 하고 여신께 용서를 비세요. 빌면 여신께서도 너그러운 분이시라니까 처녀를 용서하실 것입니다."

이 말을 들은 아라크네는 감던 실꾸리를 뽑아 들고 노파를 노려보았다. 금방이라도 그것으로 노파를 갈길 것 같았다. 그러나 갈기는 것만은 가까스로 참아 낸 아라크네는, 팔라스 여신인 줄도 모르고 이 노파를 꾸짖었다.

"그렇게 터무니없는 말씀을 하시는 것 보면 할머니가 너무 오래 사신 게지요. 아니면 연세를 너무 잡수셔서 망령 나셨거나. 며느리나 딸이 있으시거든 거기에나 가셔서 그런 말씀 들려주세요. 내 일은 내가 알아서 할 테니까요. 그런 소리 듣는 다고 내 마음이 달라질 줄 아세요? 내 생각에는 변함이 없어 요. 왜 팔라스 여신더러 몸소 오시라고 하시지 그래요? 팔라 스 여신이 왜 내 도전을 피하기만 하는지 모르겠어요.”

“여기 왔다.”

여신은 이렇게 대꾸하고는 노파의 모습을 벗고 팔라스 여 신의 참모습으로 돌아섰다. 요정들과 뮈그도니아 여자들은 모 두 공손하게 머리를 조아리고 여신을 경배했다. 모두가 겁에 질려 몸 둘 곳을 몰랐다. 아라크네만 제외하고.

아라크네는 벌떡 일어났다. 아라크네의 뺨은 잠깐 붉게 상 기되었다가는 곧 핏기를 잃었다. 새벽의 손길에 붉게 물들었 다가 해가 돋으면서 창백해지는 하늘빛 같았다. 아라크네는 제 생각을 굽히지 않았다. 오직 이길 수 있다는 일념으로 제 운 명과 맞서려 할 뿐이었다.

유피테르의 딸도 더 이상은 아라크네를 달래려 하지 않았 다. 여신은 이 도전을 받아들여 곧 겨루기에 들어갔다. 여신과 아라크네는 방 이쪽저쪽에 놓인 베틀로 올라가 날실을 걸었 다. 둘 다 부테허리를 허리에 감고 잉아에 날실을 꿴 다음 재 바른 손놀림으로 씨실을 북에 물려 날실 사이로 밀어 넣었다. 씨실이 날실을 지날 때마다 바디가 이 씨실을 쫀쫀하게 짰다. 옷을 걷어 올려 젖가슴을 질끈 동여매고 여신과 처녀는 있는 힘과 기를 다해 베를 짰다. 이 둘의 손은 쉴 새 없이 베틀 위 를 오고 갔다. 어쩌나 열심이었던지 이들은 일을 하고 있다는 것까지 까맣게 잊고 일했다. 이들이 베에 짜 넣은 실에는 튀로스 염료로 물들인 보라색 실은 물론이고 색조가 조금씩 다른 여러 가지 색실이 섞여 있었다. 한 가지 색실이 다른 색실과 겹치는 부분에서는 어디서부터 이 색실에서 저 색실로 바뀌었는지 분간하기 어려웠다. 소나기가 하늘에 그려 놓은 긴 활꼴 무지개와 흡사했다. 무지개가 지닌 여러 가지 색깔의 띠는 맞물리는 곳에서는 하나로 보이지만 여기에서 조금만 떨어지면 전혀 다른 색깔로 보이는 법이다.[3] 옛이야기의 내용이 그림으로 짜여 들어가면서 금빛 색실도 이 갖가지 색실에 섞여 들어갔다.

팔라스 여신은 케크롭스가 쌓은 성채의 아크로폴리스[4]에 있는 마르스[5]의 바위[6]와 이 도시의 이름을 두고 옛날 자신과 넵투누스가 겨루기하던 광경을 베폭에 짜 넣었다.[7] 이 겨루기 마당에는 올림포스의 12신 중의 나머지 신들도 위풍당당한 모습으로 유피테르를 중심으로 높은 보좌에 열석해 있었다. 신들은 외관만으로도 어느 신이 어느 신인지 금방 알아볼 수 있는 모습을 하고 있었다.

유피테르는 제왕(帝王)의 모습을 하고 있어서 알아보기가 쉬웠다. 해신 넵투누스가 선 채로 그 긴 삼지창으로 바위를

---

3) 『그리스 로마 신화』의 저자로 유명한 미국 작가 토마스 불핀치는 과학적인 사실과도 일치하는 묘사라고 이 대목을 극찬한 바 있다.
4) '솟은 터에 있는 성'.
5) 그/아레스.
6) 아레오파고스, 즉 '아레스의 언덕'.
7) 이 겨루기에서는 미네르바, 즉 팔라스 아테나 여신이 승리했다. 이 도시 이름이 '아테나이('아테나의 도시')'가 된 것은 이 때문이다.

치자8) 바위 틈에서 물이 솟아 나왔다. 넵투누스는 이로써 이 도시의 소유권을 주장하고 있는 것인데 이 모든 광경이 미네르바 여신이 짜는 베폭에 그려지고 있었다. 팔라스 여신은 창과 방패를 든 자신의 모습을 거기에 짜 넣었다. 베폭에 나타난 여신은 머리에는 투구를 쓰고 가슴은 아이기스9)로 가리고 있었다. 팔라스 여신이 창으로 대지를 찌르자 거기에서 열매가 잔뜩 달린 감람나무가 솟아나고 있었다. 이 놀라운 광경을 바라보고 있는 신들의 면면도 볼만했다. 여신은 이 베폭 그림에 니케10) 그림을 짜 넣음으로써 자신과 넵투누스의 겨루기 그림을 마무리 지었다.

여신은 이로써는 부족하다고 여겼는지 이 그림의 네 모서리에 네 개의 겨루기 장면을 더 짜 넣었다. 다 자신의 겨루기 상대인 오만방자한 아라크네에게 신들을 가볍게 여기면 어떤 벌을 받는지 가르쳐 주기 위함이었다. 이 네 개의 그림은 크기는 작아도 색채는 그지없이 현란했다. 첫 번째 그림에는 위대한 신들의 이름을 도용(盜用)했다가 인간의 형상을 잃고 눈 덮인 산으로 변한 트라키아의 하이모스산과 로도페산이 그려져 있었다.11) 그다음 모서리는 퓌그마이오이12)의 슬픈 운명을

8) 이 미네르바와 넵투누스의 겨루기에서는 도시 백성들에게 유익한 것을 베푸는 신이 이기게 되어 있었다. 이 겨루기에서 미네르바 여신은 올리브, 즉 감람나무를 창조하여 말을 창조한 넵투누스를 이겼다.

9) '방패'.

10) 영/나이키. '승리'의 여신.

11) 이들은 남매이면서도 부부의 연을 맺고 각각 유피테르와 유노의 이름을 도용했다가 산으로 변했다.

증언하는 그림, 즉 유노가 겨루기에서 이 족속의 여왕[13]을 이긴 뒤, 이 여왕을 학(鶴)으로 전신(轉身)시켜 제 족속에게 싸움을 걸게 한 사연이 그림으로 짜여 들어가 있었다. 팔라스 여신은 또 전능한 유피테르의 배우자[14]와 그 아름다움을 겨루려 하다가 바로 그 유노에 의해 새로 전신한 안티고네[15] 이야기도 그림으로 짜 넣었다. 안티고네의 상대가 유노 여신이었던 만큼 일리움[16] 도성도 아버지 라오메돈왕도 나설 수가 없었다. 유노 여신의 저주를 받은 이 처녀는 자신도 모르는 사이에 돋아난 순백의 날개를 퍼득거리고, 뾰족하게 돋아난 부리를 달싹거리며 지껄여 대기 시작했다. 마지막 남은 모서리에는 역시 유노의 저주를 받아 신전 돌계단이 되어 버린 딸을 부둥켜 안고 우는 키뉘라스의 모습이 그림으로 짜여 들어갔다.[17] 팔라스 여신은 마지막으로 베폭 가장자리에 평화의 상징인 감람나무[18] 가지 그림을 짜 넣었다. 베 짜기는 이로써 끝났다. 여신은 자신의 신목(神木)으로 일 매듭을 지은 것이다.

아라크네는 황소로 둔갑한 유피테르에게 속아 순결을 잃은 에우로페 이야기를 그림으로 짜 넣었다. 황소는 살아 움직이

---

12) 단/퓌그마이오스. 영/피그미. '난쟁이'. 전설상의 난쟁이 족속.

13) 오이노에.

14) 유노.

15) 트로이아 왕 라오메돈의 딸.

16) 그/일리온. 트로이아.

17) 키뉘라스의 딸들은 저희 아름다움이 유노 여신보다 낫다고 했다가 유노 신전의 돌계단으로 전신했다.

18) 올리브.

현실과 신화의 절묘한 조화(벨라스케스의 그림). 뒤쪽으로 미네르바와 아라크네가
겨루는 장면이 보인다.

는 것 같았고 파도는 베폭 위에서 넘실거리는 것 같았다. 에우
로페는 떠나온 해변을 돌아다보면서 함께 놀던 동무들을 향
해 비명을 지르고 있었다. 에우로페는 바닷물이 차가웠던지
발을 움츠리고 있었다.[19] 아라크네의 베폭에는 독수리[20]에게
타 눌린 아스테리에, 백조[21]의 날개에 붙잡힌 레다 그림도 들
어가 있었다. 아라크네는 이 밖에도 둔갑한 유피테르의 갖가
지 모습을 짜 넣었다. 뉙테우스의 아름다운 딸[22]에게 쌍둥이
를 끼치고 있는 사튀로스,[23] 티륀스 왕[24]의 왕비[25]를 사랑하

---

19) 황소로 둔갑한 유피테르는 에우로페를 등에 태우고 바다를 건넜다.
20) 둔갑한 유피테르.
21) 둔갑한 유피테르.
22) 안티오페.
23) 반인반양(半人半羊)의 목양신(牧羊神).

백조로 둔갑한 유피테르가 레다를 취하고 있다. 이로써 임신한 레다는 네 개의 알을 낳게 되는데 이 알을 깨고 나온 것이 헬레네와 클뤼타임네스트라 그리고 플뤼데우케스와 카스토르이다.

는 암피트뤼온, 청동 탑 속으로 들어가 다나에를 사랑하는 황금 소나기, 아소포스의 딸[26]을 취하는 불꽃, 므네모쉬네를 사랑하는 양치기, 데오[27]의 딸 프로세르피나와 사랑을 나누는 얼룩뱀……[28] 이 모두가 둔갑한 유피테르인 것이었다.

---

24) 암피트뤼온.
25) 알크메네.
26) 아이기나.
27) 케레스의 별명.

아라크네는 황소로 둔갑하여 아이올로스의 딸[29]을 범하는 넵투누스의 모습도 그림으로 짜 넣었다. 넵투누스가 강의 신 에니페우스로 둔갑하여 알로에우스의 아내를 취하고 쌍둥이 아들을 끼치는 장면, 숫양으로 둔갑하여 비살티스를 감쪽같이 속이는 장면도 짜 넣었다. 오곡(五穀)의 어머니이자 자비로운 금발의 여신[30]의 눈에는 이 넵투누스가 말로 보였고, 멜란토에게는 돌고래, 날개 달린 천마[31]를 낳은 사발(蛇髮)의 공주[32]의 눈에는 새로 보였다는 이야기도 거기에 그림으로 짜여 들어갔다. 이러한 일련의 사건 묘사는 정확했고, 등장인물과 때와 곳에 대한 고증도 그럴듯했다. 포이부스 이야기도 있었다. 포이부스가 농부로 둔갑하는 대목도 있고, 매의 깃털로 온몸을 가린 대목, 사자로 둔갑하는 대목도 있었다. 목동으로 둔갑하여 마카레우스의 딸 이세를 희롱하는 대목도 있었다. 포도송이로 둔갑하여 에리고네를 취하는 리베르,[33] 말로 둔갑하여 반인반마(半人半馬)인 켄타우로스 케이론을 끼치는 사투르누스도 있었다. 베폭 가장자리의 좁으장한 테두리에는 담

---

28) 프로세르피나는 케레스와 유피테르 사이에서 난, 말하자면 유피테르 자신의 딸이다. 프로세르피나는 아버지인 유피테르의 자식을 낳았다는 전설이 있다. 이 아들의 이름인 자그레우스는 '영혼의 사냥꾼'이라는 뜻이다. 술의 신 박쿠스, 저승신 플루토의 별명이기도 하다.

29) 카나케.

30) 케레스.

31) 페가소스.

32) 메두사.

33) 박쿠스.

해신 넵투누스는 말을 창조한 것으로 알려져 있는데, 이 그림이 신화의 상징적 의미를 밝혀 보이는 듯하다(월터 크레인의 그림).

쟁이덩굴과 꽃이 뒤엉킨 그림이 들어가 있었다.

베 짜기의 여신인 팔라스 자신은 물론 잘된 것을 그냥 두고 보지 못하는 리보르[34]조차 흠잡을 수 없는 참 완벽한 솜씨였다.

겨루기 상대의 솜씨가 인간의 도를 넘은 데 격분한 이 금발의 여신은, 신들의 비행(非行)을 낱낱이 폭로한 이 베폭을 찢어 버리고는 들고 있던 퀴토로스산(産) 회양나무 북으로 아라크네의 이마를 서너 번 때렸다. 아라크네는 그제서야 여신으로부터 용서받을 수 없는 죄를 얻은 줄을 알고는 들보에 목을 매었다. 여신은 제 손으로 들보에 목을 맨 아라크네를 가엾게 보고 그 끈을 늦추어 주면서 이렇게 일렀다.

"이 사악한 것아. 네가 누구 마음대로 네 목숨을 끊으려 하느냐? 목숨을 보존하라. 보존하되 늘 이렇게 매달려 있어야 한다. 이것은 벌은 벌이나 겁벌(劫罰)이어서 끝이 없을 것인즉,

---

34) 그/젤로스. '질투'.

네 일족, 네 후손들까지 이 벌을 받아야 할 것이다."

이 말 끝에 여신은 헤카테[35]의 약초 즙 한 방울을 아라크네의 몸에 뿌렸다. 이 독초 즙이 묻자 아라크네의 머리에서는 머리카락이 빠지면서 코와 귀가 없어졌다. 머리는 눈에 잘 보이지도 않을 만큼 줄어들었다. 이와 함께 몸통도 아주 조그맣게 줄어들었다. 갸름하던 손가락은 양옆으로 길어져 다리가 되었다. 나머지 부분은 모두 배가 되었다.

아라크네는 꽁무니로 실을 내어놓기 시작했다. 이때 거미가 된 아라크네[36]는 지금도 옛날과 다름없이 실을 내어 공중에다 걸고는 거기에 매달려 산다.

2 니오베의 아들딸들

이 이야기는 뤼디아 땅으로 퍼져 나갔다가 다시 프뤼기아 방방곡곡을 거쳐 온 세상 사람들 사이에 널리 알려졌다. 니오베가 이 이야기를 듣지 못했을 리 없었다. 까닭은 니오베가 처녀 시절 마이오니아와 시퓔로스에 살 당시에 이 아라크네를 알고 있었기 때문이다. 그러나 이 니오베는 고향 처녀였던 아라크네가 그런 벌을 받았다는 사실을 알고 있었는데도 불구하고, 신들을 가볍게 여기면 무서운 벌을 받는다는 교훈을 제

---

35) 마법, 요술에 능한 여신.
36) '거미'.

것으로 따 담지 못했다. 다 이 니오베가 교만했기 때문이다. 사실 니오베에게는 자랑거리가 많았다. 지아비의 재능[37]도 니오베에게는 자랑거리였고, 자신과 지아비의 가문, 지아비와 자신이 다스리는 나라의 영광도 니오베에게는 큰 자랑거리였다. 그러나 이 니오베가 정말 자랑거리로 여겼던 것은 아들딸들이었다. 아닌 게 아니라 스스로 이렇듯이 자랑만 하지 않았던들 이 세상에 니오베만큼 자랑스럽고 행복한 어머니도 없었을 터였다.

그즈음 일찍이 미래를 예견하는 능력을 얻은, 테이레시아스의 딸 만토가 신들의 경감을 받고 무아지경에 빠져 길을 막고 이런 예언을 하고 다녔다.

"이스메노스의 딸들[38]아, 모여라. 모여서 라토나 여신[39]과 그분의 아드님 따님[40] 앞에, 월계관 단정히 쓰고 앉아 향을 사르고 경배하라. 내 입을 빌려 말씀하시는 분은 바로 라토나 여신이시다."

테바이 여자들은 이 말을 옳게 여겨 월계수 잎으로 만든 관을 쓰고 여신의 신전으로 나아가 성화에 향을 던져 넣으면서 기도를 올렸다.

---

37) 니오베의 지아비 암피온은 유피테르와 안티오페 사이에서 난 아들로 수금을 어찌나 잘 탔던지 그가 수금을 타자 돌들이 저절로 날아가 성벽으로 쌓였다는 전설이 있다.
38) 테바이의 여자들.
39) 그/레토 여신.
40) 아폴로와 디아나 여신.

안티오페를 취하는 유피테르.(독수리는 유피테르의 신조(神鳥)이다.) 이 둘 사이에서 암피온이 태어난다(반다이크의 그림).

테바이 여자들이 이러고 있을 즈음 왕비인 니오베가 많은 하녀들을 거느리고 나타났다. 금실로 짠 프뤼기아풍의 옷으로 단장한 니오베는 참으로 아름다웠다. 니오베가 머리를 흔들자 그 아름다운 금발이 어깨 너머로 출렁거렸다. 성난 여자들이 그렇듯이 니오베의 아름다움도 성을 내고 있어서 돋보였다. 니오베는 몸을 한껏 부풀리고 긍지에 찬 시선으로 주위를 둘러보면서 말했다.

"이게 대체 무슨 미친 수작이냐? 눈앞에 있는 여신은 마다하고, 하늘에 있다는, 소문으로만 들은 신들을 섬기다니 이게 대체 무슨 미친 수작이냐? 내 신성(神聖)은 머리 둘 곳이 없는데 어째서 라토나만 그 이름에 봉헌된 신전에서 섬김을 받아야 옳다는 말이냐? 내 아버지 탄탈로스는 신들의 식탁에 드는 것을 허락받은 유일한 인간이었고 내 어머니는 플레이아데스[41] 중 한 분이 아니시더냐? 어깨로 창궁의 축을 떠받치는 위대한 아틀라스는 내 외조부이시다. 그뿐이냐? 저 천궁의 대신(大神)이신 유피테르는 내 조부이시자 시아버지이시기도 하다.[42] 내가 얼마나 대단한 혈통을 타고난 여자인가? 프뤼기아의 온 백성이 나를 섬기고 카드모스의 온 도성[43]이 내 치하에 있다. 내 지아비가 수금 하나로 쌓아 올린 그 성벽, 그 안에 사는 백성이 나와 내 지아비의 권세 아래에 있다. 내 아름다움만 해도 그렇지. 내 아름다움이 어째서 여신들의 아름다움만 못하다더냐? 내가 사는 성의 방이라는 방은 모두 재물로 그득그득하다. 자식만 해도 그렇지. 내게는 아들 일곱 형제와 딸 일곱 자매가 있다. 머지않아 이 아이들이 내 집을 며느리와 사위로 가득 채울 것이다. 이런 나를 두고, 아무도 돌아보지 않는 저 코이오스의 딸 라토나를 섬겨? 이 넓은 대지가 자식 낳을 한 자투리의 땅도 여투어 주지 않으려던 저 라토나 같은 여신을 섬겨?[44] 라토나가 어떤 라토나더냐? 델로스[45]가 이 여신을 불쌍히 여겨 '그대는 대지를 떠돌고 나는 정처 없

---

41) 아틀라스의 딸들.

42) 니오베의 아버지 탄탈로스는 유피테르의 아들이라는 전설이 있다. 유피테르는 또 니오베의 지아비인 암피온의 아버지이기도 하다. 따라서 유피테르는 니오베의 조부이자 시아버지이기도 하다.

43) 카드모스가 세운 테바이를 말한다.

44) 라토나가 유피테르의 자식을 낳으려 하자 유노는 대지에 명하여 라토나에게 한 자투리의 땅도 빌려주지 말라고 엄명한 일이 있다.

45) '떠올라 보인 섬'.

이 바다를 떠도는군요.'라면서 자리를 빌려주는 바람에 겨우 자식을 낳을 수 있었던 라토나가 아니더냐?

이렇게 견주는 것이 옳지 않다면, 그럼 낳은 자식 수로 따져 보자. 라토나가 낳은 자식 수는 내가 낳은 자식 수의 7분의 1에 지나지 못한다. 내가 누리는 행복은 요컨대 보름달과 같아서 한 군데도 빈 데가 없다. 이것을 누가 부정할 것이냐? 나는 앞으로도 행복할 것이다. 이것 또한 아무도 부정하지 못하리라. 무슨 까닭이냐? 나의 자식 복이 내 행복을 보증할 것이기 때문이다. 내게는 포르투나 여신[46]도 해칠 수 없을 만큼 막강한 힘이 있다. 포르투나가 내게서 많은 것을 빼앗아 간다고 하더라도 나에게 남은 것은 그 여신이 빼앗아 갈 수 있는 것보다 많을 것이기 때문이다. 나는 행복하기 때문에 아무것도 두려워하지 않는다. 내 자식 중 한둘이 없어진들 어떠냐? 한둘이 없어져도, 자식이 둘밖에 없는 라토나 꼴은 되지 않는다. 자식이 둘밖에 없다는 것은 하나도 없는 것이나 마찬가지다. 자, 어떠냐? 이래도 라토나를 섬길 테냐? 가거라. 제사는 그 정도로 끝내고 어서들 가거라. 어서 머리에서 그 월계관을 벗고 이 자리를 떠나거라."

테바이 여자들은 이런 말을 듣고는 제사를 중도에 작파하고 라토나 여신에게 올리는 기도를 입 안에 넣고 모두 그 자리를 떠났다.

이를 내려다본 라토나 여신은 노발대발, 퀸토스 산정에 선

---

46) 운명의 여신.

채로 아들과 딸인 아폴로와 디아나를 불러 이렇게 푸념했다.

"너희 둘을 낳은 것을 자랑으로 여기는 이 어미는 저 유노 여신을 제외하고는 어떠한 여신에게도 꿀려 본 적이 없다. 그런데 지금은 어찌 되었느냐? 내 신성이 웃음거리가 되지 않았느냐? 이제는 너희가 도와주지 않으면 오랜 세월 내가 섬김을 받던 내 제단에서 젯밥 얻어먹기도 어렵겠구나. 내가 섭섭하게 여기는 것은 이것뿐이 아니다. 너희도 들었다시피 저 탄탈로스의 딸년은 내게 상처를 입히고 모욕하기까지 했다. 제 문벌이 나보다 나은 것을 자랑했고 나보다 자식 많은 것을 자세(藉勢)했다. 내 이년에게 당한 것을 이년에게 돌려주고 말아야겠다. 이년은 제 아비처럼 신들을 업신여겼다."[47]

라토나는 니오베를 향하여 욕지거리를 더 퍼부으려 했다. 그러자 아들 포이부스가 어머니의 말을 가로막았다.

"그만하세요. 불평하시면 불평하시는 만큼 저 여자가 벌을 받는 시각이 지체될 뿐입니다."

그의 누이 포이베[48]도 오라비와 의견이 같았다. 남매 신은 구름으로 몸을 가리고 카드모스의 성으로 내려갔다.

성벽 가까이 수많은 사람들이 말을 타고 노는 넓은 공터가 있었다. 공터에는 수레 자국과 말발굽 자국이 무수히 나 있었다. 암피온의 아들들 중 몇몇도 거기에서, 튀로스산(産)인 산뜻한 보라색 안장을 걸친 힘 좋은 말에 올라 황금 징이 박힌

---

47) 니오베의 아버지 탄탈로스는 신들의 잔치에 초대받고 갔다가 거기에서 들은 것을 인간에게 전함으로써 천기를 누설했다.
48) 포이부스의 여성형. 즉 디아나.

고삐로 말을 다루고 있었다. 니오베의 맏아들 이스메노스는 말 고삐를 단단하게 틀어쥐고 원을 그리며 돌다가 갑자기 외마디 소리를 질렀다. 화살이 가슴에 꽂힌 것이다. 고삐는 그의 손에서 풀려나 말의 오른쪽 어깨 옆으로 떨어져 내렸다. 그다음으로 허공에서 나는 시위 소리를 들은 것은 시퓔로스였다. 시퓔로스는 말을 몰아 있는 힘을 다해 도망쳤다. 검은 구름을 보고는 폭풍이 몰아칠 것을 예감하고, 한 점 바람도 놓치지 않으려는 듯이 돛이라는 돛은 모두 올리고 도망치는 뱃사람과 비슷했다. 한참을 달리던 시퓔로스는 잠시 고삐를 늦추었다. 그러나 빗나가는 법이 없는 신의 화살은 어느새 그를 따라잡아 그의 목에 박혀 부르르 떨었다. 살촉이 목을 꿰뚫어 버린 것이다. 앞으로 엎어지면서 잠시 말갈기에 몸을 싣던 그는 곧 질풍같이 땅을 차며 달리는 말발굽 사이로 떨어져 뜨거운 피로 대지를 적셨다.

파이디모스와, 외조부의 이름을 그대로 물려받은 탄탈로스는 기마 연습을 끝내고 온몸이 땀투성이가 된 채 소년들이라면 누구나 좋아하는 씨름 연습을 하고 있었다. 이 니오베의 아들 형제가 가슴을 맞대고 서로 버티고 서 있는데 화살이 날아와 이 둘을 한 살에 꿰어 버렸다. 이들은 한 입이 되어 외마디 소리를 지르고는 한 덩어리가 되어 땅바닥에 쓰러졌다. 이 둘은 쓰러진 채로 마지막으로 주위를 한번 둘러보고는 마지막 숨을 함께 몰아쉬었다. 알페노르가 이들을 보고 달려가서는 슬픔을 이기지 못해 제 가슴을 쳤다. 그러나 형제의 죽음을 애도하던 그 역시 그 자리에 쓰러졌다. 델로스의 신 아폴로가 쏜 화살이 그의 옆구리에 맞창을 내어 버린 것이다. 다른 한쪽으로 나온 화살촉에는 폐의 조각이 묻어 있었다. 그의 몸에서 피와 생명이 동시에 쏟아져 나왔다.

장발의 다마식톤은 다른 형제들과 달리 화살을 하나 더 맞았다. 정강이 힘줄을 맞고는 이 화살을 뽑으려 하는데 다른 화살 하나가 더 날아와 궁깃이 묻히기까지 목에 박힌 것이다. 그 자리에서 솟구치는 피가 공중에 피의 기둥을 세운 것 같았다. 마지막으로 남은 일리오네우스는 신들에게 빌어 보려고 두 팔을 벌리고 외쳤다.

"신들이시여. 신들께 기도하오니 저를 살려 주소서."

그러나 그는 신들에게 기도할 때가 아니라는 사실을 알지 못했다. 활의 신 아폴로는 그 기도에 마음이 움직였던지 잠시 망설였지만 이미 화살이 시위를 떠난 뒤였다. 아폴로의 이런 마음이 화살에도 전해졌던지 이 화살은 심장을 꿰뚫어 그를 죽이기는 하였으되 그리 깊이는 꽂히지 않았다.

날아든 소식을 듣고, 울부짖는 백성과 눈물짓는 왕족들을 보고서야 니오베는 그토록 갑작스럽게 자기에게 재앙이 닥쳤다는 사실을 알았다. 니오베는 신들이 그런 일을 할 수 있다는 데 놀라는 한편, 그들에게 그런 권능이 있고 그들이 그 권능을 자기에게 퍼부었다는 사실에 분개했다. 설상가상으로 아이들의 아버지 암피온은 이 비보를 듣고는 칼로 자기 가슴을 찔렀다. 그는 이로써 삶을 마감하는 동시에 자식 잃은 아버지로서 앓아야 하는 모진 가슴앓이를 면했다.

니오베는 조금 전의 니오베가 아니었다. 이때의 니오베는,

조금 전까지만 하더라도 라토나의 신전에서 테바이 여자들을 몰아내던 니오베, 도도하게 도시 한복판을 걸으면 도성의 모든 여자들로부터 선망의 과녁이 되던 니오베가 아니었다.

니오베는 이제 선망의 과녁이기는커녕 연민의 대상이었다. 심지어 저 자신의 적으로부터도 가엾게 여겨져야 마땅한 존재였다. 니오베는 싸늘하게 식은 자식들의 주검을 내려다보면서 하나하나와 마지막 작별의 입맞춤을 나누었다. 이윽고 이들에게서 고개를 돌린 니오베는 피 묻은 손을 들고 하늘을 향해 외쳤다.

"무정한 라토나 여신이시여, 후련하시겠습니다. 이제 내 불행을 즐기시려거든 마음껏 즐기세요. 당신의 그 탐욕스러운 가슴, 이제 뿌듯하시겠지요? 내 아들 일곱과 함께 나 역시 죽은 것이니까요. 이제 적으로 여기던 나를 이겼으니 날뛰면서 춤이라도 추시지요. 하지만 내가 왜 당신을 승리자라고 불러야 하지요? 내 꼴 비록 이렇듯이 비참하게 되었지만 살아 있는 내 자식 수가 기뻐 날뛰는 당신의 자식 수보다 많은데 왜 내가 당신을 승리자라고 해야 하지요? 당신의 손에 그렇게 많이 잃었어도 아직 내 자식 수는 당신의 자식 수보다 많답니다."

니오베가 이 말을 채 끝내기도 전에 시위 소리가 났다. 다른 사람들은 모두 두려워 어쩔 줄 모르고 우왕좌왕했지만 니오베만은 태연했다. 불행이 오히려 니오베를 대담하게 만든 것이다.

니오베의 딸들은, 싸늘하게 식은 니오베의 아들 일곱 형제의 관 앞에 서 있었다. 니오베의 딸들은 모두 머리를 풀어헤친 채 상복을 입고 있었다. 이때 화살 한 대가 날아와 니오베의 딸 중 하나의 가슴을 꿰뚫었다. 니오베의 딸은 가슴에서 이 화살을 뽑아내고는 앞으로 쓰러져 죽은 제 오라비의 뺨에다 제 뺨을 댄 채로 숨을 거두었다. 또 한 딸은 상심하는 어머니를 위로하다가 이번에는 보이지 않는 손으로부터 받은, 곱절이나 큰 상처에 저 자신이 상심해야 했다. 치명적인 상처를 입은 이 처녀는 입을 꼭 다물었다. 그러나 이미 때늦은 다음이었다. 생명이 이미 그 입을 통해 모두 빠져나가 버렸기 때문이다. 또 하나는 그 자리에서 도망치려고 했으나 그런 노력도 하릴없이 그 자리에 쓰러졌다. 이어서 또 하나가 쓰러진 언니의 시신 위로 무너졌다. 다섯째는 몸을 숨겼고 여섯째는 사람들이 보는 앞에서 떨고 서 있었다. 그러나 이들 모두 각기 다른 곳을 화살에 맞아 치명상을 입고는 숨을 거두었다. 마지막으로 남은 것은 막내딸 하나뿐이었다. 니오베는 옷자락으로 이 딸을 감추면서 부르짖었다.

"이 아이는 열네 남매의 막내이니 이것 하나만이라도 남겨 주세요. 죽은 아이들이야 죽었으니 그뿐, 이 어린 것 하나만 부탁합니다."

그러나 니오베의 호소도 보람 없이 이 아이 역시 땅바닥에 꼬꾸라졌다. 니오베는, 이제 아무도 돌보아 주는 이 없는 혈혈단신이 되어 죽은 자식들 사이로 무너져 내렸다. 참을 길 없는 슬픔은 이 니오베의 몸을 돌로 화하게 했다. 산들바람도 이때부터는 니오베의 머리카락을 흩날리지 못했다. 피가 빠져나간 니오베의 얼굴은 창백했다. 니오베의 눈은 슬픔에 잠긴 채로 허공을 향하고 있었다. 살아 있는 사람의 모습은 어디에도 남아 있지 않았다. 이제 니오베는 고개를 돌릴 수도 없었고, 팔이나 다리를 움직일 수도 없었다. 몸속에서도 같은 변화가 일어났다. 니오베의 혀는 입천장에 달라붙어 침묵하는 돌이 되었고 핏줄에서는 맥박이 사라졌다. 몸속의 장기(臟器)도 남김없이 돌이 되었다. 그런데도 니오베는 여전히 울고 있었다. 문득 일진광풍이 불어와 돌이 된 니오베를 감아올려 고향 땅으로 데려갔다. 돌이 된 니오베가 내린 곳은 산꼭대기였다. 돌이 된 니오베는 오늘날까지도 여기에서 눈물을 흘리고 있다.

3 개구리가 된 뤼키아 농부들

남녀 할 것 없이 사람들은 신들이 이렇게 공공연히 분을 푸는 것을 보고는 겁에 질려 이 쌍둥이 신들의 어머니인 라토나 여신을 두렵게 여겨 전보다 지극히 섬겼다. 늘 그러듯이 일이 이렇게 되면 라토나 여신에 관한 옛이야기도 자주 사람들 입에 오르내리게 되는 법이다. 말하자면 저간에 있었던 일에 대한 사람들의 관심이 옛날에 있었던 일에 대한 기억을 불러일으키는 것이다. 라토나 여신이 옛날에 겪은 일을 기억하는 사람 가운데 하나가 이런 이야기를 했다.

"아주 옛날, 기름지기로 소문난 뤼키아 땅에 사는 농부들도 이 니오베처럼 여신을 깔보다가 큰 벌을 받은 일이 있었답니다. 이 이야기는 당한 사람들이 니오베만큼 지체 높은 사람들이 아니었던 만큼 별로 널리 알려지지 않았습니다만, 들어 보십시오, 참으로 희한한 이야기일 테니까요. 나 자신이 직접 그 희한한 일이 일어난 것으로 유명한 호수를 보았습니다. 그 내력은 이렇습니다. 우리 아버지는 당신이 연로하셔서 몸소 여행을 못 하시게 되니까 저더러 뤼키아로 가서 가축 떼를 몰아오라고 하셨습니다. 아버지께서는 그 지방을 잘 아는 길라잡이까지 손수 나에게 붙여 주시더군요. 나는 이 길라잡이와 함께 평원을 지나 뤼키아 땅으로 들어갔습니다. 가다가 보니까 갈대에 둘러싸인 호수 한복판에, 사람들이 제물 드린 흔적이 꺼멓게 남아 있는 사당(祠堂)이 하나 있더군요. 나를 안내하던 길라잡이는 길을 가다 말고 걸음을 멈추고는 '자비를 베푸소서.'라는 것이 아니겠습니까? 나는 멋도 모르고 역시 '자비를 베푸소서.'라고 말하고는 그 사당을 가리키며, 나이아데스[49]의 사당인지, 파우누스[50]의 사당인지, 그것도 아니면 그 지방 토속 신의 사당인지 궁금해서 물어보았습니다. 그랬더니 내 길라잡이가 내게 이런 이야기를 들려줍디다.

'저 사당의 주인은 산에 사는 반신(半神)이 아닙니다. 천궁의 왕비[51]로부터 버림받으신 여신을 아시지요? 바로 라토나 여신입니다. 천궁의 왕비께서는 온 땅에 명을 내려 이 라토나 여신을 받아들이는 땅이 있으면 큰 벌을 내리겠다고 하셨지

---

49) 단/나이아스. 샘이나 하천에 사는 물의 요정.
50) 그/판. 전원이나 숲에 사는 반인반양(半人半羊)의 목양신.
51) 유노.

요.[52] 그래서 라토나 여신은 온 땅을 헤매었지요. 아무도 이 여신은 받아 주지 않았습니다만, 당시만 하더라도 파도 위에 뜬 채로 온 바다를 방황하던 섬 델로스[53]가 이 여신의 딱한 사정을 알고 이 여신을 받아 주었습니다. 여신은 이 섬에서 종려나무에 기댄 채 팔라스 여신이 베푸신 감람나무 가지를 잡고서야 쌍둥이 남매를 낳았답니다. 그러니까 유피테르의 본처 되시는 유노 여신의 눈을 피해 천신만고 끝에 해산(解産)을 하셨던 것이지요. 그러나 쌍둥이 남매가 태어나자 유노 여신이 다시 노발대발하는 바람에 라토나 여신은 이 쌍둥이를 안고 또 방랑길에 나서지 않으면 안 되었지요.

때는 무자비한 태양이 벌판을 뜨겁게 달구는 오뉴월이었습니다. 방랑하던 여신은 마침내 키마이라[54]의 고향인 뤼키아 땅에 이르렀습니다. 따가운 햇볕에 시달리면서 먼 길을 온 데다 두 아기에게 젖이라는 젖은 깡그리 빨리기까지 했으니 아무리 여신이지만 오죽 목이 말랐겠습니까? 그런 참에 여신은 계곡 아래쪽에 있는, 크기가 고만고만한 호수를 발견했지요. 이 호숫가에서 이 지방 농부들이 고리버들, 갈대, 사초(莎草) 같은 것을 꺾고 있었습니다. 티탄의 딸[55]은 호숫가로 다가가

---

52) 라토나 여신이 유피테르의 자식을 배고 있었기 때문이다. 당시 라토나는 아기 낳을 만한 곳을 찾아다니고 있었다.

53) '떠올라 보이는 섬'.

54) 뤼키아의 산중에 사는 사자 머리, 산양 몸, 뱀 꼬리로 이루어진, 불을 뿜는 괴물. 후일 영웅 벨레로폰의 손에 죽는다.

55) 라토나 여신은 티탄, 즉 거신족(巨神族)인 코이오스의 딸이다.

무릎을 꿇고 물을 마시려고 했습니다. 그런데 호숫가에 있던 농부들이 여신에게 물을 마시지 못하게 했던 모양입니다. 그래서 여신은 이들에게 애원했지요.

'왜 이 물을 마시지 못하게 하는 것이지요? 물이라는 것은 만물로 하여금 요긴하게 쓰라고 이곳에 있는 것이 아닌가요? 자연이 공기와 햇빛과 함께 넘실거리는 물을 창조한 것은 어느 한 동아리만 이롭게 하자고 한 것이 아니고 모든 이들에게 유용하게 쓰이게 하기 위함이었습니다. 나는 물을 찾아 이곳에 왔습니다. 이 물에 대해서는 나에게도 권리가 있습니다. 그런데도 나는 이렇게 무릎을 꿇고 여러분에게 물을 마시게 해 달라고 사정하고 있습니다. 나는 이 물에 몸을 씻고자 하는 것도 아니요, 걷는 데 지친 다리를 담그자는 것도 아닙니다. 내가 원하는 것은 목을 축이는 것뿐입니다. 나는 입이 말라 지금 말도 못 하겠습니다. 목이 말라 말도 잘 나오지 않습니다. 지금 물을 마신다면 이 물은 내게 넥타르[56]나 다름없을 것입니다. 만일 여러분이 이 물을 마시게 해 주신다면 여러분은 내 목숨을 살려 주시는 셈입니다. 여러분은 나에게 이 물만 주시는 것이 아니고 생명까지 주시는 셈입니다. 바라건대 이 아이들에게도 은혜를 베풀어 주십시오. 보십시오, 이 아이들이 내 품에서 여러분에게 이렇듯이 가녀린 손을 내밀고 있지 않습니까?'

우연의 일치겠지만 아닌 게 아니라 아기들도 농부들을 향

---

56) 신주(神酒).

해 손을 내밀고 있었습니다. 누가 이 여신의 간절한 부탁을 거절할 수 있었겠습니까만, 농부들은 여신의 애원에 아랑곳하지 않고, 여전히 물을 마시지 못하게 하면서, 마시면 봉변을 당할 것이라는 말까지 서슴지 않고 했습니다. 이들은 여신을 모욕하기까지 했습니다. 그것뿐인 줄 아십니까? 이자들은 호수에서 이리저리 뛰어다니며 손발로 구정물까지 일으켰습니다. 심술을 부리느라고 호수 바닥에 가라앉아 있던 뻘을 마구 휘저어 놓은 것이지요. 코이오스의 딸은 어쩌나 화가 났던지 갈증도 잊었더랍니다. 더 이상은 이자들에게 빌 생각을 하지 않았던 거지요. 말로 해서는 안 될 것들이라는 결론을 내리셨던 것이지요. 여신은, 여신에게는 어울리지 않게 겸손한 말로 이들에게 애원하는 것도 그만두기로 했습니다. 여신은 하늘을 향해 팔을 벌리고 이렇게 부르짖었습니다.

'원컨대 저들이 영원히 이 호수에 살게 하소서.'

여신의 기도는 이루어졌습니다. 농부들은 문득 호수에 뛰어들고 싶다는 강한 충동을 느끼고는 이 충동이 시키는 대로 했습니다. 스스로 호수 가장 깊은 곳으로 뛰어든 이들은 이따금씩 물 위로 고개를 내밀고는 수면 위를 헤엄쳐 다니는가 하면, 또 이따금씩은 호숫가에 앉아 쉬기도 하고 그러다 갑자기 다시 물로 뛰어들기도 했습니다. 그런데도 이들의 혀에 남을 헐뜯는 버릇은 남아서, 심지어 물밑에서까지 부끄러운 줄을 모르고 지껄이거나 남을 비방하려고 했습니다. 그런데 오래지 않아 이들의 목소리가 쉬면서 목이 짤막하게 줄어들고 부풀어 올랐습니다. 버릇 사납게 자꾸 지껄이다 보니 입은 자꾸만 찢어졌습니다. 머리는 목 안에 들어박힌 것 같았습니다. 목이 사라져 버렸으니까요. 그뿐 아닙니다. 이들의 등은 초록색으로 변색했고 몸의 각 부분 중 가장 넓은 부분을 차지하는 배는 하얗게 변했습니다. 개구리로 변한 것입니다. 이들은 이 새로운 형상을 한 채로 지금도 호숫가 뻘 위를 펄쩍펄쩍 뛰어다니는 것입니다.' 내 길라잡이가 한 얘깁니다."

가축 떼를 몰러 뤼키아로 갔다던 사람의 이야기였다.

4 산 채로 껍질을 벗긴 마르쉬아스

지금은 이름이 전해지지 않는 사람이 한, 라토나 여신을 업신여겼다가 재앙을 당한 뤼키아 사람 이야기는 이렇게 해서 끝났다. 이 사람의 이야기가 끝나자 다른 사람이 사튀로스[57]가 아폴로의 손에 산 채로 껍질을 벗겼다는 이야기를 했다.[58] 즉 미네르바가 만든 피리로 아폴로와 연주 겨루기를 했다가 진 벌로 껍질을 벗기게 된 것이다. 껍질을 벗기게 된 마르쉬아스는 외쳤다.

"살려 주세요. 어쩌자고 진짜로 내 껍질을 벗깁니까? 다시는 이러지 않겠으니 한 번만 용서해 주십시오. 약속합니다. 피

---

57) 반인반양(半人半羊)인 목양신(牧羊神).

리 불기에서 졌다고 이러는 것은 너무 심하지 않습니까?"

그가 이렇게 고함을 질렀는데도 불구하고 아폴로는 그의 껍질을 깡그리 벗겨 버렸다. 이로써 그의 몸은 전체가 하나의 상처가 된 것이다. 피가 흐르지 않는 곳은 한 군데도 없었다. 신경의 가닥도 하나 남김없이 밖으로 드러났다. 껍질이 없어졌으니, 핏줄 뛰는 것이 드러나 보이는 것도 당연했다. 벌떡벌떡 뛰는 내장 기관과 가슴 속의 허파도 훤히 들여다보였다. 들판을 누비고 다니던 숲의 반신(半神)들인 파우누스들은 마르쉬아스를 위해 눈물을 흘렸다. 동아리인 사튀로스[59]들은 물론 그가 사랑하던 올륌포스,[60] 요정들, 산에서 양 떼나 뿔 달린 가축을 돌보던 목동들까지도 마르쉬아스를 불쌍히 여겨 눈물을 흘렸다. 기름진 땅은 눈물로 젖었다. 젖은 땅은 끊임없이 떨어지는 눈물을 가슴 깊숙이 빨아들였다. 땅은 이 눈물로 샘을 지어 땅

58) 처녀신 미네르바가 어느 날 갈대로 피리 하나를 만들어 불다가 이를 버렸는데, 목양신 마르쉬아스가 이를 주웠다. 마르쉬아스는 이 신묘한 소리가 나는 피리를 손에 넣은 것을 자만하여 수금의 명수인 아폴로에게 연주를 겨루어 보자고 도전하면서 이긴 자는 진 자의 껍질을 산 채로 벗기자고 제안한다. 결국 이 겨루기에서 아폴로가 승리해 마르쉬아스는 산 채로 껍질이 벗겨진다. 미다스라는 사람은 이 겨루기의 심판으로 나와 마르쉬아스의 승리로 판정했다가 아폴로의 미움을 산다. 아폴로는 음악의 신이 연주하는 수금 소리와 목양신이 부는 피리 소리도 구별하지 못하는 귀가 어디 귀냐면서 미다스의 귀를 당나귀 귀로 만들어 버린다. '임금님의 귀는 당나귀 귀' 이야기는 여기에서 나왔다.

59) 이 마르쉬아스가 강의 신이었다는 전설도 있다.

60) 피리의 명수. 마르쉬아스의 제자였다는 전설도 있고, 아버지 혹은 아들이었다는 전설도 있다.

위로 용솟음치게 했다. 이 샘에서 물은 시내가 되어 둑을 따라 바다로 흘러갔다. 이 시냇물은 온 프뤼기아 땅에서도 가장 맑았는데, 사람들은 이 시내를 '마르쉬아스 시내'라고 불렀다.

5 펠로프스의 왼쪽 어깨

사람들은 이러한 옛이야기를 듣고 당시의 상황, 즉 니오베가 돌이 된 당시의 일을 생각했다. 그러고는 비명에 간 암피온과 쑥밭이 되어 버린 그 집안 일을 몹시 애석하게 생각했다. 사람들은 암피온은 불쌍하게 여기면서도 아이들의 어머니, 즉 니오베만은 비난했다. 따라서 이들은 니오베를 위해서는 눈물을 흘려 주지 않았다. 그러나 니오베를 위해서도 눈물을 흘리는 사람이 딱 하나 있었다. 니오베의 오라비인 펠로프스가 그 사람이다.[61] 슬픔에 젖은 펠로프스가 옷을 찢자 왼쪽 어깨에 박혀 있던 상아가 드러났다. 펠로프스가 태어날 당시의 몸은 색깔이나 모양이나 여느 사람과 다를 바가 없었다. 그러나 그의 아버지는 아들의 사지를 모두 잘랐다. 신들이 다시 그의

---

61) 이 둘의 아버지인 탄탈로스는 신들의 잔치에 초대받은 것에 너무나 감격한 나머지 그 감사 표시로 아들인 펠로프스를 죽이고 요리해 그 고기를 신들에게 바쳤다. 신들은 이것을 눈치채고 먹지 않았으나, 당시 딸 프로세르피나를 잃고 상심하던 케레스만은 펠로프스의 어깨 부분에 해당하는 고기를 먹었다. 나중에 신들은 펠로프스의 고기를 모두 모았으나 어깨 살은 있을 리 없었다. 그래서 신들은 이 어깨만은 상아로 깎아 만들어 붙인 뒤 생명을 불어넣어 이 펠로프스를 되살아나게 했다.

몸 각 부분을 찾아 짜 맞추었으나 어떻게 된 일인지 목에서 왼쪽 어깨에 이르는 부분의 살은 보이지 않았다. 그래서 신들은 이 없어진 부분은 상아로 대신 짜 맞추어 펠로프스를 되살렸던 것이다.

6 프로크네와 필로멜라

이웃 나라의 왕들은 이 펠로프스를 위로하러 테바이로 모여들었다. 도시 국가 시민들이 왕들에게 테바이로 가서 펠로프스를 위로해야 하지 않겠느냐고 했기 때문이다. 아르고스, 스파르타, 펠로프스의 고향땅인 뮈케나이, 당시에는 디아나 여신으로부터 분노를 사지 않았던 칼뤼돈,[62] 비옥한 오르코메노스, 구리가 많이 나는 것으로 이름 높은 코린토스, 사람들이 용맹스럽기로 소문난 메세나, 파트라이, 크게는 국력을 떨치지 못하고 있던 클레오나이, 넬레우스가 지배하고 있던 퓔로스, 피테우스의 치하에 들기 전의 트로이젠, 두 바다를 낀 코린토스 지협(地峽) 양쪽의 여러 도시 국가들……. 이모든 나라에서 왕들이 펠로프스를 위로하러 왔던 것이다. 그런데도 믿어지지 않겠지만 아테나이에서는 아무도 오지 않았다. 당시 아테나이는 전쟁 중이었기 때문이다. 즉 바다를 건너

---

62) 후일 디아나 여신은 이 칼뤼돈에다 미친 멧돼지 한 마리를 보내는데, 이로 인해 칼뤼돈에서는 엄청나게 비극적인 일들이 일어나게 된다. 8부 5장 참조.

온 야만족들이 성을 에워싸고 백성들을 공포의 도가니로 몰아넣고 있는 지경이었기 때문이다. 그러나 트라키아 사람 테레우스는 원군(援軍)으로 아테나이로 달려가 이 야만족을 물리치고 그 이름을 널리 떨쳤다. 아테나이 왕 판디온은 테레우스가 군사적으로 막강하고 재물이 많은 데다가 저 위대한 그라디부스63)의 후손인 것을 마음에 두고 그와 끈을 맺어 두기 위해 딸 프로크네를 주어 사위로 삼았다. 그러나 이들의 결혼식에는 가정의 여신인 유노도, 결혼의 신인 휘메나이오스도, 그라티아64)도 나타나지 않았다. 이들 대신 저 무서운 에우메니데스65)가 화장(火葬)하는 데서 옮겨 붙인 횃불을 들고 찾아왔다. 첫날밤의 잠자리를 꾸민 것도 이 복수의 여신들이었다. 복수의 여신들이 나다니자 올빼미66)도 한 마리 신방이 있는 집 지붕에 앉아 아래를 내려다보았다. 이러한 흉조는 프로크네와 테레우스가 결혼할 때도 나타났지만, 이들 사이에서 첫아들이 태어났을 때도 나타났다. 트라키아 백성들은 이들의 앞날에 어떤 일이 기다리고 있는 줄도 모르고 왕과 왕비가 맞은 경사를 축복했고, 왕과 왕비는 자기네 일족과 왕국에 내린 은총

---

63) '진군하는 자'. 전쟁신 마르스의 별명. 이 신은 무자비한 신이기 때문에, 당시 사람들은 미개지인 트라키아 사람이면 다 마르스의 후손으로 여겼다.

64) 복/그라티아이, 그/카리테스. 인간을 기쁘게 하는, '전아우미'의 세 여신. 에우프로쉬네('희열'), 아글라이아('빛'), 탈리아('개화') 셋이 꼽힐 때도 있고, 아우코스('자라게 하는 자'), 헤게모네('힘으로 인도하는 자'), 파엔나('빛나는 자') 셋이 꼽힐 때도 있다.

65) 푸리아이의 별명. 그/에리뉘에스. 복수의 여신들.

66) 불길한 소식을 전하는 새.

을 신들에게 감사했다. 테레우스는 자신과 저 판디온의 딸 프로크네가 결혼한 날을 축제일로 선포한 데 이어 이튀스가 태어난 날도 명절로 삼았다. 하기야 인간이 무슨 수로 한치 앞을 볼 수 있으랴!

세월이 흘러 가을이 다섯 번 지나간 어느 날 프로크네가 어리광을 부리느라고 지아비 테레우스에게 이런 말을 했다.

"저를 사랑하신다면 사람을 보내 제 친정 동생을 이리 오게 하든가 전하께서 좀 데려다주세요. 제 아버지께는 곧 돌려보내겠다고 하시고요. 필로멜라를 만나게 해 주신다면 저에게 이보다 나은 선물이 없을 것입니다."

이 말을 들은 테레우스는 곧 배를 준비하라고 일렀다. 그러고는 날을 잡아 트라키아를 떠나 돛과 노의 힘을 두루 빌려 케크롭스의 땅[67]에 이르러 페이라이에우스[68]에 상륙했다.

장인 판디온과 사위 테레우스는 만나자마자 얼싸안고 그간의 긴긴 회포를 풀었다. 테레우스는 자기가 아테나이에 온 까닭은 다른 데 있는 것이 아니라 아내의 청을 받고 처제를 데리러 온 것인 만큼 함께 가게 해 주면 오래지 않아 돌려보내겠노라고 말했다. 장인과 사위가 이런 말을 나누고 있는데 마침 필로멜라가 들어왔다. 필로멜라는 아름다운 옷으로 성장하고 있었으나 바탕의 아름다움에 비하면 오히려 이 성장이 무색했다. 필로멜라의 용모는 물의 요정 나이아데스나 깊은 숲

---

67) 아테나이를 말한다.
68) 아테나이의 외항(外巷).

속에 사는 드뤼아데스를 묘사하는 데 어울리는 말로써나 설명할 수 있을 만큼 아름다웠다. 아니, 이들이 필로멜라처럼 단장하지 않는다면 그런 말도 모자랄 것 같았다. 필로멜라를 보는 순간 테레우스의 가슴속에서는 욕망의 불길이 오르기 시작했다. 이 불길은 마른 옥수수 대궁이 아니면 건초 창고를 태우는 불길만큼이나 빠른 속도로 테레우스의 가슴속에 번져 갔다. 필로멜라의 아름다움이라면 능히 그럴 만했다. 그러나 테레우스는 제 성격 탓에 그럴 만한 정도 이상으로 애를 태웠다. 원래 트라키아 사람들은 지극히 감정적이었기 때문이다. 이 민족성과 테레우스 자신의 성격 때문에 이 불길은 삽시간에 도저히 잡을 수 없는 지경에 이르렀다. 테레우스는 자기 왕국을 털어서라도 필로멜라를 옹위하는 시녀들에게 뇌물을 주고, 필로멜라를 기른 유모에게 후한 상을 내리고, 필로멜라 자신에게도 귀한 선물을 안기고 싶다는 충동, 필로멜라를 납치해 멀리 데려다 놓고는 이 아름다운 볼모를 지키기 위해서 목숨을 바치고 싶다는 충동을 느꼈다. 이 고삐 풀린 충동에 따른다면 테레우스에게는 못 할 일이 없을 것 같았다. 그의 가슴은 안에서 번지며 타오르는 불길을 이기지 못했다. 그에게 장인의 궁전에 더 머무는 것은 견딜 수 없는 일이었다. 그는 한시바삐 아내 프로크네가 바라던 대로 필로멜라를 데리고 떠나 자기 속마음을 고백하고 싶어 견딜 수 없었다. 사랑에 신들린 그의 말은 청산유수였다. 그는 필로멜라를 데려가게 해 달라는 자신의 요구가 무리라면, 그 책임은 바로 그 일을 맡긴 프로크네에게 있다고 강변했다. 그는 이야기가 잘 풀리지 않자 눈물을 흘리며 호소하기까지 했다. 마치 프로크네가 그렇게 하라고 시키기라도 한 듯이······.

　오, 신들이시여, 이렇게 눈먼 인간들을 굽어살피소서. 테레우스가 검은 마음을 품고 이렇듯이 고집을 부리는데도 불구하고 아테나이 백성들은 그를 참으로 보기 드문 애처가라고 칭송했다. 결국 그들은 악행할 음모를 꾸미는 테레우스를 칭송하는 셈이었다. 심지어는 필로멜라조차 그의 애절한 소망을 편들었다. 필로멜라는 두 팔로 아버지의 목을 안고 형부를 따라가 언니를 만나게 해 달라고 응석을 부렸다. 아버지는 딸이 좋아한다면 그렇게 해 주고 싶어 했다. 그러나 형부를 따라가라는 말 한마디가 딸을 위하는 길이 아니라는 사실을 그가 알 리 없었다. 테레우스는 아버지를 조르는 필로멜라를 보면서 이미 마음속으로는 이 공주를 품에 안는 상상을 하고 있었다. 필로멜라는 아버지의 목을 안은 채로 아버지의 뺨에 입을 맞추었는데, 바로 이 광경이 테레우스의 불붙은 욕망에 끼얹는 기름이자 던지는 섶이었다. 딸이 아버지 판디온을 껴안는 것을 보는 순간 테레우스는 자신이 판디온이었으면 얼마나 좋을까 하는 생각으로 속을 끓였다. 하기야 필로멜라의 아버지였더라도 테레우스의 의도가 불순하기는 마찬가지였을 터였다. 마침내 아버지 판디온은 두 딸, 그러니까 동생을 보고 싶다는 큰딸 프로크네와 언니를 보고 싶다는 작은딸 필로멜라의 간절한 소망 앞에서 굴복했다. 필로멜라는 기뻐 날뛰면서 아버지에게 고맙다는 말을 수도 없이 했다. 이 가엾은 필로멜라는 아버지가 승락함으로써 자신과 언니 프로크네가 승리를 얻었다고 생각했다. 이로써 둘 다 파멸하게 되는 줄도 모르고…….

포이부스[69]가 갈 길은 얼마 남아 있지 않았다. 그의 천마들은 저녁으로 통하는 비탈길을 숨 가쁘게 달리고 있었다. 왕실에는 잔칫상이 차려져 있었다. 황금 술잔은 포도주로 그득그득했다. 이 잔치가 끝나자 손님들 모두가 술에 취해 잠이 들었다. 그러나 트라키아의 왕 테레우스는 잠자리에 들었는데도 잠을 이룰 수 없었다. 공주를 생각하고 있었으니 잠이 올 턱이 없었다. 테레우스는 그녀의 얼굴, 그녀의 몸짓을 그리며, 자기가 보지 못한 것, 그러나 오래지 않아 필경 자기 차지가 될 것들을 상상했다. 요컨대 그의 욕정은 잠을 이루기에는 너무 뜨거웠다.

새벽이 오자 테레우스는 귀국을 서둘렀다. 판디온왕은 그의 손을 잡고 눈물을 흘리면서, 데려가는 딸을 잘 보살펴 달라고 당부한 다음 이런 말을 덧붙여 했다.

"여보게, 자네의 간곡한 부탁을 받고 보니 내게는 선택의 여지가 없어졌네. 그래서 자네 간절한 소망에 따라 이 딸마저 자네를 딸려 보내네. 테레우스, 이제 나는 두 딸을 자네에게 맡기고 말았네. 내 자네의 명예에 기대고, 하늘에 계신 신들을 증인 삼고, 우리를 이렇게 하나 되게 한 장인과 사위라는 관계를 믿고 부탁하네만, 이 아비를 대신해서 이 아이를 잘 돌보아 주고, 되도록이면 하루라도 빨리 내게로 보내 주게. 나는 이 아이를 내 만년(晩年)의 낙으로 여기고 사네. 때가 오면 이 아이마저 떠나보내야 하겠지만……. 그리고 너 필로멜라, 네가

---

69) 태양 수레를 모는 태양신으로서의 포이부스.

이 아비를 사랑하거든 되도록이면 하루속히 돌아오너라. 네 언니가 친정에서 멀리 떨어져 있는 것만으로도 내 가슴은 이미 넉넉하게 아프다. 그러니 네가 이 아비의 마음을 헤아려 속히 돌아오도록 하여라."

이 말 끝에 판디온왕은 소리 없이 울면서 이 딸과 작별 인사를 나누었다. 딸과 작별 인사를 나눈 왕은 테레우스와 필로멜라의 손을 잡고 약속을 지킬 것을 맹세하게 한 다음 이 둘의 손을 잡게 하고는, 멀리 떠나 있는 딸과 외손자에게 안부를 따뜻이 전하라고 당부했다. 목이 메었던지 판디온왕은 더 이상은 말을 못 했다. 그의 마음에는 근심과 걱정과, 이들에게 당부하고 싶은 말이 쌓이고 쌓였을 텐데도……

이윽고 필로멜라가 배에 올랐다. 바다가 노 끝에서 뒤로 밀려남에 따라 육지도 멀어지기 시작하자 미개한 나라의 왕 테레우스는 외쳤다.

"내가 이겼다. 나는 드디어 그렇게 손에 넣기를 바라던 공주와 한 배에 올랐다!"

승리에 도취된 테레우스는 그토록 기다리던 그 사랑의 순간을 더 이상은 기다릴 수 없었던지 안절부절못했다. 그는 자신의 전리품에서 눈을 떼지 못했다. 그의 모습은 발톱으로 메토끼를 채어 제 둥지에 내려놓고, 오갈 데 없는 이 희생물을 탐욕스러운 눈길로 바라보는 약탈자인 독수리와 흡사했다.

이윽고 긴 항해를 끝마친 테레우스는 제 나라 해변에 이 긴 여행에 지친 배를 대었다. 테레우스왕은 판디온의 딸 필로멜라를 끌고 태고의 숲속에 숨겨져 있는, 담이 높은 오막살이에 데려가 거기에 가두어 버렸다. 필로멜라는 무섭지 않은 것이 없는 판이라 당연한 일이겠지만, 창백한 낯색을 하고 바들바들 떨면서 언니가 어디에 있는지 가르쳐 달라고 눈물로 호소했다. 그러나 테레우스는 프로크네가 있는 곳을 가르쳐 주는 대신 자신의 검은 마음을 고백하고는, 아무도 돕는 이 없는 이 불쌍한 처녀를 힘으로 차지했다. 필로멜라는 아버지를 부르면서, 언니를 부르면서, 하늘에 계신 신들의 이름을 부르면서 도와줄 것을 빌었으나 하릴없었다. 필로멜라는 내내 두려움을 이기지 못하고 바들바들 떨었다. 잿빛 이리의 이빨에 뜯기고 쫓기면서도 숨을 곳을 찾지 못해 떨고 있는 어린 양 아니면 제 피에 젖은 제 몸을 억센 독수리의 억센 발톱에 붙잡힌 채 떨고 있는 비둘기같이……. 제정신이 돌아오자 필로멜라는 초상난 집에서 애곡하는 여자처럼 헝클어진 제 머리카락을 쥐어뜯고, 제 팔을 할퀴고, 제 가슴을 치며 몸부림쳤다. 그러다 두 팔을 벌리고 외쳤다.

"이 정떨어지는 야만인, 이 무정한 약탈자야! 나를 보내면서 눈물로 당부하던 내 아버지를 보고도 마음에 남은 것이 없더냐? 내 언니의 근심 걱정, 내 때 묻지 않은 젊음, 네가 했던 혼인에 생각이 미치지 않더냐? 너는 인간의 도리를 짓밟았다. 이로써 나는 내 언니의 원수가 되었고, 너는 우리 자매의 지아비가 되었으며 내 언니 프로크네는 내 원수가 되었다. 이 배신자야, 이런 죄를 지으려 했으면 왜 나를 죽여 놓고 짓지 못했느냐. 그랬더라면 좋았을 것을……. 그랬더라면 나를 더러운 공모자로 만들지 않았어도 좋았을 것을……. 그랬더라면 내 혼백만은 순결을 잃지 않아도 좋았을 것을……. 그러나 하늘에 계신 신들께서 이 광경을 보셨다면, 신들에게 놀라운 권능이 있다는 말이 거짓이 아니라면, 나는 이 지경이 되었다만 신들은 예전과 다름없이 온전하다면 너는 언젠가 이 첫값을 물어야 할 게다. 나 역시 부끄러움을 무릅쓰고 사람들에게 네가 한 일을 낱낱이 고할 테다. 그럴 때가 오면 네 백성들 앞에서 자초지종을 남김없이 고하리라. 내가 이 숲에 갇혀 있어야 할 팔자라면 나는 이 숲을 소리로 가득 차게 해 내가 턱없이 당하는 것을 목격했을 터인 저 바위까지 내 말에 귀를 기울이게 하리라. 하늘이 이 소리를 들을 것이다. 하늘에 신들이 계신다면 신들이 이 소리를 들을 것이다!"

이 말이 이 폭군의 분노에 불을 질렀다. 그런 그에게 두려운 것이 있을 리 만무했다. 분노와 만용의 노예가 된 테레우스는 한 손으로는 허리에 차고 있던 칼집에서 칼을 뽑아 들고 다른 한 손으로는 필로멜라의 머리채와 두 손을 뒤로 모두어 쥐고 있는 힘을 다해 아래로 내리눌렀다. 칼을 본 필로멜라는 죽을 수 있겠다는 희망이 생겼던지 그에게 목을 들이대고는 그를 조롱하고 아버지를 불렀다. 그러자 테레우스는 손가락으로 필로멜라의 혀를 잡고는 칼로 사정없이 잘라 버렸다. 남은 혀뿌리는 여전히 필로멜라의 입 안에서 부르르 떨었고, 잘린 혀는 검은 대지 위를 뛰어다니면서 못다 한 말을 마저 했다. 그러나 오래지 않아 이 잘린 혀는 갓 잘린 뱀 꼬리처럼 오그라들면서 주인의 발아래서 죽어 갔다. 필자는 도저히 믿을 수 없지만, 이 잔인한 테레우스는 이렇게 못 할 짓을 해 놓고도 만신창이가 된 이 필로멜라를 끌어안고 몇 번이나 그 죄많은 정욕을 채웠다는 소문이 있다.

이런 짓을 해 놓고 테레우스는 염치 좋게도 아내 프로크네에게로 되돌아갔다. 왕을 본 왕비 프로크네는 동생은 어떻게 하고 혼자 왔느냐고 물었다. 테레우스는 이야기를 꾸며 아내에게 그럴듯하게 둘러대었다. 즉 슬픔에 잠긴 목소리, 비탄에 잠긴 얼굴로 필로멜라가 죽었다고 말한 것이다. 꾸민 목소리, 만든 얼굴을 꿰뚫어 보지 못하고 듣던 사람들은 모두 눈물을 흘렸다.

프로크네는 금실로 가장자리를 한 옷을 어깨에서부터 단숨에 찢어 버리고는 검은 옷으로 갈아입은 다음 주검 없는 무덤을 만들게 하고는 있지도 않은 필로멜라의 혼백에 제물을 바쳤다. 프로크네는 이렇게 하고 동생의 기구한 팔자를 애곡했다. 그러나 프로크네가 정말 애곡했어야 하는 것은 그것이 아니었다.

태양신이 태양 수레를 하늘의 12궁(宮) 사이로 두루 몰고 지나가자 1년이 갔다. 독자들은 필로멜라가 어찌 되었는지 궁금할 것이다. 필로멜라는 엄중한 감시를 받은 데다 단단한 돌로 쌓아 올린 담은 여자가 깨뜨리기에는 너무 튼튼했다. 게다가 필로멜라는 혀를 잘려 벙어리가 되었는지라 자기가 당한 일을 누구에게 발설할 수도 없었다. 그러나 슬픔과 고통은 사람을 강하게 하고 역경과 곤경은 사람을 창조적이게 하는 법이다. 필로멜라는 베틀 같지도 않은 베틀에다 실을 걸고는 흰 바탕으로 베를 짜면서 거기에 자기가 그런 고통을 받게 된 사연을 붉은 글씨로 짜 넣었다. 이 일이 끝나자 필로멜라는 이것을 몸종에게 주면서 손짓 발짓으로 그 나라 왕비에게 전하게 했다. 몸종은 내용이 무엇인지도 모르면서 필로멜라가 부탁하는 대로 이것을 프로크네에게 전했다.

폭군의 아내는 그 천을 펴 보고 나서야 사연을 알았다. 그것은 다른 사람이 아니라 바로 자기 자신의 불행을 알리는 사연이었다. 프로크네는 쓰다 달다 말 한마디 하지 않았다. 믿어지지 않겠지만 프로크네는 정말 아무 말도 하지 않았다. 그 사연은 한마디 말로 반응을 나타내기에는 지나치게 슬픈 사연이었기 때문이다. 말을 하고 싶어도 응분의 말을 찾을 수 없을 만큼 슬픈 사연이었다. 프로크네에게는 눈물을 흘리고 있을 시간도 없었다. 프로크네는 복수할 계획을 세우는 데 온 정신을 쏟았다. 이 복수 계획은 선악의 잣대를 깡그리 벗어난, 참으로 상궤를 멀리 벗어난 것이었다.

트라키아의 젊은 여자들이 박쿠스를 기려 3년마다 한 번씩 여는 엄숙한 축제 기간[70]이었다. 이들이 베푸는 의식은 밤에 시작되는데 이 의식이 시작되면 로도페산은 신도들이 지르는 고함 소리와 바라 소리로 찌렁찌렁 울린다. 밤이 되자 왕비 프로크네도 이 신을 경배하는 데 필요한 제구(祭具)를 모두 갖추고 집을 나섰다. 머리에 쓰는 포도 덩굴 관, 왼쪽 어깨에 드리우는 사슴 털가죽, 오른쪽 어깨에 둘러메는 짧은 창 같은 것들이 박쿠스 신을 경배하는 제사에 필요한 제구이자 무기였

---

70) '박쿠스 축제'는 곧 한판 광란과 무질서의 축제다. 밤에 베풀어지는 이 축제에서 박카이, 즉 박쿠스 신도들은 머리카락을 풀어 헤치고 날고기 안주로 술을 마시며 난잡한 춤을 추는데, 이들은 이를 저지하는 자들을 무자비하게 찢어 죽이고는 한다. 펜테우스왕도 이렇게 죽임을 당했다. 3부 6장 참조.

다. 프로크네는 몸종들을 거느리고 숲속으로 들어갔다. 가슴은 갖가지 생각으로 착잡했다. 프로크네는 박쿠스 신의 광란에 쫓기는 신도로 가장하고 있었으나 사실 프로크네가 쫓는 것은 슬픔 뒤에 오는 분노였다. 이윽고 프로크네는 동생이 갇혀 사는 오두막에 이르렀다. 오두막 문은 박쿠스 신도 특유의 외마디 소리와 광란의 몸짓과 함께 부서져 나갔다. 프로크네는 동생을 부둥켜 안고 눈물을 흘리다가 박쿠스 신도들 의상을 동생에게 입히고는 머리에 담쟁이 덩굴 관을 씌워 얼굴을 가려 왕궁으로 데려왔다.

필로멜라는 자신이 그 저주받을 자의 집으로 들어왔다는 사실을 안 순간부터 낯빛을 잃고 부들부들 떨었다. 프로크네는 동생의 머리에서 박쿠스 신도의 관을, 몸에서는 박쿠스 신도 의상을 벗겼다. 프로크네는 동생을 껴안았으나 필로멜라는 얼굴을 들고 언니의 얼굴을 마주 바라보지 못했다. 자기 때문에 언니가 불행해질 것이라고 생각했기 때문이다. 그래서 필로멜라는 바닥만 내려다보고 있었다. 그러나 필로멜라는 이로써, 말로써 전하는 것 이상으로 명백하게 자신의 뜻을 언니에게 전하고 있었다. 필로멜라는, 하늘에 계신 신들에 맹세코, 테레우스의 폭력에 저항할 힘이 없어 순결을 잃게 되었노라고 말하고 있는 것이었다. 걷잡을 수 없는 분노의 소용돌이에 휘말린 프로크네는 흐느끼는 필로멜라에게 이런 말을 했다.

"지금은 눈물을 흘리고 있을 때가 아니라 칼을 갈아야 할 때다. 아니, 칼보다 나은 무기가 있다면 그것을 벼려야 할 때다. 필로멜라, 내게는 마음의 준비가 되어 있다. 왕궁을 불바다로 만들고 테레우스를 그 불길 속에 던져 넣으면 네 분이 가라앉겠느냐, 이자의 혀를 자르고 눈알을 뽑고, 너에게 범죄한 사지를 잘라 육신으로부터 죄많은 영혼을 풀어내면 네 분이 풀리겠느냐. 시시한 복수는 안 된다. 받은 것 이상으로 돌려주어야 한다. 그러나 나는 아직 그 방도를 모르겠구나."

프로크네가 이런 말을 하고 있는데 아들 이튀스가 제 어머니 방으로 들어왔다. 아이의 모습을 보는 순간 프로크네의 머릿속에는 한 가지 방도가 떠올랐다. 매정한 눈으로 아들을 바라보면서 프로크네가 내뱉었다.

"어쩌면 제 아비와 이렇듯이 똑같이 생겼느냐?"

더 이상은 말을 하지 않았다. 프로크네는 속으로 분을 감춘 채 복수할 준비를 시작했다. 그러나 역시 어머니의 마음은 어쩔 수 없는 것. 아들이 가까이 다가와 그 가녀린 팔로 어머니의 목을 안고 뺨에 입을 맞출 때는 프로크네의 마음도 흔들렸다. 프로크네는 마음의 고삐가 풀려 가는 데 당혹했다. 그러지 말아야 한다고 다짐을 하는데도 프로크네의 눈에서는 눈물이 흐르고 있었다. 그러나 아들의 사랑스러운 모습이 복수의 결심을 어지럽히고 있음을 깨달은 순간 프로크네는 시선을 아들에게서 동생 쪽으로 옮겼다. 시선을 이리저리 옮기면서 프로크네는 마음속으로 자기 자신을 꾸짖었다.

"어째서 하나는 나에게 사랑의 말로 응석을 부리는데, 하나는 혀가 없어서 말을 하지 못하게 되었는가? 이튀스는 나를 어미라고 부르는데 어째서 필로멜라는 나를 언니라고 부르지 못하는가. 아, 이 어리석은 판디온의 딸아, 네가 누구와 혼인하였느냐?

포도주에 취한 박쿠스 신도들의 난행(클로디옹의 조각).

너에게는 판디온의 딸이라고 할 자격도 없다. 테레우스 같은 자에게 사랑을 느꼈다는 것 자체가 용서받을 수 없는 죄악이다."

프로크네는 더는 망설이지 않았다. 그녀는 강게스 강둑에 사는 호랑이가 새끼 사슴을 깊은 숲속으로 끌고 가듯이 아들 이튀스를 왕궁에 있는 한적한 밀실로 데리고 갔다. 아이는 자기에게 무슨 일이 닥치고 있음을 예감했는지 두 손을 내밀고 두 번이나 "어머니, 어머니." 하고 부르면서 프로크네의 목을 껴안으려고 했다. 그러나 프로크네는 칼을 꺼내 아들의 옆구리를 찌르고도 고개조차 돌리지 않았다. 그것만으로도 치명상이었으나 프로크네는 거기에서 손길을 멈추지 않고 다시 칼로 아들의 목을 도려 버렸다. 이튀스의 몸이 산 사람의 몸과 다름없이 온기를 간직하고 있는데도 자매는 이 아이의 사지를 몸에서 발라냈다. 방바닥은 이 아이의 피바다가 되었다. 자매는 이 사지의 살을 요리하되 일부는 청동 솥에 넣어 삶고 일부는 구웠다.

프로크네는 준비가 끝나자 아무것도 모르는 테레우스를 특별한 음식을 대접하겠다면서 불렀다. 부르면서 친정 나라의 풍습인 신성한 의식이라는 토를 달고 반드시 혼자 와야 한다는 단서를 붙였다. 프로크네는 이로써 경호병(警護兵)이나 시종이 왕을 따라나서지 못하게 한 것이다. 테레우스는 신성한 의식이라는 말에 조상 전래의 예복으로 치장하고 왕비의 초대에 응하여 앞에 놓인 고기를 맛있게 먹었다. 물론 제 살인 줄도 모르고 맛나게 먹었다. 무슨 고기인지도 모르고 한참을 먹던 그가 말했다.

"이튀스를 이리 불러오오."

프로크네는 더 이상 감격의 순간을 유예하고 있을 수 없었다. 프로크네는 자기의 입으로 이 복수가 성취되는 순간을 선언하고 싶은 마음에서 지아비에게 이렇게 말했다.

"그대가 찾는 아이는 여기에 있소. 바로 그대 배 속에 있소."

테레우스는 주위를 둘러보면서, 이튀스가 어디에 있느냐고 묻고는 다시 이튀스의 이름을 불러 보았다. 이튀스 대신 조금 전에 죽은 이 아이의 피로 피투성이가 된 필로멜라가 피 묻은 머리카락을 산발한 채 이튀스의 머리를 들고 나타났다. 필로멜라가 테레우스에게 내미는 이튀스의 머리에서는 피가 뚝뚝 들었다. 필로멜라는 자기가 말을 할 수 없다는 것을 얼마나 다 행스럽게 여겼을까? 말을 할 수 있었다고 하더라도 이 순간에 어울리는 말을 적절하게는 할 수 없었을 것이므로……. 대노 한 테레우스는 식탁을 걷어차고, 스튁스 나라[71]에 사는, 배암 머리카락의 자매[72] 이름을 불렀다.

테레우스가 만일 복수의 여신들을 부를 수 있었더라면, 저 자신의 가슴을 찢고, 제 손으로 발라 먹은 인간의 살, 제 자 식의 살을 토해 낼 수도 있었으리라. 그러나 그게 어디 될 법 이나 한 일인가? 테레우스는 이제는 자식의 무덤이 되어 버린 제 육신을 저주하면서 울부짖었다. 그러던 그는 칼을 뽑아 들 고 판디온의 두 딸을 뒤쫓았다. 판디온의 두 딸은 도망치다 말 고 문득 하늘로 솟아오르는 것 같았다. 같은 것이 아니라 실 제로 이들에게 날개가 생긴 것이었다. 이들 중 하나는 숲으로 날아 들어갔고 또 하나는 지붕 밑으로 날아 들어갔다. 지붕 밑으로 날아 들어간 새의 가슴에는 살인한 흔적이 지워지지 않은 채 진홍빛 핏자국으로 남아 있었다.[73] 슬픔에 잠긴 채 복수를 서둘던 테레우스왕도 새가 되었다. 머리에는 깃털로 된 긴 볏이 돋고, 부리가 칼날만큼이나 긴 새가 된 것이다. 금 방이라도 싸우려는 것처럼 무장하고 있는 듯한 이 새를 사람 들은 '후투티'라고 부른다.

---

71) 여기에서는 '저승'이라는 뜻.
72) 복수의 여신들인 푸리아이(그/에리뉘에스)를 말한다.
73) 이로써 프로크네는 꾀꼬리, 필로멜라는 제비가 되었다는 전설이 있다.

7 북풍신(北風神) 보레아스

이 슬픈 소식을 들은 판디온왕은 비명에 세상을 떠나 타르타로스 땅[74]으로 내려갔다. 그의 사후 이 나라의 왕권과 지배권은 에렉테우스의 손으로 넘어갔다. 에렉테우스는 정의롭고 힘도 있는 사람이었다. 이 에렉테우스왕에게는 네 아들과 네 딸이 있었는데 이 중 두 딸이 서로 우열을 가리기 어려울 만큼 아름다웠다. 이 중 하나인 프로크리스는 아이올로스[75]의 손자인 케팔로스의 아내가 되어 행복하게 잘 살았다. 또 하나의 아름다운 딸 오리튀이아는 북풍신 보레아스의 눈에 들었다. 보레아스는 이 오리튀이아에게 반해 사랑을 애원했으나 도무지 보람이 없었다. 그 까닭은 저 테레우스의 비극 이래로 아테나이 사람들이 트라키아인들을 좋게 보지 않았기 때문이다.[76] 보레아스는, 본성을 누그러뜨리고 에렉테우스왕과 그 딸을 설득하려 했지만, 이러한 노력은 판판이 실패로 돌아갔다. 일이 이렇게 되자 보레아스는 더 이상 분을 참지 못하고 성정이 포악한 본래의 보레아스로 돌아가 이렇게 별렀다.

"사랑이 실패로 돌아간 게 당연하지. 완력과 폭력, 분노와 위협 같은 내 비장의 무기를 포기하고 내 성격과는 어울리지도 않는 애원과 호소에 기대를 걸었으니……. 그래, 내게 어울

---

74) 저승.
75) 바람의 신.
76) 옛 그리스 사람들은 북풍의 신 보레아스가 북쪽에 있는 미개한 트라키아 땅에 산다고 생각했다.

리는 것은 폭력이다. 나는 폭력을 써서 검은 구름을 휘젓고, 폭력을 써서 바다를 둘러엎고, 해묵은 떡갈나무를 뿌리째 뽑고, 눈을 얼리고, 대지를 눈보라로 때려야 한다. 그렇다. 하늘이야말로 나의 무대다. 우리의 무대인 이 하늘에서 형제들[77]을 만나면 이들과 겨루던 내가 아니던가? 우리 주위의 대기에서 천둥이 치고, 구름에서 번개가 튀어나오도록 겨루던 내가 아니던가? 등을 돌려 대고 지하 세계의 나지막한 동굴로 들어가면, 지하 세계를 진동시키고 망령들까지 벌벌 떨게 만들던 내가 아니던가? 그렇다. 나는 이런 식으로 저 공주를 요구해야 한다. 애원할 것이 아니라 저 에렉테우스를 힘으로 굴복시켜 내 장인으로 만들어야 한다.”

이 말과 함께 보레아스가 하늘로 날아오르면서 날개를 치자 강풍이 불어 온 땅을 휩쓸고 바다를 뒤엎었다. 보레아스는 지저분한 외투 자락을 산꼭대기 위로 끌면서 땅으로 날아 내려와 검은 구름에 가린 그 날개로 공포에 사로잡혀 있는 오리튀이아를 채어 올라갔다. 그렇지 않아도 뜨겁던 그의 사랑은 오리튀이아를 채어 가는 도중에 더욱 뜨겁게 달아올랐다. 그는 이렇게 하늘을 날아 이윽고 키코네스인[78]이 살던 한 도시에 이르렀다. 이곳에서 아테나이의 공주는 이 혹한의 왕자 보레아스의 아내가 되어 쌍둥이 아들을 낳았다. 이 쌍둥이 아들은 아버지처럼 날개가 달려 있는 것만 제외한다면 외모는

---

77) 서풍인 제퓌로스, 남풍인 아우스테르(그/노토스)를 말한다.
78) 헤브로스 강가에 살던 트라키아의 한 종족.

대체로 어머니와 흡사했다. 그러나 이들에게 처음부터 날개가 돋아 있었던 것은 아니다. 이름이 칼라이스와 제테스인 이들은 황금빛 머리카락이 뺨을 덮으며 자랄 때까지는 날개가 없었다. 그러나 이들의 뺨에 노란 털이 자라면서부터 새처럼 어깨에서도 깃털이 돋기 시작했다.

이들은 장성하자 최초의 배[79]를 타고 미뉘아스의 자손[80]과 함께 미지의 바다를 건너 빛나는 금양 모피(金羊毛皮)[81]를 찾으러 갔다.

---

79) 정확하게 말하면 최초의 원정선.

80) 미뉘아스왕에게는 4부 1장에 등장하는 딸 세 자매 이외에도 클뤼메네라는 딸이 있었다. 이 클뤼메네의 외손자가 다음 장에 나오는 원정대장 이아손이다. 이 이아손이 '미뉘아스의 자손'이라고 불리는 것은 이 때문이다.

81) 보이오티아 왕 아타마스와 왕비 네펠레 사이에는 아들딸이 있었다. 이 왕은 왕비에 대한 사랑이 식자 이노라는 여자를 후처로 맞아들이는데 이노는 전처의 자식을 미워해서 어떻게 해서든 없애려고 한다. 전처 네펠레가 이 아이들을 살리려고 메르쿠리우스 신에게 기도하자 신은 황금빛 양 한 마리를 보내 준다. 네펠레는 이 남매, 즉 아들 프릭소스와 딸 헬레를 이 양의 등에 태워 먼 콜키스 나라로 보내는데, 이 황금빛 양은 이 둘을 태우고 바다를 건너다 도중에 헬레는 바다로 떨어지고 프릭소스만 태운 채 무사히 콜키스 땅에 이른다. 이때부터 헬레가 떨어진 바다는 '헬레스폰토스('헬레의 바다')'라고 불린다. 한편 콜키스 땅에 이른 프릭소스는 이 양을 잡아 제사를 지내고는 황금빛 모피는 그 나라 왕 아이에테스에게 선물로 준다. 아이에테스왕은 이 황금빛 양의 모피, 즉 금양 모피를 전쟁신 마르스의 숲에 있는 떡갈나무에 걸어 놓고 용 한 마리를 붙여 이를 지키게 한다. 다음 장에서 말하는 '금양 모피'는 바로 이 금양 모피다.

7부 영웅의 시대

1 이아손과 메데이아

　미뉘아스의 자손들[1]은 이올코스 땅 파가사이 항구에서 지은 배를 타고 먼바다로 나아갔다.[2] 이들은 도중에서, 장님이 되어 영원히 암흑 속에서 살아야 하는 피네우스[3]를 만났다.

---

1) 이아손 일행.
2) 이올코스 왕 아이손에게는 배다른 아우 펠리아스가 있었는데, 펠리아스는 형 아이손을 몰아내고 이 나라의 왕이 된다. 아이손의 아들 이아손이 자라 왕위를 내놓을 것을 요구하자 펠리아스는 금양 모피를 찾아오면 왕위를 내놓겠다고 말한다. 이아손은 이때부터 그리스 각지의 영웅들을 모으는 한편 아르고스라는 사람에게 명하여 크고 빠른 배를 짓게 하는데 이렇게 해서 지어진 배가 아르고호(號)('쾌속선'). 이 배를 타고 콜키스로 원정한 원정대원들은 아르고나우타이('아르고 원정대원들')라고 불린다.
3) 후처의 중상모략에 전처의 자식들을 학대하다가 신들의 노여움을 사서 장님이 된 트라키스 왕. 이 피네우스는 음식을 먹으려 할 때마다 하르퓌아이가 날아와 이를 채 가기 때문에 영원히 배를 곯아야 한다.

아퀼로[4]의 아들 칼라이스와 제테스는 하르퓌아이[5]를 쫓아 버리고 이 노인을 구해 주었다. 미뉘아스의 자손들은 저 유명한 영웅 이아손의 지휘 아래 온갖 어려움을 이겨 내고, 마침내 파시스강의 탁류를 거슬러 올라가 콜키스 나라에 이르렀다.

이들이 아이에테스왕 앞에 나타나 프릭소스를 그곳까지 태우고 온 황금빛 양의 모피를 요구하자 왕은 까다로운 조건[6]을 달았다. 이 나라의 공주 메데이아는 이아손을 보는 순간 첫눈에 반하고 말았다. 메데이아는 낯선 청년 이아손을 도와주려면 아버지를 배신해야 할 터라 이아손을 향하는 자신의 마음과 싸웠다. 그러나 메데이아의 이성도 감정과 마찬가지로 이 뜨거운 사랑의 불길 앞에서는 너무나도 미약했다. 메데이아는 이런 생각을 하면서 혼자 고민했다.

"메데이아야, 저항해도 소용없다. 어느 신인지는 모르나 어느 신인가가 너의 마음을 다스리고 있다. 아, 이런 것을 사랑이라고 하는 것일까? 그렇지 않다면 아버지의 요구가 지나친 요구라고 생각될 까닭이 없지. 아니다, 지나친 요구임에 틀림없어. 만난 지 얼마 되지도 않는데, 나는 왜 이아손의 파멸을 이다지도 두려워하는 것일까? 내가 이렇게 두려워하는 까닭

---

4) 북풍의 신 보레아스의 별명.
5) 얼굴은 인간의 얼굴이나 몸은 새의 몸인 괴물들. 칼라이스와 제테스는 하늘을 날 수 있었기 때문에 이들을 쫓아 버릴 수 있었다.
6) 아이에테스왕은 이아손에게 불을 뿜는 황소에 쟁기를 메워 전쟁신 마르스의 밭을 간 다음 거기에 왕뱀의 이빨을 뿌리고, 그 땅에서 돋아나는 무사들과 싸워 이기면 금양 모피를 가져가도 좋다고 말한다.

이 무엇일까? 아, 이 어리석은 계집아, 네 어리석은 가슴에 붙은 불을 꺼 버리면 되지 않느냐? 그렇지, 끌 수만 있다면 얼마나 나다우랴. 하지만 아무리 내가 마음을 다져 먹어도 까닭을 알 수 없는 짐이 나를 짓누르니 이 일을 어쩌지? 욕망은 나더러 이렇게 하라고 하고 이성은 나더러 저렇게 하라고 하니 이 일을 어쩌지? 어느 길이 옳은 길인지 나는 알고 있다. 분명히 알고 있는데도 나는 옳지 않은 길을 따르려 하고 있다. 콜키스의 공주여, 너는 왜 이방인에 대한 사랑의 불길에 타고 있는가? 왜 이방인과의 결혼을 꿈꾸고 있는가? 이 땅에도 사랑할 만한 사람들은 얼마든지 있는데…… 이아손이 죽든 살든, 그것은 신들의 뜻이다. 그런데도 이아손을 걱정하는 것은 또 무슨 까닭일까? 하기야 사랑하는 마음이 없어도 걱정할 수는 있는 법. 죄 없는 이아손이 왜 그렇게 모진 고초를 겪어야 한다지? 아, 저 젊음, 저 문벌, 저 무용(武勇)에 반하지 않을 못난 계집도 있을까? 젊음, 문벌, 무용이 하잘것없다고 하더라도 그 언변(言辯)에 반하지 않을 못난 계집도 있을까? 확실히 저분은 내 마음을 휘저어 놓았구나. 하지만 내가 도와주지 않으면 저분은 불 뿜는 황소의 숨결에 화상을 입거나, 자기 자신이 뿌린 씨앗에서 돋아날 땅의 무사들과 싸워야 한다. 요행히 이런 시련을 이겨 낸다고 하더라도 저 탐욕스러운 용의 먹이가 되는 것은 피하기 어렵다. 내가 호랑이 새끼가 아닌 다음에야, 내 심장이 돌이나 쇠로 되어 있지 않은 다음에야 어찌 이것을 구경만 하고 있을 수 있단 말인가? 왜 나는 저 들판으로 가서 저분이 죽어 가는 것을 보아야 하지? 왜 나는 저분과 맞서는 황소를 충동질하면 안 되고, 땅에서 돋아난 무사들과 잠들지 않는 용을 편들면 안 되는 거지? 그래, 안 된다. 하지만 신들이시여, 저분을 도우소서. 아니다, 아니다. 기도만 하고 있을 것이 아니라 손을 써야겠다.

하면 나는 내 아버지의 왕국을 배반해야 하는 것이 아니냐? 다행히 내 도움에 힘입어 이 미지의 용사가 승리한다면? 승리를 얻고는 나를 버리고 떠나 다른 여자의 지아비가 되어 버리고, 나 메데이아만 홀로 남아 왕국이 내게 내리는 벌을 받아야 한다면? 안 된다. 저 사람이 만일에 그런 사람이라면, 나를 버리고 다른 여자를 취할 만큼 배은망덕한 위인이라면, 파멸하게 내버려 두어야 한다. 하지만 아니다. 저 용모, 저 고결한 성품, 저 참한 사람 됨됨이를 보라. 저런 사람이 나를 속일 것이라고, 내가 베푼 은혜를 잊을 것이라고 두려워할 필요는 없다. 더구나 나는 손을 쓰기 전에 저 사람으로부터 나를 배신하지 않겠다는 약속을 받아 내고, 신들을 우리 약속의 증인으로 내세울 것이다. 이제 두려워할 것은 하나도 없는데 메데이아여, 왜 두려워하느냐? 이제 손을 쓸 준비나 하자. 지체해서 득 될 것이 없다. 이아손은 영원히 나에게 목숨을 빚졌다고 생각할 게다. 그는 신성한 혼인을 서약할 것이고, 온 그리스 땅 여자들은 하나같이 나를 구주(救主)로 칭송할 것이다.

그러면? 내 형제자매와 아버지와 신들과, 심지어는 내 모국을 버리고 바다를 건너가야 할 테지? 못 갈 게 뭐 있어? 내 아버지는 잔인한 분이고, 내 모국은 아직 미개한 나라, 내 동생은 아직 어리다. 자매들은 나를 위해서 기도할 것이고, 신들

중에서 가장 위대하신 신[7]은 내 가슴에 계신다. 내가 이 땅에다 남겨 두어야 할 것들은 모두 하찮은 것들, 내가 좇는 것들은 모두 고귀한 것들이다. 그리스 영웅을 구하는 영예, 이 땅보다 훨씬 나은 나라, 먼바다 해변에까지 그 이름이 두루 알려진 나라에 대해 내가 얻을 새로운 견문……. 이것이 어찌 고귀한 것들이 아닐까 보냐. 그래, 그런 도시의 예술과 문화를 몸에 익히는 것이다. 이 세상의 온 금은보화를 주고도 바꿀 수 없는 이아손을 차지하는 것이다. 이아손을 지아비로 섬기면 온 세상 사람들은 나를 하늘의 사랑을 입은 여자라고 부르겠지. 내 권세가 별을 찌를 만큼 드높아질 테지.

그것은 그렇고 듣자니 바다 한복판에서 서로 부딪치는 산[8]이 있었다는데 이것은 무엇일까? 바닷물을 삼켰다가는 토해 낸다는 카립디스,[9] 뱃사람들 공포의 대상이라는 이 카립디스는 또 무엇이고, 사나운 개들에 둘러싸인 채 시켈리아[10]의 파도 아래에서 울부짖는다는 스퀼라[11]는 또 무엇일까? 하지만 뱃길이 아무리 험한들 어떠랴? 사랑하는 분만 믿고 따르면 만

---

7) 메데이아는 헤카테 여신을 말하고 있다. 메데이아는 헤카테 여신의 여사제(女司祭)다.
8) 보스포로스 해협에 있었다는 쉼플레가데스('충돌하는 바위'). 이 두 개의 바위산은 그 사이로 무엇인가가 지나갈 때마다 서로 맹렬한 속도로 다가서면서 서로 부딪친다. 아르고 원정대원들도 이 난관을 지나 콜키스에 이르렀다.
9) 하루에 세 번씩 조류를 삼켰다가 토해 냈다는 해류의 소용돌이. 혹은 이를 의인화한 괴물.
10) 시칠리아.

사가 형통할 테지. 이아손의 가슴에 안겨 있는데 무엇이 두려우랴. 그분의 품 안에만 있으면 두려울 것이 없다. 내게 두려운 것이 있다면 오직 그분뿐. 하지만 메데이아여, 너는 이것을 결혼이라고 부를 수 있느냐? 너는 울림이 좋은 이 말로 네 죄를 가림할 수 있다고 여기느냐? 네가 하려는 짓이 얼마나 무서운 짓인지 아느냐? 알면 다시 한번 생각해 보아라. 잘 생각해 보고 때가 너무 늦기 전에 사악한 길에서 비켜서거라.”

이렇게 중얼거리는 메데이아의 눈 앞에 ‘덕’, ‘효심’, ‘순결’ 같은 것들의 환영이 나타났다. 이들에게 쫓겨 쿠피도[12)는 이미 저만치 날아가고 있었다.[13)

메데이아 공주는 숲속 은밀한 곳에 있는, 페르세스의 딸 헤카테[14)의 오래된 신전으로 갔다. 메데이아의 마음은 이제 분명하게 정해져 있었다. 말하자면 정열은 싸늘하게 식고 사랑은 메데이아의 마음을 완전히 떠난 것이다. 그러나 이아손의 모습을 다시 보는 순간 문제가 달라졌다. 이아손을 다시 보는

---

11) 시칠리아섬 근처에 있는 암초. 혹은 이를 의인화한 괴물. 개의 머리가 줄줄이 꿰인 띠를 두르고 있었다는, 머리가 여섯인 괴물. ‘카립디스와 스퀼라 사이에서’라는 말은 ‘앞에는 호랑이, 뒤에는 이리’ 혹은 ‘진퇴양난’이라는 말과 그 뜻이 비슷하다.

12) 사랑의 신, 즉 ‘사랑하는 마음’.

13) 메데이아의 마음이 이아손을 돕지 말자는 쪽으로 흔들리고 있다는 뜻이다.

14) 페르세스는 메데이아의 아버지 아이에테스와 형제간인 것으로 전해진다. 이 둘 다 태양신 솔의 아들인 것이다. 헤카테는 저승에서 망령을 조종하는 것으로 믿어지던 무서운 여신이자 마법의 여신, 대지의 풍요로운 생산성을 상징하는 여신이기도 하다.

순간 메데이아의 뺨은 붉게 물들었다가 다시 새하얗게 변했다. 흡사 얼굴에서 피가 한 방울도 남김없이 빠져나가 버린 것 같았다. 꺼져 있던 정열의 불길도 되살아났다. 잿더미에 묻혀 있던 불씨가 문득 불어온 바람에 다시 타오르면서 원래의 그 왕성한 생명력을 되찾는 것처럼 메데이아의 식어 있던 사랑도 이 청년 앞에서 되살아나 맹렬하게 타오르는 것 같았다. 메데이아가 그렇게 보아서 그랬겠지만 이아손의 모습은 이날따라 더욱 늠름해 보였다. 그랬으니 메데이아가 어떤 대가를 치르든 이 청년의 사랑을 얻어야겠다고 생각한 것은 당연했다. 메데이아는 이 청년을 정신없이 바라보았다. 처음 보는 것처럼 바라보았다. 메데이아의 시선은 이 청년에게서 떨어질 줄 몰랐다. 메데이아는 청년의 얼굴을 바라보면서 아무래도 여느 인간의 얼굴 같지 않다고 생각했다. 그래서 더욱 눈을 뗄 수 없었던 것이다. 이 미지의 나라 청년이 손을 잡고 자기를 도와주면 은혜를 잊지 않고 아내로 삼아 고향으로 데려가겠다고 말했을 때, 메데이아는 울음을 터뜨리면서 이렇게 말했다.

"내가 무슨 짓을 하고 있는 것이지요? 내가 이러는 것은 어떻게 해야 좋은 것인지 몰라서가 아닙니다. 사랑이 나를 이렇게 만들고 있는 것이랍니다. 내가 그대의 안전을 보장하겠습니다. 그러니 이곳에서 위업을 이루고 돌아가시게 되거든 나와 한 약속을 잊지 말아 주세요."

메데이아는 의식(儀式)을 통해 이아손으로 하여금 세 얼굴을 가진 여신,[15] 숲에 거하시는 여신[16]께 맹세하게 했다. 장차 장인이 될 이의 아버지 되시는, 만물을 빠짐없이 내려다보시는 태양,[17] 이아손 자신의 행운 그리고 다음 날 그가 맞닥뜨릴 위험에도 걸고 맹세하게 했다. 이아손은 메데이아 앞에서 이 모든 것들에게 맹세하고, 메데이아에게 자기를 믿어 줄 것을 빌었다. 그러자 메데이아는 이아손에게 마법이 걸린 약초를 주면서 쓰는 법을 일러 주었다. 이아손은 이 약초를 받아들고는 가벼운 마음으로 제 숙소로 돌아가 달게 잤다.

다음 날, 새벽의 여신이 빛나던 별들을 쫓자 사람들은 전쟁신 마르스에게 봉헌된 들판으로 모여들었다. 사람들은 이 들판 가장자리의 사면(斜面)에 자리를 잡았다. 아이에테스왕은 보라색 용포로 성장하고 상아 왕홀을 들고는 이들 한가운데 자리를 잡았다.

곧 청동 발굽이 달린 황소들이 나왔다. 이 황소들은 콧구멍으로 공기 대신에 불을 뿜었다. 이 불길이 닿자 풀밭은 순식간에 불바다로 변했다. 황소가 숨을 쉴 때마다 나는 소리는, 땔감을 잔뜩 쟁여 넣은 용광로에서 나는 소리 혹은 뜨겁게 달군 석회석에 물을 부을 때 나는 소리와 비슷했다. 숨을 쉴 때마다 이 황소의 가슴, 이 황소의 목 안에 갇혀 있던 불길이 맹렬한 기세로 뿜어져 나오면서 쉭쉭 소리를 내는 것이었다. 그

---

15) 즉 헤카테 여신. 태양신 솔의 손녀인 이 여신의 이름 '헤카테'라는 말은 '빛을 멀리 던지는 여신'이라는 뜻이다. 즉 이 여신의 족보와 이름을 보면 달과 무관하지 않음을 알 수 있다. '세 얼굴을 가진 여신'이라는 별명도, 차고 기울고 이우는 달의 세 얼굴을 암시하는 듯하다.
16) 역시 헤카테의 별명.
17) 이아손의 장인이 될 아이에테스는 태양신 솔의 아들이다.

런데도 아이손의 아들 이아손은 앞으로 나아갔다. 황소들은 끝이 쇠로 된 뿔을 흔들어 대고, 청동 발굽으로 땅을 차면서 그 무시무시한 머리를 이 새로운 적에게 들이댔다. 들판은 이 황소들이 뿜어 대는 불길과 연기와 이들이 내는 소리로 순식 간에 아수라장으로 변했다. 아르고 원정대원들은 아연실색해 서 손에 땀을 쥐고 이 광경을 내려다보았다. 그러나 이아손은 의연하게 황소들 가까이 다가갔다. 황소가 뿜는 불길도 그에 게는 화상을 입히지 못했다. 메데이아로부터 받은 약초가 제 몫을 하고 있었기 때문이다. 이아손은 대담하게 황소 가까이 다가가, 목 아래로 늘어진 살을 거머쥐고는 멍에를 건 뒤, 재 빨리 쟁기를 메우고는 쟁기 날로 땅을 갈기 시작했다. 콜키스 사람들은 벌린 입을 다물지 못했고, 아르고 원정대원들은 함 성으로 용감한 영웅 이아손을 응원했다.

땅을 갈아엎은 이아손은 투구에 담아 들고 있던 왕뱀의 이 빨을 뿌렸다.

치명적인 독액에 전 이 씨앗은 땅에 뿌려지자마자 말랑말 랑해졌다가 곧 새로운 모양으로 자라기 시작했다. 아기가 어 머니의 자궁 안에서 사람의 형상을 얻기까지 자라다가 모양 이 완전해지면 세상에 나오듯이, 이 대지에서도 대지의 풍요 로운 자궁 안에서 제 모습을 완전히 갖춘 인간들이 돋아나기 시작했다. 더욱 놀라운 것은 이들이 일제히 무기를 들고 대지 에서 돋아났다는 것이다. 이들이 이 무서운 무기를 들고 테살 리아의 영웅 이아손을 공격하는 것을 보는 순간 아르고 원정 대원들은 낯빛을 잃고 이아손을 근심했다. 이아손이 안전하도록 미리 손을 써 놓은 메데이아조차 공포를 이기지 못하고 새파랗게 질렀다. 들판가에 앉아 수많은 무사들이 이아손 한 사람을 공격하고 있는 것을 보는 순간부터 메데이아는 한기를 느꼈는지 오돌오돌 떨었다. 메데이아는 자기가 이아손에게 준 약초의 효능이 모자랄 경우에 대비해서 은밀하게 주문을 외어 이아손을 도울 또 하나의 방책을 세웠다. 그러나 이아손은 큰 돌 하나를 무사 무리 한가운데에 던졌다. 그러자 무사들은 이아손에게 겨누던 창칼을 저희 무리에게로 돌렸다. 대지에서 돋아난 무사들은 저희끼리 어지러이 치고 찔러 잠시 후에는 하나도 남김없이 쓰러짐으로써 이 동족상잔을 끝냈다. 아르고 원정대원들은 함성을 지르며 승리자의 손을 잡거나 이 승리자를 뜨겁게 포옹했다. 미개한 나라 콜키스의 공주는 승리자를 포옹하는 원정대원들이 부러워 견딜 수 없었지만, 제 나라 국민들이 어떻게 생각할지 몰라 가만히 있었다. 이 공주가 할 수 있었던 것은, 이아손의 승리를 은밀하게 기뻐하며 마법의 효능과 그 효능을 베푼 신들에게 은밀하게 감사를 드리는 일이 고작이었다.

이제 남은 일은 마법을 써서, 잠들지 않는 용[18]을 재우는 것이었다. 머리에 볏이 달려 있고, 꼬부라진 독니 사이로 세 갈래진 혀를 낼름거리는 이 용의 모습은 보는 사람을 얼어붙게 할 만큼 무시무시했다. 그러나 이아손이 레테[19]의 물과 그 효능이 비슷한 약초의 즙을 뿌리고, 성난 바다를 재우고 분류

---

18) 이 용이 금양 모피가 걸린 떡갈나무를 지키고 있다.

하는 강을 잠잠하게 할 만한 위력을 지닌 주문을 세 번 외자
이 괴물은 그때까지 한 번도 감은 적이 없는 눈을 감고 잠이
들었다. 아이손의 잘난 아들 이아손은 괴물이 잠든 틈을 타서
금양 모피를 벗겼다. 이 귀한 물건과, 이 물건을 손에 넣는 데
큰 힘이 되어 주었던 아름다운 처녀와 함께 이아손은 고향 이
올코스 항구로 금의환향했다.

2 아이손의 회춘(回春)

테살리아의 어머니들은 아들들이 무사히 돌아오게 한 것
을 고맙게 여겨 신들께 감사의 제물을 넉넉하게 바쳤다. 금의
환향한 영웅들의 아버지들도 신들의 제단 성화에 향을 산더
미같이 쌓아 사르고, 신들께 약속했던 대로 뿔에 황금 띠를
두른 소를 제물로 잡아 바쳤다. 그러나 이 감사 제례에 마땅
히 자리하고 있어야 할 이아손의 아버지 아이손의 모습이 보
이지 않았다. 늙고 병들어 세상 하직할 날만 기다리고 있는
형편이었기 때문에 나올 수가 없었던 것이다.

이것이 한스러웠던 이아손이 아내에게 이런 말을 했다.

"내 아내여. 내가 오늘 같은 영화를 누리는 것은 다 그대 덕
분이오. 그대는 내게 모든 것을 베풀었으니 나는 그대가 베푼

---

19) '망각의 강'. 저승에 있는 이 강을 건너는 순간 망자(亡者)들은 이승 일
을 깡그리 잊게 된다.

은혜를 헤아릴 길이 없소. 그러나 할 수 있어서(그대의 마법으로 할 수 없는 일이 어디에 있으리오만) 내 수명에서 몇 년을 빼내 아버지 수명에 보태어 준다면 내가 더 무엇을 바라겠소?"

이아손은 이 말을 하면서 눈물을 주르르 흘렸다. 메데이아는 지아비의 지극한 효성에 마음이 아팠다. 아버지 아이에테스를 배신하고 떠나온 자신의 경우와는 달라도 너무 달랐기 때문이다. 그러나 메데이아는 그런 내색을 하지 않고 짐짓 정색하고 말했다.

"그렇게 무리한 말씀이 어디에 있어요? 한 사람의 수명에서 몇 년을 빼 다른 사람에게 보태라니요? 헤카테 여신께서도 그런 것은 허락하시지 않습니다. 그대에게 무슨 권리가 있어서 내게 이렇게 무리한 요구를 하시는지요? 하지만 사랑하는 이아손 님이시여, 나는 그대가 바라는 것보다 더 나은 것을 드리렵니다. 세 얼굴을 지니신 여신께서 나를 도와주신다면, 내가 하려는 일을 어여쁘게 보아 주신다면, 그대 수명에서 빼지 않고도 아버님의 젊음을 되찾아 드릴 수 있을지 모릅니다."

달의 양쪽에 솟아난 두 개의 뿔이 만나 보름달이 되려면 사흘이 남아 있을 때의 일이었다. 사흘이 지나 이윽고 달이 그 둥근 얼굴로 온 세상을 내려다보게 된 날 밤, 메데이아는 발밑까지 치렁치렁 드리운 옷차림에 머리는 풀어 어깨 위로 늘어뜨린 채 맨발로 집을 나왔다. 메데이아는 한밤의 적막 속을 홀로 걸어 혼자만 아는 곳으로 갔다. 새도 짐승도 사람도 모두 잠든 시각이었다. 산울타리 속에서도 바스락거리는 소리 하나 들려오지 않았다. 나뭇잎은 그저 가만히 매달려 있었다.

밤안개 속을 흐르는 것은 적막뿐이었다. 자지 않는 별만 하늘에서 빛나고 있었다. 별들이 빛나는 하늘을 향해 두 팔을 들고 메데이아는 그 자리에서 세 바퀴 돌고, 저승의 강에서 길어 온 물을 세 방울 머리에 뿌린 다음 세 번 하늘을 향해 외마디소리를 질렀다. 그런 다음 메데이아는 굳은 땅에 무릎을 꿇고 기도했다.

"오, 제 비밀을 빈 데 없이 어둠으로 가려 주시는 밤의 신이시여, 달과 함께 태양 빛을 계승하시는 금빛 별의 신들이시여, 제가 하는 일을 속속들이 굽어보시고 저를 도우시어 마법을 쓰게 하시고 주문을 외게 하시는, 세 얼굴을 지니신 헤카테 여신이시여, 마법사의 영험한 약초를 품어 기르시는 대지의 여신이시여. 대기의 신이시여, 바람의 신들이시여, 산의 신들이시여, 강의 신들이시여, 호수의 신들이시여, 숲의 정령들, 밤의 정령들이시여. 저 있는 곳으로 임재(臨在)하시어 저를 도우소서. 도우시면 능히, 흐르는 강의 물길을 돌리고 그 근원으로 거꾸로 흐르게 하여 둑을 놀라게 하고, 노래로 성난 바다를 달래고, 잔잔하던 바다를 노호하게 해 보이겠나이다. 주문과 마법으로 구름을 모으고, 모은 구름을 비산(飛散)시키고, 바람을 부르고, 부른 바람을 잠재우고, 배암의 아가리를 찢어 보이겠나이다. 저를 도우소서, 도우시면 살아 있는 바위와 나무의 뿌리를 뽑고, 대지에 뿌리박고 있는 참나무도, 온 숲째 뽑아 보이겠나이다. 저를 도우소서, 도우시면 산들을 떨게 하고 대지를 울리게 하고, 망령이 그 무덤에서 솟아오르게 해 보이겠나이다. 저를 도우소서, 도우시면 테메세의 구리 바라[20]가 아무리 우렁차게 울려도 저 루나[21] 여신을 하늘에서 사라지게 해 보이겠나이다.[22] 신들이시여, 저를 도우시면 제 노래에 제 조부의 수레[23]도 그 빛을 잃을 것이요, 제 마법에 아우로라[24]도 그 빛을 잃을 것입니다. 저를 대신하여 불 뿜는 황소의 숨결을 누그러뜨리시고, 어떤 고삐에도 묶여 본 적 없는 황소로 하여금 쟁기를 끌게 하신 분들도 신들이십니다. 신들께서는 왕뱀의 이빨에서 돋아난 무사들 사이에 자중지란이 일게 하시고, 한 번도 잠을 자 본 적이 없는 용의 눈을 감기시어 영웅으로 하여금 금양 모피를 벗겨 무사히 그리스 땅으로 돌아오게 하셨습니다. 이제 저에게는 한 노인의 젊음을 되찾아 줄 기적의 약이 필요합니다. 저의 원을 들어주소서. 들어주시려거든 그 표적으로 별이 유난히 반짝이게 하시고 날개 달린 용이 끄는 수레가 제 앞에 당도하게 하소서.”

정말 하늘에서 비룡(飛龍)이 끄는 수레가 날아 내려와 메데이아의 앞에 멈추었다. 이 수레에 오른 메데이아는 수레를 끄는 비룡의 목을 쓰다듬고는 목 위에 얹힌 고삐를 가볍게 챘다. 그러자 비룡은 수레를 끌고 하늘로 날아올랐다. 메데이아의 눈에는 순식간에 테살리아의 템페 계곡이 저만치 아래로

---

20) 구리가 많이 나기로 유명한 남이탈리아의 테메세에서 만든 바라.

21) 그/셀레네. ‘달’.

22) 당시 사람들은 월식(月蝕) 때마다 구리 바라를 치고 북을 울리면 달이 하늘에서 사라지지 않을 것으로 믿었다.

23) 태양 수레.

24) 그/에오스. ‘새벽’.

보였다. 메데이아는 이 수레를 미리 정한 모모(某某)한 곳으로 몰았다. 먼저 오사산, 험한 펠리온산, 오트뤼스산, 핀도스산, 이들 산보다는 훨씬 높은 올륌포스산의 약초를 일일이 둘러보고는 필요에 따라 어떤 것은 뿌리째 뽑고, 어떤 것은 날이 넓은 칼로 대를 베었다. 메데이아는 아피다노스 강가에서도 약간의 약초를 거두었고, 암프뤼소스 강가에서는 많은 약초를 취했다. 에니페우스 강가에도 메데이아에게 필요한 약초가 있었다. 페네이오스강, 스페르케오스강도 메데이아를 도와주었고, 보이베강의 갈대 우거진 둑도 메데이아에게 요긴한 약초를 대주었다. 메데이아는 에우보이아섬 맞은편에 있는 안테돈에서 장수(長壽)에 효험이 있는 약초도 거두었다. 이 약초는 후일 글라우코스[25]를 전신(轉身)시키게 되나 당시에는 그 이름이 알려지지 않은 약초였다.

메데이아는 아흐레 밤낮을 비룡이 끄는 수레를 타고 방방곡곡을 다니며 약초를 모았다. 메데이아가 궁궐로 돌아온 것은 열흘째 되는 날이었다. 수레를 끌던 비룡들은 메데이아가 모은 약초의 냄새를 맡았을 뿐인데도, 온몸에 나 있던 주름살이 다 펴졌다. 메데이아는 떠난 자리에 이르고도 안으로는 들어가지 않고 문밖에서 머물렀다.

메데이아는 남성의 접근을 물리치고 뗏장을 떠서 문 밖에다 두 기(基)의 제단을 쌓았다. 오른쪽 제단은 헤카테 여신에

---

25) 안테돈의 어부. 해변에서 자라고 있는 이 풀을 먹고는 불사(不死)와 예언력을 얻어 후일 해신의 반열(伴列)에 들었다.

게 바치는 제단, 왼쪽 제단은 유벤타[26] 여신에게 바치는 제단이었다. 메데이아는 제단 위에 숲에서 걷어 온 덩굴을 걸고, 그 옆에 구덩이를 두 개 파고는, 제물을 장만하기 위해 검은 양을 한 마리 끌어다 칼로 목을 땄다. 이어서 이 구덩이를 검은 양의 피[27]로 채운 메데이아는 그 위에 포도주 한 잔씩과 더운 우유 한 잔씩을 더 부은 다음 주문을 외어 대지의 정령들을 부르고, 지하 세계의 왕[28]과 이 왕의 손에 납치당해 저승으로 끌려갔던 왕비[29]에게는 노인 아이손의 혼을 불러 가는 일은 당분간 유예해 달라고 기도했다. 메데이아는 자기의 기나긴 기도에 신들이 응답하자 이아손에게 아버지 아이손의 늙고 병든 육신을 밖으로 모셔 와 달라고 말했다. 아이손이 들것에 실려 밖으로 나오자 메데이아는 이 노인을 약초로 짠 자리에 눕히고 마법으로 깊은 잠에 빠져들게 했다. 마법을 건지 오래지 않아 아이손은 죽음같이 깊은 잠에 빠져들었다.

준비가 끝나자 메데이아는 아이손의 아들과 근신(近臣)들에게 그 자리에서 물러나야 한다면서, 성별(聖別)되지 않은 잡

---

26) '청춘'. '유벤타스'라고도 불린다. 그리스 신화의 헤베('청춘')와 동일시되는 여신으로 로마 시대에는 성년 남자의 수호 여신이었다. 유피테르와 유노 사이에서 태어난 이 여신은 신들이 사는 천궁에서 신주(神酒) 따르는 일을 한다. 후일 영웅 헤라클레스의 아내가 된다.

27) 검은 양은 저승의 신들에게 바치는 제물이다. 천상의 신들에게 제사를 드릴 때는 제단을 쌓지만, 저승 세계의 신들에게 제사를 드릴 때는 제단을 쌓는 대신 구덩이를 파고 거기에 제물을 놓는다.

28) 플루토. 그/하데스.

29) 프로세르피나. 그/페르세포네.

인(雜人)은 밀의(密儀)를 엿보아서는 안 된다는 말로 이들을 내쳤다. 이들을 내치자 메데이아는 머리를 풀고 박쿠스 무녀(巫女)처럼 제단 주위를 돌기 시작했다. 한동안을 그렇게 돌던 메데이아는 가느다란 횃대를 구덩이의 검은 피에 담갔다가 이 횃대에 불을 붙여 제단에 옮겨붙이고는, 노인의 몸을 불로 세 번, 물로 세 번, 유황으로 세 번 닦았다. 그동안 메데이아가 불 위에 올린 가마솥에서는 약초 즙이 흰 거품을 내며 부글부글 끓고 있었다. 메데이아는 여기에 하이모니아 계곡에서 거두어 온 약초의 뿌리와 종자와 꽃과 즙을 넣고, 또 극동(極東)에서 가져온 돌, 오케아노스[30]의 파도에 씻긴 자갈, 보름달 밤에 내린 이슬, 부엉이 고기와 날개, 인간으로 둔갑할 수 있다고 믿어지던 이리의 내장을 넣었다. 메데이아는 또 키뉘프스의 시내에 산다는 물뱀의 비늘, 장수하는 짐승으로 유명한 노루의 간장, 백 년 묵은 까마귀 대가리와 부리를 넣는 것도 잊지 않았다. 미개한 나라에서 온 공주는 인간의 힘으로는 도저히 불가능한 이 일을 이루기 위해 이름을 알 수 없는 수백 가지 약재(藥材)를 더 넣었다.

메데이아는 이 약을 오래전에 열매 달린 나무에서 꺾어 온 감람나무 막대기로 고루 천천히 저었다. 메데이아가 이 뜨거운 약을 젓고 또 젓자 희한하게도 감람나무 막대기가 파랗게 변하더니 잠시 후에는 잎으로 뒤덮였고, 또 잠시 후에는 열매가 열렸다. 불길이 세서 그런지 가마솥 가장자리로 약이 넘쳐

─────────────

30) 영/오션. '대양'.

그 옆의 땅바닥으로 흘러내렸다. 그러자 약이 들은 땅이 파랗게 변하면서 여기에서는 곧 풀이 돋았고 이 풀에서는 꽃이 피었다.

이를 본 메데이아는 칼을 뽑아 노인의 목을 따고는 늙은 피를 깡그리 뽑아내고 칼로 딴 자리와 입으로 약을 부어 넣었다. 늙은 아이손은 입으로, 메데이아가 열개(裂開)한 목의 상처로 이 약을 마셨다. 약이 들어간 지 오래지 않아 그의 하얗던 수염이 그 흰 빛을 잃더니 곧 검어지기 시작했다. 이어서 그의 노구(老軀)에서 보기에 거북하던 모습이 사라지면서 살빛이 되살아났다. 주름살에 덮여 있던 그의 살갗은 다시 근육으로 부풀어 올랐고, 그의 사지는 늘어나면서 힘줄이 붉어지기 시작했다. 노인은 달라진 자기 모습을 보고는 놀라움을 감추지 못했다. 이렇게 해서 그는 40년 전의 자기 모습을 다시 볼 수 있었다.

하늘 높은 곳에서 이 기적이 일어나는 현장을 내려다보고 있던 박쿠스 신은 자기를 기르느라고 늙어 버린 유모들을 생각하고는, 이 콜키스의 공주인 메데이아로부터 이 약을 얻어 간 것으로 전해진다.[31]

---

31) 유모들이란 뉘사산에서 박쿠스를 기른 요정들을 말한다. '휘아데스'라고 불리는 이 요정들은 이 공로로 뒷날 별무리가 되었는데 이 별무리가 바로 휘아데스 성단(星團)이다. 이 휘아데스 성단이 유난히 반짝이는 것은 박쿠스 신의 이러한 배려가 있었기 때문이라고 한다.

3 펠리아스

메데이아의 마법이 여기에서 끝난 것은 아니다. 메데이아
는 지아비인 이아손과 부부 싸움을 한 것으로 가장하고 이아
손의 숙부인 펠리아스의 궁전으로 가서는 제발 좀 숨게 해 달
라고 빌었다. 펠리아스는 이아손의 아버지 아이손의 왕좌를
빼앗은 바로 그 사람이다. 펠리아스는 늙어서 메데이아를 숨
겨 줄 수 없었기 때문에 그 딸들이 아버지를 대신해서 이 콜
키스 공주에게 숨어 살 만한 거처를 베풀어 주었다. 메데이아
는 이들의 환심을 사려고 애썼다. 능수능란한 마법사 메데이
아에게 그런 처녀들의 환심을 사는 것은 아닌 게 아니라 식은
죽 먹기였다. 일단 이들의 환심을 산 메데이아는 자기가 이아
손을 위해 한 일들에 관한 이야기를 들려주면서, 이아손의 아
버지 아이손의 청춘을 되찾아 주었다는 이야기를 뜸을 들여
가며 상세하게 했다. 펠리아스의 딸들은 이 이야기를 듣고 메
데이아에게 잘만 청을 넣으면 자기 아버지 펠리아스도 청춘을
되찾을 수 있겠구나 하는 생각을 하게 되었다. 펠리아스의 딸
들은 이런 희망을 갖는 데 그치지 않고 메데이아에게 같은 방
법으로 자기네의 아버지도 젊음을 되찾게 해 달라고 애원하면
서 아무리 값이 많이 들어도 기꺼이 치르겠다고 말했다. 메데
이아는 한동안 아무 말도 않고 가만히 있었다. 문제를 신중하
게 검토하는 척하면서 시간을 끈 것이다. 펠리아스의 딸들이
물러서지 않고 졸라 대자 메데이아는 못 이기는 척하고, 한번
해 보겠다면서 이런 말을 했다.

늙은 양을 회춘시키는 메데이아.

"그대들은 내 마법이 어느 경지에 올라 있는가를 알지 못합니다. 그러니까 이걸 보여 드리기 위해, 그대들의 양 떼를 인도하는 늙은 우두머리 양에게 내 마법을 걸어 다시 어린 양으로 만들어 보이지요."

메데이아의 말이 떨어지기가 무섭게 펠리아스의 딸들이 시종들에게 명하여 움푹 파인 관자놀이에 배배 꼬인 뿔이 달린 늙은 양 한 마리를 끌고 왔다. 나이를 얼마나 먹었는지 늙을 대로 늙고 마를 대로 마른 양이었다. 메데이아는 테살리아 사람들이 쓰는 칼로 이 양의 깡마른 목을 땄다. 워낙 늙은 양이라 흐르는 피의 양도 보잘것없어서 칼날이 겨우 젖을 정도였다. 메데이아는 이 양의 사지를 잡아 마법의 약과 함께 청동 항아리에 넣었다. 그러자 양의 사지가 순식간에 줄어들고 뿔이 없어지더니 잠시 뒤에는 새끼 양 한 마리가 매 하고 울면서 청동 항아리 안에서 뛰어나왔다. 보는 사람들이 벌린 입을 다물지 못하고 있는데 이 새끼 양은 젖을 먹여 줄 암양을 찾아 깡총깡총 뛰어 달아났다. 펠리아스의 딸들이 이를 보고 놀란 것도 무리는 아니었다. 메데이아가 이로써 기적의 한 자락을 보이자 펠리아스의 딸들은 자기네 아버지에게도 같은 기적을 베풀어 달라고 재촉했다.

포이부스가 세 번 히베리아[32]의 바다에 잠겨 천마로부터 멍에를 벗겨 낸 다음 날 밤[33] 별들이 하늘에서 빛나고 있을 즈음, 아이에테스의 사악한 딸 메데이아는 가마솥에 맹물을 부어 불 위에 올리고는 모양을 내느라고 별 효험도 없는 약초를 잔뜩 집어넣었다. 펠리아스 왕은 죽은 듯이 침실에 누워 있었다. 그의 신하들은 메데이아의 강력한 주문에 걸려 모두 깊이 잠들어 있어서 왕의 옆에 얼씬도 할 수 없었다. 펠리아스의 딸들은 메데이아의 명에 따라 아버지의 방, 아버지의 침대 곁에서 기다렸다. 이윽고 준비가 어느 정도 끝나자 메데이아가 이들에게 말했다.

"왜 그렇게 구경만 하고 있는 거지요? 칼을 뽑아 부왕(父王)의 핏줄을 자르고, 연세가 너무 드신 피를 모두 빼내 주어야

32) 혹은 이베리아. '서방(西方)'이라는 뜻으로 스페인을 가리킨다.
33) 포이부스는 태양신이니까, '사흘이 지나고 나흘째 되는 날 밤'이라는 뜻이다.

하지 않겠어요? 그래야 내가 그 핏줄에 젊은 피를 채울 게 아니겠어요? 그대들 아버지의 생명, 그대들 아버지의 회춘은 바로 그대들 손에 달려 있답니다. 그대들이 아버지를 사랑하거든, 그대들이 아직 희망을 버리지 않았거든 아버지에 대한 의무를 다하세요. 칼을 들어 아버지의 몸속을 흐르는 노추(老醜)를 한 방울 남김없이 비워 내세요. 칼질 한 번이면 몸속의 피가 남김없이 흘러나올 테니까요."

메데이아의 귀밑 충동질에 귀가 솔깃해진 펠리아스의 딸들은 천하의 불효막심한 짓을 했다. 하지 않으면 불효막심한 죄를 짓는 줄 알고 우루루 아버지의 침대 곁으로 모여든 것이다. 효성이 지극한 딸일수록 먼저 아버지를 찌르려 했다. 그러나 차마 아버지의 얼굴은 보지 못했다. 펠리아스의 딸들은 차마 아버지의 목으로 칼이 들어가는 것은 볼 수 없었던 것이다. 그래서 그들은 아버지로부터 고개를 돌린 채로 어림잡아 아버지의 목을 찔렀다. 펠리아스는 피투성이가 된 다음에야 눈을 뜨고 딸들을 바라보면서 침대에서 일어나려고 했다. 그러나 자신이 칼을 든 수많은 손에 둘러싸인 것을 안 순간 펠리아스는 두 팔을 벌리고 외쳤다.

"얘들아, 무슨 짓이냐? 왜 칼을 들고 아비를 난도질하는 것이냐?"

그의 말에는 힘도 용기도 남아 있지 않았다. 펠리아스가 그나마 말을 이으려 하자 메데이아는 칼을 뽑아 그의 목을 도려 버렸다. 메데이아는 그러고도 마음을 놓을 수 없던지 고깃덩어리가 된 펠리아스의 몸을 가마솥의 끓는 물에 집어넣어 버렸다.

4 메데이아의 도망

비룡이 끄는 수레를 타고 하늘로 날아오르지 않았더라면 메데이아는 큰 벌을 받았으리라.[34] 비룡이 끄는 수레는 켄타우로스인 현자(賢者) 케이론의 고향이자 저 저주받은 여자 필뤼라[35]가 살던 펠리온산을 넘고, 오트뤼스산을 넘어, 케람보스 이야기로 이름이 널리 알려진 땅의 상공을 지났다. 케람보스는 온 땅이 물에 잠긴 저 데우칼리온 대홍수 때 요정들로부터 날개를 얻어 살아난 자이다.[36] 이어서 메데이아는 아이올리스의 피타네 마을과 석상이 되어 버린 수많은 왕뱀을 왼손편으로 내려다보며, 리베르가 아들이 훔친 황소를 수사슴으로 둔갑시켜 감추어 주었다는 이다산의 숲,[37] 코린토스의 아

---

34) 펠리아스를 죽인 죄로 벌을 받았을 것이라는 뜻은 아니다. 메데이아는 잔인한 여자다. 이아손과 함께 금양 모피를 가지고 조국을 탈출할 때도 메데이아는 아버지 군대의 추격 속도를 늦추기 위해 미리 잡아 온 어린 동생 압쉬르토스를 죽이고 그 시신을 토막 내 바다에 버렸다. 이아손 일행은 메데이아의 아버지가 아들의 시신을 모아 장례를 치를 동안 무사히 그 나라를 빠져나올 수 있었다. 그 메데이아는 이아손의 두 아들을 낳았다. 그런데 이아손이 다른 나라 공주에게 마음 두는 것을 알고는 마법을 써서 제가 낳은 이아손의 두 아들을 죽임으로써 이아손의 배신을 복수하고는 도망치기에 이른다.

35) '보리수'. 잠시 말로 둔갑한 사투르누스의 사랑을 받고는 머리는 사람이고 몸은 말인 켄타우로스 케이론을 낳았다가, 자식의 모습이 하도 괴상한데 충격을 받고는 보리수가 된 불행했던 여자.

36) 이로써 케람보스는 '케람뷔코스', 즉 턱이 흡사 투구뿔 같은 하늘가재가 되었다.

버지가 모래언덕에 묻힌 것으로 유명한 땅,[38] 마이라[39]가 기묘한 소리로 뭇사람들을 공포의 도가니로 몰아넣었던 광야, 헤라클레스 일행이 지나갈 당시 이미 코스섬 여자들이 암소로 변신해 있던 에우뤼퓔로스[40]의 마을 상공을 지났다.

포이부스가 사랑하던 로도스[41]의 섬, 텔키네스 일족이 살던 이알뤼소스 상공을 지나기도 했다. 이 텔키네스 일족은 원래 눈에 띄는 것은 마법의 눈빛으로 죽여 버리는 권능의 소유자들이었는데, 이 때문에 유피테르의 노여움을 사서 이 대신(大神)의 아우가 지배하는 바다에 수장(水葬)된 종족이다. 이어서 메데이아가 탄 비룡 수레는 옛날 알키다스의 딸이 죽자 그 시신에서 한 마리 비둘기가 날아 나왔다는 케아섬의 카르타이아 성벽 위를 지났다.[42]

이윽고 메데이아의 눈 아래로 휘리에 호수와, 퀴크노스가

---

37) 리베르, 즉 박쿠스 신이 아들 튀오네우스가 황소를 한 마리 훔쳐 오자 주인의 눈을 속이기 위해 아들은 사냥꾼, 황소는 수사슴으로 둔갑하게 하여 이를 숨겨 주었다는 옛이야기가 있다. 그러나 튀오네우스는 정확하게 말하면 박쿠스의 아들 이름이 아니라 박쿠스 자신의 이름이다. 따라서 박쿠스는 아들을 그렇게 한 것이 아니라 자신을 그렇게 했던 것으로 보인다.
38) 코린토스의 아버지는 트로이아 왕자 파리스의 아들을 말한다. 파리스는 아들이 자기 후처인 천하제일의 미녀 헬레네의 사랑을 지나치게 받는 것을 질투해 자기보다 잘생긴 아들을 모래언덕에 파묻어 죽였다.
39) 개로 둔갑했던 여인.
40) 이자는 해적인 줄 알고 헤라클레스와 대적했다가 그 손에 맞아 죽었다. 이곳 처녀들은 베누스 여신보다 아름답다고 자만하다가 암소로 변신하는 변을 당했다.
41) 해신 넵투누스의 딸로 태양신의 사랑을 받고는 딸 일곱을 낳았다.

한 마리 백조로 변신한 곳으로 유명한 템페 계곡이 펼쳐졌다. 퀴크노스가 백조로 변신한 이야기는 이러하다.

필리오스라는 사람이 이 퀴크노스 소년을 사랑하여, 소년이 소원하는 바에 따라 처음에는 들새를 길들여, 그다음에는 사나운 사자를 길들여 퀴크노스에게 주었다. 퀴크노스는 이에 만족하지 않고 필리오스에게 들에 사는 황소를 한 마리 잡아 길들여 보라고 했다. 필리오스가 소년이 시키는 대로 황소를 잡아 길들이자 소년은 이 황소까지 자기에게 줄 것을 요구했다. 필리오스가 이를 거절하자 퀴크노스는 화를 내고는 "거절한 것을 후회하게 되리라."라면서 벼랑 꼭대기에서 계곡으로 몸을 날렸다. 소년은 필리오스의 예상과 달리 계곡에 떨어져 죽는 대신 한 마리 백조가 되어 눈같이 흰 날개를 펄럭이며 공중으로 날아올랐다. 이 소년의 어머니 휘리에는 아들이 백조가 되긴 하였으나 여전히 살아 있는 줄 모르고 땅을 치며 통곡하다가 몸이 녹아내리면서 호수가 되었는데 이 호수가 바로 휘리에 호수다.[43] 이 근방에는 또 오피오스의 딸 콤베가 자식들의 해코지를 피해 하늘로 날아올랐다는 플레우론

---

42) 알키다스는 딸 크테쉴라에게 구혼해 온 청년 헤르모칼레스에게 딸을 주기로 약속했다가 이 약속을 어기고 다른 청년에게 딸을 시집보냈다. 다른 데 시집간 이 딸은 약속을 어긴 아버지의 죄 때문에 아이를 낳다가 죽는데 그 시신을 매장하려고 보니 비둘기 한 마리만 날아 나왔을 뿐 시신은 흔적도 없더라고 한다.

43) '퀴크노스'라는 말은 '백조'라는 뜻이다. 신화에는 퀴크노스라는 동명이인이 많이 등장하는데, 흥미로운 것은 거의 대부분 동성연애와 관련되어 등장한다는 것이다.

마을이 있었다.

메데이아는 어느 왕과 왕비가 새로 둔갑했다는, 라토나 여신의 섬 칼라우레아 벌판을 내려다보았다. 오른쪽으로는 메네프론이 어머니의 방을 범하려 했다는 옛이야기로 더러운 이름을 얻은 퀼레네 산마을이 보였다. 멀리 아폴로의 손에 뚱뚱한 물개로 둔갑해 버린 손자들의 슬픈 운명을 애통해하는 케피소스강과, 이제는 하늘을 나는 새가 되어 버린 아들의 운명을 슬퍼하는 에우멜로스의 집도 보였다.

마침내 메데이아를 실은 수레는 피레네 성천(聖泉)이 있는 코린토스 땅에 이르렀다. 전설에 따르면 비에 눅눅하게 젖은 이끼에서 인간이 탄생했다는 땅이다.

이아손이 새로 맞아들인 아내가, 메데이아가 쓴 콜키스의 독물에 타 죽은 다음의 일이었다. 메데이아는 자기를 버린 이아손에 대한 복수의 손길을 멈추지 않고, 궁전을 불 싸지르고 자기가 낳은 자식을 둘이나 죽인 뒤에 이아손의 분노를 피해 도망친 것이었다. 비룡이 끄는 수레를 타고 메데이아는 팔라스 여신의 성도(聖都) 아테나이, 정의의 권화(權化)로 불리는 페네와 그녀의 연로한 지아비 페리파스[44]가 새가 되어 사이좋게 하늘을 나는 도시, 폴뤼페몬의 손녀 알퀴오네 역시 새로 얻은 날개로 공중을 선회하는 도시로 들어갔다. 아테나이 왕 아이게우스는 메데이아를 환대하는 데 만족하지 않고 아내로

---

44) 아티카의 전설적인 현군. 아폴로를 극진히 섬겼다가 이를 질투한 유피테르의 벼락에 맞아 죽었다. 그러나 아폴로는 이들을 새 중의 새인 독수리가 되게 했다.

삼기까지 했다.

5 아테나이의 영웅 테세우스

이즈음 테세우스는 두 개의 바다 사이에 갇힌 이스트모스[45]를 빛나는 무용으로 평정하고 아테나이에 이르렀다. 테세우스는 아이게우스왕의 아들이었으나 아버지는 아들을 아들로 알아보지 못했다.[46] 이를 안 메데이아는 오래전에 스퀴티아 해변에서 따 온 바곳이라는 독초로 독약을 제조해 이로써 테세우스를 죽이고자 했다. 이 약초는 저승궁을 지키는 개 케르베로스의 이빨에서 생겨난 풀로 알려져 있다. 스퀴티아에 이 약초가 있었던 것은, 이곳에 있는 한 동굴이 저승 세계로 통하기 때문이다. 티륀스 영웅 헤라클레스가 저승으로 내려가 몸부림치는 이 케르베로스를 사슬로 묶어 끌고 나온 것도 이 동굴을 통해서였다. 당시 날빛을 쐰 적이 없는 이 개는 날빛 아래로 나오자 세 개의 머리를 내두르고 몸부림치면서 몹시 짖었는데 이 바람에 이 개의 입에서 듣은 침이 바닥을 적셨다.

---

45) '지협(地峽)'. 즉 코린토스 지협을 말한다.

46) 아이게우스는 트로이젠 땅에다 이 아들을 낳아 놓고 아들의 어머니에게 아들이 장성하면 자기에게 보내라면서 댓돌 밑에 가죽신과 단도를 숨겨 놓는다. 테세우스는 열여섯 살이 되자 아버지가 남긴 이 신표(信標)를 꺼내 들고 코린토스 지협의 괴물과 망나니들을 하나씩 정복하면서 아테나이에 도착한 것이다.

이 침이 굳어졌다가 기름진 대지에 뿌리를 박고 풀로 돋아나니 이 풀이 바로 그 유명한 독초가 된 것이란다. 이 풀이 단단한 바위 위에서만 자란다고 해서 사람들은 이것을 '아코니톤'이라고 부른다. 새기면 '바위꽃'이 된다.

하여튼 아이게우스는 메데이아가 독약을 타서 건네준 술을 자기 아들에게 권했다. 물론 아들인 줄 모르고 권했던 것이다. 테세우스는 영문을 모르고 이 독약이 든 술을 마시려 했다. 그러나 아이게우스는 그 순간 테세우스가 찬 칼의 상아 자루에 자기 왕가의 문장(紋章)이 박혀 있는 것을 발견하고는 달려들어 잔을 빼앗아 버렸다. 일이 이렇게 되자 메데이아는 주문을 외어 검은 구름을 일으키고는 그 안으로 숨어 들어가 죽음을 면했다.[47]

아이게우스왕은 아들이 무사하게 된 것을 기뻐하는 한편 자기가 지을 뻔했던 죄에 대해 심한 양심의 가책을 느끼고는 몹시 괴로워했다. 그래서 그는 제단에 불을 밝히고 신들에게 많은 제물을 바쳤다. 목에 꽃다발을 두른 수많은 황소들이 끌려 나와 그 튼튼한 목으로 제단의 도끼날을 받고 쓰러졌다. 아테나이 사람들로서는 처음으로 누려 보는 참으로 영광스러운 날이었다. 수많은 도시 국가의 지도자들과 백성들이 이 잔치에 참석했다. 포도주가 입을 열게 하자 이들은 이구동성으로 테세우스를 찬양했다.

---

47) 메데이아가 여기에서 아시아 땅으로 도망쳐서 나라를 건설했다는 전설도 있다. 이 전설에 따르면 이 나라가 메데아라는 것이다.

"전능하신 테세우스시여, 그대는 뛰어난 무용으로 크레타의 황소[48]를 죽임으로써 마라톤 평원에 기적을 일으키셨습니다. 이제 그대의 공덕에 힘입어 크로뮈온[49]의 농부들은 멧돼지를 두려워하지 않고 농사를 지을 수 있게 되었습니다. 어디 그뿐입니까? 에피다우로스 사람들은 무지막지한 쇠몽둥이를 휘두르던 불카누스의 아들[50]이 그대의 손에 꺼꾸러지는 것을 보았습니다. 영웅이시여, 그대는 케피소스 강가에서는 프루크루스테스[51]를 죽이셨고, 데메테르의 땅인 엘레우시스에서는 케르퀴온[52]을 처단하셨습니다. 소나무 가지를 휘어 이를 줄로 단단히 묶고 길손을 붙잡아다 가랑이를 이 소나무에 각각 하나씩 묶었다가 줄을 끊어 길손의 가랑이를 찢어 죽이는 저 악명 높은 시니스[53] 역시 영웅의 손에서는 살아남지 못했습니다. 영웅께서 저 도둑 스키론을 잡아 죽이신 이래로 알카토에

---

48) 헤라클레스가 크레타에서 끌어와 마라톤 평야에 풀어놓았던 황소. 테세우스는 마라톤 평야를 황폐케 하던 이 황소를 죽였다.
49) 테세우스는 아테나이로 오는 도중 이곳에서 파에아라고 불리는 괴악한 멧돼지를 죽였다.
50) 테세우스는 이곳에서 쇠몽둥이로 길손들을 괴롭혀 온 악당 페리페테스를 죽였다. 이 페리페테스의 별명은 코뤼네테스('몽둥이질의 명수')이다.
51) '두들겨서 펴는 자'. 침대를 하나 두고 길손을 붙들어다 눕혀 보고는 키가 너무 크면 잘라서 죽이고 너무 작으면 늘여서 죽였다는 괴인. 역시 테세우스 손에 죽었다.
52) 길손에게 씨름을 하자고 졸라 팔로 상대의 목을 감아 죽이던 망나니. 역시 테세우스 손에 죽었다.
53) '들도둑'. 별명은 피튀오 캄프테스('소나무를 구부리는 자')이다. 이자 역시 테세우스 손에 같은 방법으로 죽임을 당했다.

와 메가라로 가는 길에서는 이제 근심하는 사람이 없습니다. 이자의 뼈는 땅도 바다도 거두어 주기를 거절하였다지요. 오랫동안 굴러다니다 그대로 굳어져 바위가 되었기 때문에 사람들은 이 바위를 '스키론'[54]이라고 부른다지요. 누가 그대의 나이를 듣고 그대의 공적을 믿으려 하리요.

그대는 어리신 연치(年齒)에 참으로 대업을 이루셨습니다. 그러니 영웅이시여. 우리의 찬양을 받으시고 우리가 드리는 잔을 받으소서."

궁전은 환호성과 백성이 부르는 노래로 떠나갈 듯했다. 아테나이 온 도시에 근심하는 사람은 하나도 없는 것 같았다.

6 아이아코스와 개미족(族)

역시 이 세상에는 우수의 그림자가 드리우지 않은 즐거움이란 없는 것인가? 그래서 호사다마(好事多魔)라는 말이 있는 것일까? 아들을 되찾게 된 것을 기뻐하는 아이게우스왕의 마음 한구석에도 근심이 한 자락 남아 있었다. 적국(敵國) 크레타 왕 미노스가 전쟁을 준비하고 있었기 때문이다. 미노스왕에게는 막강한 군대와 막강한 전함이 있었다. 그러나 이 군대와 전함도 아들 안드로게오스[55]의 죽음을 복수하려는 미노스왕의 집념만큼은 강하지 못했다. 미노스왕이 전쟁을 일으

---

54) '석회석'.

켜 아테나이를 치려고 하는 것은 아들이 아테나이에서 목숨
을 잃었기 때문이다. 미노스는 아테나이를 치기에 앞서 이 원
정을 위한 동맹국의 군대를 규합하는 한편 그가 자랑하는 함
대를 풀어 사방의 바다를 제압하기 시작했다. 그는 먼저 아나
페섬과 아스튀팔라이아를 자기편으로 끌어들이되 전자는 약
속으로써 후자는 무력으로써 이를 이루었다. 이어서 미노스
왕은 별로 자랑할 것 없는 뮈코노스섬, 석회석 토양이 기름진
것으로 유명한 키몰로스, 야생 백리향(百里香)이 아름답기로
이름난 쉬로스섬, 비옥한 평원으로 이루어진 세리포스, 대리
석 채석장이 많은 파로스, 트라키아 처녀 아르네[56]를 이용해
시프노스[57] 땅까지 손에 넣었다. 이 처녀는 바라던 돈을 손에
넣고는 발도 검고 날개도 검은 갈가마귀가 되었다. 이 새는 그
래서 지금까지도 돈을 좋아한다.[58] 그러나 모든 나라가 다 미
노스의 동맹국이 되었던 것은 아니다. 올리아로스, 디뒤마이,
테노스, 안드로스 그리고 올리브가 많이 나기로 소문난 귀아
로스와 페파레토스는 미노스왕의 편들기를 거절했다.

　미노스왕은 여기에서 항로를 왼쪽으로 돌려 오이노피아로
갔다. 오이노피아는 아이아코스의 왕국이었다. 이 나라 이름

---

55) 미노스와 파시파에 사이에서 난 크레타 왕자. 아테나이에서 열린 경기
에서 승리를 독점했다가 분노한 아테나이 청년들 손에 맞아 죽었다. 혹은
마라톤 평야에서 황소의 뿔에 떠받쳐 죽었다는 전설도 있다. 미노스는 이
를 복수하기 위해 아테나이 원정을 벼르고 있었다.
56) 황금에 눈이 어두워 조국을 미노스왕에게 팔았다는 처녀.
57) 금은이 많이 나기로 이름난 곳.
58) 갈가마귀에게는 빛나는 물건을 둥지로 물어다 모으는 습관이 있다.

은 원래 오이노피아였으나 이 나라 왕은 자기 어머니의 이름을 따서 '아이기나'[59]라고 부르고 있었다. 아이기나 백성들은 모두 이 유명한 영웅 미노스를 맞고 싶어 했다. 텔라몬이 아우 펠레우스와 막내 포코스를 대동하고 이 크레타 왕을 영접하러 나갔다. 아이아코스왕도 따라 나오기는 했으나 워낙 나이가 많아 거동이 불편했다. 아이아코스왕은 미노스왕에게 어떤 일로 자기 땅을 찾아왔느냐고 물었다. 그러자 수백 개의 도시국가를 동맹국으로 거느린 미노스왕은 아들로 인한 자기 슬픔을 하소연한 다음 이렇게 대답했다.

"나는 내 아들의 죽음을 복수하기 위해 전쟁을 일으키려 하오. 내가 온 것은 그대의 손을 빌리기 위해서랍니다. 나는 그대 왕국의 군사를 내 군사에 붙여 이 정의로운 싸움을 하렵니다. 바라건대 지금은 무덤에 있는 내 아들을 위해 군사를 빌려주셨으면 하오."

그러나 아소포스의 외손 아이아코스는 이렇게 대답했다.

"헛걸음하셨습니다. 내 나라는 그대가 원하는 대로 움직일 수 없습니다. 내 나라와 저 케크롭스의 땅[60]은 혈맹이나 다름없습니다. 우리의 동맹 관계는 굳기가 바위와 같습니다."

---

59) '들불'. 일설에 따르면 독수리로 둔갑한 유피테르에게 몸을 허락했던, 강의 신 아소포스의 딸. 유피테르와 아이기나 사이에서 태어난 아이아코스는 그리스 영웅들 가운데서 가장 경건한 사람으로 칭송받다가 죽어 저승에서도 판관 노릇을 하게 된다. 이 핏줄에서 유명한 영웅 텔라몬과 펠레우스가 태어나는데, 이들은 각각 트로이아의 전쟁의 영웅 아이아스와 아킬레우스의 아버지가 된다.

60) 아테나이.

그러자 미노스왕은 돌아가면서 이런 말을 했다.

"그 동맹 관계 때문에 경을 칠 때가 있을 것이오."

미노스왕은 마음 같아서는 아이아코스와 일전을 벌이고 싶었지만, 큰 전쟁을 앞두고 전력을 낭비하는 편이 현명하지 못하다고 판단하고는 군사를 몰고 돌아갔다.

크레타의 함대가 오이노피아성 앞바다에서 채 사라지기도 전에 이번에는 아테나이 배가 전속력으로 들어왔다. 배가 환대를 받으며 항구에 닿자 아테나이의 사신 케팔로스[61]가 아테나이 왕의 밀지(密旨)를 품고 상륙했다. 아이아코스와 아들들과 이 케팔로스는 만난 지가 오래였으나 그래도 서로 알아보지 못할 정도는 아니었다. 아이기나 왕자들은 이 동맹국 사신의 손을 잡아 부왕 앞으로 안내했다. 케팔로스는 나이가 좀 들었어도 소싯적에 받던 절세의 미남이라는 칭송 값은 넉넉히 할 만했다. 자국에서 가져온 감람나무[62] 가지를 들고 지나가자 아이기나 사람들이 모두 그를 쳐다보았다. 케팔로스의 좌우로는 케팔로스보다는 나이가 젊은 클뤼토스와 부테스가 이 사신을 옹위했다. 이 둘은 팔라스[63]의 아들들이었다.

수인사가 끝나자 케팔로스는 아테나이 백성들이 전하는 소식을 왕께 아뢰고 지원을 요청하는 한편, 조상들이 맺은 동맹을 상기할 것을 촉구했다. 케팔로스는 미노스왕이 온 그리스

---

61) '잘생긴 머리'.

62) 아테나이의 상징이자 평화의 상징인 올리브.

63) 팔라스 미네르바 여신을 말하는 것이 아니라 판디온 2세를 가리키고 있다.

땅을 가무리고 패권(覇權) 잡을 야심을 불태우고 있다는 말도 잊지 않았다. 케팔로스가, 아테나이가 자기에게 맡긴 사명을 다하되 사정을 헤아려 우정에 호소하는 데 소홀함이 없게 하자 아이아코스는 왕홀에 한 손을 얹은 채 대답했다.

"아테나이의 친구들이여, 내게 도움을 요청할 것이 아니라 필요한 것을 거두어 가시오. 이 섬의 군사라는 군사는 모두 그대들의 군사라고 해도 잘못이 없고, 내가 마련할 수 있는 재물이라는 재물은 모두 그대들의 재물이라고 해도 허물이 아니오. 여기에는 군대가 얼마든지 있소. 내게는 내 나라 지킬 병력도 넉넉하고, 적을 맞아 싸울 병력도 넉넉하오. 신들의 도우심을 입어, 우리 나라는 지금 탄탄대로를 걷고 있소. 그러니 내게 그대들의 요청을 거부할 핑계를 주지 마시오."

케팔로스가 대답했다.

"뭐라고 감사의 말씀을 올려야 좋을지 모르겠습니다. 바라건대 대왕의 나라가 해마다 번영을 거듭하시기를. 아닌 게 아니라 이 나라에 들어오면서 모두 나이도 고만고만하고, 용모도 하나같이 준수한 수많은 젊은이들을 보고 얼마나 제 마음이 좋았는지 모릅니다. 그러나 자세히 보니 이들 중에는 지난번에 저를 환영해 주던 청년들이 섞여 있지 않더군요. 무슨 연유가 있는지요?"

아이아코스는 한숨을 쉬었다. 이렇게 대답하는 그의 음성은 슬픔에 잠겨 있었다.

"전화위복(轉禍爲福)의 은혜를 입었다고는 하나, 처음 우리가 받은 고통은 이루 말할 수가 없답니다. 이제 내가 차근차

근 설명할 터이니 들어 보시지요. 내가 제대로 설명할 수 있게 되기를 빕니다. 구구한 설명 제하고, 지난번에 그대가 보았다는 그 병사들, 지금은 뼈와 재가 되어 무덤에 들어가 있습니다. 이들과 함께 내 왕국의 대부분이 파멸을 면하지 못했습니다. 내가 이 나라 이름을 '아이기나'[64]라고 하니까 잔혹하기 그지없는 유노 여신이 자기 연적(戀敵)을 나라 이름으로 삼은 것을 밉게 보고 내 나라에 몹쓸 병을 내려보내 내 백성을 쓰러뜨린 것입니다. 우리는 처음에는 여느 전염병인 줄만 알았습니다. 그렇게 알 동안은 여느 방법으로 이 전염병과 싸웠습니다. 그러나 우리는 곧 이 재앙이 우리 힘에는 너무 버겁다는 것을 알았습니다. 우리의 의술이 그 앞에서 적수가 되지 못하고 무릎을 꿇고 말았던 것이지요.

내 왕국의 재앙은 이렇게 시작되었습니다.

처음에는 어둡고 무겁던 하늘이 대지를 내리누르면서 구름을 그 안에 가두고 찌는 듯한 열기로 만물의 기(氣)라는 기는 다 빼놓는 것 같습디다. 달이 네 번이나 그 양 모서리의 뿔을 세웠다가 네 번 보름달이 되고, 네 번 기울었다가 네 번 이지러질 동안의 일입니다. 이 동안 줄곧 집요하기 짝이 없는 남풍이 무서운 열기를 몰고 불어왔습니다. 호수와 저수지는 모두 치명적인 독물에 더럽혀졌고 수천 마리나 되는 뱀이 버려진 논밭 위를 기어 다니면서 강이라는 강에는 모조리 그 독

---

64) 아이기나는 유노 여신의 지아비인 유피테르의 애인이다. 따라서 유노가 이 이름을 좋아할 까닭이 없다.

물을 풀어 놓습디다. 역질(疫疾)이 시작되고 있다는 징조가 나타났습니다. 개들이 죽고 새들이 죽고, 양 떼와 소 떼 그리고 들짐승들이 죽어 가기 시작한 것이지요. 농부들은 기겁을 했겠지만, 멀쩡하게 밭을 갈던 소가 일을 하다 말고 제가 갈아 놓은 이랑에 머리를 박고 죽는 걸 보고만 있을 수밖에 없었지요. 양 떼는 죽자고 우는데 가만히 보니까 하루가 다르게 털이 빠지면서 야위어 갑디다. 그 씩씩하던 말, 진흙 구렁의 마장(馬場)에서 그렇게 잘 달리던 것으로 이름을 떨치던 말도 예전의 그 영광도 하릴없이 제 값을 하지 못하게 되었고요. 과거에 그런 영광을 누렸는지 안 누렸는지도 모르는 채 마구간에 선 채로 끙끙거리며 죽을 날만 기다렸던 것이지요. 멧돼지도 난폭하게 굴 줄을 몰랐고, 달려야 제 목숨을 부지하는 암사슴도 달리지 않았으며 곰은 저보다 약한 가축을 보고도 달려들지를 않습디다. 모든 짐승들이 말라 가고 있었던 것입니다. 숲속, 논밭, 길 할 것 없이 도처에서 시체가 썩어 가고 있었어요. 그런데도 참으로 이상한 일도 다 있지요. 개는 이런 짐승의 시체를 거들떠보지도 않았어요. 심지어 저 탐욕스러운 회색 이리나 육식조도 얼씬을 않습디다. 짐승의 시체는 그저 가만히 썩어 가면서 대기를 그 더러운 냄새로 가득 채우고 이 냄새를 더 멀리까지 퍼뜨리고 있었던 것이지요.

역질은 창궐하면서 처음에는 가련한 농부들을 치더니 이윽고 우리 도성 사람들을 쳤습니다. 먼저 나타나는 증상은 병자의 내장에 굉장한 열이 나는 것이었지요. 속에서 열이 나니까 살갗이 붉어지면서 숨을 헐떡거리게 되더군요. 이때부터는 혀가 까칠까칠해지고 부어오릅니다. 그런데도 이 더러운 공기나마 조금이라도 더 마시려고 입을 벌리고는 이 뜨거운 공기를 들이마시는 겁니다. 역질에 걸린 자는 침대에 누워 있을 수도, 이불 같은 것을 덮을 수도 없었지요. 그저 마른 땅에다 얼굴을 대고 엎드려 있는 거지요. 하지만 땅이 찌는 듯한데 이런다고 몸이 식나요. 사람들의 몸에서 나는 열을 받아 땅이 뜨거워지는 판인데……. 이런 병자를 돌보아 줄 만한 사람도 없었답니다. 의원들도 어쩔 도리가 없었어요. 의술로 병자를 돌보려고 해 봐야 병자를 악화시키거나 병을 옮기는 역할밖에는 할 수 없는 지경이었으니까요. 병자에게 가까이 다가가는 사람은 그만큼 더 빨리, 더 확실하게 죽어 갔어요. 그뿐 아닙니다. 나을 가망이 전혀 없다는 것을 아는 순간부터 사람들은 이 병의 끝을 죽음으로 보고 희망을 버리고는 병의 치료에 필요한 약방문은 들은 채도 않았습니다. 뻔한 것이지요. 병자들스스로가 그 병세를 호전시킬 수 있는 것은 아무것도 없다고 생각하고 모두들 손을 들어 버린 것이지요. 사람들은 체면 같은 것은 아랑곳하지 않고 샘이나 강이나 우물로 달려가 죽어야 가라앉는 갈증을 다스리느라고 야단법석이었습니다. 이들 중 상당수는 물에 들어갔다가 나올 기력이 없어 물속에서 죽어 갔지요. 그런데도 사람들은 그 물을 마셨습니다. 침대에 누워 있는 데 염증을 느낀 병자들은 침대를 빠져나와 힘이 있는 자는 걷고 힘이 없는 자는 땅바닥을 굴러서라도 집에서 거리로 나오려고 했지요. 사람들은 제 집이 그 병의 온상인 줄 알았던 겁니다. 이 역질이 어떻게 시작되었는지 모르는 사람들이 집 안의 환경이 병의 온상이라고들 생각한 것이지요. 거리에는 그래도 의식이 붙어 있는 사람, 일어서서 걸어 다닐 기력이 있는 사람들이 있기는 했습니다. 그러나 대부분은 땅바닥에 누워 멀뚱멀뚱 허공을 응시하거나 울부짖었습니다. 많은 사람들은 유난히 낮아 보이는 하늘의 별을 향해 두 팔을 벌리고 뜨거운 숨을 몰아쉬다가는 그대로 숨을 거두기도 했습니다. 그때의 내 심정, 물으실 필요가 있겠습니까? 내게는 삶에 대한 증오, 내 백성과 운명의 아픔을 나누고 싶다는 욕망뿐이었습니다. 눈을 돌리는 곳마다 바람에 흔들린 가지에서 떨어진 농익은 능금 아니면 폭풍우 갠 날 떡갈나무 아래에 소복이 떨어진 도토리같이 내 백성의 시체가 즐비하더군요. 저기 저 건너쪽에 있는 신전이 보이지요? 계단이 많은, 저 산 위의 신전 말입니다. 유피테르 신께서 계시는 신전입니다. 저 제단에 제물을 드리지 않은 사람은 없습니다만 소용없었어요. 얼마나 많은 지아비들이 그 아내를 위해, 부모들이 자식을 위해 저 제단 앞에서 기도하다가 태우지도 못한 향을 한 줌씩 쥔 채로 숨을 거두었는지 모릅니다. 더러는 제물로 소가 끌려나오기도 했습니다만, 소 역시 칼을 맞기는커녕 사제가 그 뿔 사이에 포도주를 뿌리며 기도하는데 그만 제단 앞에 무릎을 꿇고는 쓰러져 죽고는 했지요. 나 자신도 내 나라를 위해, 내 아들 세 형제 그리고 나 자신을 위해 황소를 제물로 바치고자 했어요. 하지만 이 소는 끙끙 앓고 있더니, 찌르기도 전에 찌르려고 댄 칼에 목을 댄 채로 앞으로 쓰러졌는데, 글쎄 목에서는 피가 몇 방울밖에 나오지 않습디다. 희생 제물들이 이 모양이니 이런 제물의 내장에 생명의 진실이 깃들어 있을 리 없고 생명의 진실이 깃들어 있을 리 없으니 신들의 뜻을 알아 낼 수 없을 수밖에요. 생명의 진실이 없다는 말은 무슨 뜻이냐 하면, 병이 들어 이런 짐승의 내장이 다 썩어 버렸더라는 뜻입니다.

나는 신전 문 앞에 버려진 시체를 많이 보았습니다. 신들을 원망하고자 하는 자들이 그랬는지 제단 앞에도 시체가 버려져 있었습니다. 내 백성 중에는 스스로 목을 매고 죽은 자도 많습니다. 시시각각으로 다가오는 운명의 순간을 마중하고, 이로써 죽음의 공포에서 도망치고자 그랬던 것이겠지요. 장례 의식을 통해 제대로 주검 대접을 받은 자는 거의 없었을 것입니다. 심지어 도시 밖으로 실려 나가지 못한 관도 많았습니다. 그 많은 관이 고루 나가기에는 성문이 너무 비좁았던 것이지요. 매장도 하지 않고 버려 둔 시체도 많았습니다. 화장도 못 해서 무더기로 쌓인 시체도 많았습니다. 시신에 대한 예의? 그런 것은 찾아보기가 어려웠어요. 화장할 장작을 두고 싸움질을 하는 자들도 있었고 남의 불에 제 식구의 시신을 사르려는 자들도 있었으니까요. 슬피 우는 사람도 없었습니다. 그래서 곡소리를 듣지 못한 어머니의 영혼, 젊은 아내의 영혼, 늙고 젊은 사람들의 영혼이 정처도 없이 떠돌았지요. 무덤 쓸 땅도 넉넉하지 못했고, 화장할 나무도 넉넉하지 못했던 것입니다.

나는 불의에 닥친 이 재난의 돌개바람에 하도 기가 막혀 하늘을 향해 이렇게 외쳤습니다.

'오, 유피테르 신이시여. 대신께서 아소포스의 딸 아이기나를 사랑하셨다는 사람들 말이 사실이라면, 그리고 저 같은 것을 아들로 용인하는 것을 부끄럽게 여기지 않으신다면 제 백성을 살려 주시거나 저 역시 백성들과 한 무덤에 묻히게 하소서.'

그랬더니 유피테르 대신께서는 천둥과 번개로 내 기도를 들었다는 징표를 보여 주십디다. 그래서 나는 다시 한번 유피테르 대신께 외쳤습니다.

'대신께서 드러내신 징조를 보았습니다. 원하옵건대 이로써 대신께서 품으신 선하신 뜻을 다 드러내시었기를. 저는 이로써 대신께서 저를 버리지 않으셨음을 알았습니다.'

마침 내 옆에는 유피테르 대신께 봉헌한 참나무[65]가 한 그루 있었습니다. 도도나 참나무 숲에서 가져온 씨앗으로 싹을 틔워 기른, 가지가 아주 죽죽 잘 뻗은 참나무였지요. 가만히 보고 있자니 개미가 떼를 이루어 각기 턱으로 곡식을 한 알씩 물고 줄지어 참나무 껍질 사이로 난 길을 따라가고 있더군요. 나는 그 수가 엄청나게 많은 것을 보고는 이렇게 중얼거렸습니다.

'아, 신들의 아버지시여. 저렇게 많은 신민을 저에게 내리시어 이 텅 빈 나라를 다시 채우게 해 주소서.'

그랬더니 그 큰 나무가 흔들리더군요. 바람 한 점 없는데도 가지가 소리를 내며 흔들리더라는 말입니다. 어찌나 무서운지 사지가 굳어지면서 머리끝이 쭈뼛 서더군요. 어쨌거나 나는 그 나무둥치와 대지에 입을 맞추었습니다. 나는 내 소원을 더

---

65) 유피테르의 신목(神木).

는 말씀드리지 않았습니다만, 마음속에는 소원하는 것이 있었어요. 그래서 마음속으로 바라는 바를 기도했습니다.

밤이 왔습니다. 이러저러한 일로 지칠 대로 지친 나는 곧 잠이 들었습니다. 그런데 꿈에 그 참나무가 내 앞에 나타났습니다. 가지 수도 낮에 보았던 참나무만 했습니다. 가지를 오르고 있는 개미 수도 낮에 본 것만 했고요. 이 나무 역시 낮에 보았던 나무처럼 흔들리면서 그 둥치에 붙은 개미를 곡식째 바닥에다 떨어뜨리는 것이 아니겠어요? 참으로 이상한 일입니다. 개미는 땅바닥에 떨어지자마자 자꾸만 커지더니 이윽고 벌떡 일어서는 것이 아니겠습니까? 보고 있으려니, 그 긴 다리와 검은 색깔이 없어지고 몸은 불어나고, 사지는 사람의 사지를 닮아 가더군요. 나는 그때 잠을 깼습니다. 잠을 깨자마자 주위를 둘러보았어요. 꿈에 보았던 것이 내 옆에 있었을 턱이 없지요. 나는 하늘이 도우신 것이 아니로구나 하는 생각으로 잠시 섭섭해했습니다. 그런데 밖에서 두런두런거리는 소리가 들려왔어요. 사람들이 이야기를 나누는 소리, 참으로 오랜만에 들어 보는 소리였지요.

이 역시 꿈인 게로구나 하는 생각을 하고 있는데 텔라몬이 내 방 앞으로 달려오더니 문을 벌컥 열면서 이런 말을 합디다.

'아버님, 한번 밖으로 나와 보십시오. 놀라운 일이 일어났습니다. 믿어지지 않으실 겁니다.'

나는 밖으로 나가 꿈속에서 본 것과 똑같은 듯한 사람들을 보았습니다. 열을 짓고 서 있더군요. 내가 다가가자 이들은 신민의 예를 갖추었습니다. 그래서 나는 이들에 대해 유피테르 대신께 약속드린 대로 했습니다. 이들에게 텅 빈 도시를 나누어 주고, 농부들이 사라져 버린 농토를 나누어 주었던 거지요. 나는 이들의 근본을 생각해서 이들을 '뮈르미돈'[66]이라고 부르기로 했어요. 그대들도 이들을 보셨지요? 이들의 성질은 개미의 성질 그대로랍니다. 힘든 일도 잘 견디고, 한번 얻은 것은 잃지 않고, 부지런히 모으는, 아주 근검하고 소박한 족속이랍니다. 이제 이들이, 모두 고만고만한 나이에 하나같이 용감한 이들이 그대들을 따라갈 것입니다. 그대들을 내 나라로 모시고 온 바람은 동풍이었으니 이제 이 바람이 남풍으로 바뀌면 이들은 그대들을 따라 전장으로 나갈 것입니다."

7 케팔로스와 프로크리스

이들은 이러저러한 이야기로 낮 시간을 보내고는 밤에는 잔치를 벌이고 밤늦게야 잠자리에 들었다. 이윽고 다음 날의 황금빛 태양이 수평선 위로 떠올랐다. 바람은 여전히 동풍이었다. 아테나이 왕자들은 귀국을 서두르고 싶었으나 풍향이 맞지 않아 배를 항구에 정박시킨 채 기다렸다. 팔라스의 두 아들[67]은 침전(寢殿)으로 케팔로스를 찾아갔다. 케팔로스는

---

66) '뮈르멕스('개미')'에서 비롯된 족속이라는 뜻. 아이아코스의 손자 아킬레우스가 인솔해 트로이아 전쟁터로 원정해 지휘한 군대가 바로 용감하기로 소문난 이 '뮈르미돈족'이다.
67) 클뤼토스와 부테스.

이들을 데리고 아이아코스왕을 만나러 갔다. 그러나 왕은 기침(起寢)하기 전이었고 그의 두 아들 텔라몬과 펠레우스는 원정에 따라나설 병력을 점호하고 있었다. 할 수 없이 셋째 왕자인 포코스가 나와 이들을 영접하여 잘 꾸며진 방으로 안내했다. 이들은 여기에서 한동안 담소하면서 왕이 기침하기를 기다렸다. 포코스는 케팔로스가 들고 다니는, 종류를 알 수 없는 창 자루에 금 날을 해 박은 창을 눈여겨보다가 수인사가 끝나자 케팔로스에게 물었다.

"저도 사냥터나 사냥이라면 관심이 많은 사람입니다만, 장군께서 들고 다니시는 그 창의 창 자루는 무슨 나무로 만든 것인지 통 짐작조차 못 하겠습니다. 물푸레나무라면 색깔이 노랄 터이고, 산딸나무라면 마디가 있을 텐데요. 궁금합니다. 도대체 무슨 나무로 만든 것인지요? 저는 장군의 창같이 멋진 창을 본 적이 없습니다."

그러자 팔라스의 두 아들 중 하나가 대답했다.

"모양을 보고 놀라신 모양이나 그 위력을 보면 더 놀라실 것입니다. 과녁에서 빗나가는 법이 없는 창이거든요. 그뿐 아닙니다. 과녁을 맞힌 다음에도 이 창은 주인이 회수할 필요도 없습니다. 과녁의 피를 묻힌 채로 임자의 손으로 되돌아오니까요."

이 말을 들은 포코스는 호기심을 이기지 못하고, 어떤 창이기에 그런 신묘한 권능을 보이는지, 어디서 났는지, 누가 케팔로스에게 그런 창을 주었는지 꼬치꼬치 캐물었다. 케팔로스가 이 호기심 많은 왕자에게 창의 내력을 일러 주었다. 그러나 그 창 때문에 자신이 겪은 슬픔에 대해서는 말하기를 망설였다. 말하기가 부끄러웠던 것이다. 창 이야기가 나오자 그 창에 목숨을 잃은 아내 생각으로 눈물을 흘리며 케팔로스가 포코스에게 이런 이야기를 했다.

"여신의 아들인 포코스[68]여, 믿어지지 않겠지만, 이 창은 내 눈물의 씨앗이라오. 오래 살 팔자라면 나는 이 눈물도 오래오래 흘려야 할 것이오. 이 창이 나와 내 아내를 갈라놓았기에 하는 말이오. 차라리 이 창이 내 손에 들어오지 않았던 것만 같지 못하오. 내 아내의 이름은 프로크리스였소만, 그대가 알기 쉽게 말하리다, 아테나이에서 납치당한 오리튀이아[69]를 아시지요? 내 아내 프로크리스는 이 오리튀이아와 자매간이랍니다. 이 둘의 아름다움이나 마음 씀씀이를 비교한다면 프로크리스 쪽이 훨씬 윗길이지요. 그러니까 말하자면, 먼저 납치당해야 했던 사람은 오리튀이아였다기보다는 프로크리스였던 셈이지요. 나와 프로크리스는 에렉테우스왕의 허락을 얻어 혼인했어. 사랑으로 하나가 된 거지요. 사람들은 나를 일러서 행복한 사람이라고 했소만, 아닌 게 아니라 나는 행복한 사람이었어요. 하지만 신들은 우리가 행복하게 사는 것을 좋게 안 보셨던 모양이오. 그렇지 않았더라면 나는 아직도 행복하게 살고 있을 테지요. 우리가 혼인한 지 두 달쯤 되었을 때의 일이오. 나는 꽃이 만발한 휘메나이토스산에 사냥 그물을 치고

68) 포코스의 어머니 프사마테는 해신 네레우스의 딸인 바다의 요정이나 이 요정들도 때로는 바다의 여신들로 불린다.
69) 북풍 보레아스에게 납치당한 에렉테우스의 딸. 6부 7장 참조.

사슴을 기다리다가 아우로라[70] 여신의 눈에 띄고 말았어요. 새벽빛으로 밤의 어둠을 몰아내는 여신, 그대도 모르지 않겠지요. 노란 옷을 입은 이 아우로라 여신은 싫다는 나를 강제로 끌고 갔어요. 이 여신의 명예를 돌보는 뜻에서 내 솔직하게 말하리다. 여신의 장밋빛 입술은 참으로 아름다웠어요. 밤과 낮의 경계에 있는 왕국의 여왕이시고, 날마다 넥타르[71]를 마시는 분이니 당연하지요. 하지만 내 사랑은 프로크리스였지 여신이 아니었어요. 따라서 프로크리스는 언제나 내 입술에, 내 가슴에 있었어요. 나는 여신에게 혼인에 대한 나의 의무, 내가 겪은 신혼 생활, 새로 꾸민 가정, 나를 잃은 아내에게 내가 했던 약속을 누누이 말하면서 돌려보내 달라고 애원했지요. 마침내 여신은 화를 내시면서 이러시더군요.

'이 은혜를 모르는 자야, 우는 소리 이제 그만 작작 해라. 프로크리스가 그렇게 좋으면 가려무나. 하지만 내가 너희 앞일을 꿰어 보니, 너는 아무래도 프로크리스와 혼인한 것을 후회하겠다.'

여신은 이러면서 나를 내 아내 곁으로 보내 줍디다.

나는 집으로 돌아오면서 여신이 무슨 뜻으로 그런 말을 했을까 하고 곰곰 생각해 보았어요. 그러자니 프로크리스가 이 혼인의 서약을 가볍게 여기고 있는 것이나 아닌가 하는 마음이 불쑥 고개를 들더군요. 프로크리스는 마음 씀씀이로 보면

---

70) '새벽'.
71) '신주(神酒)'.

그럴 여자가 아닌 것이 분명한데도 그 젊음과 아름다움이 나를 불안하게 하더라는 말이오. 저렇게 젊고 아름다운 여자가 과연 나 하나만을 사랑할까 하는 생각이 일더라는 말이오. 게다가 나는 집을 꽤 오래 떠나 있었거든요. 물론 나를 그렇게 만든 분이 여신이기는 하지만, 오래 떠나 있다가 집으로 돌아가고 있었던 것은 분명하지요. 원래 사랑하는 사람들 가슴에는 불안이라는 게 도사리고 있는 법입니다. 그래서 나는, 내가 고통받는 한이 있더라도 선물을 잔뜩 들고 가서 내 아내의 정절을 한번 시험해 보아야겠다고 결심했어요. 아우로라 여신이 이를 알고 내 모습을 바꾸어 주었어요. 나도 나 자신을 알아보지 못할 만큼. 나는 아무도 알아보지 못하게 변장하고 팔라스의 도시 아테나이로 들어가 내 집을 찾아 들어갔어요. 별로 달라진 것은 없었어요. 집안 사람들이 주인이 사라진 것을 걱정하고 있었던 것만 빼면.

천신만고 끝에 나는 프로크리스를 만나는 데 성공했소. 프로크리스를 보는 순간 정신이 아찔합디다. 그래서 하마터면 아내의 정절을 시험해 보겠다던 계획을 포기할 뻔했소. 말하자면 내 정체를 밝히고 입을 맞추고 싶어 견딜 수 없었던 것이지요. 마땅히 그랬어야 했던 것이고요. 아내는 슬픔에 잠겨 있었소. 서방이 없어졌으니 당연하지요. 하지만 슬픔에 잠겨 있는데도 아내는 그렇게 아름다울 수가 없었소. 포코스, 한번 생각해 봐요. 슬픔이 잘 어울리는 여자가 슬픔에 잠겨 있으면 얼마나 아름다울지…… 그러나 나는 정체를 밝히지 않고 집요하게 내 아내 프로크리스를 유혹했어요. 프로크리스는 몇 번이고 '나는 한 사람에게만 사랑을 바칩니다. 그분이 어디에 계시든 나는 그분께 드릴 사랑밖에 간직하고 있지 않습니다.'라고 말하더군요. 이 정도면 아내가 정숙한 여인이라는 증거는 충분하지 않겠소? 이 이상의 정절을 요구하는 사내가 어디에 있겠소? 그러나 나는 그것으로 만족할 수 없었소. 그래서 더욱 집요하게 다가섰소. 마치 저 자신에게 상처를 입히지 않고는 견딜 수 없는 사람처럼요……. 나는 선물의 양과 질을 올리면서, 말하자면 더 나은 선물을 약속하면서 하룻밤만 동침할 것을 졸랐소. 결국 나는 내 아내의 마음속에 갈등을 일으키는 데 성공하고 말았고, 내 행복이 거기에 걸린 줄도 모르고 아내를 취하는 데 성공한 나는 이렇게 소리를 질러 주었소.

'이런 더러운 여자여, 여기에서 그대를 유혹하던 자가 바로 그대의 서방이다. 이제 그대는 가면을 벗었구나. 이제야 나는 그대가 부정(不貞)한 여자라는 것을 알았다.'

프로크리스는 아무 말도 하지 않았소. 당혹과 부끄러움을 이기지 못해 소리 없이 울면서 프로크리스는 도망쳤소. 자기가 시험에 걸려 무참하게 무너지던 집과, 자기를 시험한 이 사악한 서방을 버리고……. 나에게 실망한 프로크리스는 남성을 혐오하며 온 산을 방황하다가 결국 사냥의 여신 디아나를 섬기게 되었지요. 프로크리스가 집을 떠나고 나니, 프로크리스에 대한 내 사랑이 다시 걷잡을 수 없이, 골수까지 태울 듯이 타오릅디다. 나는 프로크리스에게 내가 한 짓을 사죄하고, 그런 선물로 유혹하는 여자가 있다면 나라도 그 유혹을 이기지 못했을 거라고 고백했소. 내가 이런 고백을 하니까 프로크리스도 그만하면 나의 못난 행동에 대한 복수가 넉넉했다고 생각했는지 다시 내게로 돌아왔지요. 우리는 꿈같이 화목하게 몇 년을 살았어요.

참, 프로크리스는 내게로 돌아와 나에게 개 한 마리를 선물로 줍디다. 대수롭지 않은 선물이라도 주는 듯이 말이지요. 프로크리스는 자신이 디아나 여신으로부터 받은 개라는 말을 했소. 여신은 프로크리스에게 이 개를 주면서 '이 개는 어떤 짐승도 따라잡을 수 있는 개다. 이 개보다 빨리 달릴 수 있는 개는 없다.'라는 말을 했다고 합디다.

이 개와 함께 아내는 나에게 창도 한 자루 주었는데 그대가 본 창, 내가 이렇듯이 들고 다니는 창이 바로 그 창이오. 이 선물이 나를 어떻게 만들었는지 궁금할 테지요. 그러면 잘 들어요. 지금부터 내가 하는 이 희한한 이야기를 들으면 그대도 놀랄 것이오.

라이오스[72]의 아들 오이디푸스[73]에게 수수께끼를 낸 암흑 세계의 예언자 스핑크스[74]를 아시지요? 스핑크스는 지금쯤 수수께끼 같은 것은 깡그리 잊은 채 저승에 있을 것이오. 하지만 이치에 밝으신 테미스 여신께서는 스핑크스가 이렇게 맥없

---

72) 테바이 왕. 아내와 동침하고 아들을 낳으면 장차 아들의 손에 죽게 되리라는 신탁을 무시하고 아내와 동침하였다가 아들을 낳게 되는데 이 아들이 바로 오이디푸스다. 라이오스는 이 아들을 산에 버리게 하나, 결국 요행히 산에서 살아난 아들 오이디푸스 손에 죽는다.

73) 라이오스의 아들. 신탁에 따라 아버지를 죽이고, 스핑크스의 수수께끼를 풀어 테바이의 왕이 되나, 결국 어머니를 아내로 거느리게 되는 비극적인 영웅.

오이디푸스와 스핑크스(앵그르의 그림).

이 당한 것을 두고 보시는 분이 아니지요. 그래서 여신께서는
이 테바이에 또 하나의 재앙을 풀어놓으신 것이오. 그것이 무
엇인고 하니, 한 마리의 짐승75)이었소. 이 짐승은 사람을 해치
고 가축을 잡아 죽여 테바이 사람들을 공포의 도가니로 몰아
넣었지요.

---

74) 머리는 여자의 머리, 몸통은 사자의 몸통인 마녀. "아침에는 네 발, 낮에
는 두 발, 저녁에는 세 발로 걷는 것이 무엇이냐?"라는 수수께끼를 내고 이
를 맞히지 못하는 사람을 잡아먹었다. 이 수수께끼가 오이디푸스에 의해 풀
리자(정답은 '인간') 벼랑에서 몸을 던져 스스로 목숨을 끊는다. 사실 이
스핑크스는 테바이를 벌하기 위해 유노 여신이 보낸 괴물이다.
75) 일설에는 테우메소스산에 살던 여우. 이 여우는 어떤 사냥개에게도 따
라잡히지 말아야 하는 팔자를 타고났다.

우리 젊은이들은 모두 모여 이 짐승 잡을 방도를 궁리하다가 결국은 그물을 놓기로 하고 이 짐승이 나타났다는 벌판 하나를 아예 그물로 둘러싸 버렸어요. 하지만 이 짐승은 바람같이 내달아 이 그물을 뛰어넘은 것은 물론 이 그물의 눈을 헝클어 버리기까지 했소. 결국 사냥개를 풀기로 의견이 모였소. 우리는 백 마리나 되는, 발 빠르고 힘 좋은 사냥개를 풀었소만, 이 짐승이 어찌나 빠른지 모두 허탕만 쳤어요. 일이 이렇게 되자 사람들이 이구동성으로 나에게 라일라프스[76]를 풀라고 고함을 질러 댑디다. 라일라프스…… 이게 내가 내 아내 프로크리스로부터 선물로 받은 개의 이름이오. 라일라프스는 오래 사슬에 목을 묶인 채 안달을 부리고 있다가 내가 사슬을 푸는 순간에 내 눈앞에서 사라져 버립디다. 어디에 있는지 방향을 잡을 수 없을 정도로 빨리 달렸던 것이지요. 우리 눈에 보이는 것은 이 개가 일구어 놓은 뽀얀 먼지뿐이었소. 그러니까 이 개는 투석기(投石器)로 쏜 석탄(石彈), 힘 좋은 사람이 던진 창 아니면 크레타 활로 쏜 화살만큼이나 빠른 속도로 달렸던 것이오.

가까운 곳을 둘러보았더니 언덕이 하나 있습디다. 올라가면 주위를 내려다볼 수 있을 만한 언덕이었지요. 나는 이 언덕으로 올라가 이 짐승과 내 개가 벌이는 참으로 기이한 빠르기 겨루기를 내려다보았소. 이 짐승은 곧 개의 이빨에 물리는 것 같다가도 눈 깜빡할 사이에 용케 빠져나가고는 합디다. 더구

---

76) '질풍'.

나 이 짐승은 어찌나 교활한지 일직선으로는 달리지 않고 꼭 요리조리 돌면서 사냥개의 공격 목표를 어지럽힙니다. 개는 이 짐승의 발뒤꿈치까지 바싹 따라붙어 이따금씩 그 발뒤꿈치를 겨누고 입질을 했소만 번번이 개의 이빨에 물리는 것은 허공뿐이었지요. 나는 개를 도우려고 창을 꼬나잡았소. 꼬나잡고는 무게 중심을 잡으면서 가죽끈에다 손가락을 걸고 다시 그 짐승과 개가 쫓고 쫓기는 곳을 내려다보았소. 세상에…… 짐승과 개가 쫓고 쫓기던 곳에는 짐승과 개 대신에 두 기(基)의 대리석상이 서 있는 것이 아니겠소. 그대도 이 석상을 보았더라면 하나는 쫓고 있는 개, 또 하나는 쫓기고 있는 그 짐승이라는 걸 알아보았을 것이오. 어느 신께서 보고 계시다가 그렇게 만드신 것 같습디다. 어느 쪽이 지는 것도 바라지 않으셨던 게지요……."

여기까지 이야기하던 케팔로스가 갑자기 말문을 닫아 버렸다. 포코스가 그에게 물었다.

"이번에는 창 이야기를 들려주시지요. 그 창으로 무슨 일을 저지르신 것 같은데 그 이야기도 마저 들려주십시오."

그러자 케팔로스는 자기 창이 죄지은 이야기를 했다.

"포코스, 내 행복은 내 불행의 씨앗이었소. 그러니까 내가 행복했던 시절 이야기를 먼저 하는 것이 순서일 듯하오. 나는 그 시절을 잊지 못해요. 신혼 첫해를. 나는 내 아내와 행복했고, 내 아내도 서방인 나와 행복했을 것이오. 나는 아내를 사랑했고 아내는 나를 사랑했소. 나는 아내를 아꼈고 아내는 나를 아꼈소. 내 아내는 설사 유피테르 대신이 결혼하자고 조른다고 하더라도 나를 향한 사랑을 나누어 주지 않았을 것이오. 나도 다른 여자 같은 것에는 아무 흥미도 없었어요. 설사 베누스 여신이 몸소 오셨다고 해도 나는 그 사랑을 용납하지 않았을 것이오. 요컨대 우리 가슴속에서는 사랑이 똑같은 뜨거움으로 타오르고 있었던 것이지요.

아침 햇살이 산봉우리를 비추면 나는 여느 젊은이들처럼 숲으로 사냥을 나가고는 했어요. 하인? 말? 냄새 잘 맡는 사냥개? 사냥 그물? 그런 거 필요없었어요. 창만 있으면 되었으니까…… 사냥하다 싫증이 나면 계곡에서 서풍이 불어오는 시원한 그늘을 찾아 들어갔소. 나는 한낮의 열기를 식혀 주는 이 바람을 찾아다니기도 하고 기다리기도 했소. 이 바람이 불어야 사냥으로 뜨거워진 내 몸을 식힐 수 있으니까…… 바람이 불지 않을 때는 바람을 불렀지요.

'오라 아우라[77]여, 내 가슴으로 오라. 사랑하는 길손이여, 와서 내 가슴을 달래 다오. 내 소원 들어, 뜨거운 이 가슴 식혀 다오.'

이런 식으로 바람을 불렀소만 어쩌면 입으로 악업(惡業)을 짓느라고 이런 말을 보태었는지도 모르겠소.

'나를 기쁘게 하는 이여, 와서 내 힘을 북돋아 주고 나를 쓰다듬어 주오. 내가 이 적막한 숲을 좋아하는 것은 여기에 그대가 있기 때문. 내 입술은 늘 그대의 숨결을 기다려요.'

그런데 누군가가 이 말을 듣고는 그 뜻을 오해했던 모양이

---

77) '미풍'.

오. 이 사람은 이 '아우라'가, 내가 이따금씩 불러서 데리고 노
는 요정의 이름이거니, 내가 이 요정과 밀회를 즐기거니 오해
했던 것이지요. 오해하고 말았으면 작히나 좋겠소? 이 사람은
제대로 알지도 못하면서 프로크리스에게 달려가 내가 숲속에
서 못된 짓을 하고 있을지도 모른다면서 내가 한 말을 고스
란히 내 아내에게 고자질했소. 사랑이 깊어지면 귀가 얇아지
는 법이오. 나중에 알았소만, 프로크리스는 이 말을 곧이곧대
로 믿고 실신까지 했더랍니다. 얼마 뒤에 정신을 차린 프로크
리스는 제 팔자를 한탄하고, 내 배신행위를 애통해하더랍니
다. 이 근거도 없는 소문을 듣고 프로크리스가 어떻게 변했는
지 아시오? 이름만 있지 실체는 없는 이 미풍을 정말 자기의
연적(戀敵)으로 알고 고민까지 했다고 들었소이다. 프로크리
스는 가엾게도 이따금씩 자기 귀로 들은 이야기를 의심하고,
잘못 들었기를 바라고, 때로는 믿지 못하겠다고 공언하고……
그러다가는 결국 나를 의심하기 전에 자기 눈으로 한번 확인
해 보기로 마음먹었더랍니다.

어느 날, 나는 새벽의 미명이 어둠을 몰아낼 무렵에 집을
나서서 숲속으로 들어갔소. 여느 때처럼 나는 한동안 사냥하
다가 풀밭에 누워 또 이런 소리를 했소.

'오라, 아우라여, 와서 불타는 이 가슴을 식혀 주오.'

이러는데 무슨 소리가 들리는 것 같습디다. 그러나 나는 대
수롭지 않게 여기고 말을 이었소. '오라, 내 사랑이여.' 하고요.
그런데 나뭇잎이 떨어지는 듯한 바스락 소리가 들렸어요. 나
는 사냥감이 가까이 온 것으로 여기고 창을 던졌소.

아, 그런데 프로크리스였소! 프로크리스는 창에 맞은 가슴을 움켜쥐고 외치더군요. '오, 내 팔자여!' 하고요.

나는 내 아내의 음성을 알아듣고 소리 난 쪽으로 미친 듯이 달려갔소. 프로크리스가 거기에 있었지요. 반쯤 의식을 잃은 채 말이오. 아내의 옷은 이미 피에 젖어 있었소. 아내는 그렇게 피투성이가 된 채 있는 힘을 다해, 자기가 나에게 선물로 주었던 그 창을 자기 가슴에서 뽑아내고 있었소. 나는 내 목숨보다 소중한 아내를 안았소. 아내를 안고는, 옷을 찢어 내고, 상처를 싸매어 피를 멎게 하면서 나를 두고 떠나지 말라고, 나를 죄인으로 만들지 말아 달라고 애원했소. 그랬더니 아내는 숨이 넘어가는 지경인데도 있는 힘을 다 짜내 내게 이런 말을 남깁디다.

'우리가 나눈 혼인의 서약에 걸고, 하늘에서 우리를 내려다보시는 신들의 이름에 걸고, 나를 죽이기도 하고 살리기도 하는 사랑에 걸고 약속해 주세요. 이렇게 죽어 가면서 드리는 부탁이니 약속해 주세요. 내가 그대에게 모자라는 아내였더라도 나 죽은 뒤에라도 아우라를 아내로 삼지는 말아 주세요.'

나는 이 말을 듣고서야 내 아내 프로크리스가 엉뚱한 오해를 하고 있었다는 것을 알고는 사실을 말했소. 하지만 무슨 소용이 있겠소? 몸에 남아 있던 힘은 피와 함께 빠져나간 다음이었고 아내의 의식은 그때 이미 가물거리고 있었는데. 아내는 희미한 눈동자로 나를 올려다보면서 내 입술에 마지막 숨결을 내쉬었소. 그러나 표정은 행복해 보였소. 행복을 누리다가 행복한 가운데 죽어 가는 것 같더라는 말이오."

아테나이의 영웅은 이 이야기를 하면서 하염없이 울었다. 듣던 사람들도 함께 울었다.

이윽고 아이아코스와 그의 두 아들이 원정대로 편성한 병력을 인솔해 왔다. 케팔로스는 이 막강한 군대의 지휘권을 넘겨받았다.

8부 인간의 시대

1 니소스와, 조국을 배신한 스퀼라

새벽별 루키페르가 밤을 몰아내고 날을 밝히자 동풍이 자면서 하늘에 비구름이 모였다. 케팔로스는 부드러운 남풍에 돛을 올리고는, 아이아코스의 아들들이 이끄는 동맹군을 싣고 아테나이로 돌아갔다. 며칠간의 항해 끝에 이들은 애초에 계획했던 것보다 더 빠른 기일 안에 목적지인 항구에 입항할 수 있었다.

그동안 미노스왕은 메가라항을 유린하면서 니소스왕이 다스리던 알카토오스에 대한 공격을 강화하고 있었다. 알카토오스 왕 니소스의 정수리에는 백발 가운데 섞인 보라색 머리카락이 한 올 있었다. 그에게 이 머리카락이 남아 있는 한 그의 왕국은 안전을 보장받을 수 있었다.

전쟁이 시작된 이래 초승달은 그 뿔을 여섯 번째로 드러내어 보이고 있었으나 양국의 전세는 어느 한쪽으로도 기울지 않은 채 소강 상태를 보이고 있었다. 날개 달린 빅토리아 여신[1]이 마음을 정하지 못해 양쪽 진영의 상공을 번차례로 날아다니고 있었기 때문이다.

니소스의 왕국의 성벽에는 탑이 하나 있었다. 전해지는 바에 따르면 이 성벽은 라토나 여신의 아들[2]이 황금으로 만든 수금을 건 이후로 그 벽돌 하나하나에 신묘한 음악이 스며들어 있다는 성벽이었다. 니소스의 딸 스퀼라에게는 틈날 때마다 이 성벽 위의 탑으로 올라가 이 성벽에 돌멩이를 던지며 거기에서 나는 소리를 즐기는 버릇이 있었다. 스퀼라는 미노스왕과 자기 아버지의 군대 사이에 전투가 벌어지고 있을 동안에도 이곳으로 올라가 가까이서 벌어지는 전투 상황을 구경하고는 했다. 스퀼라는 이러는 동안 적군의 장수 이름, 그들의 무기, 그들이 타고 다니는 말, 그들의 차림새 그리고 그 유명한 크레타 활에 대해서도 알게 되었다. 스퀼라가 이 중에서도 가장 관심을 가지고 살펴서 자세하게 알게 된 것은 적장인 에우로페의 아들[3]이었다. 스퀼라는 이 미노스왕에 대해 필요 이상으로 자세히 알고 있다고 해도 좋았다.

스퀼라의 눈에 비친 미노스왕은 한마디로 완벽한 인간이었다. 스퀼라가 보기에, 미노스가 깃털 장식이 달린 투구를 쓰고 있으면 그 투구가 미노스에게 그렇게 잘 어울릴 수가 없었

---

1) 그/니케. 영/나이키, '승리의 여신'.
2) 음악, 특히 수금의 신인 아폴로.
3) 미노스왕은 에우로페와 유피테르 사이에서 난 아들이다.

고, 미노스가 번쩍거리는 청동 방패를 들면 그 방패를 든 미노스가 그렇게 멋져 보일 수가 없었다. 미노스가 힘살을 부풀리고 창을 던질 때면, 스퀼라는 멀리서 그의 힘과 재간을 침묵으로 찬양했고, 미노스가 시위에 화살을 먹이고 시위를 당겨 활대를 반달 모양으로 구부리면 스퀼라는, 아폴로 신[4]도 활 시위를 당길 때는 저런 모습이시겠지 하고 생각을 하고는 했다. 어쩌다 미노스가 투구를 벗어 맨얼굴을 드러내고, 보랏빛 전복(戰服) 차림으로 백마의 잔등에 올라 술 장식이 치렁치렁한 마구(馬具)를 깔고 앉은 채로, 입으로 흰 거품을 품는 말의 고삐를 잡아채는 것을 보면 스퀼라는 그만 현기증을 느끼고는 했다. 이게 모두 미노스를 향한, 불타는 듯한 사랑 때문이었다. 스퀼라는 미노스왕의 손에 잡히는 저 창은 얼마나 행복할까, 미노스왕의 손에 잡히는 저 고삐는 얼마나 행복할까 하는 생각까지 했다. 스퀼라는 아직 나이 어린 공주에 지나지 않았으나 할 수만 있다면 용감하게 적진을 뚫고 들어가 미노스왕을 만나고 싶었다. 높은 탑루에서 크레타 진영 한가운데로 뛰어내리든, 청동 빗장이 단단히 걸린 성문을 열어 주든 미노스왕이 좋아할 만한 일이면 무엇이든 하고 싶었다. 그래서 스퀼라는 크레타 왕의 호화찬란한 군막(軍幕)을 내려다보며 혼자 이렇게 중얼거렸다.

"이 전쟁이 터진 것을 다행으로 여겨야 할지, 아니면 불행으로 여겨야 할지 모르겠구나. 사랑하는 미노스왕이 우리의

---

4) 활의 신이기도 하다.

적이라는 것이 애석하구나. 하지만 이 전쟁이 터지지 않았으면 나는 저분의 모습을 뵐 수 없었을 테니 어쩌면 전쟁이 잘 터진 것인지도 모르지. 저분이 전쟁을 이 정도 선에서 끝내고 나를 평화를 보증할 볼모로 잡아 고국으로 돌아가신다면 얼마나 좋을까. 오, 사랑하는 나의 영웅이시여. 만일에 그대의 어머니께서 그대만큼 아름다운 분이었다면, 유피테르 대신(大神)께서 사랑을 느끼신 것도 무리는 아닙니다. 내게 날개가 있어서 하늘을 날아 크레타 왕의 군막 앞에 내려 미노스왕께 내 사랑과 내 느낌을 고백하고, 나를 아내로 맞아 주시는 대신 지참금으로 무엇을 원하느냐고 물을 수 있다면 나는 세 번 복을 받은 여자인 것을. 미노스왕이 지참금으로 요구한다면, 내 아버지의 왕국만 빼고 이 세상에 무엇이 아까우랴. 아니, 아버지의 왕국만은 안 된다. 아버지의 왕국을 버려야, 아버지를 배신해야 이룰 수 있는 사랑이라면, 내 비록 꿈은 간절하나 이 혼인이 내게 무슨 뜻이 있으랴. 관대한 승리자의 온정이 나라를 잃은 사람들에게 미치는 수가 있기는 하다더라만…….
미노스왕은 아들의 죽음을 복수하려고 이 의로운 전쟁을 일으켰다지. 그에게는 든든한 명분도 있고, 이 명분을 지킬 막강한 군대도 있다. 우리는 이 전쟁에서 지고 말 게 분명하다. 그래, 우리가 이 전쟁에서 지게 되어 있다면, 우리의 운명이 이미 정해져 있다면, 사랑을 위해 내가 성문을 열어 주면 안 된다는 법도 없지 않은가. 가만히 있으면 저분의 군대가 성문을 깨뜨리고 들어올 텐데, 그럴 바에는 차라리 성문을 열어 주는 것이 낫지 않은가. 저분으로 하여금 더 빨리 이 전쟁을 승리로 이끌게 해 주는 편이 낫지 않은가. 더 이상의 살육을 막고, 저분이 피를 흘리는 일이 없게 하는 편이 낫지 않은가. 이렇게만하면, 나는 저분이 다칠 것이라는 걱정은 하지 않아도, 누가저분의 가슴을 찌르면 어쩌나 하는 걱정은 하지 않아도 되지않겠는가. 하기야 저분이 누구인지 안다면야, 감히 저분의 가슴을 겨누고 창을 던질 만큼 심장이 강한 인간이 있을 리 없겠지만."

스퀼라의 마음은, 이런 쪽으로 기울기 시작했다. 오래지 않아 결국 스퀼라는 아버지의 왕국을 자신의 혼인 지참금 대신미노스에게 바치고 이 전쟁을 끝내기로 마음먹었다. 그러나이를 실행에 옮기자면 용기가 필요했다. 그래서 스퀼라는 또다시 고민했다.

'성문에는 성문 수비대가 있고, 성문의 열쇠는 아버지에게 있다. 아, 이 일을 어쩔꼬, 슬픈 일이다. 내게 두려운 존재는 아버지뿐이고, 내 소원의 앞을 막는 이 역시 아버지뿐이라는 것은……. 아, 아버지만 계시지 않는다면……. 하지만 인간은 누구나 저 자신의 신이 되어 저 자신의 뜻을 집행하지 않으면 안 된다. 운명의 여신은 행동하는 인간을 돌보실 뿐, 기도만 하고 있는 인간은 돌보시지 않는다. 누군들 나와 같이 하려 하지 않겠는가. 욕망이 내 욕망만큼 강렬하다면 누군들 사랑의 앞길을 막는 장애물을 깨뜨리지 않겠는가. 그래, 깨뜨리려 할 것이다. 기꺼이 깨뜨리려 할 것이다. 그러면 남들은 용감하게 그것을 깨뜨리는데 나는 왜 하지 못한다는 말인가? 나는 할 수 있다. 불길 사이로도 지날 수 있고, 칼의 숲 사이로도 지날 수 있다. 그러나 지금은 그럴 필요가 없다. 내 아버지의 머리카락에서 단 한 올의 머리카락만 잘라 내면 된다. 내게는 황금보다 더 소중한 단 한 올의 머리카락. 이 보랏빛 머리카락이 나를 행복하게 할 것이므로. 이 머리카락이 그토록 바라 마지않던 것을 나에게 베풀어 줄 것이므로.'

스퀼라가 이런 생각을 하고 있을 동안 인간의 근심을 치료하는 전능한 의원인 밤이 찾아왔다. 어둠은 스퀼라를 담대하게 했다. 잠이 인간의 가슴에 깃든 모든 근심과 걱정을 재우는 평화로운 시간을 틈타 스퀼라는 살며시 아버지의 침실로 숨어 들어가 그 끔찍한 짓을 저질렀다. 딸이 아버지의 머리로부터, 아버지의 목숨과 운명이 걸린 머리카락을 훔친 것이다.

이 머리카락을 손에 넣은 스퀼라는 똑바로 적진을 뚫고 들어가(스퀼라는 그만큼 자신이 하는 일을 정당한 행위로 생각했다.) 미노스왕 앞으로 나아갔다. 왕은 스퀼라가 온 것을 보고는 놀랐다. 스퀼라는 왕에게 말했다.

"사랑이 저에게 죄를 짓게 했습니다. 니소스왕의 딸인 저 스퀼라는 제 왕국의 수호신과 제 집안을 왕께 드리는 바입니다. 저는 전하밖에는 원하는 것이 없습니다. 제가 드리는 사랑의 맹세와 이 보랏빛 머리카락을 받으시고, 이 머리카락이 사실은 한 오라기의 머리카락이 아니라 제가 바치는 제 아버지의 머리인 줄 알아주소서."

스퀼라는 이러면서 그 죄 많은 손으로 아버지의 머리카락을 바쳤다. 그러나 미노스왕은 몸을 사렸다. 스퀼라가 저지른 이 전대미문의 죄악에 기겁을 한 미노스왕은 이런 말로 스퀼라를 꾸짖었다.

"우리 시대에 너같이 더러운 것이 있었구나. 신들이시여, 대지는 저것을 내치게 하시고, 어떤 땅, 어떤 바다도 저것에게는 깃들 자리를 주지 않게 하소서. 너 잘 들어라. 나는 유피테르의 요람이었던 크레타섬에 너같이 더러운 것이 들어오는 것을 용납하지 않겠다."

미노스는 공정한 정복자[5]로서 정복당한 적들에게 갖가지 합당한 조치를 취한 연후에, 노잡이들에게는 닻을 올리고 이물에 청동갑을 댄 군함에 오르라고 명령했다.

스퀼라는 먼바다로 나가는 군함을 바라보았다. 스퀼라는 이 군함들이 파도를 타는 것을 본 다음에야 적장 미노스에게는 자신이 세운 공로에 상을 내릴 생각이 없음을 알았다. 이제 스퀼라에게는 빌 것이 없었다. 스퀼라의 마음은 분노로 차오르기 시작했다. 분을 참지 못한 스퀼라는 제 머리카락을 쥐어뜯으면서 미노스의 함대 쪽으로 빈주먹질을 하면서 외쳤다.

"어디로 가느냐? 내가 내 조국보다, 내 아버지보다 사랑하던 그대가 나를 두고 어디로 가느냐? 그대에게 승리를 안겨 준 나를 두고, 그대를 정복자로 만들어 준 나를 두고 어디로 가느냐? 무정한 이여, 나로 인해 승리를 얻고, 조국을 배신한 죄업을 나에게만 떠넘기고 대체 어디로 떠난다는 말이냐? 내가 바친 것들이 그렇게도 마음에 들지 않던가? 내 사랑도 그대에

---

5) 미노스왕은 원래 공정하기로 소문난 사람으로, 죽어서도 저승에서 판관으로 일하게 된다.

게는 아무것도 아니었더라는 말인가? 내가 온 마음을, 온 소
망을 다 바쳤는데도 그대에게는 그것이 아무것도 아니었다는
말인가? 그대가 나를 버리면 나는 어쩌라는 말인가? 내 조국
은 이제 망하고 말았다. 설사 망하지 않았다고 하더라도 배신
자인 내 앞에서는 그 문이 닫혀 있다. 나더러 내 손으로 그대
앞에다 무릎을 꿇린 내 아버지에게 가라는 말이냐? 나를 증
오할 권리가 있는 내 나라 백성은 그 권리에 따라 나를 증오
하고, 이웃 나라 백성들은 내가 보인 본보기를 경계하여 나를
두려워한다. 온 세상의 문이 내 앞에 닫혀 있는 지금, 내가 피
하여 몸 붙일 곳은 크레타뿐이다. 그대가 나를 크레타로 받아
들이지 않는다면, 그대가 나를 버릴 만큼 배은망덕한 인간이
라면, 그대가 저 무정한 쉬르티스[6]의 아들, 아르메니아 암호
랑이의 자식, 남풍을 받아 소용돌이를 일으키는 저 카립디스
의 자식일망정 에우로페의 아들일 리가 없다. 그대가 그렇게
배은망덕한 인간이라면 유피테르의 자식일 리 없으니, 그대
의 출생을 둘러싼 이야기는 모두 거짓이다. 그대가 그렇게 배
은망덕한인간이라면 그대의 어머니를 꾀어낸 것은 황소로 둔
갑한 신[7]이 아니라 진짜 황소, 한 번도 암소를 사랑해 본 적
이 없는 황소였을 것이다. 오, 아버지 니소스왕이시여, 저에게
벌을 내리소서. 내가 들어 적국의 왕에게 바친 성(城)이여, 내
불행을 위안으로 삼으시라. 나 이제 고백하거니와, 나는 그대

---

6) 아프리카 북쪽 해안에 있는, 험하기로 유명한 여울.
7) 유피테르는 황소로 둔갑한 뒤 에우로페를 취하여 미노스를 낳게 했다.

로부터 죄를 얻었으니 죽어야 마땅하다. 그러나 나는 죽되, 나로 인해 고통을 당한 이의 손에 죽고 싶구나. 미노스여, 그런데 왜 그대가 승리를 헌상(獻上)한 나를 벌하는가? 내가 내 아버지와 내 조국에 지은 죄는 그대에게는 곧 은혜가 아니던가? 그래, 그대에게는 나무로 지은 소로 진짜 황소를 유혹하고 이로써 씨를 받아 반은 사람이고 반은 짐승인 자식을 낳은 그 더러운 아내[8]가 어울리겠구나. 이 배은망덕한 자여, 내 말이 귓구멍으로 들어갔느냐? 아니면 그대의 함대를 몰고 가는 바람이 내 말을 귓전으로 흘려 버리더냐? 그대의 계집 파시파에가 괜히 그대보다 황소를 더 좋아했던 것이 아니구나. 황소에게 견주면 그대가 더 짐승 같았던 모양이구나. 아, 미노스는 제 부하들을 재촉하는구나. 파도는 물결을 일으키며 노 끝으로 밀려나고, 나와 내 조국은 이로써 뒤편으로 밀려나는구나. 그러나 그래 봐도 소용없다. 미노스여, 내가 그대를 위해 해 준 일 같은 것은 이제 기억해 주지 않아도 좋다. 그대가 아무리 나를 증오해도 나는 그대를 따라갈 것이다. 나는 그대가 탄 배의 뱃전에 붙어서라도 넓고넓은 바다를 건너고 말 테다."

스퀼라는 이 말과 함께 바다로 뛰어들어 함대 쪽을 향해 헤엄쳐 가기 시작했다. 스퀼라는 증오에 찬 열정의 힘을 빌려 단숨에 크레타의 뱃전까지 헤엄쳐 가 불청객으로 거기에 달라붙었다. 스퀼라의 아버지 니소스(이때 니소스는 이미 깃털이 고동색

---

8) 미노스왕의 아내 파시파에를 말한다. 파시파에는 나무로 만든 소의 모형 속에 들어가 진짜 황소와 사랑을 나누고, 그 씨앗을 받아 머리는 소 머리, 몸은 사람 몸인 괴물 미노타우로스를 낳았다.

인 한 마리 물수리가 되어 하늘을 날고 있었다.)가 이를 내려다보고
는 그 뾰족한 부리로 뱃전에 매달린 딸의 살을 찍었다. 스퀼라
는 그 순간 놀라움과 고통에 못 이겨 뱃전을 잡았던 손을 놓았
다. 그러나 스퀼라는 물 위로 떨어지지 않았다. 뱃전을 놓는 순
간 미풍이 스퀼라를 하늘로 감아올린 것이다. 하늘로 오른 스
퀼라는 그제서야 제 몸에 깃털이 돋아난 것을 알았다. 이렇게
해서 새가 된 스퀼라는 '키리스'[9]라고 불린다. 스퀼라가 아버지
의 머리카락을 잘랐기 때문에 이런 이름을 얻은 것이다.

2 미궁(迷宮)과 아리아드네의 관(冠)

무사히 크레타로 돌아온 미노스왕은 함대를 항구에 정박
시키고, 떠날 때 했던 서약에 따라 백 마리의 소를 유피테르
대신께 제물로 바쳤다.[10] 미노스가 얻은 전리품은 궁전 곳곳
에 내걸렸다. 미노스왕이 떠나 있을 동안, 왕비가 낳은 이상하
게 생긴 아이[11]는 장성해 있었다. 말하자면 크레타 왕가의 수

---

9) 이 새가 구체적으로 어떤 새인지는 분명하지 않다. '키리스'라는 말은, 그
리스어 '케이토('자르다')'에서 유래했다.

10) '헤카톰베('백 마리의 소를 잡아 드리는 제사')'라고 불리는 이 제사는 유
피테르에게 드릴 수 있는 최고의 제사였다. 그리스 신화에는 이 '100'이라는
숫자가 자주 나온다. 팔이 백 개인 헤카톤케이레스('百手巨人'), 눈이 백 개
인 아르고스, 머리가 백 개였던 레르네의 물뱀, 크레타에 있었다는 백 개의
도시 등의 예에서 그렇다.

미노타우로스(조지 워츠의 그림).

치 거리였던 이 아이가 자라 그 흉측한 혼종물(混種物)[12]의 몰골로, 만인에게 왕비의 구역질나는 정사(情事)의 현장을 떠올리게 하고 있었던 것이다. 미노스는 이 구역질 나는 괴물이 제 궁전에 모습을 나타내지 못하게 하기로 마음먹었다. 즉, 교묘하게 설계하고 빈틈없이 만든 감옥에 가두어 밖으로 나오지 못하게 해야겠다고 결심한 것이다. 그는 이 일을 재간꾼으로 유명한 건축가 다이달로스에게 맡겼다. 다이달로스는 통로를 분간하는 표지가 될 만한 것은 모두 뒤헝클어 버리고, 수

11) 왕비가 황소의 씨를 받아 지어 낸, 반은 인간의 모습이고 반은 소의 모습인 미노타우로스.
12) 소와 인간의 혼종물.

괴물 미노타우로스의 최후(피카소의 그림).

많은 우회로와 굴곡으로 사람들의 눈을 홀리는 아주 이상한 미궁[13]을 지었다. 다이달로스가 지은 미궁은 프뤼기아 땅을 제멋대로 흐르는 마이안드로스강과 흡사했다. 이 강은 왼쪽으로 흐르는가 하면 오른쪽으로도 흐르고, 이쪽으로 흐르는가 하면 저쪽으로도 흐르며, 강의 원류를 거슬러 올라가는가 하면, 어느새 대양을 향해서도 흘러가는, 참으로 이상한 강이었다. 다이달로스는 수많은 미로를 곳곳에 배치해 한번 들어가면 저 자신도 입구를 찾아 나오기 어려운, 마이안드로스강을 연상시키는 미궁을 만든 것이다.

―――――――――――

13) 다이달로스가 지은 이 미궁은 '라비륀토스(영/라비린스)'라는 이름으로 불렸다. 오늘날 이 말은 '미궁' 혹은 '미로'라는 뜻으로 쓰인다.

박쿠스와 아리아드네(티치아노의 그림).

　미노스는 이 미궁에 반은 사람의 모습, 반은 소의 모습을 한 이 괴물을 가두고 두 번이나 아테나이에서 보내온 희생 제물을 먹이로 들여보내 주었다.[14] 그러나 9년 뒤, 미노스가 요구한 세 번째 공물이 크레타에 온 지 오래지 않아 이 괴물은 목숨을 잃었다. 세 번째 공물에 묻어 온 테세우스 손에 죽은

---

14) 미노스는 아테나이를 정복한 뒤, 9년마다 소년소녀를 각각 일곱 명씩 보내게 하고, 이들을 미로 안으로 들여보내 이 괴물의 먹이가 되게 했다. 아테나이에서는 이러한 공물이 두 번이나 크레타로 왔다. 그러나 세 번째 차례에는 영웅 테세우스가 와서 미궁으로 들어가 괴물을 죽이고는 크레타 공주 아리아드네의 도움을 받아 무사히 빠져나왔다.

것이다. 테세우스는 크레타 공주 아리아드네의 도움을 받아, 이 미궁으로 들어갈 때 명주실을 풀면서 들어갔다가 이 괴물을 죽이고는 그 명주실을 잡고, 아무도 살아 나온 사람이 없는 이 미궁을 무사히 빠져나왔다.

괴물을 죽이고 미궁을 무사히 빠져나온 테세우스는 미노스왕의 딸과 함께 그곳을 떠나 디아섬[15]으로 갔다. 그러나 공주 아리아드네는 이 섬에서 아테나이로 가지 못했다. 테세우스가 공주를 이 섬에 남겨 두고 떠나 버렸기 때문이다. 공주가 홀로 섬에 남아 팔자를 한탄하고 있는데 박쿠스 신이 나타나 공주를 도와주었다. 박쿠스 신은 공주의 머리에서 관[16]을 벗겨, 영원한 영광의 징표인 별자리로 박아 주려고 하늘로 던져 올렸다. 이 관이 하늘로 날아오르자 거기에 박혀 있던 진주는 별이 되었다. 별들은 곧 하늘에 관 모양으로 자리를 잡았다. 무릎을 꿇은 헤라클레스자리와 뱀을 쥐고 있는 오피우코스자리 사이에 있는 별자리가 바로 이 왕관자리다.

3 하늘을 나는 다이달로스와 이카로스

오래 고향을 떠나 있었던 데다 크레타에 싫증을 느낀 다이달로스는 고향으로 돌아가고 싶었다. 그러나 그는 크레타가 바

---

15) 낙소스섬.
16) 박쿠스 신이 이 공주에게 사랑의 선물로 준 관.

다로 둘러싸여 있어서 마음대로 섬을 떠날 수 없었다.[17] 어느 날 다이달로스는 바다를 바라보고 있다가 이렇게 중얼거렸다.

"바다를 막고 항구를 봉쇄하여 나를 막을 수 있을는지 모르나, 내가 하늘로 날아간다면 미노스왕도 나를 막지 못하리라. 그렇다. 하늘은 열려 있다. 그래 하늘을 날아 이곳을 빠져나가자. 모든 것이 미노스 것이라고 하더라도 하늘만은 미노스의 것이 아니다."

이 말과 함께 다이달로스는 그때까지 한 번도 만들어진 적이 없는 것을 만들 궁리를 했다. 그는 이로써 자연의 법칙을 거슬러 보기로 마음먹은 것이다. 그는 먼저 새의 깃을 모아, 처음에는 짧은 것에서 시작해서 긴 것에 이르는 순서로, 길이를 늘여 가며 차례로 나란히 늘어놓았다. 깃을 이렇게 늘어놓자 곧 부채꼴이 만들어졌다. 이렇게 해서 만들어진 모양은 길이가 다른 갈대를 짧은 것에서 긴 것에 이르는 순서로 붙여 만든 양치기의 피리와 비슷했다. 다이달로스는 준비가 끝나자 이 깃을 가운데 부분은 실로 묶고, 뿌리 쪽은 밀랍으로 존존하게 붙였다. 다이달로스가 이렇게 붙여 만든 것을 조금 구부리자 그 모양은 새의 날개와 아주 흡사했다. 다이달로스의 아들 이카로스는 그렇게 만들어지는 물건이 저 자신의 목숨을 앗아 가게 될 줄은 모르고, 옆에 서 있다가 재미 삼아 바람에 날려가는 깃이 있으면 주워다 주거나 엄지손가락으로 노란 밀

---

17) 이즈음 다이달로스는 아리아드네에게 미궁을 빠져나오는 방법을 가르쳐 준 죄로 아들 이카로스와 함께 바로 미궁에 갇혀 있었다는 전설도 있다.

랍을 부드럽게 이겨 주거나 정 할 일이 없으면 쓸데없는 장난
으로 아버지의 작업을 방해하거나 했다.

일이 마무리되자 다이달로스는 날개를 달고 하늘로 날아
올라 깃털 날개를 아래위로 움직여 균형을 잡으며 날아 보았
다. 그는 곧 아들 몫의 날개도 만들어 주면서 이렇게 말했다.

"이카로스, 내 아들아. 내 단단히 일러두거니와 하늘과 땅
의 한 중간을 겨냥해 반드시 그 사이로만 날아야 한다. 너무
올라가면 태양의 열기에 깃이 타 버릴 것이요, 너무 낮게 날면
바닷물에 젖어 깃이 무거워질 것이기 때문이다. 그러니까 꼭
하늘과 바다 한중간을 날도록 하여라. 목동자리, 큰곰자리, 칼
을 빼들고 서 있는 오리온자리 같은 별자리에는 신경 쓰지 말
아라. 나를 잘 보고 내가 하는 대로만 하여라."

다이달로스는 아들에게 나는 법을 가르쳐 주면서 그의 어
깨에 날개를 달아 주었다. 입으로는 말하면서 손으로는 날개
를 달아 주는 아버지 다이달로스의 뺨은 눈물로 젖고 있었다.
아들에 대한 사랑은 이 아버지의 손을 몹시 떨리게 했다. 이윽
고 아버지는 아들에게, 그것이 마지막이 될 줄도 모르고 입을
맞추었다.

다이달로스는 날개를 달고 먼저 하늘로 날아올라 뒤를 돌아
다보면서 뒤따라 날아오는 아들의 비행에 이것저것 참견했다.
높은 나무에 매달린 둥지에서 새끼를 거느리고 날아 나온 어
미새처럼…… 그는 이카로스에게 바싹 뒤쫓아 오라고 말하면
서, 손으로는 날개를 조종하고 시선은 뒤따라오는 아들에게 둔
채 비행 기술을, 오래지 않아 아들의 목숨을 앗아 가게 될 비행

미궁의 탑루에서 아들 이카로스를 날려 보내는 다이달로스.

이카로스의 죽음을 슬퍼하는 헬리아데스.

기술을 가르쳤다. 물에 낚싯대를 드리운 어부, 지팡이에 몸을 기대고 선 목동, 쟁기를 잡고 선 농부가 하늘을 가로질러 가는 이 다이달로스 부자를 놀란 얼굴로 쳐다보았다. 이들은 하늘을 날 수 있는 이 다이달로스 부자를 신들로 여겼을 터였다.

이들의 눈에 유노 여신의 성도(聖島) 사모스섬이 왼손 편으로 보였고 델로스섬과 파로스섬은 이미 뒤로 밀려난 지 오래였다. 이윽고 레빈토스섬과 꿀이 많이 나기로 유명한 칼륌네가 오른손 편으로 보일 즈음 아들 이카로스는 하늘을 나는 데 재미를 붙이고 공중으로 솟기 시작했다. 빈 하늘을 날고 싶다는 욕심에 사로잡힌 그는 아버지 곁을 떠나 하늘 높이 솟아올랐다.

얼마나 높이 솟았는가 하면, 태양의 열기에 날개를 붙인 밀랍이 말랑말랑해질 때까지 솟아올랐다. 그러자 밀랍이 녹았다. 밀랍이 녹았는데 깃이 붙어 있을 리 없었다. 이카로스는 맨팔 맨다리를 허우적거렸다. 그러나 깃 없이 사지만 허우적 거려 봐야 아무 소용도 없었다. 이카로스는 아버지를 부르며 바다로 내리박혔다. 이 바다[18]는 이때부터 그의 이름과 같은 이름으로 불렸다. 졸지에 자식을 잃어 이제는 아버지라고 불 릴 수 없게 된 팔자 기박한 아버지가 자식을 불렀다.

"이카로스, 이카로스, 어디에 있느냐? 내가 어디서 너를 찾 아야겠느냐?"

이렇게 아들 이카로스를 부르던 아버지는 물 위에 뜬 깃털 을 보고, 날개를 만들어 하늘을 난 자신의 재주를 저주하고 는 아들을 주검을 찾아 그 근처에 묻었다. 이때부터 이 땅[19] 은 무덤 임자의 이름과 같은 이름으로 불린다.

4 자고새가 된 페르딕스

다이달로스가 불운한 아들의 주검을 장사 지내고 있을 즈 음 수다쟁이 자고새 한 마리가 진흙밭에서 이것을 보고는 날 개를 치며 재미있어했다. 당시 자고새라면 이것 한 마리밖에 없었다. 물론 이것 이전에는 자고새라는 새는 있지도 않았다. 이 새가 생긴 것은 다이달로스가 아들의 주검을 장사 지내기 몇 년 전이었다. 자고새는 다이달로스로 인해 생긴 새인데 생

---

18) 이카리아해, 즉 '이카로스의 바다'.
19) 사모스섬 서쪽에 있는 이카리아, 즉 '이카로스의 섬'.

긴 내력은 이러하다.

인간의 운명을 알 리 없는 다이달로스의 누이가 열두 살 난 총명한 아들을 다이달로스에게 맡겨 가르치게 했다.[20] 이 아이는 물고기의 등뼈를 보고는 날카로운 쇠날에다 이(齒)를 내어 톱을 발명한 천재였다. 그는 또 길이가 똑같은 두 쇠막대기의 한쪽을 고정시켜 이를 접었다 폈다 할 수 있게 만들고, 한 막대기 끝을 한 점에 고정시킨 채 다른 막대기를 돌려 원을 그릴 수 있는 기구, 말하자면 양각기(兩脚器)를 처음으로 만들기도 했다. 다이달로스는 이 생질(甥姪)을 질투해 미네르바의 거룩한 성채[21] 위에서 아래로 떠밀었다. 다이달로스는 이렇게 생질을 죽이고도 사람들에게는 아이가 발을 헛디뎌 성채 아래로 떨어졌다는 말을 퍼뜨렸다. 그러나 원래 지혜로운 인간을 사랑하는 팔라스 여신은 성채에서 떨어지는 이 아이를 중간에서 받아 새로 둔갑하게 했다. 즉, 떨어지는 아이의 몸에서 깃털이 돋아나게 한 것이다. 머리 회전이 빨랐던 그는 이로써 새가 되되 날갯짓과 발이 빠른 새가 되었다. 이 새는 그의 이름과 똑같은 이름으로 불린다. 그러나 이 새는 하늘 높이 날지도 않고, 나무 꼭대기에 집을 짓지도 않는다. 오래전에 등을 떠밀려 성채에서 떨어졌던 일을 기억하기 때문이다. 그래서 이 새는 날 때도 지면에서 가까운 곳만 날고 알을 낳을 때도 산울타리 같은 곳에다 낳는다.

---

20) 이때 그의 누이가 맡긴 아이의 이름이 '페르딕스('자고새')'였다고 한다. 탈로스였다는 전승도 있다.

21) 아크로폴리스, 즉 '솟은 터'.

5 칼뤼돈의 멧돼지 사냥

방랑에 지친 다이달로스는 아이트나의 땅[22]에 정착했다.
이 땅의 왕 코칼로스는 다이달로스를 손님으로 대접하고 보
호함으로써 너그러운 사람이라는 평판을 얻었다.

테세우스가 크레타에서 거둔 승리에 힘입어 아테나이는 더
이상 크레타에 공물을 바치지 않아도 좋았다. 아테나이 사람
들은 신전이라는 신전은 모두 꽃으로 치장하고, 의로운 전쟁
의 여신 미네르바와 유피테르를 비롯한 신들에게 제사를 드리
고, 사전에 약속한 제물을 드렸다. 발 빠른 파마[23]는 테세우
스의 소식을 아르고스의 온 나라에 퍼뜨렸다. 이때부터 아카
이아 땅의 온 나라 사람들은 나라에 큰일이 생길 때마다 테세
우스에게 도움을 구했다. 영웅 멜레아그로스가 있는데도 불구
하고 칼뤼돈이라는 나라 역시 테세우스에게 도움을 요청했다.

칼뤼돈이 테세우스에게 요청한 것은 와서 멧돼지 한 마리
를 없애 달라는 것이었다. 멧돼지는 원래 디아나 여신의 하녀
였다. 여신이 하녀를 멧돼지로 모습을 바꾸게 해 칼뤼돈에 보
낸 것은 칼뤼돈 사람들의 무례를 벌하기 위해서였다. 칼뤼돈
사람들이 여신께 무례를 범한 내력은 이렇다.

---

22) 아이트나는 화산의 여신. 따라서 '아이트나의 땅'은 화산이 많은 시켈리
아섬, 즉 시칠리아섬을 가리킨다. 다이달로스는 크레타섬을 탈출해 이곳으
로 와 코칼로스왕의 보호를 받는다. 미노스왕은 다이달로스를 찾아 이곳까
지 왔다가 다이달로스의 흉계에 말려 목숨을 잃는다.
23) 그/페메. '소문'의 여신.

칼뤼돈 왕 오이네우스[24]는 어느 해 풍년이 들자 첫물로 거둔 과일은 케레스 여신께, 포도주는 박쿠스 신께, 올리브 기름은 미네르바 여신께 바쳤다. 그는 농신(農神)들에게 제사를 올리는 데 그치지 않고 하늘에 계신 모든 신들에게 두루 제사를 올렸다. 그런데 이때 오이네우스왕이 제사를 드리고 제물을 바치지 않은 여신이 하나 있다. 라토나 여신의 딸 디아나 여신이다. 오이네우스는 이 디아나 여신만 쏙 빼고 모든 신들에게 제사를 드렸고, 다른 신들의 제단에는 모두 제물을 차리면서도 디아나 여신의 제단만은 비워 둔 것이다. 이 일에 신들 모두가 의분을 느꼈다.

"내가 그냥 두고 볼 줄 아느냐? 날 일러 섬김을 받지 못한 여신이라고 할 자는 있을 것이나 복수할 줄 모르는 여신이라고 할 자는 없을 것이다."

디아나 여신은 이렇게 벼르고는 자기를 업신여긴 이 오이네우스의 땅에 멧돼지 한 마리를 보내 짓밟게 한 것이다. 이 멧돼지는 크기가 초장(草場) 좋은 에피로스 황소에 견줄 만했고, 시켈리아 황소에 견주면 덩치가 오히려 더 컸다. 이 멧돼지의 눈은 핏발이 서 있어서 늘 붉었고, 목은 비할 데 없이 튼튼했으며 온몸에는 창날 같은 털이 돋아 있었다. 이 멧돼지는 목쉰 소리로 포효했는데 그럴 때마다 턱 아래로는 거품이 흘렀다. 엄니는 힌두산(産) 코끼리의 엄니만 했다. 이 멧돼지가

---

24) '포도 사나이'. 박쿠스 신으로부터 처음으로 포도나무를 받아 기른 사람으로 전해진다.

숨을 쉴 때마다 불길이 일어, 여기에 닿는 나뭇잎은 순식간에 불길에 휩싸였다.

이 짐승은 닥치는 대로 논밭을 짓밟았다. 그래서 추수할 때가 되자 농부들의 희망과 기쁨은 절망과 슬픔으로 변했다. 이 짐승이 논밭을 짓밟고, 덜 익은 이삭을 모조리 짓씹어 버렸기 때문이다. 농부들의 타작마당과 곳간은 그래서 늘 빌 수밖에 없었다. 포도송이는 익기도 전에 잎째 떨어졌고 올리브 열매는 익기도 전에 가지째 떨어졌다. 멧돼지는 가축도 공격했다. 멧돼지가 나타나면 목동도 개도 가축을 지킬 수 없었다. 사나운 황소도 멧돼지 앞에서는 적수가 되지 못했다. 사람들은 성안으로 들어가야 안전하다고 생각해 농토를 버리고 성을 찾아 뿔뿔이 흩어졌다. 이렇게 되자 멜레아그로스를 비롯한 젊은이들이 이 짐승을 죽여 명예와 영광을 얻겠다고 나섰다.

이 젊은이들의 면면을 훑어보면 다음과 같다. 먼저 하나는 권투에 능하고 또 하나는 기마술에 능한, 튄다레오스의 쌍둥이 아들,[25] 처음으로 배다운 배를 지었던 이아손, 절친한 친구 사이인 테세우스와 페이리토스, 테스티오스의 두 아들,[26] 륀케우스[27]와 발 빠른 이다스 형제, 한때는 여자로 태어났다가

---

25) 즉 주먹 하나를 잘라 내고 불카누스의 힘을 빌려 쇠주먹으로 해 박았다는 폴뤼데우케스와 카스토르.
26) 플렉시포스와 톡세우스. 이 장(章) 말미에서 생질인 멜레아그로스에게 죽임을 당한다.
27) 땅속을 투시할 만큼 시력이 좋아 아르고 원정 당시에는 망꾼으로 활약했다. 천리안이라는 별명이 있다.

장성하여 남자가 된 카이네우스, 위대한 전사 레우키포스, 투창의 명수로 유명한 아카스토스, 히포토오스와 드뤼아스, 아뮌토르의 아들 포이닉스,[28] 악토르의 쌍둥이 아들, 엘리스에서 온 퓔레우스, 텔라몬과 후일 아킬레우스의 아버지가 되는 펠레우스, 페레스의 아들, 보이오티아의 이올라오스, 힘이 좋기로 소문난 에우뤼티온, 달음박질이라면 겨룰 상대가 없는 에키온, 나뤽스 사람 렐렉스, 파노페우스와 휠레오스, 범 같은 장사 히파소스와 당시에는 젊은이였던 네스토르……[29] 이들 뿐만이 아니었다. 히포코온이 아뮈클라이에서 파견한 한 무리의 무사들, 뒷날 페넬로페[30]의 시아버지가 되는 라에르테스, 아르카디아 사람 안카이오스, 암퓌코스의 아들인 선견자(先見者),[31] 아내로부터 배신당하기 전의 암피아라오스도 여기에 합류했다. 이 중에서 역시 돋보이는 것은 테게아의 여걸이자 뒤에 뤼카이오스 숲의 자랑거리라고 불리게 되는 여전사 아탈란테였다. 아탈란테는 반짝거리는 조임쇠로 옷깃을 단정하게 여미고, 머리카락은 한 가닥으로 묶은 채 치렁거리며 늘 왼손에는 활을 들고, 화살이 가득 든 상아 화살통은 어깨에 메고 다녔다. 여걸 아탈란테는 한마디로 말하자면, 남자 같다고 하기에는 너무나 여자 같았고, 여자 같다고 하기에는 너무나 남

---

28) '불사신'.

29) 두 아들과 함께 트로이아 전쟁에 참가해 그 이름을 떨친다. 장수(長壽)한 것으로 유명하다.

30) 오뒤세우스의 아내.

31) 아르고 원정대의 점쟁이 몹소스를 말한다.

자 같아 보이는 무사였다.

칼뤼돈의 영웅 멜레아그로스는 이 여걸을 보는 순간 사랑을 느꼈다. 그러나 이 사랑이 이루어질 가능성이 없다는 것을 안 멜레아그로스는 아탈란테에 대한 사랑을 마음속에 묻어 두고 이렇게 중얼거리며 한숨을 쉬었다.

"아, 저런 여자의 지아비가 되는 사람은 얼마나 행복할까?"

멜레아그로스는 점잖은 사람이라서 이를 겉으로 드러내지 않았다. 그러나 점잖은 사람이 아니었다고 하더라도 그에게는 이를 드러낼 시간이 없었다. 멧돼지와의 일전이 임박한 순간이었기 때문이다.

산 사면에는, 나무꾼의 도끼 소리를 들은 적 없는 울울창창한 숲이 있었다. 무사들은 떼 지어 이 숲속으로 들어갔다. 숲속으로 들어간 무사들은 사냥 그물을 치고, 개를 풀고, 멧돼지의 발자국을 쫓는 등 제각기 맡은 일을 했다. 산 사면에는 지대가 다른 곳보다 낮아 습지가 되어 짧은 갈대가 빽빽하게 자란 곳이 있었다. 이곳의 갈대 숲에는 실버들, 사초(莎草), 고리버들, 부들 같은 것이 듬성듬성한 숲을 이루고 있었다.

은신처에서 이곳으로 쫓겨 나온 멧돼지는 이곳에 무리 짓고 있는 무사들을 향해 돌진했는데, 그 기세는 번개가 구름을 뚫고 나오는 형국을 방불케 했다. 멧돼지의 육중한 몸에 부딪쳐 나무가 무수히 부러져 나갔다. 숲속에는 멧돼지가 돌진하면서 나무를 부러뜨리는 소리가 낭자했다. 젊은 무사들은 함성을 지르며 창을 잡고 쇠날을 이 짐승에게 겨누어 던질 채비를 했다. 멧돼지는 앞을 가로막는 사냥개 무리를 헤치며 돌진해 왔다. 이 바람에 많은 사냥개들이 멧돼지 엄니에 옆구리를 찢기면서 허공으로 떠올랐다가는 땅바닥으로 떨어졌다. 에키온이 맨 먼저 창을 던졌다. 그러나 창은 과녁을 빗나가 단풍나무 둥치에 꽂혔다. 이어서 날아간 창은 멧돼지의 등에 꽂힐 것 같았으나, 던진 이아손의 어깨에 힘이 너무 들어가는 바람에 과녁 너머로 날아가 땅바닥에 꽂혔다. 그러자 몹소스가 외쳤다.

"아폴로 신이시여, 지금껏 섬겨 왔고 앞으로도 열심을 다하여 섬길 신이시여. 창이 과녁에 명중하게 하소서, 창이 과녁에서 빗나가지 않게 하소서."

아폴로 신은 이 점쟁이의 기도를 들어주어, 과연 그의 창이 과녁에 명중하게 해 주었다. 그러나 몹소스의 창은 이 짐승에게 상처를 입힐 수 없었다. 아폴로의 누이인 디아나 여신이 멧돼지 쪽으로 날아가는 이 창으로부터 창날을 뽑아 버렸기 때문이다. 창 자루에 맞은 멧돼지는 불같이 노해 미친 듯이 날뛰기 시작했다. 멧돼지의 눈에서 불똥이 튀었다. 숨결에도 불길이 섞여 나왔다. 멧돼지는 적국의 성벽이나 군사들이 빽빽하게 올라가 있는 탑루를 향해 투석기(投石器)가 쏜 바위처럼 무사들 사이로 뛰어들었다. 무리의 오른쪽 날개 노릇을 하던 히팔모스와 펠라곤이 멧돼지의 공격을 피하다가 나무뿌리에 걸려 땅바닥에 벌렁 나자빠졌다. 동료들이 달려와 일으켜 주지 않았더라면 멧돼지의 엄니에 찍혀 큰 변을 당했을 터였다. 이들의 경우와는 달리 히포코온의 아들 에나이시모스에게는 운이 따르지 않았다. 따라서 그는 멧돼지의 엄니를 피할 수 없었다. 공포에 떨면서 에나이시모스는 그곳에서 달아나려고 했다. 그러나 멧돼지의 엄니가 허벅지에 박히자 그는 다리를 꺾고 그 자리에 쓰러졌다. 필로스의 네스토르는 멧돼지가 공격해 오자 창대를 장대 삼아 짚고 가까운 나무로 뛰어올라 밑에서 식식거리고 있는 멧돼지를 내려다보았다. 이런 봉고도(棒高跳) 재간이 없었더라면, 네스토르는 트로이아 전쟁이 일어나기도 전에 이 세상을 떠났을 터였다. 네스토르를 놓친 멧돼지는 참나무 등치에다 엄니를 갈았다. 한동안 이렇게 엄니를 간 멧돼지는 이 새로운 무기, 이 뾰족해진 엄니로 이번에는 히파소스를 공격했다. 히파소스는 멧돼지 엄니에 허벅다리를 찍혀 그 자리에 쓰러졌다. 하늘에 별로 박히기 전의 쌍둥이 형제 카스토르와 폴뤼데우케스[32]는 백설같이 흰 말을 타고 내달으면서 이 괴수를 향해 창을 날렸다. 그러나 이들이 날린 창도 이 괴수에게는 상처를 입히지 못했다. 괴수가 말도 뚫고 들어갈 수 없고, 창날도 뚫고 들어갈 수 없을 만큼 울창한 숲속으로 몸을 피했기 때문이다. 텔라몬이 달려 나갔다. 그러나 텔라몬은 너무 서둘다가 쓰러진 나무등치에 걸려 바닥에 쓰러지고 말았다. 텔라몬의 아우 펠레우스가 쓰러진 형을 붙잡아 일으킬 동안 테게아의 여걸 아탈란테는 시위에 살을 먹였다. 아탈란테가 쏜 화살은 허공을 가르고 날아가 괴수의 귀밑에 박혔다. 괴수는 이 상처로 피를 흘렸다. 멜레아그로스는 아탈란

---

32) 뒷날 이들은 하늘에 별로 박혔는데, 이 별자리가 바로 쌍둥이자리이다. '제미니'라고도 불린다.

테의 화살이 괴수에게 명중하는 것을 보고는 자기 일처럼 좋아했다. 괴수의 피를 맨 먼저 본 사람도 멜레아그로스였고, 친구들에게 이를 맨 먼저 고한 사람도 멜레아그로스였다. 멜레아그로스는 아탈란테를 향해 "그대의 용기는 칭송받을 것입니다. 그대의 용기는 칭송 값을 하기에 넉넉합니다." 하고 말했다.

청년들은 이 말을 듣고 부끄러움을 이기지 못해 얼굴을 붉혔다. 그들은 함성으로 서로를 격려하며 괴수를 공격했다. 공격했으되 협공할 생각을 않고 제각기 분별없이 날뛰었다. 그러나 수만 많았지 이들의 창이나 화살은 하나도 이 괴수에게 치명상을 입히지 못했다. 그러자 양날 도끼를 쓰는 아르카디아 사람 안카이오스가 외쳤다.

"한갓 아녀자가 쓰는 무기가 남정네 무기보다 낫다는 말인가? 잘 보아라. 아녀자의 무기와 대장부의 무기가 어떻게 다른지 보여 주겠다. 길을 비켜라. 라토나 여신의 딸이 이 괴수를 지켜 주고 있을지 모르나 나는 내 손으로 기어이 이 괴수를 죽여 보이겠다."

그는 이같이 자신만만하게 외치고 나서 두 손으로 도끼를 들고, 앞으로 돌진해 오는 멧돼지를 내리치려고 했다. 그러나 멧돼지는 이 겁 없는 사나이를 맞아 허벅다리 윗부분을 겨냥하고는 그의 급소에 엄니를 박았다. 안카이오스는 쓰러졌다. 괴수의 엄니에 뚫린 구멍으로는 검붉은 피와 함께 내장이 쏟아져 나왔다. 이 바람에 그 근방의 땅은 진홍빛으로 물들었다. 익시온의 아들 페이리토스가 창을 휘두르며 이 괴수를 향해 돌진했다. 그러나 아이게우스의 아들 테세우스가 그를 불렀다. 테세우스가 그에게 소리쳤다.

"내 영혼의 일부인 내 친구, 내 목숨보다 더 사랑하는 친구 페이리토스여, 물러서 있게. 이 괴물과는 싸워도 거리를 두고 싸우는 수밖에 없네. 우리의 용기는 그 거리 밖에서만 유효하다는 것일세. 안카이오스의 무모한 용기가 결국 안카이오스를 죽이지 않던가?"

테세우스는 이렇게 말하면서 무거운 청동 창날을 해 박은 물푸레나무 창을 던졌다. 제대로 날아갔더라면 이 괴수에게 치명상을 입힐 수 있을 만큼 겨냥이 정확했다. 그러나 이 창은 허공을 날다가 참나무 가지에 걸려 땅으로 떨어졌다. 이아손도 창을 던졌지만 그의 창은 목표물을 지나 멧돼지를 쫓던 사냥개의 허벅지를 꿰뚫어 그 자리에 내굴렀다.

이윽고 오이네우스의 아들 멜레아그로스가 두 개의 창을 던져 이 괴수를 쓰러뜨렸다. 먼저 던진 창은 땅바닥에 꽂혔으나 두 번째 던진 창이 이 괴수의 등 한복판에 명중한 것이다. 괴수는 피거품을 뿜으며 뒹굴어 땅바닥을 거품과 피로 물들였다. 멜레아그로스는 지체하지 않고, 미친 듯이 땅바닥을 구르는 괴물에게 다가가 어깻죽지에 또 하나의 창을 박았다. 동료들이 함성을 지르며 달려와 멜레아그로스의 손을 잡고 그 승리를 칭송했다. 괴수 옆으로 다가온 무사들은, 쓰러진 괴수가 차지한 땅이 엄청나게 넓은 데 놀라 혀를 내둘렀지만, 쓰러져 있는데도 마음 놓고 가까이 다가가기가 무서웠던지 모두들이 쓰러진 괴수를 찔러 창날에 피를 묻혔다.

한 발로 이 괴수의 머리를 딛고 선 채 멜레아그로스가 아탈란테를 바라보며 소리쳤다.

"노나크리스[33]의 처녀여. 내가 쓰러뜨린 이 괴수를 받아 주시고 쓰러뜨린 영광을 나와 나누는 것을 허락하소서."

그는 이 말과 함께 괴수의 가죽과 괴수의 머리를 엄니째 아탈란테에게 바쳤다. 아탈란테는 선물에도 만족스러워했고 선물을 준 사람이 멜레아그로스라는 사실에도 만족스러워했다. 그러나 그 자리에는 아탈란테에게도 돌아간 이 영광을 질투하는 사람이 없지 않았다. 웅성거리는 좌중에서 테스티오스의 두 아들[34]이 주먹을 쥐고 흔들면서 나와 고함을 질렀다.

"처녀여, 그대가 받은 선물을 바닥에 내려놓으시오. 우리가 나누어 받을 명예를 가로채지 마시오. 그대가 아름답기는 하오만 그 아름다움을 지나치게 믿지는 마시오. 우리의 말을 듣지 않으면 그대를 짝사랑하는 자도 그대를 지켜 주지 못할 것이오."

이렇게 말한 이들은 아탈란테로부터는 멜레아그로스로부터 받은 선물을, 멜레아그로스로부터는 아탈란테에게 선물 줄 권리를 빼앗아 버렸다. 마르스의 아들[35]은 이를 갈면서 부르짖었다.

"남의 영광이나 훔치는 도둑들! 내가 그대들에게 말로 하는 위협과 실제로 하는 행동이 어떻게 다른지 가르쳐 주겠소."

---

33) 아탈란테의 나라 테게아가 속해 있는 아르카디아의 옛 이름.
34) 즉 멜레아그로스의 어머니 알타이아와는 남매간이 되는 플렉시포스와 톡세우스. 멜레아그로스에게는 외삼촌이 된다.
35) 멜레아그로스를 지칭하나, 그는 전쟁신 마르스의 아들이 아니다. 그저 '용감한 자'라는 뜻으로 쓴 말인 듯하다.

멜레아그로스는 이 말을 끝내기가 무섭게 칼을 뽑아, 무심하게 서 있는 플렉시포스의 가슴을 찔렀다. 참으로 눈 깜짝할 사이에 일어난 일이었다. 톡세우스는 형의 복수를 하고 싶었으나 형과 같은 신세가 되는 것이 두려워 망설였다. 그러나 오래 망설일 시간은 없었다. 멜레아그로스가 형의 피가 뚝뚝 듣는 칼에 온기(溫氣)가 더한 아우의 피를 묻혔기 때문이다.

6 알타이아의 복수와 멜레아그로스의 죽음

테스티오스의 딸이자 멜레아그로스의 어머니인 알타이아는 아들이 괴수를 죽였다는 소식을 들었다. 알타이아는 즉시 신전으로 달려가 신들에게 감사의 제물 드릴 차비를 했다. 그러나 아들의 승전보에 이어 곧 두 아우가 죽었다는 소식이 날아들었다. 알타이아는 두 아우의 부고를 받고 성이 떠나가게 울었다. 한동안 가슴을 쥐어뜯으며 울던 알타이아는, 금빛 제복을 검은 상복으로 갈아입었다. 그러나 알타이아가 울부짖은 것은 두 아우를 죽인 자가 누구인지 몰랐을 때였다. 오래지 않아 두 아우를 죽인 자가 누구인지 안 알타이아는 더 이상 슬퍼하고 있을 수 없었다. 알타이아는 눈물을 거두고 두 아우의 죽음을 복수할 생각을 했다.

옛날, 그러니까 알타이아가 갓 낳은 아기 멜레아그로스와 나란히 누워 있을 즈음 그 집 난로에서는 장작개비가 하나 타고 있었다. 이 장작개비를 거기에 넣은 것은 운명의 세 여신[36]이었다. 이 여신들은 운명의 실로 쫀쫀하게 베를 짜면서 아기 멜레아그로스의 운명에 대해 "저 장작개비의 수명과 이 아기의 수명은 같을 것이다."라는 말을 했다.

운명의 세 여신이 이런 말을 하고 그 집을 떠나자 알타이아는 황급히 그 장작개비를 난로에서 꺼내 물에 집어넣었다. 알타이아는 불을 꺼 버린 이 장작개비를 집안 한구석 은밀한 곳에 감추어 두었다. 그 덕분에 멜레아그로스는 헌헌장부가 되도록 자랄 수 있었다.

알타이아는 이때 자기 손으로 감춘 장작개비를 기억해 내고 이를 찾아냈다. 그러고는 하인들에게 명하여 불쏘시개를 가져와 아들과 같은 운명을 타고난 장작개비를 태울 불을 지피게 했다. 알타이아는 이 불길에 네 번이나 그 운명의 장작개비를 던져 넣으려다가 네 번이나 물러섰다. 아들에 대한 사랑과, 아우들의 죽음에 대한 복수의 맹세가 이 양자의 어머니이자 누나인 알타이아를 괴롭혔다. 각각 아들과 아우들을 사랑하는 마음이 알타이아의 가슴을 두 쪽으로 나누는 것 같았다. 아들을 죽이기로 마음을 다그칠 때마다 알타이아의 얼굴은 보기에도 민망할 정도로 창백해졌다. 그러나 아우들의 죽음을 생각할 때마다 그 얼굴에서는 분노의 불길이 이글거리고

---

36) 즉 파르카이. 그/모이라이. 이 세 여신의 맏이인 클로토('베를 짜는 여신')는 운명의 실로 인간의 운명을 짜고, 둘째 리케시스('나누어 주는 여신')는 갖가지 행운과 악운을 나누어 주며, 셋째인 아트로포스('거스를 수 없는 여신')는 이 운명의 베를 잘라 버리는데 이 아트로포스의 손길은 아무도 거스를 수 없다.

두 눈에서도 불꽃이 번쩍거렸다. 표정도 시시각각으로 변했다. 말하자면 한동안 무시무시한 얼굴을 하고 있는가 하면 어느새 이 얼굴이 연민에 가득 찬, 자애로운 얼굴이 되어 있는 것이었다. 무시무시한 얼굴을 하고 있을 때는 뺨을 타고 흐르던 눈물이 곧 말랐다. 그러나 그 눈물이 마른 자국 위로는 새로 나온 눈물이 흐르고는 했다. 이쪽으로 부는 바람과 저쪽으로 흐르는 조류(潮流) 사이에서 이쪽으로도 못 가고 저쪽으로도 못 가는 배처럼 알타이아의 마음도 분노와 연민 사이에서 갈피를 잡지 못했다. 그러나 시간이 흐르면서 누나로서의 알타이아가 어머니로서의 알타이아를 이겨 내기 시작했다. 알타이아는 죽은 아우들의 영혼을 피로써 달래 주기로 마음먹었다. 아들을 죽이는 죄를 지음으로써 원통하게 죽은 아우들에 대한 죄의식을 닦고자 마음먹은 것이다. 하인들이 지핀 모닥불에서 불길이 오르기 시작했다. 알타이아는 저 타다 남은 장작개비를 손에 들고 불길 앞에 서서 불길을 보며 외쳤다.

"이 불길을 화장단(火葬壇)의 불길로 삼아 내가 낳은 자식을 태울 수 있게 하소서. 징벌을 주관하시는 에우메니데스 세 여신[37]이시여. 제가 드리는 이 기이한 제물을 받으소서. 저는 이로써 아우들의 죽음을 복수하고 아들을 죽이는 죄를 지으려 합니다. 죽음은 죽음을 통해서 화해를 이루게 하고, 사악한 죄악은 사악한 죄악을 통해 씻겨야 하며, 살육은 살육을 통해 갚음이 이루지게 하소서. 이러한 죽음과 사악한 죄악과 살육이,

---

37) 복수의 여신 푸리아이의 별명.

마침내 이 집안을 파멸시킬 때까지 쌓이고 쌓이게 하소서. 친정 아비 테스티오스는 자식의 주검 앞에서 슬퍼하고, 지아비 오이네우스는 그 자식의 승리로 희희낙락할 수는 없습니다. 그럴 바에는 둘 다 슬퍼할 거리가 있어야 마땅한 것이 아닙니까?

아, 내 아우들아. 저승에 당도한 지 얼마 안 되는 내 아우들의 망령들아. 와서 내가 차리는 제물을 흠향하여라. 내 태(胎)에서 난 자식을 죽여 마련한 이 비싼 제물, 이 눈물겨운 제물을 흠향하여라.

아, 내가 왜 이렇게 서두는 것이냐? 아우들아, 저 죄 많은 것의 어미인 나를 용서하여라. 마음은 원이로되 손이 말을 듣지 않는구나. 내 아들이 죽어 마땅한 죄를 지은 것은 나도 안다. 그러나 내가 저 아이를 죽여야 한다니, 견딜 수가 없구나. 하면 저 아이에게 벌을 내리지 말아야 할까? 너희 형제는 죽어 음습한 땅의 망령으로 떠도는데, 죽어서 한 줌의 재가 되었는데 저 아이는 이 멧돼지 사냥으로 칼뤼돈의 영웅이 되고, 칼뤼돈 땅을 다스리는 왕이 되어 부귀영화를 누리는 것을 용납해야 하느냐? 안 된다. 그것만은 나도 용납할 수 없다. 이 죄 많은 것도 너희처럼 죽어야 한다. 죽어서 아비의 희망, 제 아비의 왕국과 함께 저승으로 가야 한다. 제 아비의 왕국은 쑥대밭이 되어야 한다. 그러면, 아, 그러면 어미가 자식에게 보이는 자애는 어쩌고? 부모와 자식을 잇는 사랑의 끈은 어쩌고? 내가 저 아이를 배고 했던 열 달의 고생은 어쩌고?

내 아들아, 차라리 네가 아기였을 때 저 장작개비와 함께 네 생명을 태워 버렸더라면 좋았을 것을. 이 어미의 손으로부터 생명을 받은 내 아들아. 이제는 그때 네가 받은 생명을 되돌려 주어야 한다. 네가 한 일이 있으니 야속하다고 생각 말고 그 대가를 치러라. 이 어미로부터 두 번, 한 번은 이 어미가 너를 낳았을 때, 또 한 번은 불붙은 장작개비를 불 속에서 꺼낼 때 받은 그 목숨을 어미에게 돌려 다오. 네가 그 목숨을 내놓기 싫거든 이 어미를 어미의 아우들이 있는 저승으로 보내 다오.

아, 내 손으로 이 장작개비를 태우고 싶다만 할 수가 없구나. 피투성이가 된 내 아우들의 모습, 이들이 죽어 가던 순간의 모습이 보이는 것 같은데도, 아들에 대한 어미의 사랑, 어미라는 이름이 결심을 깨뜨리는구나. 나같이 팔자 기박한 것이 또 있을까……. 아우들아. 너희는 승리할 것이다. 그러나 너희가 승리하는 순간 얼마나 무서운 일이 이 누이를 기다리고 있는지 아느냐? 그러나 승리해야 한다. 너희에게 승리를 안긴 연후에 나 또한 너희 있는 곳으로 갈 것이다. 너희와, 너희 영혼을 위로하려고 내 손으로 죽인 내 아들의 뒤를 따라갈 것이다."

알타이아는 이렇게 부르짖고 나서 그 운명의 장작개비를 불길 속으로 던져 넣고는 고개를 돌렸다. 불길이 옮겨붙으면서, 그리고 그 불길에 맹렬히 타오르면서 그 장작개비는 신음했다. 아니, 알타이아의 귀에는 신음 소리가 들리는 것 같았다.

현장에 있기는커녕 궁전에서 이런 일이 일어나고 있으리라고는 생각도 못 하던 멜레아그로스에게 그 불이 옮겨붙었다. 그는 자신이 보이지 않는 불길에 타고 있음을 알았다. 멜레아그로스는 불굴의 용기로 그 고통을 참아 내려 했다. 그러나 참을 수 있는 고통이 아니었다. 그는 자신이 피 한 방울 흘리지 않고 죽어 가고 있음을, 불명예스럽게 죽어 가고 있음을 알고는 슬퍼했다. 그래서 치명상을 입고 죽어 간 안카이오스를 부러워했다. 그는 마지막으로 연로한 아버지의 이름, 형제들의 이름, 누이들의 이름 그리고 아내의 이름을 불렀다. 어쩌면 어머니의 이름도 불렀을 것이다. 불길이 소진되자 그의 고통도 끝났다. 남은 불길 아래로 흰 재가 가라앉자 그의 숨결은 대기 속으로 증발했다.

7 산비둘기가 된 멜레아그로스의 누이들

그 높은 칼뤼돈 땅이 슬픔에 젖어 고개를 꺾었다. 슬퍼하는데 노소가 따로 없었고 애통해하는데 지위의 고하가 따로 없었다. 에베노스 강가[38]에 살던 여자들은 머리카락을 쥐어뜯고 가슴을 치며 통곡했다. 멜레아그로스의 아버지 오이네우스는 땅바닥을 뒹굴어 백발과 주름진 얼굴이 진흙투성이가 된채 진작 죽지 못한 것을 한탄했다. 멜레아그로스의 어머니는 자기가 얼마나 무서운 죄를 지었는가를 통감하고 칼로 자신의 가슴을 찌름으로써 그 죄 많은 손으로 지은 죄에 스스로 합당한 벌을 내렸다.

신들께서는 나에게 수많은 입과 수많은 혀를 허락하시고, 시적(詩的)인 재능과 헬리콘산[39] 하나와 견주기에 모자람이

---

38) 칼뤼돈에서 가까운 곳을 흐르던 아이트리아강.

없는 능력을 베푸셨으나, 나는 아직도 슬픔에 잠긴 멜레아그로스의 누이들은 제대로 그려 내지 못했다. 멜레아그로스의 누이들은 남이야 무엇이라고 하건 퍼렇게 멍이 들도록 저희 가슴을 치며, 멜레아그로스의 육체가 불에 타 완전히 없어지기까지 이를 껴안고 쓰다듬으며 무수히 입을 맞추었다. 이윽고 오라비의 육신이 재가 되자 이들은 이를 모아 가슴에 안았다. 멜레아그로스의 육신이 탄 재가 무덤에 묻혔을 때 이들은 무덤 옆의 맨땅을 뒹굴며, 그의 이름이 새겨진 묘석을 눈물로 적셨다. 애통해하는 이들을 보고는 디아나 여신도 파르타온[40] 가문에 내린 재앙이 그만하면 되었다고 생각했을 정도였다. 디아나 여신은 이들 중 고르게와 후일 알크메네의 며느리가 되는 데이아네이라[41]만 남겨 놓고 나머지 자매들의 몸에는 모두 깃털이 돋게 하고, 팔이 있던 곳에는 날개를 달아 주었다. 여신은 이들에게 뾰족한 부리까지 주어 하늘로 불러올렸다.[42]

8 아켈로오스와 테세우스. 섬이 된 페리멜레

멧돼지를 사냥하는 일이 끝나자 테세우스는 한때 에렉테우

---

39) 예능의 여신들이 사는, 보이오티아에 있는 산.

40) 멜레아그로스의 조부.

41) 알크메네는 헤라클레스의 어머니. 따라서 데이아네이라는 헤라클레스의 아내.

42) '멜레아그로스'와 비슷한 '멜레아그리스'라는 말은 '산비둘기'라는 뜻이다.

스가 다스리던 미네르바 여신의 성도(聖都) 아테나이를 향해 귀로에 올랐다. 그런데 도중에서 만난 강의 신 아켈로오스가 큰비에 불은 강물로 그의 앞길을 막고 며칠 묵어 가기를 바란다면서 이런 말을 했다.

"위대한 아테나이인이시여. 내 집에서 며칠 쉬어 가시기를 바랍니다. 또 바라거니와 탐욕스러운 내 강의 물길을 얕보지 마십시오. 경사진 물길에 갇혀 우렁찬 소리를 내며 흐르는 내 강의 흐름은 거대한 나무둥치와 굵은 바위까지 휩쓸어 가는 것을 힘겨워하지 않습니다. 나는 내 강의 둑 위에 있던 마을 외양간에서 가축이 내 강의 흐름으로 휩쓸려 들어오는 것을 많이 보았습니다. 내가 보았는데, 황소가 힘이 세다 한들 물속에서는 하릴없었고, 말이 빠르다 한들 물속에서는 소용이 없습디다. 산에서 눈 녹은 물이 내 흐름으로 흘러들 때면 수많은 젊은이들이 내 강에서 목숨을 잃는답니다. 그러니까 내 강의 물이 줄고, 흐르는 속도가 줄어 얌전하게 둑 안으로만 흐르기까지 기다리는 것이 좋습니다."

아이게우스의 아들은 그러마고 하면서 아켈로오스에게 이렇게 대답했다.

"아켈로오스 신이여, 고마운 충고를 받아들여 며칠 신세를 지겠습니다."

테세우스는 이렇게 해서 아켈로오스의 안내를 받아 다공질(多孔質) 경석(輕石)과 거친 석회화(石灰華)로 된 동굴로 들어갔다. 바닥에는 부드러운 이끼가 깔려 있었고, 천장에는 권패(卷貝)와 진주조개 껍데기가 격자무늬로 박혀 있었다.

테세우스 일행이 안락의자에 앉은 것은, 태양이 하늘 궤도의 3분의 2를 돌았을 때였다. 테세우스의 오른쪽에는 익시온의 아들 페이리토스가, 왼쪽에는 트로이젠 사람인 영웅 렐렉스가 자리를 잡았다. 렐렉스는 이때 이미 귀밑머리가 백발인 노인이었다. 다른 손님, 말하자면 아켈로오스로부터 테세우스와 한자리에 앉을 만하다고 인정받은 이들도 있었다. 아켈로오스는 테세우스 같은 귀인(貴人) 대접을 그만큼 큰 영광으로 여겼다.

맨발의 요정들이 식탁을 펴고 진수성찬을 날라다 차렸다. 식사가 끝나자 요정들은 보석 잔에 따른 포도주를 후식으로 날라다 주었다. 포도주를 마시면서, 영웅 중에서도 가장 용감한 영웅 테세우스가 눈앞 가득히 펼쳐진 강을 손가락질하며 아켈로오스에게 물었다.

"저게 대체 무엇입니까? 하나의 섬 같기도 하고 여러 개의 섬 같기도 한데…… 저 섬 이름이 무엇입니까?"

그러자 강의 신이 대답했다.

"하나 같기도 하다고 하셨지만 하나가 아니고 사실은 다섯 개입니다. 멀리서 보면 여럿으로 나뉘어 있는 게 잘 안 보이기는 하지만요. 디아나 여신께서 자신을 업신여긴 칼뤼돈 땅을 어떻게 하셨는지 잘 보셨으니까 별로 놀라시지는 않겠지요. 원래 요정들이었던 것을 내가 저렇게 만들어 버렸습니다. 내력을 들어 보시지요.

어느 해 물의 요정들이 제물이랍시고 황소 열 마리를 잡고는 이 지방 신들이라는 신들은 모두 불러 놓고는 무도회를 엽디다. 다 부르면서 나만 쏙 빼고 말이지요! 화가 나서 견딜 수가 있어야지요. 나는 강물을 불렀어요. 그렇게 불린 적은 이전에도 없었고 그 뒤에도 없었습니다. 나는 이 물을 몰아가, 숲이라는 숲, 들이라는 들을 모두 덮치고는 이 요정들을 무도회장째 쓸어 바다에 처넣었습니다. 내 가슴에 자비라는 것이 없었으니 내가 일으킨 홍수가 자비를 몰랐던 것이야 당연하지요. 마침내 이들이 나를 알아보았지만 이미 때늦은 다음이었습니다. 내가 몰아간 홍수와 바다의 파도는 힘을 합쳐서 그 땅을, 지금 그대가 보고 있듯이 여러 개의 섬으로 찢어 버린 것입니다. 지금 저 섬들은 '에키나데스'[43]라는 이름으로 불리고 있습니다.

하지만 보십시오, 다른 섬들과는 유난히 멀리 떨어져 있는 섬 하나가 보이지요? 저 섬만 보면 지금도 가슴이 아픕니다. 뱃사람들은 저 섬을 '페리멜레섬'이라고 부릅니다. 원래는 처녀였습니다. 나는 저 처녀에게 마음이 있어서 오래 벼르다가 어느 날 내 것으로 만들었습니다. 이를 안 처녀의 아버지 히포다마스가 화를 삭이지 못해 딸을 끌고 바닷가 벼랑으로 가서는 아래로 떠밀어 버리는 것이 아니겠습니까? 나는 떨어지는 처녀를 받아 안고는 넵투누스 신[44]께 기도했습니다.

"제비를 뽑으시어 하늘에 버금가는, 저 무서운 바다를 다스리시게 된 신이시여,[45] 삼지창(三枝槍)[46]을 드신 위대하신 신

---

43) 아켈로오스강 하구에 있는 소군도(小群島).
44) 그/포세이돈.

이시여, 제 아버지의 손에 바다로 떠밀린 이 처녀에게 머물 곳을 허락하시든지, 이 처녀로 하여금 머물 곳이 되게 하소서.”

이렇게 기도하는데 새로 생긴 땅이 처녀의 몸을 안는 게 아니겠습니까? 이어서 이 처녀의 몸 위로 거대한 섬이 생깁디다.”

9 필레몬과 바우키스

강의 신 아켈로오스의 이야기가 끝났다. 강의 신은 처녀를 생각하느라고 그랬는지 이야기를 끝내고는 입을 다물어 버렸다. 다른 손님들도 모두 그의 이야기가 전한 기적에 감동하여 한동안 아무 말도 하지 못했다. 그러나 익시온의 아들 페이리토스만은 강의 신이 한 말을 믿는 것은 고사하고 콧방귀만 뀌었다. 신들을 믿지 않는, 오만하고 냉소적인 페이리토스는 그날 그 자리의 주인인 아켈로오스에게 이렇게 말했다.

“신들이 정말 인간의 모습을 빼앗을 수도 있고, 다른 모습으로 바꿀 수도 있다고 믿는다면, 당신은 신들의 힘을 과신하는 것이 분명하오.”

좌중의 손님들은 이 당돌한 말에 어안이 벙벙해져, 페이리

---

45) 사투르누스의 아들 세 형제는 제비를 뽑아 하늘, 바다, 저승의 왕 자리를 정했다. 이로써 유피테르는 하늘, 넵투누스는 바다, 플루토는 저승을 다스리는 왕이 되었다.
46) 바다의 신 넵투누스가 들고 다니는 날이 세 갈래로 나뉜 창. 비를 부르고 바람을 일으키고 구름을 모은다.

토스의 말을 말 같지도 않은 말이라고 일축했다. 한동안 침묵이 흘렀다. 세상을 오래 살아 생각이 익을 대로 익은 노인 렐렉스가 침묵을 깨뜨리고 이런 말을 했다.

"신들의 힘을 누가 장차 측량하랴. 신들께서는 능하지 않은 바가 없으시다네. 신들께서는 당신들께서 바라시는 바는 언제든지 어디서든 이루어지게 하신다네. 내가 이야기를 하나 할 테니 잘 듣게. 이 이야기를 들으면 자네 생각도 달라질 것일세. 프뤼기아 산간 지방에 가면 보리수와 나란히 선, 아주 오래 묵은 참나무가 한 그루 있네. 이 두 그루의 나무 가에는 나지막한 담이 둘려져 있고⋯⋯. 피테우스가 나에게, 당시 그곳의 왕이었던 자기 아버지 펠로프스에게 다녀오라면서 심부름을 시킨 적이 있네. 심부름 간 김에 나는 이 참나무와 보리수를 보았네. 이 나무가 있는 곳에서 그리 멀지 않은 곳에 연못이 하나 있더군. 그곳 사람들 말로는 한때 그 연못 자리에 마을이 있었다는군. 내가 보았을 당시에는 농병아리나 검둥오리 같은 늪지 새들이나 모이는 연못이었지만⋯⋯.

옛날 유피테르 신께서 인간으로 변복하시고 이곳으로 오셨다는 이야기네. 늘 최면장(催眠杖)을 들고 다니시는 메르쿠리우스 신께서 날개는 접어 두고 아버님을 수행하셨다는 이야기도 나는 들었네.

이 두 분 부자신(父子神)께서는 이곳에 있는 마을로 들어오셔서 하룻밤 쉬어 갈 수 있게 해 달라고 애원하셨지만 그때마다 퇴짜를 맞으셨대. 매정한 마을 사람들이 이 두 분 신의 면전에서 문을 닫아 버리거나 대문의 빗장을 질러 버리거나 했

던 것이지. 그런데 한 집만은 그러지 않았네. 늪에서 나는 갈
대를 엮어 지붕을 얹은 참으로 초라한 집이었다네.

집 주인은 필레몬이라는 영감과 그의 할멈 바우키스……

마음씨 착한 이 노부부는 바로 그 초라한 집에서 결혼식을
올리고, 둘 다 백발이 될 때까지 그 집에서 살아온 사람들이
었네. 이 노부부는 가난을 있는 그대로 받아들이고 이에 만족
하는 사람들이라서 가난하지만 행복하게 살고 있었던 것이네.
이 집에는 주인과 종이 따로 없었지. 식구가 둘뿐이었으니 명
을 내리는 사람 따로 있고, 그 명을 받들어 좇는 사람이 따로
있을 턱이 없을 것이 아니겠나.

하여튼 두 분 신들께서 이 초라한 오두막에 이르셔서 고개
를 숙이고 상인방(上引枋)이 낮은 문으로 들어가시자 노부부
는 걸상을 내어놓으면서 여행에 얼마나 피곤하시냐, 편히 쉬시
라 하는 말을 했던 것이네. 할멈인 바우키스는 부랴부랴 걸상
위에 초라하나마 방석을 깐다, 화로를 뒤져 불씨를 찾아내고
그 위에 나뭇잎과 잘 마른 나무껍질을 얹고는 입으로 불어
불을 일으키는 등 나름대로 수선을 떨었던 것이네. 그동안 영
감은 잘게 쪼갠 장작과 처마 밑에 매달아 두었던 마른 가지를
벗겨 잘게 부러뜨려 할멈의 냄비 밑에 넣어 주었고…… 이 일
이 끝나자 영감은 마당에서 정성 들여 가꾼 채소를 거두어 와
겉의 시든 잎은 깨끗이 따 냈네. 그러고는 끝이 갈래진 막대기
로 까맣게 그을린 대들보에 오래오래 걸어 두었던 훈제 돼지
의 옆구리 살을 벗겨 내고는 한 조각을 베어 냄비에 넣고 끓
였네. 오래지 않아 냄비 속의 국은 하얀 거품을 내며 끓었네.

이러면서도 영감과 할멈은 계속해서 수다를 떨어 댔네. 왜?

왜는 왜야? 기다리는 길손들이 지루해할까 봐 그랬던 것이지. 손잡이가 못에 걸려 있는 너도밤나무 통에는 더운 물도 있었네. 영감과 할멈은 이 물을 아낌없이 길손에게 부어 주어 이 물에 여행에 지친 손발을 씻으시게 했지.

뼈대도 버드나무, 다리도 버드나무로 만들어진 안락의자 위에는 부드러운 왕골로 짠 방석도 놓여 있었다네. 바우키스와 필레몬은 이 안락의자 위에 명절이 되어야 까는 걸상보까지 내어 깔았네. 하지만 낡아서 험한 버드나무 의자가 어디 가는가? 초라한 걸상보는 초라한 안락의자에 잘 어울렸네.

이윽고 신들은 식탁 앞에 마주 앉았네. 바우키스 할멈은 떨리는 손으로 옷자락을 여며 질끈 동여매고는 두 분 신께서 보시는 앞에서 상을 차렸지. 식탁의 다리 네 개 중 한 개는 나머지 세 개에 비해 조금 짧았네. 하지만 바우키스 할멈이 기와 조각을 하나 주워 이 짧은 다리 밑에다 괴자 식탁은 평평해졌지. 식탁이 바로잡히자 바우키스 할멈은 박하 이파리로 이 식탁을 닦고는 여기에 미네르바 여신께서 좋아하시는 알락달락한 딸기, 가을에 따서 겨우내 포도주에 절여 두었던 버찌, 꽃상치, 순무, 건락(乾酪) 한 덩어리, 뜨겁지 않은 재에다 구운 계란을 토기 접시에 얹어 내어놓았네. 무늬가 놓인 술병과 안에 밀랍을 입힌 너도밤나무 술잔도 나왔네.

이윽고 식사가 시작되었네. 김이 모락모락 나는 음식 접시와 오래된 것은 아니어도 그래도 질이 괜찮은 포도주가 든 술병이 몇 순배 돌았지. 식사가 끝나자 바우키스 할멈은 상을 치우고 후식을 내어놓았네. 호두, 무화과, 쪼글쪼글하게 마른 대추, 오얏, 향긋한 사과, 갓 딴 듯한 포도가 바구니에 담겨 나왔지. 식탁 한가운데에는 꿀이 묻어 반짝거리는 벌집도 나와 있었네만 뭐니 뭐니 해도 귀하고도 귀했던 것은 유쾌한 어울림, 주인 내외의 따뜻한 대접이었네.

식사가 계속될 때의 이야기인데, 주인 내외는 자꾸만 따르는데도 따르는 족족 술병에 새 술이 차는 데 놀랐지. 이런 기적이 일어나는 걸 보았으니 얼마나 놀랐겠으며 얼마나 두려웠겠는가? 그래서 두 사람은 손을 벌리고 신들께 빌었지. 신들이신 줄 모르고 허름한 음식을 대접한 무례를 용서해 달라고. 음식을 공들여 준비하지 않은 비례를 용서해 달라고.

이 집에는 문지기 노릇을 하는 거위가 한 마리 있었네. 바우키스와 필레몬은 모처럼 찾아 주신 신들을 위해 이 거위를 잡으려고 했지. 그러나 거위는 날갯짓하면서 도망쳤다네. 노인들이 무슨 수로 이 거위를 따라잡을 수 있겠나. 도망 다니던 이 거위는 마침내 신들 옆으로 달려가 신들의 눈치를 살폈다네. 그러자 신들께서는 거위를 잡지 말라면서 이렇게 말씀하셨다지.

'우리는 신들이다. 나그네 대접할 줄 모르는 네 이웃들은 곧 큰 벌을 받을 것이다. 그자들은 큰 벌을 받아 마땅하다. 그러나 너희는 이 재앙을 피할 수 있게 해 주리라. 이 집을 떠나 우리와 함께 뒷산으로 오르자.'

두 노인은 신들께서 말씀하시는 대로 지팡이에 몸을 의지하고 산을 오르기 시작했네.

꼭대기까지 활 한 바탕쯤 남은 곳까지 오른 두 사람은 뒤를 돌아다보았지. 이들의 눈에 무엇이 보였겠는가? 온 마을이, 바우키스와 필레몬이 살던 집만 빼고 모조리 물에 잠겨 있었다네. 이들은 놀란 얼굴로 그 광경을 내려다보면서, 이웃해 살던 사람들이 가엾어서 하염없이 울었다네. 그런데 이어서 놀라운 일이 일어났네. 두 사람 살기에도 비좁던 그 오막살이가 신전으로 화하고 있었던 것일세. 나무 기둥이 있던 자리에는 거대한 대리석주(大理石柱)가 솟았고 갈대 지붕은 황금빛으로 변했으며, 문이라는 문은 모두 부조 장식이 붙은 신전 문이 되었고, 흙바닥은 대리석 판석(板石) 바닥이 되었던 것일세. 그제서야 사투르누스의 아드님[47]께서는 근엄한 목소리로 말씀하셨네.

'선한 영감과, 선한 영감에 어울리는 역시 선한 할미야. 내게 말하여라. 너희가 내게 무엇을 구하느냐?'

바우키스와 필레몬은 속닥속닥 뭘 한참 상의한 끝에 필레몬이 대신께 바라는 바를 말씀드리기로 했네.

'저희는 대신의 신전을 지키는 신관(神官)이 되고자 하나이다. 저희는 한평생을 사이좋게 살아왔은즉 바라옵건대 죽을 때도 같은 날 같은 시에 죽고자 하나이다. 제가 할미의 장사 치르는 꼴을 보지 않고, 할미가 저를 묻는 일이 없었으면 하나이다.'

이들의 소원은 이루어졌네. 그래서 세상을 떠나는 날까지

---

47) 유피테르 대신.

신전을 돌볼 수 있었던 것이네.

그런데 어느 날 말이네, 세월의 무게로 허리가 꼬부라진 이들은 신전 계단에 서서 옛날 거기에서 일어났던 일을 이야기하고 있었네. 이런저런 이야기를 하던 바우키스는 필레몬의 몸에서 잎이 돋아나는 것을 보았고, 필레몬은 바우키스의 몸에서 잎이 돋아나는 것을 보았네. 이윽고 머리 위로 나무가 뻗어 올라가기 시작하자 이들은 마지막 인사를 서로 나누었네. 말을 할 수 있을 때 마지막 인사를 해 두어야 했던 것이네.

'잘 가게, 할미.'

'잘 가요, 영감.'

이들이 이러는데 얼굴이 나무껍질로 덮이면서 이들의 입을 막아 버렸지.

프뤼기아 농부들은 지금도 나란히 서 있는 이 두 그루의 나무, 한때는 부부지간이던 이 나무를 보면서 옛이야기를 한다네. 내게 이런 이야기를 들려준 사람은 나를 속여서 득 될 것이 하나도 없는 노인이었네. 나는 이 나뭇가지에 화환이 걸려 있는 것을 직접 보았고, 화환을 하나 만들어 직접 여기에다 건 사람이네. 나는 화환을 걸면서 이런 말을 되뇌었네.

'신들을 사랑하는 자는 신들의 사랑을 입고, 신들을 드높이는 자는 사람들로부터 드높임을 받는 법이거니.'"

렐렉스 노인의 이야기는 이로써 끝났다.

10 아귀병에 걸린 에뤼식톤

좌중은 이야기 자체와 이야기꾼의 솜씨에 큰 감명을 받았다. 가장 큰 감명을 받은 사람은 테세우스였다. 테세우스가 신들에 관한 이야기를 더 듣고 싶어 하자 칼뤼돈의 강신(江神)은 손으로 턱을 괴고 앉아 이런 이야기를 들려주었다.

"용감한 영웅 중에서도 출중하신 테세우스시여, 모습을 바꾸는 데도 두 가지가 있습니다. 즉 한번 그 모습이 바뀌면 영원히 그 모습으로 있어야 하는 변신이 있고, 수시로 그 모습을 바꿀 수 있는 둔갑이 그것입니다. 대지를 둘러싸고 있는 바다의 신 프로테우스를 예로 들어 봅시다. 사람들 중에는 이 프로테우스가 청년으로 둔갑한 것을 보았다는 사람도 있고, 사자로 둔갑하는 것을 보았다는 사람도 있습니다. 이분은 사람들 앞에 사나운 멧돼지 모습으로 나타나는 수도 있고, 사람들이 징그럽게 여기는 배암으로 나타나는 수도 있습니다. 그런가 하면 뿔 달린 황소로 둔갑하는 경우도 없지 않습니다. 그뿐이 아닙니다. 돌, 나무, 때로는 흐르는 물, 심지어 물과는 상극인 불로 둔갑하는 수도 있습니다.

에뤼식톤의 딸이었던, 아우톨뤼코스[48]의 아내에게도 이런 권능이 있었답니다. 오늘은 그 아버지 이야기를 합시다. 이 여자의 아버지인 에뤼식톤은 신들을 우습게 여기는 사람이라서

---

48) 메르쿠리우스와 키오네 사이에서 난 아들. 도둑질과 사기의 명수. 약고 꾀가 많았다는 오뒤세우스도 이 핏줄에서 태어난다.

신들의 신전에서 향 한 번 피워 본 적이 없었답니다. 이자는 또 케레스의 성림(聖林)에서 도끼로 나무를 찍은 것으로 악명 높은 자랍니다. 도끼로 이 유서 깊은 숲의 나무를 찍다니 이 것을 어찌 예사 신성모독이라고 할 수 있겠습니까?

그런데 그 숲에 엄청나게 큰 떡갈나무가 있었더랍니다. 어 찌나 오래되고 크기가 엄장한지 한 그루로도 능히 숲이라고 불릴 만했다지요. 이 나뭇가지에는 여기에 와서 기도하고 응 답을 얻은 사람들이 걸어 놓은 꽃다발도 있었고, 나무 앞에는 나무에 감사 기도 대신 드린 명문(銘文)도 있었답니다.

드뤼아스[49]들은 이따금씩 이 나무 아래서 무도회를 열었 는데, 요정들이 이 나무를 둘러싸고는 손에 손을 잡고 돌았다 니 크기가 어지간했겠지요? 나무의 둘레가 자그마치 열다섯 아름이나 되었답니다. 숲 바닥에는 풀이 자라고 있었고 이 풀 위로는 다른 나무, 다른 나무 위로는 이 나무가 우뚝 서 있었 는데, 이 나무에 견주면 다른 나무는 바닥에 깔린 풀이나 진 배없었다고 합니다. 그런데도 이 에뤼식톤이라는 자는 이 나 무에다 도끼를 대려고 했습니다. 처음에는 하인들에게 이 나 무를 쓰러뜨리라는 명령만 했지요. 그러나 이 명을 받고 하인 들이 망설이자, 이자가 직접 나와 도끼를 빼앗으며 하인을 꾸 짖었지요.

'이것이 여신의 사랑을 입은 나무에 지나지 않는 것인지, 아 니면 여신이 정말 깃들여 있는 나무인지 이 나무를 쓰러뜨려

---

49) 숲이나 나무의 요정.

보면 안다.'

　이자는 이러면서 도끼를 쳐들고 금방이라도 나무를 찍어넘길 거조를 차렸답니다. 그러자 이 케레스 여신의 신목(神木)은 부르르 떨면서 비명을 지르더라지요. 동시에 잎과 열매가 새하얗게 질렸고, 가지도 실색(失色)을 하더랍니다. 이 극악무도한 자는 기어이 나무둥치를 찍고야 말았지요.

　그러자 나무는 도끼에 찍혀 껍질이 찢긴 곳으로 피를 흘리더랍니다. 제물로 제단 앞에서 희생된 황소처럼 말이지요. 그 자리에 서 있던 사람들은 모두 무서워서 어쩔 줄을 몰랐지요. 그런데 그중 한 사람이 용감하게 나서서 이 못된 짓을 말려 보려고 했답니다. 에뤼식톤은 이 사람을 노려 보면서 '신들을 잘 섬기는 너에게 내가 상을 내리겠다.'라면서 도끼로 이 사람의 목을 잘라 버리고는 연방 나무를 찍어 대더라는 이야기입니다.

　에뤼식톤이 도끼질을 계속하고 있을 동안 나무둥치 속에서는 이런 소리가 울려 나오더라는군요.

　'이 나무 속에 사는 나는 케레스 여신의 사랑하심을 입은 요정이다. 내 너에게 숨을 거두면서 경고하거니와 네 사악한 짓에 대한 보답이 곧 있으리라. 죽어 가면서 나는 이로써 위안을 삼노라.'

　그런데도 에뤼식톤은 도끼질하던 손길을 멈추지 않았지요. 에뤼식톤은 도끼질이 어느 정도 끝나자 줄을 매 이 나무를 쓰러뜨렸는데, 나무 무게가 엄청났기 때문이겠지만 그 소리가 어찌나 컸던지 온 숲이 다 울리더랍니다. 살 나무와 살 숲을 잃은 요정들은 검은 상복으로 갈아입고 케레스 여신께 달려가 에뤼식톤에게 벌을 내려 주기를 간청했지요. 아름다운 여신께서는 그러마고 하시면서 고개를 끄덕이셨답니다. 여신께서 고개를 끄덕이시자 이삭이 누런 곡식도 모두 고개를 끄덕였지요. 여신께서는 이자에게 벌을 내리되, 온 세상 사람들이 모두 그런 벌을 받는 이자를 동정하지 않을 수 없을 만큼 무시무시한 벌을 생각해 내셨습니다. 저 무서운 파메스[50]를 이자에게 붙일 생각을 하신 것입니다.

운명의 여신들께서는 케레스 여신[51]과 파메스가 만나는 것을 허락지 않으십니다. 케레스 여신께서는 이 파메스에게 접근하실 수도 없습니다. 그래서 여신께서는 오레아스[52]를 하나 불러 이렇게 이르셨지요.

'여기에서 멀리 떨어진, 눈 덮인 스퀴티아 땅에 가면, 대지가 곡식이 무엇인지 나무가 무엇인지 모르는 참으로 황량한 불모지가 있다. 바로 저 얼어붙은 '한기', '창백', '전율' 그리고 늘 주린 배를 움켜쥐고 있는 파메스가 사는 땅이다. 가서 파메스에게 이 신들에게 참람한 인간에게 허기의 씨앗을 좀 뿌리라고 하여라. 내가 베푸는 자양분과 싸우되, 아무리 좋은 음식, 아무리 많은 음식이 들어와도 물러서지 않고 버틸 수 있을 만큼 듬뿍 뿌리라고 하여라. 갈 길이 멀다고 걱정하지 말아라. 비룡(飛龍)이 끄는 내 수레를 빌려주마. 비룡이 끄는 이 수레가 하늘을 날아 너를 그 땅으로 데려가 줄 게다.'

---

50) 그/리모스. '기아(飢餓)'.
51) 곡물과 풍요의 여신.
52) 산의 요정.

케레스 여신께서는 이러면서 오레아스에게 수레를 빌려주셨습니다. 오레아스는 이 수레를 타고 하늘로 날아올랐지요.

오레아스는 스퀴티아 땅의 한 바위산에서 비룡 수레를 세웠습니다. 이곳이 어딘고 하니, 바로 그 땅 사람들이 카우카소스[53]라고 부르는 곳이었지요. 오레아스는 파메스를 찾으러 나간 지 오래지 않아 돌밭에 앉아 손톱과 이빨로 몇 포기 안 남은 풀뿌리를 캐고 있는 파메스를 찾았답니다. 파메스의 얼굴은 창백했고, 눈은 움푹 들어가 있었으며, 머리카락은 헝클어져 있고 입술은 쩍쩍 갈라져 있더랍니다. 안에서 음식이 썩는 독기 때문에 목은 잔뜩 쉬어 있었고, 살갗은 딱딱한데도 어찌나 얇고 투명한지 오장육부가 다 들여다보이더라는군요. 몰골 흉악하기는 여기에서 그치지 않습니다. 살이 한 점도 붙어 있지 않은 엉치뼈는 허리 이쪽으로 불쑥 저쪽으로 불쑥 튀어나와 있었고, 배가 있어야 할 자리는 뻥 뚫려 있었으며, 어찌나 말랐는지 뼈의 관절은 마디마다 툭툭 불거져 있었고, 슬개골은 툭 튀어나와 있었으며 발뒤꿈치는 불룩하게 솟아 있더랍니다. 축 늘어진 젖가슴은 가슴에 달려 있다기보다는 등뼈에 달려 있다고 하기가 쉽더라지요.

이 꼴을 본 오레아스는 차마 가까이 갈 수 없어 멀리서 케레스 여신의 뜻을 전했다고 하는데, 그 짧은 시간, 그나마 가까이 다가가지도 않고 멀리 떨어져 있었는데도 이 오레아스는 파메스에게 깨물리기라도 한 것처럼 시장기가 느껴지더랍니

---

53) 코카서스.

다. 그래서 이 오레아스는 서둘러 비룡의 머리를 돌려 하이모니아 땅으로 돌아와 버렸더랍니다.

파메스는 원래 케레스 여신의 뜻과는 늘 엇길로 가기로 유명합니다만 이때만은 여신의 명을 그대로 좇아 시행했지요. 파메스는 바람을 타고 하늘을 날아 곧 여신께서 가르쳐 주신 자의 집으로 갔습니다. 그러고는 바로 이 참람한 인간 에뤼식톤의 침실로 들어갔고요. 에뤼식톤은 자고 있었습니다. 밤이었으니까요. 파메스는 자고 있는 에뤼식톤을 끌어안고 입술, 목, 가슴 할 것 없이 가리지 않고 허기의 씨앗이 잔뜩 든 숨결을 내뱉어 이 씨앗이 핏줄 속으로 스며들게 했습니다. 그러고는 기아와 공포뿐인 제 고향으로 날아가 버렸던 것입니다.

에뤼식톤은 날개 달린 솜누스[54]의 도움에 힘입어 아주 곤하게 자고 있었습니다. 그런데 이 에뤼식톤은 자면서 먹는 꿈을 꾸기 시작했습니다. 그런 꿈을 꾸니까 당연한 일이지만, 에뤼식톤은 자면서도 입맛을 다시고, 이를 갈고, 음식을 삼키는 시늉을 했더랍니다. 음식 대신에 하릴없이 바람만 잔뜩 들이마신 것이지요. 잠에서 깨어난 에뤼식톤은 시장기를 느끼고 미친 듯이 음식을 찾았습니다. 이로써 기갈이 든 그의 입과 미친 듯이 먹을 것을 요구하는 그의 위장은 그에게 자비를 베풀 것을 요구하게 됩니다.

그는 지체없이 하인들에게 명하여 땅에서 나는 것이든, 하늘에서 나는 것이든 물에서 나는 것이든, 닥치는 대로 먹을

54) 그/휘프노스. '잠'.

것을 장만해 오라고 명했습니다. 하인들이 음식을 차려다 놓았는데도 그는 배가 고프다고 죽는 소리를 했고, 먹으면서도 음식을 더 장만하라고 악을 썼습니다. 한 도시, 한 나라를 능히 먹일 음식도 그에게는 모자랐습니다. 먹으면 먹을수록 더욱 시장기를 느꼈던 거지요. 바다는 온 땅의 물이라는 물은 다 받아 마시고도 배가 차지 않는지 먼 땅의 물까지 다 받아 마시지요? 탐욕스러운 불길은 온 산의 나무라는 나무는 다 태우고도 나무가 더 있기를 원하지요? 에뤼식톤의 배가 이와 같았답니다. 에뤼식톤은 음식이라는 음식은 가리지 않고 먹어 치우면서도, 그릇이 비지 않았는데도 더 가져오라고 소리를 질렀습니다. 그가 먹어 치운 음식은 그의 배를 채운 것이 아니고 그의 식욕을 자극했던 모양입니다. 그가 먹어 치운 음식은 그의 허기를 채운 것이 아니고 허기를 자극했던 모양입니다.

이 같은 아귀병(餓鬼病), 채워질 줄 모르는 그의 위장은 곧 그 집 재산을 바닥나게 했습니다. 먹어도 먹어도 시장기는 조금도 가시지 않았는데, 그 배를 채우고자 했으니 재산이 바닥난 것도 무리는 아니지요. 빈털터리가 된 그에게 남은 것이라고는 딸 하나뿐이었습니다. 이 딸은 아비와는 달리 참한 처녀였던 모양입니다. 먹기는 먹어야 하는데 먹을 것이 없게 되자 에뤼식톤은 마침내 이 딸마저 팔았습니다. 그러나 이 딸은 남의 집 종 되는 것을 한사코 거부했습니다. 새 주인에게 팔려 바닷가로 나간 이 처녀는 두 팔을 벌리고 기도했습니다.

'일찍이 제 순결을 앗아 가신 분이시여. 이제 베풀어 주실

때가 되었으니, 저로 하여금 노예 신세를 면케 하소서.'

이 처녀가 누구에게 기도했는가 하면, 바로 해신 넵투누스께 했던 것입니다. 넵투누스 신께서는 이 처녀를 모른다고는 하지 않으셨지요. 그래서 조금 전에 새 주인을 따라 바닷가로 나온 이 처녀의 모습을 남자로 바꾸시고 어부의 옷으로 갈아입히셨습니다. 처녀의 새 주인이 어부로 둔갑한 이 처녀를 보면서 물었지요.

'미끼가 달린 낚싯바늘을 물속에 숨기고 계시는 분이시여, 물에 낚싯대를 담그고 계시는 분이시여. 바다가 내내 잔잔하기를 바랍니다. 조금 전에 싸구려 옷차림에 머리는 산발하고 내 옆에 있던 처녀가 어디 있는지 가르쳐 주시면, 넋 빠진 고기가 바늘을 알아보지 못하고 덥석 미끼를 물 것이리다. 이 처녀, 조금 전에 여기에 있었는데, 어디로 갑디까? 좀 일러 주시오. 발자국이 없는 것으로 보아 멀리는 가지 않았을 것이오.'

처녀는 그제서야 신이 자기 모습을 바꾸어 준 줄을 알았지요. 새 주인이 자기에게 자기의 행방을 묻고 있는 것을 재미있게 생각하고, 처녀가 이렇게 대답했더랍니다.

'미안하지만 나는 그대가 뉘신지 알지 못하오. 나는 낚시질에 정신을 팔고 있어서 아무것도 보지 못했소이다. 내 말을 못 믿으실 것 같아 내 한 말씀 더 드리지요만, 내 생업을 도우시는 신께 맹세코 이 해변에는 나밖에 없었소이다. 여자가 내게로 온 적은 더욱 없었소.'

새 주인은 이 말을 믿었는지 발길을 돌려 그곳에서 사라졌답니다. 처녀는 그제서야 원래의 모습으로 되돌아왔지요.

처녀의 아비 에뤼식톤은 딸이 둔갑에 능하다는 것을 알고는 번번이 딴 주인에게 딸을 팔았더랍니다. 그러나 그때마다 처녀는 말로 둔갑해, 때로는 새, 황소, 사슴으로 둔갑해 집으로 돌아왔고 에뤼식톤은 이렇게 되돌아온 딸을 되팔아 허기를 메워 나갔더랍니다. 그러던 어느 날, 준비된 음식을 다 먹고도 성에 차지 않았던 그는 처음에는 제 팔다리, 그것도 모자라 결국 제 몸을 모두 뜯어먹었다……는 이야기입니다.

그것은 그렇고 내가 왜 남의 이야기나 하면서 시간을 죽이고 있는지 모르겠군요. 둔갑할 수 있는 짐승의 가짓수는 얼마 안 되지만, 나도 초라하나마 둔갑술을 익힌 처지라서 하는 말입니다. 나는 대개의 경우에는 지금 그대가 보시는 모습을 하고 있지만 때로는 뱀 혹은 육축(六畜) 중에서는 으뜸인 황소로 둔갑하기도 합니다. 황소의 힘이 뿔에서 나온다는 것은 아시지요? 나도 한때는 뿔이 두 개인 황소로 둔갑할 수 있었습니다만, 지금은 둔갑해도 뿔이 하나뿐인 황소로밖에는 둔갑이 안 됩니다. 한쪽 뿔은 뽑혔던 것이지요……."

아켈로오스는 이야기를 하다 말고 한숨을 쉬었다.

세계문학전집 **1**

변신 이야기 1

1판 1쇄 펴냄 1998년 8월 5일
1판 69쇄 펴냄 2024년 8월 8일

지은이 오비디우스
옮긴이 이윤기
발행인 박근섭, 박상준
펴낸곳 (주)민음사

출판등록 1966. 5. 19. (제 16-490호)
서울특별시 강남구 도산대로1길 62(신사동) 강남출판문화센터 5층 (우편번호 06027)
대표전화 02-515-2000 팩시밀리 02-515-2007
www.minumsa.com

ISBN 978-89-374-6001-2 04800
ISBN 978-89-374-6000-5 (세트)

* 잘못 만들어진 책은 구입처에서 교환해 드립니다.

세계문학전집 목록

세계문학전집은 계속 간행됩니다.